This door,
that door

这扇门，那扇门

霍君 著

作家出版社

霍 君 中国作家协会会员，鲁迅文学院第 21 届中青年作家高研班学员，天津作家协会文学院签约作家。在《清明》《芳草》《江南》《雨花》《飞天》《青年作家》《天津文学》《延河》《星火中短篇小说》《文学港》《鸭绿江》《广州文艺》《山东文学》《野草》《安徽文学》《四川文学》等杂志发表多部中短篇小说，部分作品被《中篇小说选刊》《读者》等多家杂志转载。发表出版有长篇小说《情人像野草一样生长》《天使的歌谣》《亲爱的树》，中短篇小说集《我什么也没看见》等。获天津市第四届文学新星奖、首届《延安文学》中篇小说奖等。

谈到男人和女人之间的爱，或说它是力量和质量的均衡，竹门与木门有天然的界线；或说它是纯粹的两情相悦，这才建构了幸福的基础。

很不幸，这本书里的"爱"，一是以占有为目的，极端的自私，自私到没有了边界，严重地破坏掉爱的规则；一是用权势做砝码，远远凌驾于自私之上，与爱无关，实为高级的无耻。

真的，不是每一个深陷高级无耻行为的弱者，都会巧妙地完成自救，也不是每一次高级无耻行为实施时，都有一只聪明的蝴蝶犬化身正义力量去救赎。那是文学里发生的事情。

一

关键词：<u>杰瑞　女主人　女流浪狗</u>

标签：<u>不安的周日</u>

　　在这个阳光灿烂的午后，小狗杰瑞忽然有了一丝不安的感觉。这种不安的感觉从早上就存在了。杰瑞的不安来自他的女主人。尽管从表面上看起来，女主人和以往任何一个周日没有多大的区别。做早饭。将做好的早饭一勺勺喂进瘫在床上的男主人的嘴里。擦地。洗一周积攒下来的衣服。出去买菜。买菜时带上杰瑞，杰瑞一边追随着女主人的身影，一边找制高点撒上一些在肚子里快要憋馊了的尿水。然后做午饭。喂男主人一天里的第二顿饭。一系列的事情，女主人做得很从容，看不出任何的不对劲，看不出任何的破绽。可是，杰瑞看出来了。他的感觉告诉他，这将是一个不同寻常的周日。这个周日，会有一些事情要发生，至于发生什么，他不知道。他甚至觉得女主人昨晚一定经历了一场异乎寻

这 扇 门，

常的睡眠，睡眠里酝酿了女主人的某种决定。这个决定潜藏在女主人的大脑里，杰瑞凭借着他敏锐的嗅觉，还是在第一时间捕捉到了。敏锐的嗅觉来自他和女主人的相濡以沫，几年的时间，他足以准确地熟悉和掌握了女主人的不变化。稍有的变化哪怕隐匿得再深，杰瑞也会闻到变化散发出来的微弱气息。所以，在大半天的时间里，杰瑞都是谨慎的、小心翼翼的。就连女主人买菜时带他出去，他都没敢造次。紧紧地追随着女主人的身影，颠儿颠儿地奔跑，把脚踩在积雪上的声音降低到最轻微。那只暗恋了自己很久的女流浪狗准是又跟了上来，在身后弄出很多细碎的吱吱声。杰瑞回了一下头，瞪了一眼女流浪狗，又去追随女主人的脚步。女流浪狗有了片刻的停顿后，又扑扑地跑动起来，不远不近地跟着杰瑞。杰瑞是女流浪狗见过的最帅的男狗，哪怕远远地看上一眼也是满足的，至于征服杰瑞，女流浪狗暂时还不敢想象。杰瑞今天没有心情调戏女流浪狗，只是快跑了几步，抬起腿对准小区里的一棵电线杆子撒了一些尿水。尿水的热气很快被疯狂挤压过来的寒冷吞噬掉了。杰瑞刚一离开电线杆，女流浪狗便奔突过来，把鼻子凑近杰瑞的尿液，闭上眼睛，很享受地闻起来。喊，杰瑞从后脑勺丢过来一个蔑视，今天饶了你！

杰瑞当然不会为了一只不放在眼里的女流浪狗而耗费精力。他今天的精力都用在了女主人的身上。他多么希望女主人是快乐的。然而，快乐对女主人来说，已经变得很奢侈了。潜藏在女主人大脑里的那个决定，也肯定不会给女主人带来快乐。相反，那是个让女主人更加不快乐的决定。

女主人只吃了很少的午饭。她一个人在厨房里吃，吃得很慢。

杰瑞看得出来，女主人的注意力根本不在吃饭上。她在坚定着大脑里那个潜藏的决定。她需要给自己打打气，需要给自己鼓鼓劲。杰瑞的午饭是几片肉。女主人没有忘了像往日那样，在她自己的那份菜里，把仅有的几片肉挑出来给杰瑞。凡是杰瑞爱吃的东西，她就变得"不爱吃"了。即使今天这样一个特别的日子也没有忘。杰瑞的心便如同给分割开了一般，一半是感动，一半是难过。感动缘于女主人对他的疼爱，难过缘于他帮不上女主人的忙。自己是家里唯一健康的男子汉，是男子汉就要撑住这个家。可是他没有丝毫的能力，只能眼睁睁地看着这个原本温馨的家愈来愈风雨飘摇。杰瑞伤心地趴在自己的食碟前，没有一点食欲。

女主人在对着镜子化妆了。天哪，女主人居然在化妆。自从男主人出了事，杰瑞就没见女主人化过妆。眉毛描得弯弯的，像是两抹弯月亮悬挂在眼睛上方。脸颊上扑了淡淡的粉。嘴唇晕染得红红的，一痕娇艳按捺不住寂寞，马上就要滴下来的样子。化好的妆容越发凸显出女主人的冷漠。没错，是冷漠。冷漠从女主人的心里喷射出来，带着飕飕的符合这个季节的冰冷。

好了，女主人的手臂上挎上了她的那只小坤包。她尽量地微笑着，走到男主人跟前，睡会儿么？男主人摇了摇头。那就看会儿电视吧。女主人边说边打开了床头柜上的电视机，再把一面圆镜子放在一个合适的位置。这样，男主人就可以在镜子里看电视了。电视里出现了《星光大道》的画面。全国人民都熟悉的主持人老毕眯着小眼睛坏笑。

同学从北京过来，不见个面不好。

女主人把这句话撂在床头，转身离去。开门的声音。关门的声音。噔噔下楼的声音。男主人并没有看镜子里的电视，他在品味着女主人撂在床头那句话的味道。

不带自己出去，是在杰瑞预料之内的。出门后的女主人究竟会发生什么，他将无从知晓。没有办法，谁让自己是一只狗呢，而且是一只体态娇小的蝴蝶狗。他没有能力打开防盗门，因此他也就丧失了主动式出行的资格。那扇紧紧关闭的门，让他感到了自己的弱小，以及和人类的区别。可是，他又多么想知道女主人的行踪，多么想在女主人需要的时候保护她。

杰瑞哀伤极了。

忽然，杰瑞的大脑灵光一现。突现的灵光让他停止哀伤，噌噌几下攀着阳台上的杂物跃上窗台，扒着窗子往楼下看。那只女流浪狗在楼下徘徊着。

嗷——

杰瑞向女流浪狗发出了召唤。召唤声穿透三楼的窗子，被女流浪狗满心欢喜地接在怀里。女流浪狗激动地、脉脉含情地望着杰瑞。她想，她的诚心终于打动杰瑞了，功夫不负有心狗哇。

嗷——

杰瑞用狗狗的语言向女流浪狗发出了指令。

为了爱情，女流浪狗摆出了一副刀山敢上、火海敢闯的架势。何况只是跟踪一个女人呢。

二

关键词：**女流浪狗　王小柔　关闭的门**

标签：**跟踪**

王小柔拦了一辆三轮车。三轮车夫问她去哪儿，王小柔抬腿往三轮车上迈，说了要去的方向。

具体哪个地方？三轮车夫转过脸，以便及时接收女乘客的话。

一张皱纹纸样的脸透过三轮车的玻璃纸，对着王小柔。

那是一张沧桑和厚道的脸。是一张本该引起王小柔同情心的脸。可是此刻，这张脸莫名其妙地同另外一张脸重叠在一起。王小柔便有了一丝嫌恶感。她无语地下了三轮车，站在马路边上，伸手去拦下一辆三轮车。年老的三轮车夫在喉咙里咕噜了一句什么话，五官上缀着沉甸甸的不满，瑟缩着脖子走了。

王小柔坐上一辆年轻的车夫驾驶的三轮车，从齿缝间挤出要去的地方。地名仿佛被王小柔咬疼了，逃命似的扑向年轻的三轮

这扇门，

车夫。长相没有任何特征的三轮车夫瞟了一眼王小柔，细心地关好车门，以防车开起来会有冷风兜进来。因为他发觉，坐车的女人很冷的样子。

车开起来。残留的积雪影响了车的速度，因而，看不出具体颜色的女流浪狗跟上三轮车并不是一件特别难的事情。经过将近二十分钟的车程后，三轮车停在某住宅小区的门口。女流浪狗伸长舌头，淌着寒冬里难得一见的汗水，环顾着小区的具体方位。很快，她聪明地作出了比较，这个小区里的房子是崭新的，不像杰瑞家住的房子看上去显得旧塌塌的。爱情使得女流浪狗变得聪明起来，在不被发觉的情况下，跟着王小柔进了一个楼道。

听见王小柔的脚步声，楼道里的一扇门悄悄地打开了。两只搜寻和充满等待的眼睛从门口露出来。它们呈现出一副浑浊的衰老的颜色，搜寻和等待并没有让它们鲜活起来。当王小柔走到门口时，一只同样衰老的手从门后探出来，将王小柔拽了进去。门发出一声谨慎而短促的"砰"，关上了。女流浪狗守在门口，无助地摊开四肢喘着气。或者她在幻想，狗要是能有一种神奇的力量该多好啊，这种力量可以让她打开眼前这扇关得死死的门。

在动物世界里，没有谁比人类更智慧，更聪明。人类可以制造工具，可以使用工具。可以利用制造的工具掩盖一些发生的事情。比如此刻，一间房子，一扇门，可以把里边正在发生的事情包裹起来，不为外人所知。

王小柔刚一进门，嘴巴就被堵住了。一张衰老的带着腐朽气味的嘴巴。舌头从嘴巴里伸出来，在王小柔的口腔里搅动着。王小柔深深地憋了一口气，让自己的舌头躲闪着，避免碰上那条搅屎棍一样的舌头。同时，王小柔的脑子飞速地旋转着，她在想着该怎样对付眼前这具躯体。

等一下。王小柔推开箍住她的两条枯瘦的手臂。

把羽绒服脱了啊。王小柔笑笑。

那具躯体就和王小柔暂时拉开了一段距离，等着王小柔脱掉羽绒服，肢体却保持了一个狼的姿势，准备随时扑上来。好像在提醒王小柔，我可是勇猛得很哪！王小柔慢慢地拉着羽绒服的拉链，在心里冷笑了。那个虚张声势的肢体动作让她觉得很荒唐，也很好笑。

楼道里传来几嗓子呵斥声。女流浪狗面对上楼人或者下楼人的呵斥，只得夹紧了尾巴，做出一副可怜相。好在，她已经习惯了人类的呵斥和嫌恶。今天，只要人类不把她拎起来摔到楼下，她就绝不会像往日那样把一条毛茸茸的尾巴收进裆里跑掉。绝不会。爱情给了她力量和勇气。事实上，没有一个人会拎起女流浪狗，或是抬起脚踢一下女流浪狗。女流浪狗连被人拎、被人踢的资格都没有。她太肮脏了。人类是不屑于与她有任何的接触的。女流浪狗便有了机会，牢牢地守着将王小柔吞进去的那扇门。她纯粹是为了完成任务而完成任务，故而无论是心里还是脸上都少了杰瑞那样的担心。一大段时间没人上来下去时，她几乎都要睡着了。

等待，有目的的等待是漫长的。

不到一个小时的时间，女流浪狗觉得时间长得仿佛自己足够再长大一回。再重新长大该多好啊，她肯定不会再是一只没人要的流浪狗。扒垃圾箱的滋味，露宿街头挨冻的滋味，被街上的孩子追着打的滋味，不好受哇。每天洗得干干净净的，出来被一个

这扇门，

贵妇人领着，说不定杰瑞早就看上她了。现在呢，一点骄傲的资本都没有，只有凭着一颗诚心来打动杰瑞了。

女流浪狗在这个阳光灿烂的午后，蹲在某个小区的某个楼道的某个门口，想了如是的问题。后来，女流浪狗大概给自己和杰瑞想象了一个完美的结局，太过于投入了，以至于差点被王小柔踩到。女流浪狗急忙像拔萝卜一样把自己从美好的想象里拔出来，留下一个浅浅的坑儿，顾不得填埋，尾随着王小柔下楼了。下楼前，很深地盯了一眼门缝里那具疲惫无力的躯体。女流浪狗听见门在她和王小柔的身后悄悄地关死了。

女流浪狗以为王小柔还会打一辆三轮车，瘦弱的身子做好了随时奔跑的准备。然而，王小柔并没有打三轮车。看不出打三轮车四轮车或是坐公交车的任何迹象。沿着马路边，王小柔朝着来时的方向走着。走得很专注，很投入，她的头既不左顾，也不右盼。由于过于投入地走路，王小柔的背影有了些许悲壮的味道。许是受了王小柔的影响，女流浪狗也将头颅高高地昂起来，努力地走出威风凛凛的气势来。

残雪在脚下发出疼痛的吱吱声。偶尔会有几瞥迟钝的城市目光落在王小柔和女流浪狗的身上，但这并不妨碍她们投入地走。一点都不妨碍。太阳西下，渐浓的寒气在王小柔的脸上晕出一层浅浅的红，和那层薄薄的脂粉一起，齐心合力地遮盖着什么。遮盖着什么呢？其实它们的努力是白费的。什么都不需要遮盖。王小柔除了在投入地走路，所有关于情绪的表达都凝固了。情绪们无法流动起来，无法表现出它们的特质来。所以，它们在王小柔的体内静止着。

如果路没有尽头，一直这样走下去，该有多好。

三

关键词：杰瑞　于永志

标签：博士男的电话

　　寂寞的电话很突然地响起来，在王小柔离开家大约十分钟的时候。这是一个没有多大悬念的电话。没人会往家里打电话，除了王小柔和于永志的同学博士男。找王小柔的人都会打她的手机。于永志的视线粘在镜子上，他想努力地将镜子里晃动的人影收进视网膜，看清那些影子的真实面目。可是不行。他什么也看不到，视线什么都抓不住，只能徒劳地粘在镜子面上。他听见电话响了。视线抖了一下，却没能从黏合的状态中解脱出来。

　　杰瑞跳到床头茶几上的电话机旁，等待着男主人对他说，杰瑞，接电话！然后用嘴巴叼住话筒，将话筒放在男主人的头部和肩膀之间。男主人用唯一能活动的头把话筒挤在肩膀上，开始对着话筒说话。对着话筒说话时，杰瑞静静地趴在男主人的身边。

这扇门

杰瑞看得出来，男主人很愿意对着话筒说话。说话时，男主人的脸上会有许多不同的表情。配合着那些不同的表情，男主人有时会骂几句人，有时眼角会淌出几滴泪水，有时也会有笑声。女主人在家里时，男主人一般不对着话筒叹气，更不会对着话筒流泪。杰瑞就想，男主人对着话筒说的那些话，一定是不对女主人说的。他安静地趴着，等待着男主人打完电话，他再把话筒放回去。帮男主人接电话，对杰瑞来说，已经不算什么了。别忘了，杰瑞是一条拥有高智商的蝴蝶犬呢。在女主人的训练下，时间不是很长，他就牢牢地掌握了这个本领。

铃声响了很久。男主人并没有发出任何指令。杰瑞只好自作主张了一回，叼起了电话筒。铃声即刻噤了声音。

怎么才接电话？没事吧？果真是博士男。

于永志没有搭腔。用了很大力气，终于闭上了眼睛。粘贴太久的视线被收进眼眶里，涩涩的麻且疼。

——喂，说话！

——她出去了。

——谁出去啦？王小柔？

——她说出去见同学了。

——见就见呗！

于永志便不再说话了。杰瑞听见话筒里的声音继续着。

杰瑞，把话筒拿走！

听到男主人的命令，杰瑞顺从地叼起话筒，放到男主人床头的小茶几上。

于永志再一次闭上了眼睛。类似痛苦、无助的表情结伴而来，在那张白森森的脸上肆虐着。杰瑞的一颗心哪，好像被一把刀从中间劈开一样，一半儿担心着女主人，一半儿心疼着男主人。男主人和女主人一样，也是爱他的。杰瑞多么留恋男主人没有瘫在床上的日子啊。健康着的男主人每天回家，第一件事就是爱抚一会儿杰瑞。坐在沙发上，用宽大的手掌抚着杰瑞的头，眼神里盛着快要溢出来的疼爱。杰瑞两条后腿立着，两条前腿搭在男主人的腿上，一颗头被夹在男主人的裆间。杰瑞已经接受并喜欢上了这种爱抚方式，他知道，爱抚缘于男主人对他的喜爱和重视。而他，是需要被喜爱和被重视的。喜爱和重视又纵容了杰瑞。他可以准确地把男主人的脚步声从一堆脚步声中准确地分离出来，所以，男主人的脚步声一旦在楼道里响起来，他就摇着尾巴在门口候着。锁孔转动，门打开，刚迈进一只大脚，杰瑞便扑过来，抱住男主人的大腿撒娇，嘴里还发出一种奇怪的呜呜声。是杰瑞表达思念的一种声音。男主人往往顾不上换鞋子，弯下腰用手捉了杰瑞的两只前腿，将杰瑞领到客厅的沙发上，进行他们之间的那个习惯性的爱抚。男主人还可以容忍杰瑞咬他的鞋子。咬鞋子一般都发生在男主人出门之后。男主人出门前，杰瑞肯定是哀怨地缩在一个小角落里，用这种柔软的方式来抗议家里无人的凄凉。看家吧！砰的一声，男主人魁伟的身子消失了。杰瑞马上换了一副面孔，嗖的一下子，从不起眼的角落里蹿出来，咬住男主人换下的拖鞋，噼里啪啦地一通摔打。摔打的过程，杰瑞成了叱咤风云、威风凛凛的斗士。摔打之声正酣，突然，门开了。

杰瑞，干啥呢？天，居然是男主人。

杰瑞丢下鞋，仓惶而逃。逃回他的小角落，斜着眼睛，察言

这扇门，

观色。

砰——又是关门的声音。

嗖——杰瑞又从角落里冲出来，嘴巴死死地把鞋子咬住，刚想开始第一个回合的摔打。门再一次开了。

哈哈……杰瑞！

他上了男主人的当。原来，男主人是假意离去，捉他个现行是真。

千万不要考验我的智慧噢，这个我有。这一回，当门响起时，杰瑞没有立即冲出来。而是侧耳倾听着，直到确信男主人真的离去了，才以胜利者的姿态摔起男主人的鞋子来。

那样的时光真是快乐，不是么？

有多久没有摔男主人的鞋子了？从男主人躺在床上，杰瑞就没有摔过了。

不想了，不想了。杰瑞掐断了自己对往事的回忆。还是想想眼前吧，女主人怎么还不回来呢？

四

关键词：王小柔一家

标签：我回来了

　　王小柔没有误了做晚饭。

　　到了家里，王小柔又恢复成了王小柔。就像家里有一个套子，以无形的状态存在着。她一回到家，那个套子就自动地套在她的身上。换好棉拖鞋，王小柔还主动地抱起杰瑞亲了亲。每天王小柔下班回家，她和杰瑞都会有一个这样的见面礼。对女主人，杰瑞则表现了不同的亲近方式。过去男主人回来，他是主动式的。对女主人，他选择了被动式的。他会顺着耳朵，垂着尾巴等着下班回来的女主人主动抱起他。然后，他会在女主人的怀里扭怩一番，换来一顿女主人无限怜爱的软语。今天，杰瑞也在等女主人，等的心情却完全不一样了。在见到女主人的第一眼时，他的目光里充满着审视，充满着关切。所以，被王小柔抱在怀里时，他丧

这扇门，

失了忸怩的心情，哪怕是故作的忸怩也没有。他想让她感觉出来，他是牵挂她的。他不仅仅只是一条宠物狗。他也可以分担，甚至承担。

王小柔没有体会到杰瑞的用意。她的拥抱有着明显的象征性。简单地，换言之，是礼节性地抱了一下杰瑞，就去厨房做饭了。

直到王小柔端着晚饭走进永志的卧室，于永志的眼睛还在闭着。

吃饭了。

没有反应。于永志的眼皮完成了一个跳动。虽然轻微，却被王小柔捕捉到了。王小柔的嘴角浮出了一个不易察觉的冷笑。她很想把手里的饭扣在眼前这个躺着的男人的脸上，是他把她逼到了今天这一步。

吃饭了。

王小柔保持了恰到好处的语调。"吃饭了"三个字听上去单纯极了，纯粹极了。不急，不躁。不亲密，也不冷漠。

啥时回来的？于永志睁开了眼睛。表情是惺忪的，一副和睡眠纠缠不清的样子。还顺便打了个哈欠。嘴巴张得有些夸张。

回来一会儿了。王小柔把右手里的饭碗倒到左手上，腾空的右手掀起于永志身上的被子。把视线投在于永志裆间的尿不湿上。完成了这个动作后，王小柔坐在床边，举着手里的饭碗，等着于永志彻底和睡眠脱离关系。

五

关键词：<u>幸福路遛狗队</u>

标签：<u>谁跟我搞破鞋</u>

杰瑞注意到，晚饭，女主人依旧吃得很少。而他的心思也不在吃饭上，勉强吃了几片中午剩下的肉，然后徘徊到自己专用的水碗边，喝了几口水。头脑里在想着一个新的问题。晚饭后的女主人还会不会如往常那样带他出去？只有出去了，他才有机会见到女流浪狗，才有机会知道女主人在外边发生了什么。

终于，王小柔的一个动作让杰瑞兴奋起来。因为他看见女主人走到门口了，开始换鞋了。这是一个外出的信号。今天以前的每个晚上，女主人做出这个动作，等于向杰瑞发出了号令，咱们可以出去了。而杰瑞也早就摇着尾巴做好了出去的准备。今天却不行。杰瑞不太确定女主人是否一定让他跟着出去。于是，他便摇着尾巴，和门以及门前的女主人保持了一小段距离。将期待的

这 扇 门，

眼神对着门和女主人。

走啊，杰瑞！

王小柔的语气有些责备的意味。意思是今天怎么了，不是因为你要拉尿，不是因为要遛你，我出去干吗啊？

这样的责备杰瑞是不介意的。他迅疾地蹿出了女主人打开的那扇门。

随着砰然的关门声，镜子里的电视刚好传出《新闻联播》的序曲。每天晚上都是这个时间，除非天上下雨或者下雪，随着一声门响，屋子里便只剩下了于永志一个人在呼吸。

窗外的马路上，传来狗吠声、人的喧闹声。一定是王小柔带着杰瑞和那支狗队会合到了一处。人见了面打招呼，狗见了面也要打招呼。

——杰瑞妈！

一个高门大嗓子的女人，年龄不会小于四十岁。她是憨憨的妈妈。憨憨是一只体形硕大的，有着老大哥风范的狗。憨憨是什么颜色呢？问过王小柔，王小柔说杂色的。杂色是什么颜色呢？再问，王小柔就说你自己去看看不就知道了。

——杰瑞妈！

这个女人的嗓音很清脆，也很年轻，不会超过三十岁的样子。她是球球的妈妈。球球的妈妈尽管年轻，却是说话最不管不顾的一个，也是笑声最多制造笑声最多的一个。球球妈妈的球球，从名字上就可以判断出来是一个个头娇小的狗狗，和杰瑞差不多大吧。不会错的。只有体形小的狗狗才会发出那样尖细之声，而且是女狗狗。

……

　　还有这个妈妈，那个妈妈，这个狗狗，那个狗狗。几乎汇聚了半条街的狗狗，以及半条街狗狗的主人。狗狗的主人几乎都是清一色的女人。女人们一张嘴，于永志就会准确无误地分辨出这个女人是这个狗狗的妈妈，那个女人是那个狗狗的妈妈。狗狗们一张嘴，于永志也会准确无误地分辨出这是这个妈妈的狗狗，那是那个妈妈的狗狗。狗队有一个和这条街一样的名字，叫幸福路遛狗队。是憨憨的妈妈最先叫出来的。和那些粗粗拉拉的女人相比（于永志认定她们是一些粗粗拉拉的女人），王小柔是细致的、细腻的。她不会像憨憨妈那样高声大嗓地说话，也不会像球球妈那样不管不顾地说一些荤话。她是和她们不一样的女人。

　　于永志将两只耳朵竖起来，直到幸福路遛狗队走远了。他那两只耳朵依旧保持了竖立的姿势，随时捕捉着人和狗狗们返回来的讯息。准确地说，是捕捉王小柔和杰瑞的讯息。

　　王小柔需要这种热闹的填充。周围的热闹多么像强盗，暂时掠夺了她内心深处的孤独和哀伤。此刻，强盗们的力量过于弱了，掠夺显得柔弱无力。今天来遛狗的人怎么这么少哇，因为寒冷么？王小柔在心里嗔怪着。其实，一进入寒冬时节，狗队就已经不像夏日那般壮大了。早有几个女人选择了出来简单地在院子里转一圈了事，边转边瑟缩着催促自己的狗狗，快些拉尿。就差了去抠狗狗的屁股。憨憨妈和球球妈算是铁杆儿的队友吧。用憨憨妈的话说，借着遛狗寻开心，借着遛狗锻炼身体。还有一层意思没说透，借着遛狗躲寂寞。

　　今儿我得回去早点儿。长了一副男人身板的憨憨妈把这句话说了几遍。

老头子回来啦？急着回家和老头子上床啊？球球妈讥笑。

嘿嘿……憨憨妈真是憨厚，她大概想说什么，最终忍住了。

你想说我老头子跟人家跑了搞破鞋去了，是吧？想说就说呗，还吞吞吐吐的！这年头搞破鞋是本事，谁要是跟我搞破鞋，我就跟他搞！

球球妈说着，一屁股坐在路边花坛的沿儿上。两条腿叉开，手在嘴边做成喇叭状，高喊——

我想搞破鞋，谁跟我搞破鞋！

憨憨和球球都兴奋起来，憨憨的喉管里发出呜呜声，球球发挥敏捷的长处，一个球体似的在妈妈的脚边滚动。

杰瑞呢？我们家杰瑞呢！

王小柔终于发现杰瑞不在了。

六

关键词：<u>杰瑞</u>　<u>女流浪狗</u>

标签：<u>追问</u>

　　没有任何悬念。杰瑞跟着女流浪狗跑了。

　　杰瑞是冒了风险的。他可以预见得到当女主人发现他不在时，将会多么焦急，然后在发现他时又是多么愤怒。他已经很久没有让女主人因为他而焦急和愤怒了。他已经长大了，成熟了，懂得心疼人了。女主人的烦恼够多的了，他能做的就是听话。他夹杂在憨憨和球球们的中间，在主人们的视线里奔跑，玩耍，争风吃醋，甚至打架。再不会像原来那样，偶尔地淘淘气，趁着女主人不注意偷偷地溜走，去做自己想做的事情。躲在某个角落里听着女主人几乎喊破了嗓子，还在心里幸灾乐祸。行踪暴露时，便顺着两只耳朵，垂着一根毛茸茸的尾巴，做出一副可怜相，接受女主人的斥责。有一次，女主人买来一条拴狗狗的链子，决心根除

　　　　　　　　　　　　　　　　　　这扇门，

杰瑞的恶习。杰瑞充分发挥浓缩乃精华的优势，闪、转、腾、挪，眼看女主人气喘吁吁了，无力和他抗争了。刚要看到胜利的曙光时，男主人放弃雷打不动的《新闻联播》，魁伟的身躯一座山般朝着杰瑞压过来，将杰瑞逼到角落里。被套住的杰瑞只好又生出一计。趴在地上，拒绝行走。更厉害的是，他的浑身在抖动，恐惧顺着棕色的毛，哗哗地从骨子里往外淌。这还不算，拿了两只眼睛对着女主人，里边盛了满满的乞求。王小柔哪里见得了杰瑞这副模样，赶紧亲自除去杰瑞脖颈上的铁链子，嘴里唏嘘着，看把孩子吓的！就差掉了泪珠子。

往事不提也罢。如果不是情非得已，杰瑞再也不会主动地消失在女主人的视线之外了。其实，细想想，女主人应该是知道杰瑞认识家的，也是知道陌生人近不了身的。所有的原因都没有减少女主人的焦急，这让杰瑞很是受感动。他是她的孩子，她是他的妈妈。当妈妈的一刻都不放心自己的孩子，只有让孩子在自己视线能及的地方，妈妈才是放心的。

唉，不想了，真的不想了。尽快地跑吧。

女流浪狗在前，杰瑞在后。两只狗狗隐在昏暗的路灯光里狂奔，没有引来这座呆滞的北方城市更多的注意。他们奔跑的速度约等于电动三轮车的速度。二十分钟后，女流浪狗带着杰瑞进了某小区某个楼道口，在一扇门前停住了。下午，王小柔曾经走进这扇门，和走出这扇门。

杰瑞想知道门里的是什么货色。想知道什么货色在欺负他的女主人。对，杰瑞认定了欺负。只要是让女主人不开心的人都是欺负。自然，他的男主人另当别论。无论是谁，杰瑞都不会放过他。他要让欺负女主人的人知道，有他杰瑞在，女主人不是谁想欺负就可以欺负的。

但是，怎么才可以知道门里的是什么货色呢？

杰瑞不愧是有着高智商的蝴蝶犬，在门前转了几圈后，他想出了一个办法。

拍门。他和女流浪狗一起直立起来，把两条身子的重量全部压到门上。实际上是撞击，一下一下，用身子的力量。撞了几下，听到门里有动静了，两条身子迅速撤离，蛰伏在楼梯的拐角处。四只眼睛瞪圆了，窥视着门的动静。

谁呀？一个老年女人的声音。声音离着门很近，发出声音的人一定就在门后。却不见门打开。杰瑞明白，此刻的老女人在通过门上的洞洞朝外张望。他家的门上就有一个洞洞，他知道它的作用。

不开门，再拍。两条小身子再次扑到门上。

谁这么讨厌！一个老男人在叫骂。随着叫骂声，门带着愤怒的情绪打开了。

幸好杰瑞跑得利索，没有被老男人捉在视线里。而女流浪狗就没那么幸运了，她的动作稍迟缓了些。

哪儿来的野狗，滚！再拍门我扒了你的皮！老男人头上的几根头发被震落，滑到无肉的面颊上，将两只眼睛其中一只的视线分割成几个部分。看上去既滑稽又恐怖。

门又带着愤怒的情绪关上了。

经过女流浪狗的认定，就是这个老男人。杰瑞得出一个结论，就是这个老男人导致了女主人的不开心，就是这个老男人欺负了女主人。刚才怎么就没扑上去咬他几口呢？可是，刚才不知道什么情况，怕伤及了无辜。

看来，今晚那扇门不会再打开了。更重要的是，他不能让女主人太着急了。

杰瑞恨恨地看了一眼那扇紧紧关闭的门，掉头往楼下走，嘴巴里呜呜了两声。呜呜声传达了一个信息，类似于人类常说的"君子报仇十年不晚"。

返回时，杰瑞跑在前边，女流浪狗跑在后边。

女流浪狗一边跑一边思考一个问题。杰瑞为什么那么恨老男人呢？

不管咋样，她都会站在杰瑞的立场上的，为了杰瑞，她会万死不辞。杰瑞需要她的帮助，就是她最大的幸福了。

女流浪狗怀揣着她的幸福感，加快奔跑的速度，和杰瑞齐头并进地奔跑。齐头并进的奔跑使得女流浪狗的幸福指数迅速地攀升。她真想嗷嗷地吼两嗓子。可是不行。她只能把巨大的幸福感像按一只水瓢那样按在心底，她要分担杰瑞的不快乐。

爱上他，就要爱他的全部。包括他的烦恼和忧伤。

七

关键词：<u>于永志　王小柔　杰瑞</u>

标签：<u>夜晚的心事</u>

王小柔生气了，她没有沿着杰瑞能去的各种路径发出声嘶力竭的呼喊。找寻了片刻无果后，一甩衣服袖子，回家了。憨憨的妈妈也急惶惶地要回家。所以，这个晚上，遛狗的女人们没能将一条幸福路走到尽头再折回来。第一个拐进小区的是王小柔，然后是球球妈妈，再然后是憨憨妈妈。三个女人的住宅小区像三个弟兄一样，站在马路边，手挽着手，肩并着肩。

王小柔往小区里拐时，看见一个男人，一个颇有几分风度的中年男人，踱着很闲适的步子，迎着几个女人和女人的狗狗们。发现了男人的憨憨，摇动起尾巴来，朝着男人奔了过去，极其亲昵地围着男人转来转去。憨憨的举动吸引了王小柔，王小柔放缓了步子，投过好奇的目光来。比王小柔还要好奇的是球球的妈妈。

这扇门，

这个伶牙俐齿的和王小柔年龄相仿的女人，心里疑惑着，这个让憨憨做出亲昵动作的男人，该不会是憨憨的爸爸吧？

这小东西，他总不在家，冷不丁回来还挺亲！

憨憨妈妈的话说得再明白不过了，眼前的男人是属于她的。

虽然没有见过憨憨爸爸的面，但是王小柔和球球妈妈们已经对憨憨爸爸非常熟悉了。从他的职业、性格、日常的不良习惯、睡觉的姿势，及至打呼噜、咬牙、放屁，等等，无一不是憨憨妈妈每个晚上话语的主题。憨憨妈妈和她的憨憨加入幸福路遛狗队刚有半年的光景，半年的时间，刚好是她的男人出海远航的日子。因此，王小柔和球球妈妈们对憨憨爸爸印象的获得，都是通过憨憨妈妈。这个女人，这个看上去身体健壮头脑憨憨的女人，用她平日的幽怨欺骗了所有的人。所有的人都在心里为她的男人画了一幅很糟糕的像。她的遭遇并没有得到别人的同情。很好啊，很配啊。再说了，海员的待遇可是不低呢。否则，一双握锄杠的手，也会闲置起来，有空闲在城市的大街上遛狗？成为一个城里人？

姐夫回来啦！

球球妈妈的声音甜美极了。

憨憨爸爸很礼貌地回应着，并报以一个成熟男人的微笑。

憨憨妈，你老头子这么帅，你用啥招法给勾来的？

这个球球妈，叫刺球妈还差不多。王小柔无心观战，进了小区的大门。

回家，也是无心的。可是还得回。起码，家里有张床。在那张床上，她可以进入到睡眠里。睡眠真好。人睡着了一切的烦恼都没有了。

在进入到睡眠之前，王小柔要把于永志安顿好。帮他翻身。换尿不湿。

咋没看见杰瑞，杰瑞呢？于永志的目光在王小柔的脸上搜寻着。

——不知道。

这个杰瑞，咋又不听话了呢，不会是谁家的母狗给招去了吧？非得拴上他不行，要不控制不了他……

于永志絮絮叨叨地说了很多话，却没有几句被王小柔的耳朵接收进去。王小柔的耳朵朝门口的方向张开着，门外任何细微的动静，她都会和杰瑞联系起来。

杰瑞就是她的儿子，儿子再淘气，当妈妈的也不会真的放弃对他的牵挂。

嗷——嗷——很短促的两声。王小柔知道是杰瑞回来了。这种叫门的方式是独属于杰瑞的。恐惧的声音，愤怒的声音，撒娇的声音，警惕的声音……每一种情绪对应着不同的声音。只有在叫门时才发出短促的嗷声。王小柔忙不迭地奔扑到门口，打开门。

你还知道回来！看我不打死你！

王小柔的手朝着杰瑞扬起来。只是干巴巴地扬着，并不见真的落下来。杰瑞夹着尾巴，一副知错的神情，蔫着步子绕过了王小柔，寻了个不起眼的角落猫起来。如此，王小柔那部分由杰瑞惹出来的不悦就烟消云散了。其他的不悦就没这么容易了。它们已经在王小柔的身体里牢牢地扎下了根基，并且成长得枝繁叶茂，枝头绽放的是看不见希望的日子。今天下午呵，又发生了什么？

被麻醉了的记忆呈现出苏醒的迹象。不能让它苏醒。不能。王小柔要逃跑了，她需要立刻逃到睡眠里。

我去睡了，有事喊我。

把电视关了吧。

不看了？

不看了。

王小柔睡觉的时候，也是于永志停止看电视的时候。他不愿意麻烦王小柔。他是心疼她的。平时的日子，他甚至尽量少地喝水，等到王小柔顶着一额头的倦怠回到家里，伸手摸摸他的尿不湿依旧干爽时，他便会有一些愉悦。也是在向王小柔传递一个信息：我是疼爱你的。

王小柔转身走向自己的小卧室。

小柔——

她听到于永志在唤她，便止了步子，侧过脸来，做倾听状。

你去买一个那个东西，好么？

还有别的事么？

没有。去买一个吧，求你了！是我对不起你！

王小柔甩过头，进了自己的小卧室。心里莫名地冷笑了一声，有了那个东西，她就快乐了么？

于永志第一次和王小柔说起那个东西时，王小柔还一头的雾水。等她弄明白了那个东西究竟是什么东西时，她啐了于永志一口，你真不要脸！于永志一脸的无辜，好心当成驴肝肺！王小柔加重了语气，你就是不要脸！然后用蔑视和挑衅的目光盯住于永志。于永志没有别的选择。只有沉默。沉默才能偃旗息鼓。他是深爱这个女人的，不管过去对这个女人做了什么，一切的出发点都是因为爱。

然而，王小柔并没有如愿地进入睡眠。她静静地等待着吞下的两粒安眠药化成天使的模样，把她送进美好的睡眠里。天使没有来，来的是一片雾状的小颗粒。它们在王小柔的脑子里飞舞、盘旋，好像是带了黏性，互相碰撞，互相粘连。于是，在不断的粘连中，颗粒越变越大。最后竟拼接成一块一块的肢体。那些肢体又开始拼接，拼接成一副衰老的完整躯体。王小柔的胃里一阵干呕。

于永志和杰瑞也没有丝毫的睡意。他们各有所思。

八

关键词：王小柔　老男人

标签：王小柔的心事

　　明天。是啊，明天。王小柔多么希望明天永远是明天，当明天变成今天的时候，她该怎样，该如何去面对脑子里的这副衰老的躯体？她用她的年轻验证了他的衰老，自己的忍辱负重会不会付之东流？都是一个未知数。

　　那具衰老的躯体，其实刚刚经过五十几年岁月的浸泡。只是一张多皱的瘦条脸，给他的实际年龄罩上了一层面纱。和缺少肉质的两腮相比较，两只狭长眼睛的下方，也就是下眼睑，竟堆着两大坨的肉。这样的一张脸，任何人都不愿意多看的。然而，就是这样一张脸，也的确是让人不可小觑的。它频繁地出现在公共空间里，频繁地出现在公共视野里。许多的人主动或被动地去记住它。它的威严，它的不苟言笑，令下属们敬畏三分。瘦长脸上的每一条皱纹发出的信号不是衰老，而是阅历、睿智，以及一个文化部门领导才有的标志。每一条沟沟，每一条坎坎，都是文化底蕴噢。所以，人们眼里的这具躯体，并不是衰老的。

这具习惯了征服的躯体，却在王小柔跟前败下阵来。他一定以为他是行的，所以胸中涌动着气壮山河的气势去征服王小柔。拥抱。亲吻。都是征服的前奏。在王小柔的帮助下，他的准备工作做得非常充足。当征服进行到实质阶段时，意想不到的事情发生了。

你老婆要回来咋办？

回不来！

万一回来咋办？

回不来！

可是，万一呢？

王小柔频频地将恐惧的目光投向门口。配以恐惧的声音。

一个恐惧的场在形成。

我不行了……松懈的躯体跌倒在恐惧的场里。失去了奈何王小柔的力量。

颓丧。失败。无助。甚至歉疚。

所有的表情都逐渐地清晰起来。没错，在一堆情绪里，夹杂着歉疚。那么，这份歉疚是真对她的么？他为不能给她一个完美的满意的雄性征服而歉疚？

难道他没有看出来那个恐惧的场，是她刻意制造出来的么？

也许他的过早松懈和她制造的场根本就是没有关系的。他的肌体已经先于精神提前衰老了。她不过是给了他一个验证衰老的机会。

明天，他会拿了怎样的面孔对着她呢？

自己会不会做了无谓的付出？

活着，太难了。快要无法呼吸了。王小柔大张开嘴巴，喘着气。

九

关键词：于永志

标签：于永志的心事

只要他还在床上躺着，只要王小柔还在他的视线里，王小柔就无法改变是他老婆的这个事实。她不会抛弃一个瘫子不管的，舆论不会容许她那样做。他要坚强地活下去，绝对不能让王小柔成为别人的老婆。不能。那样，他做鬼也不会安心。他什么都可以失去，唯独不能失去王小柔。她是他的生命，她是他的呼吸。对于永志而言，这个夜晚也注定是无眠的。

三年前，他差一点就失去了王小柔。他撕心裂肺地说，我是因为爱你！她厌恶地说，你是因为无耻！

她是决绝的。她无法原谅一个用设计赢得她的男人。无法。她还狞笑着讥讽他，知道为啥你没有生育能力么？这是老天爷在惩罚你，让你断子绝孙！

　　　　　　　　　　　这 扇 门，

她在电话里说，明天吧。明天，是一个什么概念呢？明天意味着他将彻底地失去她。从明天开始，她将从他的生活里消失，从他的视线里消失。

一个行人站在马路边朝他挥手，要打车。一股无名的怒火从心底蹿升起来，他本能地张开嘴巴，想吐掉炙烤五脏六腑的火焰。车子驶到行人的身边，他摇下车窗，朝着那人喷射：我他妈就不拉你，呸——

日你祖宗，神经病啊！

挺好玩不是？他嘿嘿地笑着，加大油门，让车子在马路上画着S线。妈的，有不服的，来撞我试试！除了他自己，没有人和他过不去。所有的行人和车辆都躲闪着他，谦让着他。

闯了一个红灯，他以为后边会有警察开着警车追上来。可是没有。妈的，警察瞎眼不成？没有对手的较量是无趣的。终于，他和横行霸道的车子在一家酒馆的门前停下来。

一点也不漂亮的女服务员将酒蹾在他的面前。他举起两只眼珠子，斜了一眼带着情绪的服务员，你咋长那么寒碜？

女服务员的眼泪一下子就涌了满脸，捉了衣袖子抹着跑走了。酒店老板暗中留了神，招呼伙计们把棍子放在顺手的地方，只要人闹事，立马抄家伙，揎他个腿折胳膊烂。

事情没有沿着人们预想的轨道发展。喝酒的人只是默默地喝酒。喝了很多酒。

他喝得很痛快。再也不用忌讳什么了，也没有什么可忌讳的了。放心地喝吧。他不知道自己喝了多少酒，不知道自己喝了多长时间，不知道自己有没有付人家的酒钱。

等他醒来时，人已经在医院了。第一眼，他看到了王小柔。第二眼，他看到了博士男。

你啥时从北京回来的？他问博士男。

我没回去，是你在北京。博士男满脸的阴郁。

他想伸手去拍一下博士男。可是，没有成功。他发现，他的手没有了知觉。然后发现他的腿也没了知觉。

他们说，他是喝醉了摔的，把坐骨神经给摔坏了。摔了一个屁股蹲儿就摔成了一个残废，真是邪性了。他还记得博士男说了一句很通俗的话，放屁砸到脚后跟，倒霉。

他也还记得王小柔一腔愤恨地对他说，我上辈子欠了你的么？你凭啥要折磨我一辈子？

王小柔说一辈子。他用他残破的躯体换来了王小柔准备一辈子的相守。

他嘿嘿地笑了。

这扇门，

十

关键词：杰瑞

标签：杰瑞的心事

杰瑞自己睡在客厅的小房子里。下颚担在房檐上，瞪着两只漂亮的眼睛，痴痴地想心事。

从男主人和女主人分在两张床上睡觉，杰瑞就开始自己睡了。男主人和女主人在一张床上时，他像孩子一样，睡在他们两个中间。夜里，一家三口在一张床上打着温馨的鼾声。有时候，男主人板起脸来呵斥他，让他暂时离开这间屋子，暂时离开这张床。他就使出一贯的伎俩，半是哀怜，半是赖皮，做出一副坚决不走的架势。女主人便斥责男主人，他知道什么呀！

狗狗是没有笑的表情的。但是，杰瑞却在心里乐开了，哼，我什么不知道！只有人类才那么神神秘秘的。不光出门行走时，把自己的身子包在衣服里，还把许许多多的事情藏起来偷偷地做。喊！

便把头扭转过去。假寐。

一家人躺在一起睡，真是幸福。因为有男主人和女主人在，所以杰瑞的睡眠解除了警觉，尽可能地睡得松弛，舒服。他的呼噜已经打得很有水平。如果不仔细辨别，完全是男主人呼噜的复制品。很多次从睡眠中醒来的时候，杰瑞都忘了自己是一只狗狗。因为他已经像人类一样，有了白天和黑夜之分，习惯了在晚上睡去，在早上醒来。醒来时，也和人类一样打着慵懒的哈欠。他真正地变成了男主人和女主人的孩子。幸福的睡眠随着女主人和男主人的分床睡而画上了句号。从此，杰瑞不再盼着夜晚的来临了。女主人床上特意空出一个位置，等他去填补。男主人的床上特意空出两个位置，等他和女主人去填补。他不想伤了女主人的心，她那么疼爱他，像妈妈一样。可是他也不想伤了男主人的心，男主人也是疼他的，像爸爸一样。只好左右为难地缩在自己的小房子里。尽管那时的杰瑞还小，还没有现在的成熟和睿智，但他是一条聪明的蝴蝶犬啊。所以，在短时间内，杰瑞想出了一个主意。他决定采取一些行动，来改变家里的气氛。趁着女主人睡着时，他把女主人的拖鞋叼到男主人的屋子里，和男主人的拖鞋放在一起。摆放成过去它们在一起时的样子。很亲密。然而，杰瑞的努力每每都是白费的。女主人的拖鞋排斥着男主人的拖鞋，态度异常坚决。女主人不是不懂杰瑞的心事，只是杰瑞的心事不足以动摇女主人的坚决。

杰瑞有一种预感。大概用不了多久，男主人和女主人就不能同时居住在一个房子里了。他将作为一件物品被分配，归男主人

这 扇 门，

所有，或者归女主人所有。他的预感在变成现实之前，男主人出事了。这座两室一厅的房子，大卧室的床上占据着男主人，小卧室的床上占据着女主人，杰瑞和他的小房子占据着客厅。三年的夜晚，这样的格局从来没有打破过。

杰瑞换了一个姿势。唉，不想了，想想明天要做的事情吧。明天，还要不要带着女流浪狗呢？她是不招人喜欢，但是，也不是一点用处没有。还是有利用价值的。

十一

关键词：王小柔　黑棉袄老人　女同事

标签：去上班

　　明天最终变成了今天。

　　在今天的太阳升起来之前，王小柔给于永志换了尿不湿，翻动了身体，喂了饭。然后，带着杰瑞到楼下遛了一圈儿，让杰瑞释放一下内存。十分钟吧。杰瑞乖乖地、一心一意地对着路灯杆子喷洒热腾腾的尿水。早上的这个十分钟，从来都是杰瑞守规矩的十分钟。他很清楚地知道这个十分钟的含金量。顽劣和淘气都是有限度的，有底线的，越过这个限度和底线，他就变成了一条讨人嫌的狗狗。他不会那样做。所以，王小柔从来不用在早上担心杰瑞会突然溜掉，让她心神不宁地去上班。这也是王小柔喜爱杰瑞的一个方面。杰瑞在朝着路灯杆子喷洒尿水时，又没有丝毫悬念地看见了女流浪狗。他看了一眼女流浪狗，用很正的眼神。

女流浪狗快要感激涕零了。天哪，难道爱情真的要惠顾她了么？女流浪狗幸福得浑身颤抖着。

　　王小柔也看到了那只脏得让她嫌恶的女流浪狗。女流浪狗在抖。人活着不容易，狗活着也不容易。一丝怜悯蜗牛一样，渐渐地漫上王小柔心底的某一个柔软区域。是在怜悯女流浪狗，还是在怜悯自己，于永志，老男人……芸芸众生？

　　上班吧。

　　脚下的路怎么突然缩短了呢？一眨眼睛，三分之二的路程就过去了。是天气寒冷的缘故么？王小柔尽量地放慢了车速，还是感觉短了很多。眼睛远远地盯住前方的一个模糊的背影。背影缓慢地清晰起来。是一个穿着黑棉袄的老人的背影。城市的心胸是宽广的，它包容着时尚，也没有拒绝陈旧的黑棉袄。穿着黑棉袄的老人要去哪里，是在遛早么？是在买早点的路上么？一片残雪被踩踏成泛着光亮的冰凌子。走着直线的黑棉袄老人踏上了这片冰凌子。行至老人身后的王小柔准备让自行车转一个弯，绕到马路的中间，那里是光洁的。汽车的喇叭声很突兀地在王小柔的身后响起来。很显然，喇叭声是针对王小柔的。它了解王小柔的意图，警告王小柔不许改变路线，不许影响了它的行驶。王小柔一慌，扭过车把，但她很快发现，如果一直向前，她的车子会撞到黑棉袄老人。那是绝对不行的。手迅疾地捏住车闸，停止向前。已经和冰凌子做亲密接触的前车辘辘生气了，因为王小柔的急刹车弄疼了它，所以它要以它的方式表示愤怒。身子一歪，制造了一个让王小柔从车上摔下来的小事件。

　　王小柔很无助地摔在了马路上。她没有感觉到疼痛。她甚至没有立即从地上爬起来。一只手撑住冰冷的地面，任自行车压在两条腿上，让这个姿势保持了至少五秒钟。目光依旧在保持直线行走的黑棉袄老人的背影上。她多么希望那个背影转过来，然后用慈爱的目光对着她，再然后，将一双苍老的手臂伸向她。可是没有。那个黑色的背影没有任何反应。王小柔从地上爬起来，带着些许对黑棉袄老人的嗔怨。当她骑上车子，经过黑棉袄老人的身边时，忽然觉得对老人的嗔怪是不公平的。他衰老得如此彻底，比她的父亲衰老得还要彻底。他一定是耳背了，听不见身后发出的声音了。一定是这样的。

随着王小柔一起进单位大门口的，还有两个有了一把岁数、和她一个办公室的女同事。王小柔努力地笑着，和她们打招呼。女同事也笑着和王小柔打招呼。可是，她们的笑让王小柔不舒服极了。她们的笑是别有深意的，她们的笑里是带了刺的，刺得她每一寸肌肤生疼生疼的。平时，她们专爱背后论个短长，这一次，她们不会放过她的。不会的，她们不会知道的，她们又没长千里眼。一边朝着三楼的办公室走，王小柔一边虚汗淋漓地安慰着自己。

在进办公室前，王小柔扫了一眼对面的办公室。那扇关得死死的门，阴森森地看着她，丧失了一个门该有的本质。王小柔的心猛地一个抽动。它早就不是一扇门了，它是一副人的面孔。老男人的面孔。

坐到自己的位置上，王小柔打开电脑，挂上QQ，打开WORD文档，接着写一份上个星期没完成的材料。实际上，王小柔一个字也写不下去，只是在重复着已完成的文字。制造着一种投入工作的假象。两只耳朵听着对面那扇门的动静。

那扇门始终没有发出任何动静。

中庸男性副主任也不在。办公室里便是王小柔的两个女同事的天下了。其实，唯一的男性副主任在与不在区别不是很大的，两个人到中年的女人并不把性格中庸的副主任放在眼里。人到中年是她们可以无赖、可以放肆的最好借口。中庸男性副主任本着好男不和女斗的原则，放纵了她们的无赖。所以，两个女人的话题涉猎到各个领域，各个阶层，并不避讳中庸男性副主任。当然，也不避讳王小柔。手里捧着温暖的水杯，两颗头凑在一起，叽叽喳喳，嘻嘻哈哈。一般情况下，她们叽叽喳喳和嘻嘻哈哈的音调是被刻意控制了的。她们的控制是针对对面那扇门的。对面那扇门里的人，是她们畏惧的。而今天，两个身体早就开始发胖的女人，叽叽喳喳和嘻嘻哈哈的音调明显地提升了。这说明，对面那扇门里让她们畏惧的那个人不在。所以，从两个女人谈话的松弛度上，王小柔就可以判断出对面那扇门里的人，是在，或者不在。

王小柔抬起手揉了揉两只警觉过度的耳朵。也起身走到饮水机前，给自己倒了一杯热水。然后，将水杯捧在掌心里。热水的温度和掌心的冰冷汇合，厮杀。很快，冰冷便溃不成军了，节节败退。

十二

关键词：<u>女流浪狗</u>　<u>小区物业</u>　<u>老男人</u>

标签：<u>为了爱情向前冲</u>

　　爱情的力量大概是这个世上最伟大的一种力量。女流浪狗的胸中熊熊燃烧着爱情之火，去完成一个重要的使命。杰瑞是不自由的，她要充分利用她的自由之身，努力去帮杰瑞多做一些事情。杰瑞的仇人就是她的仇人。早上，在杰瑞用很正的眼神看了女流浪狗后，女流浪狗便决定要替杰瑞去报仇了。杰瑞被女主人带上楼，英武的小身子在女流浪狗的眼前消失得一干二净后，女流浪狗就调转方向，朝着某小区的某个楼道口奔跑。去找老男人报仇。

　　深陷在爱情里的女流浪狗，丧失了最基本的判断能力。她不知道老男人是要上班的，更别说掌握上班或是下班的准确时间了。老男人的出行规律，她一无所知。她所使用的，是最笨的方法。严防死守。这需要消耗掉大量无谓的时间，需要很好的耐力。不

这扇门，

怕，这两样东西，女流浪狗都有。

从上午守到中午，又从中午守到下午。这中间，女流浪狗的守候并不顺利。它的出现吓到了一个小女孩。小女孩跟着妈妈下楼，突然在一扇门前看见了一只脏乎乎的狗，一声尖利的叫声，便在第一时间发出了。小女孩的妈妈手疾眼快地把小女孩塞进怀里，紧紧地搂了，往楼上跑。确定女流浪狗没有追上来，腾出一只手臂，从羽绒服的口袋里摸出一只手机来，拨出了几个号码。一会儿，两个小区的物业人员赶了过来。他们雄性的喉管里发出尽量恐怖的声音，来驱赶女流浪狗。爱情赋予了女流浪狗英勇无畏的精神，并不为恐吓所动，顺着一副眉眼，坚定地守在原地，守住那扇门。两个雄性的物业见女流浪狗并没有进攻伤人的意思，就循序渐进，得寸进尺地慢慢接近女流浪狗。距离恰当时，飞起脚上非洁净的大皮鞋踢向女流浪狗。女流浪狗尖刺刺的一声嚎叫后，并未如两个雄性物业所预料的那般夹起尾巴仓惶而逃。而是龇出了两排比嚎叫声更要尖利的牙齿。两名雄性物业不敢用肢体的任何部位接触女流浪狗了，被她咬一口可是非同小可。狂犬病永远是一个让人类心生畏惧的词汇。人毕竟是制造和使用工具的智慧型的动物，很快，两个雄性物业中的一个，做了一个套狗的铁项圈来。女流浪狗终是敌不过智慧的人类，脖颈被套在铁项圈里，被拖到楼下。又被拖到小区的大门外。怎奈，爱情赋予了女流浪狗持之以恒的坚持，坚持就是胜利。趁着人的疏忽，女流浪狗重返战场。一天里，女流浪狗总共被两个雄性物业拖下楼三次。第四次的时候，是女流浪狗自己走下去的。她太饿了。她需要一堆可供她捡拾的垃圾。

女流浪狗想，她先吃一些东西，补充一下能量。再回来。而此刻，天刚好黑尽了。路灯的眼神一如昨日般涣散。

刚走到楼下，眼前发生的一幕令女流浪狗突然兴奋起来。因了兴奋有些过度，她浑身的脏毛簌簌地抖动。天啊，没想到等了一天，居然在这里碰上老男人了。这一时刻的老男人正在从一辆黑色的轿车上走下来，给老男人开车门的一个四十岁左右的男人，垂首立在一边，脸上堆着几乎要掉下来的讪笑。女流浪狗不知道人类常吟诵的那句"众里寻他千百度，蓦然回首，那人却在灯火阑珊处"，否则她一定拿来一用。出击吧！女流浪狗命令自己。

明枪易躲，暗箭难防。眼看女流浪狗的牙齿就要匕首一样刺入老男人的腿肚子了，说时迟，那时快，一条腿猛然从斜刺里扫过来。亢奋之中的女流浪狗便和那条腿搏斗起来……

搏斗的结果是两败俱伤。双方的腿都负了伤。女流浪狗先败下阵来，因为她看见用铁项圈套她的人，手里掂着一把除雪的铁锹正朝这个方向奔跑。丢了命，还怎么能帮杰瑞报仇呢？所以，暂时放弃，先逃掉自己的这条命吧。女流浪狗拐着一条腿，走了一个多小时才走到杰瑞家的楼下。

没有看到杰瑞的影子。是没有出来，还是出来了没有看到？女流浪狗说不出地沮丧。没有帮到杰瑞，自己反而弄得伤痕累累的，杰瑞会怎样看自己呢？会不会讥笑她很没用？女流浪狗越想越难过。她的难过淹没了饥饿，淹没了伤痛。只可惜狗没有流泪的功能，不能像人类一样哭泣。故而，她只有哀伤着一副表情。

这扇门，

十三

关键词：**球球妈妈　　憨憨爸爸　　王小柔　　杰瑞　　女流浪狗**

标签：**纷杂**

　　一阵人声夹杂着狗声，由远及近。而且，人声和狗声由开始的瘦弱正变得肥壮起来。肥壮成幸福路遛狗队。当然，说肥壮有些牵强，远远逊于其他三个季节的鼎盛时期。球球妈妈和球球加入进来了。王小柔和杰瑞加入进来了。今晚的球球妈妈好像充满了某种期待，比往日更早地关了她的小服装店面，草草地吃了刷了，早早地候着遛狗的时间。球球妈妈的肚子鼓鼓胀胀的，很是不舒服。她要排泄掉它们。"它们"在她的肠胃里积攒了一夜又一天，亏得是严寒的冬日，换在酷热的夏日，早就憋馊了。她要把它们排泄给憨憨妈妈。"它们"因憨憨妈妈而产生。所以，听见憨憨脖颈上的小铃铛一响，球球妈妈就带着球球从小区里闪了出来。令球球妈妈失望的是，没有见到憨憨妈妈的影子。同时也令球球妈妈眼前一亮的是，憨憨妈妈换成了憨憨爸爸。

当王小柔和杰瑞加入到幸福路遛狗队的队伍时，球球妈妈已经在和憨憨爸爸有说有笑的了。球球妈妈显得格外热情，姐夫长姐夫短地叫着。憨憨爸爸有着和外表相当协调的矜持，话不多，很少主动说话。大多是在礼貌地回答着球球妈妈的问题。从球球妈妈热情的问话和憨憨爸爸矜持的答话中，王小柔听了个明明白白。憨憨妈妈的娘家妈病了，她去照顾娘家妈了。念大学的孩子不在家里，遛狗的担子自然而然地落在了憨憨爸爸的肩上。王小柔看得出来，憨憨爸爸是羞于和一群陌生的女人在一起遛狗的。憨憨罢免了他的选择权。憨憨的方向就是憨憨爸爸的方向。王小柔还看出一个问题，球球妈妈听说憨憨妈妈去伺候娘家妈了，不但喜形于色，更是喜形于心。

王小柔的感觉是准的。球球妈妈的确有点心花怒放了。一肚子的鼓胀神不知鬼不觉地排泄到空气里了。她快乐地想，那个女人的娘家妈病得真是时候。

和憨憨妈妈、憨憨爸爸有关的心花怒放是暂时的，快乐也是暂时的。球球妈妈自然不会不知道这个道理。娘家妈不会总病着，不是病好了，就是病死了。早晚，憨憨妈妈和憨憨爸爸是要团聚的，是要彼此消费的。那是后话，得快乐且快乐吧。

换一个庸常的不入眼的男人也就罢了，偏偏是如此一个让人看着顺眼顺心的男人。王小柔继续猜测着球球妈妈的心事。也难怪她心理失衡了。一个平日里看不上眼的人，忽然有一天她拿出来一样东西，这样东西非常让人羡慕。更重要的是，这个拥有好东西的不起眼的人就是你身边最熟悉的人。这就有点遭人忌恨了。

凭什么好东西会在你的手上？凭什么？

王小柔苦苦地笑了一下，在心里。有些同情球球妈妈。想占尽风头本身就是值得同情的，是性格的悲剧。

看了一眼憨憨爸爸略显单薄的衣服，王小柔说，咱们走快点吧，这样暖和些。便带头加快了步子。狗儿们紧跟其后，用细碎的步子营造出一个欢腾的小高潮。女流浪狗和队伍保持了一段距离，在后边一瘸一拐地尾随着。寻找着有利的时机，向杰瑞传达信息。其实，杰瑞早就听明白了女流浪狗的话语含意。她去找老男人报仇了，在人家的门前笨笨地守了一天，结果呢，报仇雪恨的时机终于等到了，却咬错了对象。不仅如此，她还付出了惨重的代价。杰瑞很生气，你以为你是谁，凭什么替我去报仇？笨头笨脑的，差点搭上自己的小命，还报仇，嘁！那么瘸着走路干吗，瘸给我看啊，想让我舔你的伤口啊？

杰瑞又恢复了他的冷漠，对女流浪狗漠然置之。他的确很生气。他给女流浪狗的界定是，我需要你时，你完成我的需要就可以了，这已经很不错了。起码，是对你存在价值的部分承认了。在我的心里，还没有一个让你自作主张的位置。杰瑞是一个从小就被豢养和娇惯的狗，再加上他的帅气和聪明，更是助长了他的傲气。他是傲在骨子里的。傲气通过眼神，通过走路的姿态流泻出来。女流浪狗忍着疼痛努力地跟着队伍走到幸福路的尽头，她实在没有再跟着返回来的力气了。她失去了行走的动力。因为她看明白了，杰瑞听懂了她要表达的意思。他之所以漠然至极，是因为他不满意她的行动。她的行动一定是扰乱了他的计划。自己的一切努力和付出都白费了，爱情的大门眼看开启了一条缝隙，如今，又咣当一声关死了。

女流浪狗趴在地上，瑟缩着，看着幸福路遛狗队渐行渐远了。始终，杰瑞都没有回一下头。她绝望了。套用一句人类的语言，此刻，女流浪狗精神上的伤痛，远远大于肉体上的伤痛。

原本今晚下楼时，杰瑞做出了一个决定，还是带上女流浪狗去复仇，万一有个什么事，也好有个照应。至于球球和憨憨，杰瑞没想过要带他们。他不想扩大范围，只想悄悄地进行。没想到，女流浪狗打乱了他的计划。独自去复仇，说不定老男人怕外出再遇到女流浪狗，躲在家里不出来了呢。杰瑞的小脑袋里乱糟糟的，往回走的路上，心里越发地烦躁。真想立刻就做点什么，来排遣一下内心的烦躁。烦躁在心里待着的滋味一点也不好，好像长了尖尖的嘴巴，一口一口地在咬他。

球球有一个毛病，走起路来不光是像皮球一样在滚动，而且喜欢在滚动的过程中碰撞。撞一下这个，撞一下那个。在碰撞中享受乐趣。大家都是好朋友，反正又撞不疼，再加上球球是个漂亮的女狗，憨憨和杰瑞都表现了男子汉的风范，很少去计较。今晚，球球撞到了杰瑞的烦躁上。杰瑞突然朝着球球的脖颈处就是一口，球球不知是疼得还是惊骇过度，发出超越底线的尖叫声，向着球球妈妈奔去。正对海员的生活表现出浓厚兴趣的球球妈妈，见球球被咬了，立马变了脸色，一手拎起球球，穿着皮靴子的脚灵巧地对着杰瑞踹了过去。杰瑞的小身子比球球妈妈的脚灵巧多了，一边躲闪着，一边将尖刺的牙齿龇出了唇外。

杰瑞妈，你们杰瑞还无法无天了，咬球球还不算，还想咬我，你也不管管！

这扇门，

本来想训斥杰瑞的王小柔，一看眼前的阵势，慢悠悠地回应球球妈妈，你不是在替我管么？

算了，狗哪有不掐架的，看看咬坏了没有？

憨憨爸爸的话果然让球球妈妈止了脚上的动作，掀开怀里球球脖颈处的米黄色长毛。除了一缕长毛湿漉漉的，并未见任何伤痕。哪怕是细微的。

杰瑞，你是想吓唬吓唬球球吧？哼，你要是真咬球球，我就不让球球当你媳妇啦，让你臭小子光棍光！球球妈妈脆生生地笑了。一笑，腮上的酒窝就活泼地跳跃起来。

十四

关键词：**杰瑞　球球　憨憨**

标签：**我的心情不好**

　　王小柔说，还看电视么？

　　于永志知道，王小柔又要去睡觉了。

　　电视不好看，没你好看。陪我说会儿话，好么？

　　我太累了。想睡了。

　　昨晚又没睡好吧，眼圈儿都黑了。最近是不是出了啥事啊？单位的？

　　啥事都没有，就是累了。王小柔的情绪开始躁动。在从她的口中说出难听的话来之前，她必须离开。

　　快走，赶快进入到睡眠里。王小柔快速地逃到自己的屋子里，从小药瓶里倒出四粒安眠药。剂量是平日的两倍。吞下去，然后躺在床上，焦躁地等待着睡眠。在王小柔看来，睡眠是有形状的，

　　　　　　　　　　　　　　　　　　　　　　　这扇门，

是一张大大的嘴巴。然而，你却永远看不清这张嘴巴的容颜。它是隐匿的，往往趁人不备之时，将人一口吞了。

亲爱的，来吞掉我吧。我那么爱你，难道你不爱我么？

杰瑞看见女主人回到自己的屋子睡觉去了，男主人的眼睛望着房顶发呆。镜子里的电视哗哗地响着。里边有许多小人儿在打斗，很激烈。比他和球球的打斗激烈多了。电视已经响了一个下午和一个晚上了，如果女主人不来关掉它，它就要再响一宿了。它总响着，累不累啊。其实，杰瑞知道按哪个键可以把电视关掉。开电视和关电视，他看见女主人总是按住相同的一个键，用心地看了几次，杰瑞便记住了。只是，杰瑞从来没有开过，也从来没有关过。男主人和女主人不知道他掌握了这项技能。开电视和关电视是女主人的事情，他替女主人做了，男主人会不高兴的。

杰瑞回到客厅，钻进自己的小房子。唉，今天晚上是怎么了，居然把球球得罪了。也不知道球球会不会原谅他。还有那个憨憨，真是重色轻友，如果不是球球妈妈用脚踢他在先，说不定憨憨就会扑过来教训他。他看见憨憨已经满脸的愤怒了。躲得过球球妈妈，无论如何也躲不过憨憨的。杰瑞不会忘了，他是挨过一次憨憨咬的。那次是由于争风吃醋。球球正处在发情期，憨憨鞍前马后地献殷勤，孰料，球球却变了一副嘴脸，一改往日邻家小妹的娇柔，做出一副只要你靠近我就咬你没商量的嘴脸。憨憨急得围着球球转来转去，在绝望中努力地寻找着希望。正在这时，杰瑞信心满满地接近了球球，他要用实际行动证明，只有他才是球球要的，只有他才是和球球般配的。还没等球球做出反应，憨憨嗖的一个箭步蹿了过来，将杰瑞按住，一顿狂吻。在硕大的憨憨爪下，只可怜杰瑞连招架之功都丧失了。穿着凉鞋的女主人冒着被憨憨咬伤的危险，疯了般用脚去踢憨憨，喉管里还发出令人毛骨悚然的嘶叫声，全然没有了往日的淑女形象。憨憨妈妈也捡了一截树枝来象征性地轰赶憨憨。

杰瑞记得当女主人将他救出来，搂在怀里时，他已经鲜血淋漓了。女主人抱着他一边往宠物医院跑，眼泪一边哗哗地流到他的身上。

后来的事实证明，憨憨和杰瑞之间的战争是无谓的。球球没有接受憨憨，更没有接受杰瑞。她接受的是一只丑陋的花斑狗。花斑狗是整个幸福路遛狗队里最丑陋的一只狗。一种丑到极致的无法形容的丑，所以他的家人给他取了个名字叫小丑。球球拒绝着包括憨憨和杰瑞在内的所有雄性狗，只对小丑表现出极大的乖顺。气得球球妈妈棒打鸳鸯，在球球的发情期结束之前，暂时地远离了幸福路遛狗队。害得若干只雄性狗狗得了相思病，拼命地挣脱主人的束缚，眼巴巴地守在球球家的楼下。若干只雄性狗狗里就有小丑。楼上的球球知道小丑在楼下的痴情守候，想方设法，千方百计地寻找和小丑幽会的时机。球球妈妈对小丑不仅仅横眉冷目，而且恶语相加，再不滚，我就把你那个撒尿的家伙用线儿拴上！长得马猴子似的还想美事！

球球妈妈的经典语言一时盛传在幸福路遛狗队之间。憨憨妈妈几近笑弯了粗壮的腰，用手指了小丑，小丑，你还敢出来呢，一会儿球球妈妈拿线把你撒尿的家什拴上，还不快跑呢！

好像所有遛狗的主人都很快乐。连自己的女主人都笑了，伤痕未愈的杰瑞也很快乐。杰瑞的快乐是双重的。一方面来自女主人，另一方面来自憨憨。因了女色，憨憨一改老大哥的风范，和他大打出手，愧疚之情溢于言表。杰瑞看得出来，自己受伤的第二天晚上，女主人不准备再带他加入到幸福路遛狗队，怕他再次受到憨憨的攻击。所以，《新闻联播》的片头音乐响起时，女主人还没有换鞋要出去的意思。人欢狗叫的遛狗队伍渐行渐近后，并没有渐行渐远。在杰瑞家的楼下有了一个停留。然后，憨憨妈妈的粗声大嗓来拍窗子了，杰瑞，杰瑞妈妈，快下来，我们憨憨说不打杰瑞了！

杰瑞的心一热，然后跟着女主人下楼了。在他们身后，传来于永志在床上发出的声音，拿根棍子！

果然，憨憨以摇尾巴、主动亲近杰瑞等诸多方式，来向杰瑞表示内心的歉意。想想过去，无论队伍里的哪一只狗狗受到外来狗狗的欺负，都是憨憨挺身而出，誓死保卫每一只狗狗的安危。有一次，一只大型恶犬挣脱了主人手里的绳索，直扑队伍前面的杰瑞。危难关头，还不是憨憨以死相拼，救下了杰瑞？还是原谅了憨憨吧。

今天，又差点因为球球和憨憨起冲突。上一次是因为争风吃醋，这一次是因为自己欺负球球，憨憨主持正义。虽然冲突没有真正地发生，但毕竟有了要发生的迹象。憨憨一定不再会像上次那样给自己赔礼道歉了，他一定以为他做得很对。唉，憨憨怎么会知道我的心情不好呢？他要是知道了，肯定会理解的。说不定还会主动帮我的。

怎么会有这么多的烦恼呢？杰瑞深深地叹了一口气。睡吧，睡着了就好了。像女主人那样。

可是，杰瑞刚一闭眼，就有一条暗影在杰瑞的眼前晃来晃去。一睁眼，那暗影便遁去了。如此反复。弄得杰瑞一夜都没有睡好觉，却也想不出暗影的来源。直到第二天王小柔把他带到楼下去遛他，在楼下没有如期见到女流浪狗，杰瑞才幡然醒悟，原来，那条暗影是女流浪狗。

这扇门，

十五

关键词：<u>王小柔　老男人</u>

标签：<u>没有过不去的火焰山</u>

　　那部就在手边的内线电话终于恐怖地响起来。王小柔把视线牢牢地粘在电脑屏幕上，拼命地去忽略它。

　　小柔，内线！女同事Ａ提醒王小柔。

　　王小柔的一只手只得顺着女同事的目光，抓起内线电话的话筒，贴在耳朵上，发出一声——喂。

　　你，过来一下！

　　电话挂了。很简短的语言，命令式的。很标准的上级对下级的话语方式。

　　王小柔让自己的身子离开椅子，两只手不自觉地攥成了拳头状，暗暗给了自己一些鼓励。去面对吧。

　　头儿叫你？走过两个女同事和中庸男性副主任时，女同事Ｂ从他们悄悄谈论的话题中暂时地分散了一下精神，来关照刚才的那个电话。他们好像在说昨天晚上谁被狗咬了的事情。到底是谁被狗咬了，王小柔一直没弄明白。王小柔知道，她该参与一下那个话题，哪怕那个话题是她讨厌的。参与是为了使自己不至于太孤立。王小柔忽然觉得，参与是需要勇气的。她竟然丧失了这个勇气。虽然她还是原来那个孤傲的清清白白的王小柔，可她毕竟躺在了他们共同上司的床上。在是她同事的她们和他面前，王小柔有了自惭形秽感。

嗯。王小柔努力地笑笑。走过他们。走出办公室的门，走进对面那扇门。

在那张巨大奢华的办公桌后边，凝固着一张长长的瘦翘翘的脸，看不出任何的表情。

把这份材料打出来，下午等着用。

松弛的眼皮动了一下，露出几丝视线，对着桌子上的一份手写资料。

王小柔在心里哼了一声，多么虚假的一副嘴脸。用力拿了桌上的资料，转身要走。忽然觉得自己的手背被拍打了一下，很轻的一下拍打。

硕大转椅上的人，将松弛的眼皮像卷门帘儿一样卷起来，裸露出全部的表情。

歉意。是的，歉意。王小柔并不陌生的歉意。他曾经向她表达过，在他的家里。

我老了。完成那个轻轻的拍打后，他说。

歉意和话语都是属于一个老男人的。和刚才的上司做派判若

这 扇 门，

两人。多么像川剧里演的变脸啊，一转眼，便是另一副嘴脸了。他更高明，变脸的时候连用袖子遮一下脸的动作都免了，演技真是过于纯熟了。王小柔想。

不过，后一个脸谱还是让她稍稍地动了恻隐之心。衰老本身就是叫人同情的。于是，王小柔牵动了一下嘴角，算是作为一个衰老的男人向她表示歉疚的回应。然后，以手里的资料为掩护，麻利地退了出去。

坐在自己的位置上，打开文档敲着字。在心里仔细地检阅着自己刚才的一举一动，看看有没有不得体的地方，看看有没有表现出对老男人的憎恶情绪来。一番检阅之后，王小柔确信自己的表现还是得体的。否则，自己所有的付出，自己的忍辱负重，都将付之东流了。自己成功地面对了他。是啊，自己成功地面对了他。王小柔忽然有了一种冲动。

她好想流泪。

便打开QQ，点击了好友栏里"丑得不得了"的头像，给他留言：我好想流泪，借你的肩膀给我用一下。想了想，觉得这句话有些暧昧，便又删了。打出一个小笑脸来。

十六

关键词：**于永志　杰瑞　博士男**

标签：**天方夜谭般的电话**

　　习惯了人类作息时间的杰瑞，因为昨晚没有睡好觉，感觉脑子里乱糟糟的，有点混沌不清的感觉。女主人的仇没有报，新得罪了好朋友球球，如今女流浪狗又不知去向。受伤的女流浪狗会去哪里呢？她的不知去向和自己有关系么？还有，她会不会死掉呢？

　　杰瑞懊恼地想，她不过是一只肮脏的流浪狗，自己已经很在意她的去向和死活了么？

　　女流浪狗健康且正常地存在于杰瑞的生活之中时，承受着杰瑞的忽视、嘲弄，以及被利用。杰瑞从来没有为此产生过歉疚之情。无论他对她怎样，都是合情合理的。无论她对他怎样，都是顺理成章的。可此刻，因为女流浪狗的消失，杰瑞的内心产生了几许愧疚和不安。他的确正在在意女流浪狗的死和活。在意的产

这扇门，

生缘于杰瑞内心对女流浪狗的那部分善的复苏。杰瑞自己都不知道，这部分针对女流浪狗的善，在他的内心从来都是存在着的，只不过是被封冻了。在等待某一个机缘才能复苏，才能提醒杰瑞它的真实存在。这个机缘就是女流浪狗的失踪。或许女流浪狗根本没有失踪，也没有死掉，不过是暂时在什么地方养伤。杰瑞努力地安慰自己。

夜晚，快点来临吧，这样，他就有机会去找女流浪狗了。

为什么自己只是一条狗狗呢？一条没有能力主动式出行的狗狗。

在有限的时间里，是先去找女流浪狗，还是先去给女主人报仇？杰瑞在考虑这个问题的时候，男主人床头小茶几上的电话响了。杰瑞过于投入考虑自己的问题了，忽略了那个电话，任凭它叫嚣着。

杰瑞！杰瑞！

于永志连喊了两句杰瑞。杰瑞这才反应过来，跳上小茶几，用嘴巴叼了话筒，放到男主人的耳边。

是博士男的电话。

看着男主人开始对着话筒说话，杰瑞吐了一口有些发浊的气息，刚才还在想，要不要趁着女主人带他出去时，偷偷地跑掉，等到把所有的事情都办完了再回来。看来这个办法是行不通的，自己不在家，谁来陪男主人呢，谁给他接电话呢？

以下是博士男和于永志的通话记录：

博士男：王小柔上班了？

于永志：嗯，她上班了。老婆又怀上了？这么亢奋？

博士男：你的耳朵真贼，确实有点亢奋。不过，老婆又怀上绝对不是一件好事，还得做刮宫手术，麻烦。

于永志：证明你的火力猛啊。

博士男：这就是你的不对了，我啥时在你跟前炫耀过我的火力猛啊，你这不是置我于不仁不义之地么！

于永志：逗你玩呢。以你的身份和地位还拿着我当个人，下辈子变鬼我都要报答你。

博士男：别扯那没用的，光着屁眼儿长大的感情，就缺了从一根肠子里爬出来这道程序。

于永志：切入正题吧，为啥亢奋来的？

博士男：知道"混血赫迈拉"么？

于永志：不知道。

博士男：在美国的内华达州和加利福尼亚州，一些科学家正在秘密做一个实验，将人类的干细胞植入到许多动物的发展胚胎中，然后炮制出许多实验性的"混血赫迈拉"产品。在不久的将来，一些猪的血管里将流淌着人的血液，一些绵羊将拥有人类的肝脏和心脏，一些拥有人类脑细胞的老鼠将从它们的笼子里向外界窥望……

于永志：你的亢奋点在哪儿？

博士男：如果我赶在美国的科学家之前，成功制造出赫迈拉产品，结果会怎么样呢？嘿嘿……

于永志：那猪是不是都会开车了？听着这瘆人呢。

博士男：我的实验准备从家猫和小白鼠开始，把小白鼠的脑细胞和血液植入给家猫，这是成功的第一步。第二步，把人的脑细胞和血液植入到小动物的身上。第三步就是去领诺贝尔奖章了，嘿嘿……

这个电话有点漫长。杰瑞趴在一边想着自己杂乱的心事，不知道电话里的人和男主人都说了些什么。男主人的嘴巴里说着一些他从来没有听过的词汇。他弄不懂，也没有弄懂陌生词汇的心情。陷入自己的思绪里，一直等到男主人打完了有点漫长的电话，喊他放回话筒。杰瑞去放话筒时，看见男主人的嘴角动了动，牵动出一个轻浅的笑意。男主人为什么笑呢？

于永志也解释不清自己笑的含意。肯定不是缘于快乐、愉悦等正面的情绪。用自嘲、无可奈何来解释好像也不太通。代表了对博士男话语的深度质疑？

看来，有病的不光是自己，博士男也病了。自己得的是对王小柔的痴心病，博士男得的是妄想病。

此刻的于永志自然不会想到，在不久的将来，他会积极地参与到博士男的科研中。或许，这个电话，根本就是博士男在给于永志铺就一条积极参与的路。在这条路上，他们各取所需。

十七

关键词：<u>杰瑞</u>　<u>憨憨</u>　<u>球球</u>

标签：<u>朋友</u>

　　球球让杰瑞有一些感动。这个像球体一样的小东西好像忘了前一个晚上杰瑞对她的不友好。在见到杰瑞时，如往日一样兴奋地滚动，摇动那根快乐的尾巴。寻找不到一丝不悦的痕迹，倒让杰瑞提前准备好的歉意无所适从了。

　　受了球球的影响，杰瑞也主动和憨憨表示了友好。他们又恢复成了好朋友状态。尾随在队伍后边的小丑就另当别论了。起码，杰瑞和憨憨不会把小丑当成他们的好朋友。但是，当他们的队伍受到外来的侵略时，他们是一个整体，一致对外。

　　有一次，一只斗牛犬跟着主人迎着幸福路遛狗队走过来，眼看就要擦身而过了，斗牛犬突然朝着小丑扑了过去。后来据主人们交流，是因为斗牛犬无法容忍小丑的丑陋，才动了怒的。毫无防备的小丑一下子被斗牛犬死死地按住，连最基本的招架之功都丧失了。危难时刻，憨憨率先冲了上去，和斗牛犬展开了一场你死我活的争斗。球球、杰瑞们在一旁给憨憨助威。狗狗们和狗狗的主人们相信憨憨的实力，所以他们和她们只当在看一场精彩的演出。憨憨果然不负众望，不出三个回合便将斗牛犬打得落花流水了。斗牛犬的主人嗷嗷尖叫着，又是跺脚，又是求助。球球妈妈说，狗打架我们可不敢管，把我们咬坏了，您给花钱打狂犬疫苗啊？从那以后，斗牛犬再也没敢出现在幸福路上。而，幸福路遛狗队的团队精神也一炮打响。

团队精神的表象之下，其实并不是那么团结的。最起码小丑是进不了憨憨和杰瑞的朋友圈子的。小丑居然俘获了他们共同的好友球球的芳心，凭什么？不过是一个一无是处的丑家伙。也是因为球球把爱情给了小丑，才与杰瑞和憨憨保持了最纯洁的友谊关系。不是么？

友谊的复原融化掉了杰瑞心里焦躁链条里的其中一个，稍感轻松了些许。因此，他得以更集中精力来寻找女流浪狗。一直走到幸福路的尽头，也没有发现女流浪狗的踪迹。路边的垃圾桶，被严寒抽干水分的草坪，都是杰瑞不放过的目标。憨憨和球球好奇地尾随着杰瑞，在杰瑞翻找过的地方查看着，追寻着个中究竟。他们想用追寻来提示杰瑞，他们是杰瑞的朋友，如若杰瑞需要，他们就在他的左右。

其实，在杰瑞融入他们之前，憨憨和球球已经有过交流。球球的意思是，本来就心事重重的杰瑞这两天一定又添了新的烦恼，所以才会不打招呼地失踪，所以才会莫名其妙地朝着球球发脾气。

经过球球的提示，憨憨也有所醒悟，表示严重同意球球的想法。短暂的交流结束后，站在杰瑞家的楼下，将耳朵竖起来，刚一听到王小柔带着杰瑞下楼的脚步声，忙不迭地把尾巴摇动到最活跃的状态。来欢迎杰瑞。

杰瑞体会到了朋友们的用意。独自承担是杰瑞一贯的作风，可是此刻，朋友们的真诚打动了他。于是，杰瑞告诉他的狗友们，他在寻找女流浪狗。憨憨和球球这才想起来，这个晚上从一开始就没有见到女流浪狗的影子。昨天晚上见到她了，好像受伤了，一瘸一拐的。

一只流浪狗，是不属于这个群体的。就算狗狗们肯接纳她，狗狗的主人们也会把她赶走的。在对待女流浪狗的态度上，狗狗们和杰瑞是一致的，那就是不屑一顾。但是，这样一只不应该被关注的女流浪狗，居然看上了杰瑞，就成了一件非常好笑且非常搞笑的事情。她也真敢想。更令狗狗们嗤之以鼻的是，女流浪狗不顾及自己的流浪身份，居然自不量力地追求杰瑞。女流浪狗以她的好笑和自不量力引起了幸福路遛狗队里狗狗的关注。他们甚至在暗中观察着杰瑞对女流浪狗的态度，看看女流浪狗忠贞不渝的爱情能否打动他们当中最帅气的男子汉。能否再出现一对像球球和小丑那样的伴侣。他们发现杰瑞面对女流浪狗，最多扮演成花花公子，挑逗和撩拨一下女流浪狗而已。并不见动了真格的。

这次，杰瑞主动寻找女流浪狗，说明了什么问题？他开始在意那只脏乎乎的东西了不成？

憨憨和球球们无法弄清杰瑞寻找女流浪狗的真实意图，也不好追根寻底。平时表现出来的顽皮也好，挑逗也罢，不过是表象。

　　　　　　　　　　　　　　　　　这 扇 门

在他们的眼里，杰瑞是个心思太重的朋友。心思重得和他灵秀的体态很是不对称。他过于智慧，他们弄不懂他。但这并不影响他们成为好朋友。

那就帮着找吧。朋友的事情就是自个儿的事情。

十八

关键词：**球球妈妈　憨憨爸爸　王小柔**

标签：**憨憨妈妈不在**

　　狗狗们的行为惹来了球球妈妈的闲话。她是无所忌讳的人，任何的话语和思想都喜欢用她的方式裸露在外边，让人一目了然。

　　这帮不要脸的小公狗子，犄角旮旯地闻骚儿，准是谁家的母狗闹狗呢。

　　有憨憨爸爸在，没人接球球妈妈的话茬儿。其实，就算憨憨爸爸不在，也很少有人去接球球妈妈的话茬儿。一般情况下，接话茬儿的都是憨憨妈妈。

　　这一时刻，王小柔想，若是憨憨妈妈在，她一定会憨头憨脑地说，你瞅清楚了，你们家球球也闻味儿呢。然后，接下来，准会惹来球球妈妈的一顿机关枪似的点射，每一枪不打出十环，也会打出八九环的绝妙效果。人们眼看着憨憨妈妈一寸一寸地丧失着自己的土地，心情的愉快度达到了最高潮。

两个性格截然相反到极致的女人制造了幸福路遛狗队的快乐气氛。它排遣着王小柔的孤独，吸引着狗狗的主人们。真是不错，比看电视剧还热闹。

憨憨妈妈其实并不像表面上那样憨。王小柔想。

偷偷地瞥了一眼憨憨爸爸的表情，男人面带着淡淡的恰到好处的微笑，极大地包容着球球妈妈的粗俗。这个表情会贯穿着整个遛狗的过程。

没人接话茬儿，球球妈妈一个人就无法兴风作浪，无法制造快乐的场。

球球妈妈继续和憨憨爸爸走成并列的格式。有了一小段的沉寂。幸福路遛狗队里其他的几个零散的人更是噤了声音，将听觉努力地拉长，准备随时接收球球妈妈发出的任何信息。

哈哈……

球球妈妈式的清脆的笑。像空中吊着的一串铃铛，很突然地就被莽撞的北风撞响了。

几年前我穿过的一件旧衣服，前两天我给倒腾出来，今儿上午让我给卖了……球球妈妈的表情很夸张，腮上的酒窝很动人地跳跃着。买衣服的人一瞅就是个穷不拉唧的乡下人，心想发发善心吧，一百多块钱的衣服才要了十块钱。那女的像白捡了个宝贝，抱着衣服就跑了……球球妈妈扭转身子，将她眉飞色舞的神情对着每一个遛狗的人。

憨憨爸爸的脸上依然是微微的笑意。

球球妈妈的精彩讲述并没有引起多大的反响。原因是类似的故事已经在她身上上演过了。人们见惯了她每天不同的服饰，接纳了她将穿过的衣服再卖掉的现实。王小柔暗暗地替球球妈妈捏了一把汗。女人的直觉告诉她，球球妈妈的这个故事有点像电视剧开始之前插播的广告。电视剧的男主角应该是憨憨爸爸。一向无所忌讳的球球妈妈也竟然学会了迂回与婉转。不过，她的迂回和婉转很是有着此地无银三百两的味道。

广告过去，女主角上场后，会有着怎样的眉眼动作，会操着什么样的语言，让本已心力交瘁的王小柔有了些许的期待。她的期待是伴着隐忧的。无论怎样，她都不希望个性泼辣且又率真的球球妈妈受到伤害。伤害如同一张网，这张网已经在编织当中了。竖起的处在努力倾听状态中的耳朵们，正在幻化成织网的经线和纬线。已经开始准备飞舞了。

您这么优秀的人咋和憨憨妈妈凑成一家子啦？球球妈妈使用了惯用的伎俩，没心没肺。

我优秀么？从来没有人这样说过，受宠若惊了。憨憨爸爸磁性的声音，牢牢地吸引着身后的几双眼睛。独独王小柔的视线在马路边上的一丛败草上，孤单地行走。

老百姓有句话，叫鱼找鱼，虾找虾……

乌龟找王八——球球妈妈接过憨憨爸爸的话茬子，你们谁是乌龟谁是王八？

在一片嬉笑声中，王小柔听见憨憨爸爸说，我们是实在人找实在人。

您一点都不实在，不说实话。球球妈妈表示了不满。

十九

关键词：<u>于永志　王小柔</u>

标签：<u>和幸福有关的记忆</u>

　　镜子电视里的男主持人白白地浪费着丰富的表情。于永志掐算着时间，楼梯上还有多久就会响起王小柔和杰瑞的脚步声。每天，每时，每刻，他在重复的等待中获得巨大的煎熬感，也在重复的等待中获得巨大的满足感。或者也可以说是幸福感。极端的情感像往不同方向奔跑的马匹，在马匹的奔跑过程中，他被撕裂着。

　　身下的这张床，不但支撑着他残败的躯体，更支撑着他许多往事的记忆。他和王小柔的每一个细节，每一个片段，被他的大脑刻录成光盘。在永无止境的播放轮回中，一寸一寸地推着时间往前走。

　　镜子里的男主持人一闪，换成了一只可爱的狗狗。那狗狗竟然和杰瑞有几分相似。

杰瑞？是啊，杰瑞。记忆的光盘里记录着许多段和杰瑞有关的幸福时刻。

那次。他收了车回家，王小柔说和我出去买点东西吧，来那个了，家里没有备用的了。两个人带着杰瑞下楼，朝着小区外边的商店走。除了小区里的几盏路灯睁着昏花的眼睛看着他们，小区里暂时没有人走动。他紧走了几步，到了王小柔的前边，用后背对着王小柔，做半蹲状。王小柔自然明白他的意思，却矜持着说，让人看见多不好。

看见怕啥，背自个儿的媳妇，让他们妒忌去吧。

王小柔便不再推辞，顺从地趴在他的背上。也是个冬天。他的背上却暖暖的。

没想到，迈出的第一步还没有落稳当，杰瑞不干了。抬起两只前爪，嘴巴里还发出失宠时特有的呜呜声，抱着他的一条腿不放。

就不背你，就不背你！

杰瑞的两条后腿被拖得几乎离了地儿。王小柔看不过去了，你不背，我背。说着挣脱从后边箍住她的手臂，滑下他的背，果真将杰瑞背了，两只手臂从肩上反过去，拉住趴在她背上的杰瑞。然后，保持了这个姿势，不动。

他弯下腰，把背着杰瑞的王小柔背起来。

他呵呵地笑了。这个情节的每一次播放，都会勾起他幸福的笑声。

那时的王小柔也一定是幸福的。一定是的。从王小柔打他的车，见到王小柔的第一面开始，他就发誓，这个女人的幸福，他今生给定了。

是个雨天，他的车停在马路边，守株待兔般地候着打车的乘客。许多美丽的花伞像一顶又一顶的蘑菇，在雨中竞相绽放着。雨下得恰到好处。既不是小到可以忽略任何雨具的程度，也不是大到不近人情的地步。所以，那些漂移的小花伞们便充分地从容着。伞下的年轻或是非年轻的女人们，将步子迈得袅袅娜娜。这条腿太粗了，像牛腿，那条腿有点罗圈儿，也不好看……两条纤细、润滑、修长的腿终于脱颖而出。好漂亮的两条腿！他条件反射般挺直了身子。一把淡紫为主色调的小花伞半掩了女子的容颜。留一些想象的余地也好，见多了好身材顶了一颗恐龙头或是次恐龙头的女子。出乎意料的，那顶淡紫色的小花伞朝着他的车移动过来。

我去某某处。随着淡紫的小花伞合拢，凋谢，一株清新的水仙花亭亭玉立在他的眼前。女人，原来还可以这样雅致。

惊愣，在瞬间诞生，并且达到一个不可攀登的高度。幸好，她只顾收伞，拉车门。

十多分钟的车程，仿佛比一个世纪还漫长。车窗敞开着，湿润润且凉津津的小风吹进来，没有力量吹散他后背黏稠的汗液。旧的汗液未褪去，新鲜的汗液马上又涌出来。一层一层地挤压着他。很快，衬衫便粘在了后背上。

师傅，多少钱？打车的女子准备下车了。

噢，噢，看着给吧。他的语调有些惊慌。

女子伸头看了一眼计价器，将相应的纸币留下，拉开车门，撑开淡紫色的小花伞。朝着一片简陋的宿舍区走去。

他摇上窗子，将女子遗留的几缕浅浅的水仙花的香气锁住。

让自己的身和心浸在香气里。在那一时刻，他做出一个决定。今生，要定了这个陌生的水仙一样的女子。要的过程注定是一条漫长而又艰辛的路，在这个过程中，无论怎么样的付出，都是值得的。无论付出怎样的代价，也都是值得的。

他即刻将他的想法变成了具体的行动。这一夜，他守在水仙样女子进入的那片宿舍区前。

第二天，水仙样的女子果真又从宿舍区里出来了。看来，这片宿舍区的某一间房子，是她的住所。下了将近一夜的雨累了，睡了。只剩下一片阴沉留守在天空中。水仙女子骑了一辆单车，车筐里躺着那把淡紫色的小花伞。

和水仙女子拉开一段距离。完全可以掌控水仙女子踪迹的一段距离，又不至于让水仙女子发觉有人跟踪的一段距离。差不多二十分钟吧，他看见水仙女子进了文化局的大门。她应该是在那里上班的吧。水仙一样的女子才配得上如此雅致的单位。

事实验证了他的猜测，水仙女子果然在文化局上班。只用了很有限的精力，便弄清楚了她上下班的时间，上下班行走的固定路线，具体住在宿舍区几排几号，等等。他还知道了她有一个美丽的名字——王小柔。有一天晚上下班，水仙女子刚出大门口，门里传出一个声音——王小柔！听到这三个字，水仙女子停了人和车，和喊她的人答话。从这个情节，他可以确定王小柔就是水仙女子的名字。

他兴奋地给那时还不是博士的博士男打电话，我知道她叫王小柔了！不，我爱上了一个叫王小柔的女人！

是谁说天下的女人没一个好东西，我还以为你要当和尚了呢！

　　　　　　　　　　　这扇门，

那是机缘未到，原来我所有的等待都是为了今天。爱情让他变得诗意起来。

她爱你么？

她会爱我的，我会让她爱我的。你等着喝我的喜酒吧。

······

王小柔和杰瑞的脚步声。于永志按了一下停止键，记忆的光盘停止了转动。

小柔，给我点颗烟。在王小柔很程式化地给于永志做完了睡前的准备工作后，于永志临时增加了项目。他想让王小柔在他的身边多停留一会儿。

不是说不抽了？王小柔嘴上说着，还是拉开于永志床头小茶几的抽屉，从剩下的半包烟里，抽出一根来。将过滤嘴儿的那头插进于永志的两片唇间，用一只翠绿色的一次性打火机点燃。王小柔坐在于永志的身边，眼睛盯着燃烧的烟头。等着烟灰足够长时，将烟从于永志的唇间拔出来，烟灰弹在烟灰缸里，再把燃着的烟重新插进吸烟者的唇间。如此反复，直到抽完一整支的烟。

抽着烟，于永志落在王小柔脸上的目光，半是疼爱，半是期待。他发现，王小柔的气色越发晦暗了。

小柔，你出去遛杰瑞时，我又想起了过去的好多事。过去，多幸福啊。

借着王小柔又一次弹烟灰的空隙，于永志说。

这是一句说烂了的话，已经很是没有新意了。其实，于永志此刻最想说的是这句话：小柔，究竟出了啥事，真的不能和我说么？我再废物也是你老公，帮不上啥忙，总可以出出主意啊。

他怕说完这句话，王小柔会等不到他抽完一整支的烟，就匆匆地逃进另一个屋子。他越发地确定，王小柔最近一定发生了什么。王小柔不说，他不敢再主动问起。所以，于永志很努力地压下了心底的疑问。

这扇门，

二十

关键词：王小柔　老男人

标签：不信你不从

周日对王小柔而言，不再单纯地是一个休息日。它被施与了魔法，变成了一个看不见的魔咒，套在王小柔的头上。

老男人说，开着手机，需要的时候我会给你发短信。

上个周五的下午，王小柔敲开办公室对面的那扇门，去送一份写好的文稿，请老男人审核。

稿子，给您放这儿了。然后，王小柔一个转身，朝着门口的方向走。捉了一支烟在抽的老男人，说，等一会儿。掀起两片上眼皮，将两束目光挂钩般，钩在王小柔的脸上。同时将指间还剩下大半的烟摁死在一只精美的蓝宝石一样的烟灰缸里。

坐下，说会儿话。

屋子里除了老男人宽大舒适的宝座，还有一对沙发，两把红颜色的木椅。王小柔选了一把木椅坐上去。坐的姿势很淑女，也很谨慎。只坐了一个椅子边。这样，椅子便留出了一片很大的空隙。

真是难为你了——老男人说。

王小柔知道老男人的话语含意。她有一个瘫子丈夫，是尽人皆知的事情。因为有一个瘫子丈夫，她最大程度地收获着人们无限的同情。

王小柔垂下眼睑，保持了沉默。

老男人起身，离开了他的宝座，走到王小柔跟前。看了一眼门口，不，是看了一眼门口的那扇门。接着，一条腿做了一个跨越的动作，填补了王小柔椅子后边留下的那片空白。两条枯瘦的手臂从后边环过来，把王小柔环在臂弯里。两片丧失了水分的没有肉质感的唇贴近王小柔的耳根子，轻轻地磨蹭了几下，难闻的香烟焦油味道和一股岁月沤出来的腐朽的味道混杂在一起，顺着王小柔耳根处柔软的汗毛钻进王小柔的肺腑。王小柔一阵剧烈的恶心。她使劲地用舌头根子压住它，不让它窜出来。然后就听见了那句话——小宝贝儿，这个周日，开着手机，需要的时候我会给你发短信。紧紧地箍了一下王小柔，王小柔的背部及臀部便贴紧了老男人的胸部和打开的羞部。做完了这个动作，又一个跨越之后，老男人下了椅子。坐回到他的宝座上，恢复成王小柔的上司。神情淡定到仿佛刚才什么都没发生过。

此乃卑鄙的最高境界。终于明白了刚才所发生的，王小柔恶恶地在心里骂了一句。

他在她耳边说的那句话，是命令式的，是不可商量的。她没有选择的余地。或者，她也可以选择不去，可以选择拒绝。但是，选择拒绝的后果也在那句话里隐含着：往后你会没有好日子过。而，对于王小柔来说，没有好日子过，就等于死路一条。

回去工作吧。老男人的上眼皮又盖住了视线。

王小柔才想起来她依旧坐在那把红色木椅子上。起身，侧转，迈步，拉门。

他，这个是她上司的老男人终于失去了耐心，在确信她王小柔永远不会主动投怀送抱之后，终于节省了暗示等等诸多比较婉转的方式。采取了一步到位式的直截了当。

他是暗示过王小柔的。某次，他叫上王小柔去参加一个活动。他坐车的习惯是忌讳副驾驶座那个位置，他说那是一个危险的位置。理所当然地，和王小柔坐在了后边。实事求是地讲，他是博学的。就在王小柔虚心且认真地听着他博学的讲述时，一只手看似无意地碰触到了王小柔的小手。王小柔以为是无意的。见王小柔没有反应，那只手的手掌渐渐合拢，包裹了掌下的小手。博学的讲述在继续，丝毫没有受手上动作的影响。王小柔才明白，那只手是有意的了。那只有意的手很知趣，没有再进一步动作。它已经起到了暗示和提示的作用。它在等待王小柔的反应。这个动作是许多女人求之不得的，王小柔会例外么？

王小柔还就例外了。她被局长的博学所吸引，深陷在聚精会神里。其他的，有发生过么？

从此，再有任何活动，局长再也没叫过王小柔。陪在他身边的，不是中庸男性副主任，就是女同事A和女同事B。王小柔被局长冷淡起来。她能做的，就是更加努力地做好自己的工作。以及拼命忍受局长对她越来越多的批评。当然，每一次批评都是事出有因的，因为在局长看来，王小柔的稿子写得简直是一塌糊涂。

看来，是自己低估了这个老男人。以为他放过了她，其实不是。他在用一个相对漫长的冷淡来警告她，来提醒她。他在给她一个主动的机会。

他终归没有等来王小柔的主动。于是，他便主动了，把王小柔逼到了死胡同。他太明白他手里权力的重要性。他太明白王小柔的孤立处境。

然后呢，他如愿以偿了。

明天，将怎么过呢？将会怎么样呢？

还是个黑色星期日么？

再也逃不进睡眠里。安眠药已经失去了应有的功能，无法帮助她逃窜。

索性打开电脑。上了QQ。"丑得不得了"的头像亮着。

——干吗呢？

——在等人。

——等谁？

——等你。

这 扇 门，

二十一

关键词：王小柔　小手机　杰瑞

标签：没有死亡的权利

因为是周日，所以王小柔可以打破去楼下遛杰瑞的时间表。给于永志换上新的尿不湿后，一点点地挪动于永志的身体，艰难地将于永志身下的垫子撤下来。从阳台上拿来一块干净垫子，再一次饱含艰辛地挪动于永志那具死寂沉甸甸的躯体。直到额上滚了成珠儿的汗水，才将垫子完好地铺展在于永志的身下。于永志身下沤了一夜的陈旧的气息，扑打着王小柔的鼻子。把窗子推开一条缝隙，几缕新鲜干燥的冷空气挤了进来，气势汹汹地在屋子里打了几个旋儿，陈旧的气息便落荒而逃了。

喂饭时，于永志说，昨晚咋睡那晚？

赶了一份文件，周一必须交。王小柔绕开于永志狐疑的眼神。

上午干啥呢？

把换下的垫子拆了。出去买菜。洗衣服。打扫卫生。

下午，好好地睡一觉吧，好么？

王小柔不怀疑于永志话语的真诚度，她相信他是心疼她的。起码，在这个寂寞的城市里，他是唯一真正心疼她的人。但是，这并不妨碍她对他的怨恨。

好好地睡一觉。王小柔多想啊。如果上个周日什么都没有发生，那么这个周日，在做完了积攒一周的碎屑家务后，她完全可以躲进自己的屋子里，制造一个漫长的睡眠。来消磨无趣无聊的时光。

现在，竟连那样的日子都一去不复返了。靠！王小柔在心里骂了粗话。

躺在自己卧室床上的小手机，就是一颗定时炸弹。它随时都会将王小柔炸得粉身碎骨。明明知道它的危害性，王小柔却不敢关掉它。关掉它，只需一个最简单不过的动作。可是，这个最简单的动作会葬送掉王小柔所有的付出。所以，粉身碎骨是她唯一的选择。

整个早上，小手机没有响起。王小柔带着杰瑞下楼买菜，她没有注意到门口少了那只女流浪狗。女流浪狗不在她的视线里已经几天了，她丝毫没有发觉到。女流浪狗的在和不在，对王小柔是没有任何意义的。她确实没有多余的精力去关注一只无关痛痒的流浪狗。她也不会联想到女流浪狗会和杰瑞有了某种的关联。跟在身后的杰瑞萎靡了精神做着寻寻觅觅的小动作，王小柔只当是思念发情女狗狗的正常反应。让王小柔安慰的是，除去几日前玩了一次短暂的失踪，这几日，杰瑞克制住了自己。理智战胜了

这 扇 门，

情欲。一直很安全地在王小柔的视线之内。看着杰瑞如此地懂事，如此地受煎熬，王小柔真想带着杰瑞去泡"小姐"。可惜，没有这个场所。

买菜回来，小手机没响。做家务，小手机没响。做中午饭，小手机没响。吃中午饭，小手机没响。

难道它准备一直沉默下去么？

小手机很快回答了王小柔的疑问。碗筷还没有洗刷完，一曲《梁祝》小提琴协奏曲就突兀地从她的小卧室里飞了出来——

是有人打进电话的铃声。

一只盘子毫无防备地从王小柔的手上脱落，跌进洗碗池子里。洗碗池里开出几朵带着清洁剂泡沫的水花。

是老男人打来的么？他为什么不发短信？他不是说过发短信的么？如果真是他打来的，她会怎么说？

小柔，手机响了！于永志很大声地喊王小柔。

王小柔在围裙上蹭了蹭两只湿漉漉的手，在杰瑞明察秋毫的注视下，走向小卧室。她的舌头死死地抵住上颚，否则，她不能保证自己不会对着手机骂出难听的话来。一个大胆的想法猛然从斜刺里冲杀过来——没有活路，大不了结束自己这条为别人而存在的生命。人死了，所有的责任和牵挂也会随着灰飞烟灭了。那么，今天就索性骂一个痛快。抵住上颚的舌头却由于用力过度，如何也不能松懈下来。

看了一眼来电显示，却不是老男人打来的。是父亲，是几百里之外的老父亲。

王小柔用尽力量绷紧自己的情绪。那只擎着小手机的手臂酸涩地轻颤着。

爸——

小柔，你还好么？

好，挺好的，您咋样？哑哥咋样？

唉，小柔，不想跟你说，你也挺难的。你哑哥——

哑哥咋了？！

没咋，别急，就是成天跟着了魔似的，不吃不喝的，看人家买电动车，他也要买——

爸，那就给他买呗。

买——

爸，一会儿我就去邮局，把钱给您汇过去。

唉，都赖我没本事。

爸，说啥呢。我有钱，工资高。没事啊——

挂了电话，王小柔终于从里到外地松弛下来。一腔子泪水趁着难得的松弛，拼命地汹涌着、肆虐着。

杰瑞将一小包面巾纸递到王小柔手上。王小柔接过面巾纸，顺势把杰瑞搂在怀里。一颗一颗的泪珠子摔下来，钻进杰瑞的毛发里。杰瑞仰起小脸，伸出舌头，疼惜地舔舐着女主人脸上的泪水。更多的泪水涌出王小柔的眼眶。她吻着杰瑞毛茸茸的额头，对不起，对不起……

杰瑞是她的牵挂，衰老的父亲是她的牵挂，哑哥是她的牵挂。还有，另一个屋子里床上的于永志也是她的牵挂。他们需要她。她没有死亡的权利。

一个失去死亡权利的人，除了咬牙坚持，还能怎么样呢？

二十二

关键词：杰瑞　姥爷　大舅　恶犬

标签：去邮局的路上

　　这个周日，下午三点之前什么都没有发生。三点之后，杰瑞跟着女主人去了一趟邮局。穿过狭长的菜市场，走到菜市场的尽头，一个转弯，便是一家可以电汇的小邮局。

　　这条狭长小街是杂乱的、喧嚣的，甚至是粗俗的。但它也是真诚的。它肠子一样穿过一片排列稠密的宿舍区，菜摊、水果摊、修鞋摊，各式各样的店铺鳞片般粘满它两侧的每一寸肌肤。大小不一、形状不一的鳞片近乎原生态地存在着。而，这一时刻的小街，是相对安静的。

　　杰瑞知道，在这个不买菜的钟点，女主人带着他穿过这条小街，一定是去邮局。隔一段时间，他就会跟着女主人去一趟邮局。去之前，女主人会对他说，走，跟妈妈去邮局，给姥爷和大舅寄钱。所以，他牢牢记住了那个叫邮局的地方。那里有一排小窗口，每次，女主人都会把一些他熟悉的可以拿来买菜买肉的钱币递进那些小窗口里。他刚开始弄不明白，女主人递进小窗口里的钱，怎么才可以送到姥爷和大舅的手上呢？后来，杰瑞发现有一种样子很特别的车，停在邮局门口，将车上的东西搬进邮局的里边，或是将邮局里边的东西搬进车里。他就仔细地分析，女主人递进窗口的钱肯定也在车上。钱，坐着车，一直坐到姥爷家的门口。姥爷看见女主人给他的钱，会是啥表情呢？

杰瑞不喜欢姥爷，也不喜欢大舅。每次姥爷一打完电话，女主人准会带着他去邮局。

杰瑞第一次和姥爷他们面对面地接触，是在男主人出事之后。在那之前，杰瑞对他们的印象只限在一张照片上。这是姥爷，这是姥姥，这是大舅。偶尔打开相册，女主人会指着照片上的人告诉杰瑞。女主人和大舅长得都像姥姥。姥姥和姥爷并排坐在前边，姥姥的肩膀比姥爷的肩膀高出一小截。女主人和大舅并排站在后边，大舅的肩膀比女主人的肩膀高出一大截。他们都在笑着。见到姥爷和大舅，杰瑞才明白为什么姥爷比姥姥的肩膀矮一小截。因为姥爷是个驼背。杰瑞对姥爷的不喜欢还因为姥爷的表情。同情，讨好，谦卑，统统掺杂在一起，六神无主的姥爷不知道该用哪一种表情做主打，只好让它们一起都登上他那张黑灰色的老脸。偏偏它们又不能彼此渗透，在黑灰色的舞台上共舞。所以，效果蹩脚极了。越是蹩脚，姥爷的两只手越是无所适从，没有着落地、悄悄地在裤子上摩挲着。藏着头，缩着肩。背，更显得驼了。大舅比照片上更高大帅气一点，见面的最初一瞬间，杰瑞做好了喜

84

欢大舅的准备。没想到大舅见了他，一通啊啊地怪叫，杰瑞一个字都听不懂。杰瑞从未见过大舅使用的话语表达方式。他们家里的东西，大舅好像没有见过似的，每一样都引起大舅的浓厚兴趣，眼睛放着闪闪的亮光，两只手比比划划，嘴巴里配合着啊啊声。奇怪的是，女主人也跟着比比划划。姥爷畏缩着肩，过来拉大舅，还用手指了指男主人的房间，意思是让大舅安静下来。大舅却不听姥爷的话，竟然还拎起杰瑞的小房子左看右看，然后用手指了指杰瑞。女主人点了点头，意思是他猜对了，是杰瑞的小房子。大舅就啪啪地拍着小房子，对着杰瑞开心地笑。杰瑞生气极了，要不是看在女主人的面子上，早对大舅不客气了。一点礼貌都没有的家伙，白白地长了那么帅气。

只见过姥爷和大舅。没有见过姥姥。姥姥也没来过电话。每次女主人看着照片上的姥姥，总是痴痴的、哀哀的。有时候会和杰瑞说一些和姥姥有关的话题。和姥姥有关的话题，很遥远，很陌生。杰瑞听不太懂，但他尽量努力地去倾听。

姥姥知道姥爷一给女主人打完电话，女主人就带着他去邮局么？姥姥肯定不会知道。他们肯定不会让姥姥知道。姥姥知道了，肯定会不高兴的。杰瑞也不高兴。每次从邮局回来，很长的一段时间，他碗里的肉总是少得特别可怜。

杰瑞只是不喜欢姥爷和大舅，还远远没有像仇恨老男人那样去仇恨他们。

老男人？姥爷来电话，女主人从来没有哭泣过。一定是老男人弄哭了女主人。从早上，他就看出女主人又不对劲了。她一直在担心着什么，惧怕着什么。尽管女主人在尽力把担心和惧怕压下去，但是它们的力量太巨大了，总是阻挡不住地拱出来，丝丝缕缕地在女主人的眼底以及举手投足间隐现着。

杰瑞多么害怕女主人肩上挎着她的小包包，把他留在家里，一个人决然地出门。老男人是不是也像电视里的坏男人那样欺负女主人呢？女流浪狗一直没有找到，没谁再替他跟踪女主人的去向了。

杰瑞还想到了一个问题。那就是自己和憨憨是不是坏男狗。曾经想和球球好，球球拒绝了他们，选择了小丑。

坏男人。坏男狗。天啊，自己怎么成了坏男狗了呢。

杰瑞拼命从纷杂的思绪中往外拔自己的身子。紧随了女主人的步子，专注地往前走。

就要转弯了。一只比杰瑞身体大出将近三倍的黑狗，身体狂奔成一条直线，从某个角落里冲杀出来。杰瑞从来都是好汉不吃眼前亏，本着惹不起躲得起的原则，迅速地逃到他认为最安全的港湾。泊住。安全的港湾当然是女主人的怀抱。就在王小柔弯下腰，垂下手臂，准备将抬起两只前爪的杰瑞揽在怀里之时，情况发生了变化。那恶狗从杰瑞的身边风儿般地掠了过去，直奔不远处的一只黑色的大圆筒。杰瑞眼里的黑色大圆筒，其实是绿色的。在他的世界里，在所有狗狗的世界里，只有黑白两种颜色。只是杰瑞自己不知道。就在一眨眼间，恶狗已经在绿色的大圆筒下了。使用了最凶猛的姿态和表情，扑向大圆筒下一只正在啃噬一块骨头的狗。恶狗显然是要夺取肉骨头。不想，身体力量明显比黑狗弱很多的狗狗，并没明哲保身地弃了嘴下的骨头。而是，用牙齿更加坚固地咬定了那骨头。将身体蜷缩起来，拿出了一副要骨头

这扇门，

不要命的架势。为了骨头，黑色的恶狗决定成全对方了。龇出明晃晃的尖牙，开始了疯狂的扑咬。

几乎是发生在一瞬间的事情。让杰瑞惊愕的是，咬住骨头不放的可怜狗狗，正是他连日来苦苦寻觅的女流浪狗。来不及多想，也没有时间多想，杰瑞拒绝了女主人向他垂下来的两条手臂——勇猛地冲向黑色的恶狗。被袭击的恶狗很快调整了作战方案和攻击目标。杰瑞充分发挥身体灵动的优势，防止让恶狗扑在身下，然后咬个结结实实。一边寻找着空隙，钻进去，咬上一口。女流浪狗咬着肉骨头愣怔了两三秒，在确信救自己的是杰瑞之后，吐了嘴巴里的骨头，也加入到了战争之中。很快，三条狗滚成了一团，分不清是彼还是此。

王小柔吓坏了，发出了和她的气质极其不协调的尖叫声，一条纤细的嗓子都喊劈了叉儿——杰瑞！杰瑞！并且抬起脚，努力地辨认哪一只是黑色的恶狗，随时准备将那只抬起的脚踢出去。

别踢，千万别踢！回头给你一口！

几个摆水果摊的人围了过来。其中一个人手里拎了一根棍子。不长眼睛的棍子一顿乱揎，终将滚成一团的三只狗狗分开。

杰瑞！王小柔冲上去，抱起气喘吁吁的杰瑞。杰瑞疲惫地趴伏在女主人温暖的怀抱里，一小股殷红的血液正沿着背部被咬掉的毛发处，欢畅地流淌着。

三轮车！三轮车！去宠物医院！

二十三

关键词：幸福路遛狗队　网友

标签：你真的很丑么

《新闻联播》的序曲响起来时，王小柔没有像往日那样带杰瑞出去。她怕冷空气对杰瑞新鲜的伤口不利。清脆的铃铛声在干燥的空气中飘浮着、震颤着。幸福路遛狗队来了。杰瑞很是兴奋，跑到门口等着女主人换鞋。王小柔将杰瑞抱起来，一只手托住杰瑞的小屁股，让他坐在她的手掌心，隔着阳台的玻璃往楼下的街道看。

看到了。幸福路遛狗队在寒冷的天气里坚守的人和狗都在。他们正在王小柔住的小区门口做一个短暂的停留，等着王小柔和杰瑞的加入。没有发现要等的人和狗狗，便用目光寻找着王小柔家的那扇窗。最先找到的是球球妈妈，她用手指着，很确定地指着。别人的目光也随了那根确定的手指跟过来。

王小柔便换了一个姿势抱杰瑞，腾出一只手推开窗子，把自

　　　　　　　　　　　　　　　这扇门，

己和杰瑞裸露出来。

杰瑞妈，下来呀！

今儿不去了，杰瑞受伤了！

受伤了？没大事吧？

没事，你们走吧！

狗哪有那么娇贵，下来乐和乐和，总陪着你家那个瘫子多憋闷哪！

王小柔慌忙拉上了窗子。这个球球妈妈，就没有她忌讳的。

幸福路遛狗队开始流动起来，没被寒冷冰封的小溪水一般，潺潺地流过王小柔的那扇窗子。作为水分子的球球妈妈，和作为临时水分子的憨憨爸爸，依旧保持了一个比较暧昧的距离。说笑着朝前奔流。看来憨憨妈妈还没有从娘家回来。就快流过去了，以憨憨和球球为首的狗狗们忽然围着楼下花池的一处败草狂吠起来。在吠叫声中，败草上趴伏着的一个东西摇摇晃晃地站起来。是女流浪狗。

憨憨们大概是要把找到女流浪狗的信息及时地传递给杰瑞，于是，他们又仰起头，对着杰瑞家的窗子吠叫起来。

杰瑞在窗子后边也发出了一声吠叫，意思是他知道了。他早就知道了。

其实，杰瑞从宠物医院一回来，就趁着王小柔做饭的空当爬上阳台，看见女流浪狗在楼下了。在看见女流浪狗的刹那，杰瑞心里悬着的无数块石头中的一块落了地。它是专门为女流浪狗悬的。她在，说明她原谅了他。他没有白白地受伤。刚才，杰瑞着急地想出去，是想看看女流浪狗有没有再次受伤，如果受伤了，严不严重。要是严重呢，他准备也带她去给他治伤的那个地方。那个地方，他认得。

放下杰瑞，王小柔走向自己的小屋子。一张床，一台电脑。是屋子的全部。床还是椅子？进行了一个短暂的选择，王小柔拉出电脑桌下的椅子，让自己的身子充分地陷进去。头靠在椅子背儿上，两只脚搭在床沿上。一个很舒服的姿势。然后，把所有的思绪轰进大脑的储藏室，关上门，咔嚓一声，上了锁。闭上眼睛。

很快，门里太过拥挤的思绪忍耐力达到了极限，用尽了全身的力气，拼命地撞击那扇质地不是很好的门。都想第一个出来，都想把别人挤到后边去。怎奈，它们的力量势均力敌，不分伯仲。于是，便都在门口塞着。可怜的门，眼看就要挤破了。

王小柔睁开眼睛。打开电脑。

"丑得不得了"的头像亮着。

——放首曲子给我。

——好的。

王小柔戴上耳麦，打开听觉，等着曲子的进入。

一小段二胡的引子，把王小柔牵引到无锡的二泉边上。一个蓬头垢面的盲人坐在二泉边上，咿咿呜呜地拉着一把二胡，发出凄厉欲绝的袅袅之音。直拉得天地动容，沥沥飞雪漫舞。雪片嘶嘶地啸叫着，冰冷冷地烫着王小柔的心。

直到静静地听完了两遍，"丑得不得了"才有了动静。

你听到了什么？屏幕上打出一行字。

凄凉和哀怨。王小柔回。

错了。应该是坚强和自傲。

这 扇 门，

你，是在鞭策我么，借着这支曲子？

难道你现在需要鞭策么？

……

王小柔有了一种被对方看穿的感觉。仿佛她的一切都在对方的掌控之中。尽管她什么都不说，什么时候忧伤了，什么时候寂寞了，他都一清二楚。她没有听过他的声音，没有见过他的影像，可是，她希望他是个"他"，而不是"她"。

她"认识"他，不过是一个多月的时间。一个下午，女同事A和女同事B头顶着头私语，中庸男性副主任推门进来，两个女人很警觉地看了一眼对面的那扇门后，又将两颗暂时离开的头顶在一起。继续着刚才的私语，习惯地无视着中庸男性副主任。中庸男性副主任从女同事A的身旁绕过，一只手掌烙在高高翘起的屁股上，等鸟吃呢？

女同事B捂住嘴巴，拼命地想忍住笑，又在拼命地笑。五官不堪折磨，便扭曲了。女同事A伸出喷怒的拳头，拳头和肉身撞击发出一声声的闷响，伴着辱骂，等谁的鸟吃呢？你真是越来越不要脸啦！中庸男性副主任招架着，退缩着，嬉笑着。

王小柔无法再专心手里的工作，便打开QQ的查找栏，任意地搜索着。忽然，鼠标在一个名字前停住。"丑得不得了"，和自己的QQ名一样。这个名字的使用者是男人，还是女人？查看了个人资料，在性别栏里写着一个"男"字。其他项目皆是一片空白。连王小柔自己都奇怪，一向谨慎的她，竟然没有迟疑地将这个陌生的不过和自己重名的人加了好友。很快，对方通过了验证信息，同意了王小柔的请求。于是，他们的名字被划在彼此的好友名单里。

你真的很丑么？

真的。丑得找不到老婆。你也真的很丑么？

真的。丑得嫁不出去。

他们同时打出一个小鬼脸。小鬼脸龇出两排大牙齿。

这是他们第一次对话的全部内容。他是一个很特别的男人。从来不主动问王小柔什么，比如你的职业是什么，你多大了，你身高是多少，体重是多少，家里都有什么人，等等。他是王小柔最安静、最智慧、最称职的听众。仅仅是在单位有限的几次闲聊，王小柔就给"丑得不得了"做了如此界定。

谢谢你放曲子给我。该睡了。

早睡早起身体好。

晚安。

好梦。

王小柔关了QQ。每一次聊天，她和他都不"恋战"。很好。

摘掉耳麦，王小柔才听到于永志喊她。他喊了很久么？

她走向他，喝水？还是换频道？

不喝水，也不换频道。想看看你干啥呢，又加班写材料？

没有。听了一段曲子。

王小柔开始给于永志换尿不湿。做睡前的一系列准备工作。

都是杰瑞闹的，我都忘了问了，爸和哑哥没事吧？

没事，就是哑哥吵着要买电动车。

真的没别的事？下午，是不是哭过了？

没有。没哭。

这 扇 门，

给于永志揉捏没有知觉的肌体。防止它像一枚苹果那样烂掉。不准备再说话的于永志，用眼神追着王小柔。一会儿左，一会儿右，一会儿上，一会儿下。这是一个让他永远看不够的女人。三年前的每一个有这个女人相伴的夜晚，入睡前，他都会静静地凝视一会儿她。他喜欢看她被凝视时的羞怯感，喜欢看她被淡淡的灯光围拢时的神秘感，喜欢看她作为他的女人的真实感。然后，再十指相扣地睡去。

　　忽然，王小柔主动打破了她和他之间的沉寂。她问他：

　　瞎子阿炳，为啥选在二泉边拉二胡呢？

二十四

关键词：杰瑞　女流浪狗

标签：守住家园

　　周一的早上，杰瑞跟着王小柔下楼，开始他宝贵的仅有十分钟左右的放风时间。女流浪狗肮脏且虚弱地出现在杰瑞的眼前。杰瑞顾不得释放憋了一夜的尿水，跑到女流浪狗的跟前，前后左右地检查了一番，看看女流浪狗有没有被黑狗咬伤。让杰瑞稍感宽慰的是，女流浪狗身上并没有明显的伤痕，连腿部的旧伤也恢复得差不多了。只是，女流浪狗是那样地虚弱。站着，却在打晃，勉强地维持着身体的平衡。她一定是冻坏了，也一定是饿坏了。昨天不知道那块骨头吃没吃成。也不知道昨天夜里睡在了哪里，是楼前花池的草地上么？

　　杰瑞决定帮助女流浪狗。他要她好好的。她好好的，他的良心才会有好日子过；她好好的，才会有精力为他做事情。

杰瑞不知道，人类有一句话，叫作助人助己。这句话很适用现在的杰瑞。

杰瑞决定帮助女流浪狗的同时，就决定了去求助女主人。他相信他的女主人不会见死不救的。

杰瑞返回身咬住女主人的裤脚，把女主人拉向女流浪狗的身边。他的眼睛里蓄满了祈求，蓄满了哀怜。他用这样的眼神仰望着女主人，用这样的眼神打动着女主人。

杰瑞的动作和眼神发挥了作用。王小柔认真地看了几眼这只似曾相识的脏狗，忽然想起来，它曾经出没在她家的楼前楼后。昨天下午，杰瑞也应该是为了这只脏狗才受的伤。王小柔当然明白杰瑞眼神里的含意。可是，杰瑞为什么要帮这只脏狗呢？

他看上了她？这个想法一冒出来，王小柔很快就否定了。因为，据王小柔所知，杰瑞别说和看不出颜色的脏狗没有过亲密的行为，就连做狗友的迹象都没留下过。杰瑞的朋友只有憨憨和球球他们。只有一个答案：杰瑞有着一颗怜悯之心。

王小柔的心扑通一声掉进杰瑞的目光里，被浸泡得软软的。暗自叹了一口气，人竟然不如一只狗狗有同情心。于是，打开楼下的储藏室，拿出一块于永志用过的棉垫，铺在储藏室的门前。再上楼拿出一只盛着水的碗，以及一些食物，放在垫子前。

以后，这个位置是你的了。王小柔指着棉垫，对女流浪狗说。

女流浪狗怯着眼神，怯着身子，并不敢过来。她有点不太确信眼前发生的事情。

杰瑞发出兴奋的嘶叫，在女流浪狗和新建起来的"家"之间盘旋，急于让女流浪狗接受这个"家"，并且立刻享受这个"家"

里的一切。它的温暖，它的食物，它的水。"家"里所有的一切都是女流浪狗最急需的。

女流浪狗依旧怯着眼神，怯着身子。不动。

杰瑞，赶紧去撒尿，我上班都晚了！王小柔从羽绒服的口袋里掏出小手机看了看，拧紧了眉头。

杰瑞只得冲向一根路灯杆子，抬起后腿，将长长的一泡尿水一鼓作气地浇上去。边尿边回头看女流浪狗。她正保持了一个不变的动作，盯着她"家"里的食物和水。哼，这个胆小鬼！一小股轻蔑的气息从杰瑞的鼻孔里喷出来，散在冰冷的空气里。

撒完了一泡长长的尿水，杰瑞跟着王小柔上楼了。王小柔在前，杰瑞在后。杰瑞看见女主人的身子刚一被楼道的大嘴巴吞没，女流浪狗就冲向了棉垫前的吃喝。一个窃笑在他的心里高高地弹起来，轻松了脚步，嗖嗖地跑到了女主人的前边。一个小小的顺利，是大顺利来临前的序曲。但愿是这样的。

接下来，几乎一整天的时间，杰瑞都在设想他的复仇计划。当然，在他的计划里，先唱主角的是女流浪狗。他要充分利用女流浪狗的自由之身，让女流浪狗摸清老男人的具体行踪。他相信，有了上一次的教训，女流浪狗应该不会再自作聪明了。摸清了老男人的具体行踪后，就轮到他杰瑞唱主角了。只等着女流浪狗赶快恢复了体力，好去执行他的设想。可是，一个整天都快过去了，也没见到女流浪狗的影子。杰瑞几次爬上前阳台，楼下都没有女流浪狗的影子。后阳台没有攀附之物，所以，他无法知晓女流浪狗是否躺在"家"里享受安逸。但是，除了正在享受安逸，她能去哪里呢？这样想着，杰瑞眼睛里有了愠色。一条只配在街上流浪的狗！对自己的痴情，全是装出来的，不过是为了博取他对她的怜惜，换来今天的享受。一旦达到了目的，就露出本来面目了。如果是这样，他一定会不客气地轰走她的。

杰瑞需要知道他推测的结果。他需要用事实来验证他的推测是错误的。也就是说，他不希望他对女流浪狗的推测是真实地发生了的。他和女主人的恻隐之心被一条并不聪明的狗狗所利用，还在其次，将会严重影响到他的复仇计划的进度。所以，晚上七点《新闻联播》的序曲刚一响起，他就顺着一副眉眼，摇着尾巴讨好女主人，意思是他的伤已经无碍了，既然早上撒尿可以安然无恙，那么晚上出去要一会儿也应该是没有问题的。要知道，他已经在家里憋了一天了。

出去是有条件的！杰瑞不知道女主人说的条件是什么，只好乖乖地等着女主人亮出她的条件，看自己能否接受。一小阵翻找过后，王小柔的手上拎了一件小衣服。一件红色的小棉坎肩。杰瑞的。杰瑞和这件坎肩是老相识了，他曾经像拒绝狗链子一样，拒绝坎肩加在他的身上。他明白女主人的条件了。要想成就大事业，只好先委屈一下自己喽。杰瑞安慰自己，同时摆出了一副男子汉大丈夫能屈能伸的凛然。不就是一件坎肩么？

听见开门的响动，王小柔和杰瑞听见于永志发出了声音，遛一会儿就回来，时间长了对杰瑞的伤不好。

穿着坎肩了。砰，王小柔的话被门夹住了一半。

坎肩真是别扭，多少削弱了杰瑞的奔跑速度。即使这样，杰瑞还是超出了王小柔两层楼梯的距离。王小柔刚到二楼，杰瑞已经下了最后一级台阶。

眼前的一幕真是让杰瑞哭笑不得。

女流浪狗和一只野猫对峙着。或者说野猫和女流浪狗对峙更为精确。野猫的腰拱成一个高高的驼峰，毛发根根直立，嘴巴里发出骇人的呜呜。两颗眼珠子发射出两道绿光，直刺女流浪狗的魂魄。女流浪狗瑟缩在棉垫上，尽量顽强地守卫着自己的家园。野猫的驼峰拱得更高了，呜呜声也更响了，在一点一点地接近女流浪狗。孱弱的女流浪狗用眼衡量着野猫和她之间的距离，当她认为距离超过必须奋起反抗的底线时，便使用了这一刻身上所有的气力，一个冲刺，直扑野猫。野猫见女流浪狗扑过来，迅疾地爬上了一楼的防盗网。女流浪狗也不恋战，快捷地撤回到棉垫上。守住她的家园。这时，防盗网上的野猫溜下防盗网，放松了一下腰肢，准备进行新一轮的进攻。

野猫的目的是要赶走女流浪狗。杰瑞一眼就识破了野猫的险恶用心。这只野猫经常出没在杰瑞家的小区里，经常在半夜如幽灵般行走在楼顶上，发出令人毛骨悚然的怪叫声。杰瑞恨透了野猫。每一次和野猫的不期而遇，杰瑞都会分外眼红，以迅雷不及掩耳之势扑向野猫。往往，在杰瑞凌厉的攻势下，野猫都会逃得稀里哗啦。还敢拱起背来，和杰瑞对抗？吹呢。

野猫对女流浪狗新一轮的进攻，还没有展开，就被杰瑞扼杀在萌芽状态了。逃上高处的野猫眼睁睁地看着杰瑞和女流浪狗肩并肩地站在一条战壕里，一腔子的愤懑却也无可奈何。长啸一声，这个世界是多么不公平啊，凭什么同是流浪的猫和狗，命运却不一样啊。

打了一天家园保卫战的女流浪狗，身子软软地匍匐在杰瑞的脚边。喘息着。眼睛里闪烁着胜利者的喜悦。杰瑞第一次发现，脏乎乎的女流浪狗，竟有着干净透明的一双眼睛。在这样干净和透明底色的映衬下，喜悦尤其显得纯粹。如此的纯粹让杰瑞有了些许的自惭形秽。他为自己狭隘的想象而深感抱歉了。杰瑞是聪明的，也是成熟的。他已经可以做到不露痕迹地掩饰自己的情绪了。瞬时，他便调整了自己，将自己和女流浪狗的注意力引到高处的野猫身上。

杰瑞运足了丹田气，朝着野猫发出了几声怒吼。意思是，女流浪狗是我杰瑞的朋友，你再敢欺负我的朋友，打我朋友地盘的主意，你可要小心啦！

这时，一阵响脆的铃儿和狗吠之声掺杂在一起，被生硬的西北小风儿裹挟了，扑到杰瑞、女流浪狗，以及才踏下最后一级台阶的王小柔跟前。

原来，是幸福路遛狗队的狗狗们来了。他们在门口接收到了杰瑞发出的愤怒之声，于是，便集体赶过来帮忙。憨憨和球球们将愤怒的声音拧在一起，鞭子一样，带着萧萧的呼哨，狠狠地朝着野猫抽打。郁闷至极的野猫一张口，一股鲜血从腹腔喷薄而出，大睁着两只眼睛从高处坠落。那一口鲜血覆盖了死不瞑目的野猫。

二十五

关键词：幸福路遛狗队

标签：各怀心腹事

野猫，杰瑞穿坎肩，都成了女人们的话题。女人们？王小柔才注意到，憨憨爸爸换成了憨憨妈妈。很莫名地，心里长长地舒了一口气。

晚上下班回家，王小柔在小区门口被一个妇人的热情拦截了。王小柔隐约记得，妇人是和自己住在一个小区里的。也曾经养了一只腊肠狗的，树上的叶子刚一飘落时，也曾经带着她的腊肠狗混迹于幸福路遛狗队的。说是混迹，是因了她和腊肠狗终归没有融入到幸福路遛狗队。幸福路遛狗队是一种气味，妇人和她的腊肠狗是另一种气味。偏偏，两种气味是排斥的，是不能彼此交融的。所以，几天后，妇人和她的腊肠狗便在幸福路遛狗队里消失了。偶尔，妇人和王小柔在小区里或是小区外遇到，擦肩而过时，

这 扇 门，

连眼神都未有过交流的。突然一下就热情起来，王小柔真是受宠若惊了。忙着从自行车上跳下来，回应着突如其来的热情。

听说憨憨妈的娘家妈病了，是么？

几句连冷空气都会受到感染的热烈的寒暄过后，妇人很自然地把话题转到憨憨妈妈身上。王小柔的心往下沉了沉，心想，这只是个序曲吧。

果然。妇人问，憨憨谁遛哇？

憨憨爸爸。

果然。妇人又问，听人家说憨憨爸爸和球球妈妈走得挺近的，有这事？

王小柔就有了一种被人引诱的感觉。她反问，我没看出来，您听谁说的？

幸亏憨憨妈妈及时回来了。

王小柔停下步子，拿眼睛将了一遍狗队的每一个成员。是谁在向外界透露憨憨爸爸和球球妈妈走得很近这个信息的呢？在这个队伍里，她嗅到了一股很特别的气息。这股特别的气息早就存在了，从憨憨爸爸加入的第一天就存在了。它正在逐渐地变得强势，从细微走向宏大。

野猫的话题，杰瑞受伤的话题，杰瑞因为受伤穿上坎肩的话题，都不是此刻幸福路遛狗队里直立行走的人类所关心的，人们的兴趣在更具有吸引力的话题上。也可能它不是一个话题，而是故事的发展。就是这样，人们的兴趣在故事的发展上。

日子过得太无聊了，太了无生趣了。人们需要一些调料来调剂出生活的滋味。酸甜苦辣咸——自然，甜是每个人的最爱，其他四兄弟最好和自己永远都是陌路人。其实，生活的滋味是丰富多彩的，酸甜苦辣咸只是个人与生活亲密接触的味蕾感知，还有着更宽泛的内涵。就这一时刻而言，人们正在品尝的生活滋味是热闹。热闹是他人的，和自己没有丝毫牵连的。这样的热闹品尝起来才是酣畅淋漓的。

做出"热闹"这道菜的是球球妈妈，憨憨爸爸，憨憨妈妈。

王小柔分明看见人们停了手里的筷子，在等着盘子里的热闹有了新的花样再动筷。

憨憨爸爸换成了憨憨妈妈，球球妈妈见到憨憨妈妈的第一反应，王小柔是错过了的。王小柔和杰瑞的加入，如同上演的一部电视剧突然插播进来的广告，广告的主题是野猫和杰瑞的坎肩。广告结束了，中断了的电视剧继续上演。

憨憨妈，你再不回来，你爷们儿总摸不着媳妇，我就把他领我家睡觉去了！球球妈妈很大声地说了这句话，尽量让队伍里的每一个人、每一条狗都听得一清二楚。

睡哪儿？跟你一个被窝儿？

憨憨妈妈的话惹来一片笑声。她自己也嘿嘿地笑了。

我家就一床被子，不睡一个被窝儿还睡两个被窝儿?！

你这个死女人，够不要脸的。

憨憨妈妈依旧保持了一脸的憨笑，话语却不像以往，总是败在球球妈妈凌厉的唇下。明显有了几分硬度。

王小柔不得不再一次重新审视憨憨妈妈和球球妈妈。再一次把这两个没有可比性的女人放在一起做着比较。她觉得，球球妈妈用她的凌厉欺骗了所有的人，而憨憨妈妈也用她的憨厚欺骗了所有的人。表面上天不怕地不怕的球球妈妈未必就是憨憨妈妈的对手。球球妈妈过分地渲染了自己的强势，憨憨妈妈过分地渲染了自己的弱势。球球妈妈把柔软藏在内心的隐蔽之处，憨憨妈妈把坚硬藏在内心的隐蔽之处。球球妈妈很容易博取人们的憎恶，憨憨妈妈很容易博取人们的同情。

球球妈妈用她渲染过度的凌厉伤害了自己。憨憨妈妈用她渲染过度的憨厚保护了自己。

挺有趣的，不是么？

以后，我和杰瑞妈好，把你驱逐出境了。球球妈妈一回身，将王小柔的一只手臂拾起来，放进她的臂弯里。一会儿领着你家憨憨回去吧，眼珠子都盼蓝了才把人家盼回来，要是我才不舍得出来呢。

男人是啥好东西，是八辈子没吃过的红烧肉，一见了就流哈喇子？憨憨妈妈也决定做足了姿态。她要用实际行动来证明，她不是一个见了男人就迈不开腿儿的女人。她要像往常男人不在家一样，这一段时间，完完整整地属于幸福路遛狗队。不迟到，不早退，不缺席。不掺杂丁点的水分。

哈，憨憨妈你就装吧，忘了头一天爷们儿回来，魂儿都丢了的样儿了吧？我这儿有摄像机，可给你录下来了。

摄像机，在哪儿呢，不会是在胳肢窝里夹着呢吧？

憨憨妈妈不光说，还上了手。去捅球球妈妈的腋下。球球妈妈弃了王小柔的手臂，专门对付起憨憨妈妈来，将手伸进憨憨妈妈的羽绒服里，揉抓憨憨妈妈身上的痒痒肉。憨憨妈妈在被动的持续的长久的笑声中，几乎断了气。最后，憨憨妈妈的鼻涕眼泪都出来了，球球妈妈才罢了手。吁吁气喘着，用胜利者的眼光挑衅着憨憨妈妈。憨憨和球球驻足观望了一会儿，分辨出主人们在开玩笑，放松了绷紧的神经线。他们担心的事情并没有发生。主人们吵起架来，是让他们最为难的一件事情。各为其主，是本分，也是责任。可是那样，会伤及狗友之间的情谊。

任谁都可以看出来，球球妈妈明摆着借了玩笑收拾憨憨妈妈。或者不叫收拾，但是王小柔一时又想不出更适合的表述词汇。都是妒忌惹的祸端。

把憨憨爸爸比作一篇文章，鼠标一点，就可以复制出一模一样的文章来。两篇同样内容、同样字数的文章，一篇归属憨憨妈妈，一篇归属球球妈妈。那么，球球妈妈会满足么？憨憨妈妈会满足么？王小柔试着给这个颇有想象力的问题归纳出一个答案：球球妈妈和憨憨妈妈都是不满意的。球球妈妈不满意的理由是，她（憨憨妈妈）有什么资格和我有一样的东西？憨憨妈妈不满意的理由是，我以为天底下独一无二的东西原来别人也有。

一个小时的遛狗活动进入了尾声。偏偏尾声又制造了一个小小的高潮。

憨憨爸爸又站在了王小柔家的小区大门口，迎着最后几名幸福路遛狗队的成员。不久以前，他就是站在这个位置上，让王小柔们认识了他。

憨憨见到了爸爸，兴奋地跑过去，冲撞，转圈，极尽所能地撒娇，讨好。

姐夫，你一回来憨憨妈就有仗势了，总欺负我，到家可得好好管管！

这 扇 门，

面对球球妈妈的恶人先告状，憨憨爸爸使用着他动人的微笑，我们憨憨妈欺负得动你么？

真是两口子，一个鼻孔出气，穿一条裤子都嫌肥！活蹦乱跳的话儿就像一直在球球妈妈脸上的酒窝里温着，只要需要，一串一串地往外拎，绝对带着热度。

憨憨妈妈不作声了，只负责嘿嘿地笑，笑出她的幸福来。欣赏着自己的男人打理眼前的场面。

微笑挂在憨憨爸爸的脸上，就不仅仅是微笑。更是包容和不计较。看见杰瑞穿的坎肩时，这个男人找到了转移话题的契机。他趋步到杰瑞跟前，嘘寒杰瑞的伤势，受伤的原因。听王小柔一一地答了，又对着杰瑞做出表示友好的动作，拍拍手掌，再打开，弓着身子，做出拥杰瑞入怀状。打开的怀抱没有等来杰瑞，憨憨黏了过去。一边往男主人的怀里拱，一边回头看杰瑞，意思是，我的爸爸只抱我。已经退避到王小柔腿边的杰瑞，不屑极了，哼，谁稀罕！我家男主人还背过我呢！

想到男主人背他和女主人的情景，杰瑞的神情黯然了。那样快乐的时光一去不复返了。他拒绝男主人之外的任何男性的怀抱。人类的男性，他只爱他的男主人。

二十六

关键词：<u>杰瑞</u>

标签：<u>自我剖析</u>

女主人刚上了楼，就转进厨房，用一只塑料瓶子接了一些温水，再将晚上吃剩的饭分出一部分。然后，左手拎了水瓶子，右手托着吃的，下了楼。杰瑞知道，女主人是去给女流浪狗送吃的喝的。晚上第一次出去时，女主人一定是忘了女流浪狗。忘了早上给女流浪狗建造的家园。刚刚开始，给女流浪狗送吃的喝的还没有成为女主人每天生活的一部分。女主人那么辛苦，杰瑞实在不忍心再给女主人增加新的工作量。可是，好多的事情他是无法替代的。给女流浪狗送水送饭的工作，他做不来。对人类来说，很简单的行为，对他而言却是一个永远无法完成的梦想。女流浪狗和野猫对决时，杰瑞就发现，女流浪狗的食物吃完了，没有喝完的水冻成了一坨冰。想，反正她是流浪狗，过惯了流浪的生涯，

这 扇 门，

练就了一套在流浪生活中生存的本领。自己去解决吃的喝的问题吧。女主人对女流浪狗的善待，让杰瑞很是感动。他一点也不妒忌女流浪狗。他相信女主人只是很纯粹地怜惜她，毕竟，她也是一条生命。女流浪狗和他是没有可比性的，所以，女主人不会像爱他一样去爱女流浪狗。这点，杰瑞是放心的。

除了感动，还有感激。女主人之所以善待女流浪狗，归根结底还是因为他。在他的恳求下，女主人才给女流浪狗安了家，才开始关注女流浪狗。女主人为女流浪狗所做的一切，还可以理解为是疼爱他的延伸。

杰瑞感到血液在他的血管里快速地奔跑着，越跑越快，越跑温度越高。原来，热血沸腾就是这个感觉。热血沸腾出一个结果，那就是，他更加坚定了尽快为女主人报仇的决心。

这么多天以来，杰瑞的心里一直有一个不敢触碰的块垒。老男人欺负了女主人，只是他的推测和想象。万一，他的判断有误，怎么办？这个万一从萌芽状态，随着时间的推移，正朝着茁壮的方向生长。杰瑞甚至不敢质问自己，究竟自己有没有假借寻找女流浪狗，来回避报仇呢？

从今晚开始，这个万一没有了，不存在了。报仇已经超越了它的真实涵义。是男狗蜕变成男子汉的一次历练。

二十七

关键词：<u>王小柔</u>　<u>女流浪狗</u>　<u>于永志</u>

标签：<u>杂乱无章</u>

　　王小柔是一个做事善始善终的人。这是她的品格。给了流浪狗一个位置，虽然并不代表接纳了流浪狗，但是，却意味着从此王小柔又多了一份责任。给流浪狗送水送饭的责任。刚开始，对于这份责任的承担还有些生疏，所以晚七点出来时，忘记顺便给流浪狗带出吃的喝的来。吃的喝的只是些残羹剩饭而已。对于一只流浪狗来说，应该不亚于美味珍馐吧。一个"顺便"的档次，还是说得过去的。

　　听见有人下楼的脚步声，女流浪狗警觉地站了起来，两条腿绷了劲儿，牢牢地霸占住脚下的棉垫。野猫死了，并不等于她就安全了。她还不太确信楼道里所有的人都能接受她以这样的方式来存在，不太确信作为人类的他们不伤害她。所以，她必须时时

这扇门，

刻刻警觉着。时时刻刻都在为保护自己，保护自己的家园做着战斗的准备。见是王小柔，女流浪狗绷紧的神经松软下来。又见王小柔两只手上的食物和水，她不敢去想，一会儿它们是否将属于自己。她喜欢它们，需要它们，离不开它们，可是她不敢有每天被动地不劳而获就能得到它们的奢望。一个家园足以使她感激涕零了。就像她爱杰瑞，爱得无比深刻，爱得无比沉醉，但是从来没有奢求过杰瑞会回报给她同等的爱。因为她是一只流浪狗，能爱着就是最大的幸福。

眼见着王小柔将食物放在她的眼前，又将塑料瓶里的冒着热气的水倒在水碗里。天啊，原来早上的食物和水并不是唯一的一次施舍！女流浪狗顾不上羞怯和拘谨，幸福得闭上了眼睛。她像极了一个茧儿，被幸福弥漫着，围裹着。她真怕一睁开眼睛，眼前的一切都消失了，从来没有发生过。王小柔不是才带着杰瑞上楼了么？又特意下了一次楼，为了给她送吃的喝的？是自己的幻觉么？女流浪狗越发不敢睁开眼睛了。

赶紧喝水吧，要不一会儿又结冰了。

王小柔朝着双目紧闭的女流浪狗丢了一个眼神。然后，上楼去了。

咋又出去了呢？

王小柔的鞋子还没换利落，就听于永志问她。

给一个流浪狗送了点吃的。大冷的天，连冻带饿的，快死了。

小柔——

有事？

王小柔进了于永志的屋子，神情做好了倾听下半句话的准备。

憨憨妈妈咋好几天没出来呢？

娘家妈病了。

憨憨爸爸是个海员吧？

嗯。

球球妈妈好像对憨憨爸爸挺感兴趣的，不会闹出啥绯闻来吧？

……你的想象力太丰富了。

王小柔在心里暗暗吃了一惊。躺在床上的一个瘫子居然对狗队里发生的细微变化捕捉得那么准确。

你到底想说啥？

别回头粘牙粘嘴的，说不清楚。

我不过是遛遛狗，咋就粘牙粘嘴了呢？

王小柔的两只手在于永志身上的动作粗鲁起来。

我也就是提醒你远离是非之地，真没别的意思。

于永志一脸的无辜。

王小柔不再答话了。默默也是匆匆地做完了每一道程序，挺直了身子，一伸手，关掉了茶几上的电视。没有征求于永志的意见。

镜子便又恢复成了一面镜子。

随着啪嗒一声，王小柔关了电源。黑暗在瞬间弥漫了整间屋子。

渐渐地，窗外路灯的光亮弱弱地，却也是顽强地挺进了黑暗。黑暗以自身的强大轻视了对方的弱，终于付出了代价。浓度被柔弱的光亮稀释和侵蚀。

于永志的一双眼睛便可以在这被稀释了的黑暗中摸索着，徘

110

徜着。然后在屋顶的某一点定住。眼神在定住的某一个点上弥散开来……将两只耳朵倾听的旋钮打开到最大限度……

他确定王小柔没有睡觉，并且确定王小柔是坐在电脑前的。偶尔传出的键盘敲击声，经过两道门的瘦身，还是能被于永志那两只灵敏度超强的耳朵捕捉到。

哪有那么多的公文可写呢?

那么，是他老婆的水仙一样的女人在干什么呢? 是什么力量改变了她的作息习惯，把她吸引到一个小小的屏幕前呢?

一个又一个的问号，如同一把把小飞剑，嗖嗖地穿透着于永志的心脏。

二十八

关键词：**女流浪狗**

标签：**蹲守**

　　早上例行公事的十分钟，女流浪狗没有出现在杰瑞面前。小棉垫上空空的，几根毛发在冷风中簌簌抖动，打着趔趄，拼了命不让冷风劫持而去。

　　女流浪狗不在，意味着女流浪狗在杰瑞的授意下，已经开始工作了。女流浪狗积极主动的工作态度，杰瑞还是比较满意的。

　　杰瑞不知道，女流浪狗在天上的星星一颗都不缺的时候，就赶赴了工作现场。由于体力和精力依旧在逐渐的恢复之中，女流浪狗必须早早地出发，因为她不清楚自己会在路上耗费多长时间。风，是眼看就要进入腊月的风，强悍无比。风的手里仿佛暗藏了一把利器，狠狠地在削刮她的皮肉。她尽量让自己奔跑起来，这样，会让体内产生更多的热量。

这扇门，

走到三分之二的路程时，一条男流浪狗山一样挡住她的去路。女流浪狗惊骇地将一口气噙在口腔中，愣怔着不敢呼出来。论打，打不过对方。逃跑，速度没人家快。所以，女流浪狗干脆不费那脑子，静等着命运的安排。

男流浪狗用审慎的表情打量着女流浪狗，然后，转到女流浪狗的身后，将一个略大的鼻子凑近女流浪狗，仔细地闻着女流浪狗的屁股。寻找着他需要的气味。寻找的结果让男流浪狗失望。又不甘心地围着女流浪狗转了两圈后，男流浪狗终于悻悻而去。见男流浪狗跑远了，女流浪狗才长长地吐出噙在口腔的那口气。她太明白男流浪狗在她的身上寻找什么——一种存在于女狗身上的味道，这种味道可以让男狗在女狗的身上狂欢。狂欢过后，男狗们走得干干净净。后果要由女狗来承担。女流浪狗不会忘记，当她身上散发出那种令男狗兴奋的气味时，流浪狗，非流浪狗，足足有十几条围着她转。他们为她战争，为她打成一团，强悍的胜利者最先得到狂欢的权利。她无处逃窜，她身上的气味会让他们找到她。在他们面前，她没有选择和反抗的权利。她的选择和反抗的力量太过弱小了，弱小到被他们忽略不计。当身上的气味散尽后，他们一哄而散，留下身心和肉体千疮百孔的她。

他们狂欢的结果，需要她独自来承担。两个月的怀胎后，几只小幼仔从她的体内诞出。她当了妈妈。可是，这也是女流浪狗的最伤心之处。她没有能力保护她的幼仔。往往，眼睁睁地看着她的幼仔因冻饿一个接着一个地逝去。

唉，伤心的往事不提也罢。

如今，她的生活和过去不一样了。爱情，赋予了她生存的意义。

回忆，伴随着女流浪狗走完了最后三分之一的路程。

两扇紧闭的大门下，有一个缝隙，这个缝隙足够女流浪狗扁了身子钻进来。女流浪狗找了一个合适的位置，让自己的视线对着老男人住的楼道口。完全按照杰瑞的叮嘱进行。找准了自己的位置，接下来便是静静地守候。天亮之前，是最寒冷的一段时间，对女流浪狗尚且虚弱的身子是个严峻的考验。不怕，女流浪狗不怕。想想杰瑞为自己和大黑狗打架，为自己受伤，想想温暖的小棉垫，再冷的天气也算不了什么。

开始有灯光在一两扇窗子后面亮起来。接着，三四扇，四五扇的窗子跟着亮起来。楼下有发动车的声音，大门口吱吱呀呀开门的声音，人咳痰的声音。很多的声音掺杂着，搅扰了正在做美梦的星星，它们一颗一颗地隐了身子。女流浪狗的神经愈加紧张了，不舍得眨一下眼睛，唯恐在她的眨眼之间，错过了老男人。

小区里的嘈杂到达早上的高峰时，一辆黑色的轿车驶进来，在老男人的楼道前泊住。女流浪狗在第一时间认出来，这辆车和老男人有关。那天，老男人正是从这辆车上走下来的。这个时候，这辆和老男人有关的车子，来干什么呢？女流浪狗集中起身上残余的全部精力，静观着将要发生的。

嘀——车突然喑哑地吼了一嗓子，毫无思想准备的女流浪狗吓了一大跳。很快，她便稳住了自己。

车吼过时间不长，一个瘦瘦的人从楼道里踱出来。女流浪狗认出来，是老男人。见老男人的影子冒出来，黑色轿车的门打开了，一个脸上长满疙瘩的年轻人从车上下来，颠儿颠儿地绕过车头，将车的另一扇门打开。再颠儿颠儿地绕回来，上了车。老男

这 扇 门，

人并没有直接钻进那扇为他敞开的车门，而是一拱肩，一缩脖儿，两只眼珠儿从松弛的眼皮下裸露出来，喉管里发出一阵咝咝啦啦的怪声。俄顷，嘴巴一张，将一大口隔了夜的痰吐在门口的垃圾箱里。然后，肩膀、脖子、眼珠儿都复到原位。踱着闲适优雅的步子走到敞开的车门前，一低身子，钻了进去。

车子缓缓地动起来。

女流浪狗才想起来，自己到底该怎么做？见到老男人第一眼的时候，女流浪狗多想冲上去咬他两口，替杰瑞报仇，也是替自己报仇。这是一个多么好的机会。可是杰瑞不让她轻举妄动。女流浪狗有一点想不明白，自己替杰瑞报仇和杰瑞亲自报仇到底有什么区别。一想到杰瑞，女流浪狗只得按捺住了自己的冲动。眼巴巴地看着老男人咳出一大坨的污秽之物，眼巴巴地看着老男人上了车，又眼巴巴地看着车子动了起来。天，她该怎么做？只恨自己不像杰瑞那般聪明。

杰瑞说让她摸清老男人的行踪，要摸清老男人的行踪，就要跟着他。那么，她眼下要做的是不是跟上那辆拉走老男人的车呢？女流浪狗情急之下，大脑啪啪地打出几个漂亮的火花来。

对，就是这样。女流浪狗跃起来，尾随在拉走老男人的黑色轿车后边奔跑。

车子驶出了洞开的大门，加快了奔跑的速度。女流浪狗也开始加速。可是，没跑出多远，就被黑色轿车狠狠地甩下了。一颗尚在衰弱之中的小心儿，咚咚地跳着。咚咚声敲击着她的魂灵。魂灵不堪敲击，惶惶着要抛弃女流浪狗的肉身。别无选择，女流浪狗只得停下来。无助地看着远去的车子。

真是没用透了。回到老男人的楼下，继续等待老男人回来，还是去找杰瑞呢？女流浪狗无助着神情，努力地想着，该选择这两个问题中的哪一个。

二十九

关键词：杰瑞　女流浪狗

标签：一次失败的跟踪

杰瑞第 N 次跳上前阳台的可攀附之物，将脸贴在玻璃上往楼下张望时，已是将近中午了。之前的一次次张望，收到的都是空空的失望。这一次，楼下的衰草坪上，终于出现了女流浪狗的踪影。她也正在努力地朝着他这个方向望着，紧缩着一副打着晃儿的身子。见到了杰瑞那张贴在玻璃上的脸，一股兴奋的光芒在女流浪狗的眼里一闪，很快就被一层黯然遮盖了。杰瑞从女流浪狗的神情上判断出来，女流浪狗一定是失败了，没有跟踪到老男人。

唉，杰瑞叹了一口气。摸清老男人的具体行踪，对于狗狗，尤其对于女流浪狗来说，不是一件很容易的事情。人类会使用各种工具，会骑着自行车走，会开着车走。他们有着各种各样超强的本领，每一样本领都是狗狗做不到的。女流浪狗太急于求成了，她考虑不到问题的艰巨性。所以，他必须鼓励她，让她明白这是一项艰难的工程。同时，及时给她指点迷津，给她指明下一步工作的方向。还有，哦，还有，让她先回到储藏室前的家里好好地歇息一下，恢复一下体力。让她明白，拖着不健康的身体为他做事，他也是于心不忍的。

不能等到晚上再向女流浪狗传递这几层信息。晚上距离现在，还有相当漫长的一段时间。杰瑞怕女流浪狗没有及时接收到他的表达，会自作主张地做出其他的一些事情。因此，杰瑞冒着打扰男主人的风险，从三楼的窗子后边，发出只有同类能懂的语言。

杰——瑞，咋了？

床上的于永志发出了声音。声音转过卧室的门，往杰瑞的耳朵里钻。痒痒的。杰瑞只得垂下两扇毛茸茸的耳朵，把声音挡在外边，坚持着向女流浪狗传达完他的指示精神。

女流浪狗努力地倾听着，努力地理解着杰瑞话语的含意。直到杰瑞的脸从窗前消失了，她依旧保持着倾听的姿势。痴痴地望着空空的玻璃窗，望着刚才杰瑞占据的那一片玻璃的空间。她在想，她深爱的杰瑞是多么地伟大啊，什么问题都难不倒他。直到仰望的姿势让她的脖子涩涩地疼起来，女流浪狗才缓缓地通过小区的大门，绕到杰瑞家的楼后。杰瑞家储藏室前的小棉垫孤独地候着她。她卧上去，将身子懒懒地摊开。正午的阳光从楼顶上转过来，扬了女流浪狗一身的温暖。就这样卧着，将一颗头伸向水碗。昨晚喝剩的水夜里结了冰，冰被太阳的热情感动了，心一软，坚硬开始渐渐地融化。女流浪狗伸出舌头，啧啧地舔舐着化掉的水。疲惫在极度的舒适中慢慢地退场。

很快，饥饿感袭击了她的舒适。她是有家的狗了，有家的狗是不用扒垃圾的。只有流浪狗才会扒垃圾。她的身份正在改变，正在变得高贵，不是么？所以，她要忍住饥饿，决不能轻易再去扒垃圾。只可惜，要等到晚上才能有食物吃。

要是现在她的嘴边有一块食物，该多幸福啊。这样，下午她就可以补充体力了，就有力量奔跑了。女流浪狗忍不住幻想起来。

自行车奔跑时发出的声音，离她越来越近。女流浪狗拿了懒懒的眼神望过去，居然是王小柔。

下中午班的王小柔，车筐里驮着从菜市场上买来的馒头和菜。中午，她必须回来。家里的两张嘴在干巴巴地等着她。女流浪狗的位置刚好不影响王小柔打开储藏室的门。下车，开门，把自行车放进去，从车筐里拎出馒头和菜，然后锁门。转身朝着楼上走。走了两步，停住，回头看了一眼女流浪狗。

女流浪狗的心忽悠一颤，这个女人不会是要赶自己走吧？

王小柔打开盛着馒头的塑料袋，破坏了一个馒头的完整。紧走两步，将掰下来的那部分馒头放在女流浪狗的眼前。

女流浪狗盯着那块馒头。一丝热气袅袅升腾开去，在空中婀娜而舞。

三十

关键词：于永志　博士男　王小柔

标签：一个未接来电

　　无论外面的声音有多么嘈杂，杰瑞也会把女主人回来的声音从一堆嘈杂里分离出来。从女主人踏上第一级台阶开始，他就顺着耳朵，垂着尾巴等在门前。女主人一开门，就会看到一个"想你想了很久"的杰瑞。然后，拥抱，亲昵。表达着分开半天的思念之情。再然后，女主人手脚并用地在厨房忙碌。再再然后，女主人给男主人喂饭。把一切都安置好了，最后女主人抓起她的小坤包，匆匆离家继续上下午班。门在发生撞击之前，女主人会和杰瑞有一个小告别：杰瑞，乖乖地看家吧，妈妈上班了。杰瑞无奈着神情，甩着尾巴目送女主人。

　　杰瑞听着女主人下了楼，听着女主人打开了储藏室，听着女主人推出了自行车，听着女主人锁好储藏室的门，听着女主人和她的自行车远去……

杰瑞才进了男主人的屋子，跳上男主人的床，安静地卧在男主人的身边。陪着男主人，清理着自己满腹的心事。不过，今天，杰瑞的思绪有些不受他的控制了，由于被过度地使用，它们联合起来罢工了。很快，杰瑞昏昏欲睡了。并且，打起了漂亮的小呼噜。

《梁祝》小提琴协奏曲猛然响起来。

杰瑞，醒醒！

杰瑞早睁开了眼睛，任何的声音对狗狗来说都是要警觉的。杰瑞转着两只灵活的耳朵，寻找着声音的发源地。这个声音，杰瑞太熟悉了。每当它响起时，女主人就会打开她的小手机。可是现在，女主人不在家，屋子里怎么会有这个声音呢？杰瑞好像想起了什么，跳下床，奔向门口。果然，女主人的小包包在墙壁上挂着。声音正是从小包包里传出来的。也就是说，有人给女主人打电话了。

女主人上班竟会忘了带小包包。唉，杰瑞又哀伤了。以前的女主人虽然不开心，但也不是这样子的。

杰瑞——

杰瑞回到男主人身边，传递给男主人一个很无助的表情。表示他是无能为力的。

没事的，杰瑞。于永志安慰杰瑞。他比杰瑞更清楚，那个电话，无论是杰瑞，还是他，都是无能为力的。

杰瑞即使再聪明，也远逊于作为人类的于永志。尤其是因其他功能的废弃，而导致了脑细胞空前活跃。王小柔把包包遗忘在家里，他可以做出无数个假想来。诸如：王小柔把包包落在家里的原因是什么？是谁给王小柔打的电话？打电话的人是男人还是女人？如果是男人为什么要给王小柔打电话？因何不选在王小柔在家里的时间段打？等等，等等。

就在于永志被自己的浮想联翩揪扯得心儿一阵紧似一阵之时，小茶几上的电话响了。

一定是王小柔。一定是发现包包不见了，打电话确认一下，是否在家里。于永志居然忽略了一个事实，就算真的是王小柔打来了这样的电话，这个确认的过程也是无法完成的。杰瑞是确认的关键环节，可是于永志根本没有办法向杰瑞表达他的意图。除了帮他接电话，杰瑞还没有受过这方面的训练。男人和男狗之间纵横着许多沟通不了的东西。这些沟通不了的东西决定了人和狗的差异性。

因为有人打王小柔的手机，才使得于永志省略了沟通的环节，直接获取了王小柔将包包落在家里的这一信息。而，王小柔并不知道这个省略了的环节。

杰瑞，快接电话！

杰瑞已经叼起了话筒。放在于永志的耳朵边上。

喂——谁呀？大点声，听不清楚。

不是王小柔，好像是一个男人的声音。

是我，听不清么？那你把电话挂了，我再给你打一遍，信号可能不好。

不等于永志有所反应，话筒里已经传出了嘟嘟的忙音。

杰瑞把话筒复位，心想，男主人今天这个电话打得有点奇怪，刚一张嘴，就完了。身子还没离开小茶几，电话就又响了起来。

只好再次劳动自己的嘴巴，重新让话筒贴近男主人的耳朵。

这回听清了么？

听清了，是你这个坏蛋。

不是我，还是谁呀？听见我的声音咋好像有点失望呢？

这么兴奋，不会是告诉我你的实验成功了吧？

真聪明，就是要跟你说这事。哈哈……

博士男突然哈哈大笑了。

不会是承受不住这么巨大的成功，精神上有负担了吧？

……

博士男笑得很投入。直到耗尽了笑的精力，才喘吁吁地止住。

祝贺你！一股酸酸的液体从于永志的牙根儿渗出来。自从有
了王小柔，他才觉得自己不比博士男差了。他一直以为博士男跟
他保持着持久的联系，不仅仅是念着光腚的那份情谊，还有很大
炫耀的成分。用他成功的光芒把于永志映衬得更加暗淡无光。人
的优越感是在对比中产生的。可是，有了王小柔之后，一切就都
改变了。王小柔是于永志一生中最大的成功，是对博士男最大的
打击。于永志不会忘了，博士男参加他的婚礼时，假借着高兴的
气氛喝得烂醉如泥。今天自己是怎么了？怎么会妒忌了呢？

我失败了，没成功。

失败了？那为啥这么开心，受刺激了吧？你可别吓我啊。

那么高科技的实验，哪这么容易就成功了，放心吧，我很正
常。这个失败的实验太可乐了，植入小白鼠脑细胞的家猫疯了，
一刻也停不下来，不停地在笼子里奔跑。跑了一天一夜了，你看，
现在还跑着呢！对了，你看不见……哈哈……

博士男的电话，并没有让于永志的焦虑有丝毫的改变。结束了和博士男的对话，直到王小柔回家的这段时间，于永志依旧沉醉在和一个未知电话的纠纠缠缠当中。那个未知电话本来只是一颗芝麻，在于永志看来却是一只大西瓜。他鼻子上架着一副无形的放大镜，只要和王小柔有关的一切，都会被放大镜无限地放大。

当回家的王小柔准备进厨房做晚饭时，于永志决定给自己一个下午的焦虑讨个结果。当然，他会说得很含蓄。他不想用自己的焦虑做武器，来伤害王小柔。

小柔，你来一下！

小柔，你是不是把包包忘在家里了？

是，你咋知道的？王小柔举着两只手，上面挂着的几颗水珠儿，调皮地滚动。

手机响了，有人给你打电话，我才知道你忘了带包包的。

王小柔转身往外走，两只手在围裙上做了一个擦拭的动作。于永志知道，王小柔一定是去拿包里的手机了。

谁来的电话，不会是爸和哑哥有啥事吧？

于永志做了一下深呼吸，把语调调整得无懈可击。既有关心又有随便问起的成分。

王小柔看了一下来电显示，还真让于永志给说对了，是老家的号码。只有一个未接来电，应该不会有太急的事情吧。

是大学同学打来的！

王小柔撒了谎。于永志的那点心思是逃不过她的眼睛的。他不是喜欢猜疑么？那好，就给他创造一个猜疑的机会。

这扇门

三十一

关键词：于永志

标签：做我自己的观众

《新闻联播》的序曲响起来，王小柔和杰瑞准时出了家门。遗留下床上的于永志。

他的水仙样的女人越来越神秘了。他不知道她在想什么，不知道她在干什么。大学的同学来电话，她居然不敢在家里回复。难道有背着他的话要说么？这个打电话的同学，是上一次周日从北京过来见王小柔的那个同学么？是么？是么？？

于永志的大脑里仿佛有千军万马在奔腾。马儿们嘶叫着，踢踏着。脑壁上的细胞开始剥落，簌簌地飞扬起来，壮观如阳春时节在空中舞动的柳絮。这一片细胞和那一片细胞不断地发生冲撞。频频发生的撞击使得飞扬处于混乱和无序的状态。有柳絮飞扬的壮观，却没有柳絮飞扬的美感。

忽然间，飞扬的脑细胞魔幻一般，集体向于永志飘移。每一片由细微到宏大。就像拍电影。导演的一个手势，摄像师便将镜头里的远景拉成了近景。看清楚了，被拉成近景的脑细胞，实际上已经变成了白色的幕布。幕布上在演绎着由于永志和王小柔主演的情景剧。它们不都是存在自己记忆光盘里的么？是谁切割了它们，把它们一段一段地刻录在白色的幕布上？

不管了。于永志深深地呼出一口气，放松了一下自己。索性一心一意地当起观众来。

情景一：

于永志将出租车和出租车中的自己泊在文化局的门口一侧时，看了一下时间，上午十一点整。离王小柔下班还有半个小时。这半个小时内，他不准备再出车。十一点三十五分，一个打车的人矮下身子，问于永志到某某地多少钱。于永志连眼皮都没挑一下，说，在等人。他不想错过每一天中见到王小柔的每一次机会。机遇不定就蕴藏在哪一次的等待中。打车的人悻悻地走向下一辆车。

于永志的等待是规规矩矩的。以前候人时，他动不动就把两只臭烘烘的脚丫子搬上来，车座位后移，一颗头靠在靠背上，眯着眼假寐或者真寐。现在不一样了。他受了水仙样女子的熏陶，觉得自己也有了几分的雅致。一举手，一投足，都尽量做到不给雅致减分。十一点四十分。于永志特意扫了一眼时间，没错，是十一点四十分。王小柔神色仓惶地从文化局的大门口跑出来，环顾了一下左右，径直朝着离门口最近的出租车，也就是于永志的出租车跟跄而来。她不仅仅是仓惶的，还是悲哀的、脆弱的。随

这扇门，

时都有跌倒的可能。于永志心疼极了，太想立刻下车，然后扶住她。或是抱住她。可是，他怕那样做了反而会吓到她。他能做的也就是主动给她打开车门，让她没有任何障碍地坐到车上来。

去某某处。

知道。

于永志扫了一眼王小柔。眼角挂着泪痕的王小柔，专注在她哀伤又焦躁的情绪里，甚至都没来得及给司机一个眼神。开车的只是一个出租车的司机，至于司机的具体形象，实在不是她想关注的。她也无暇关注。

就停吧。

于永志把车停在那片已经熟悉了的宿舍区前。不等车彻底停稳，王小柔就拉开车门，跟跄了脚步往里走。一边走，一边甩过来一句话，师傅，等我一下，就来啊。

于永志的大脑有些空茫。他虽然不知道王小柔发生了什么，但是他知道一定有大事在她身上发生了。数天的跟踪和调查，于永志基本上可以确定，在这座城市里，王小柔是举目无亲的。从口音上听不出是哪里人，因为她说着一口纯正的普通话。

想做什么却又没有资格做，这才是最急人的。情急之下，于永志抬起手来，啪地拍在方向盘上。嘀——喇叭发出了抗议。

这个喇叭响得真不是时候，响得真是可恶，大有催促王小柔的嫌疑。果然，喇叭声还没消散干净，王小柔就拖着一只行李箱出来了。

去车站。

半个小时后，于永志站在远处目送王小柔上了一辆去承德的长途车。

他的眼睛，他的心，也跟着上了车。打着站票，和王小柔一路同行。

情景二：

十天后。时间，下午两点半。地点，车站。

太阳大概在和谁怄气，为了排解心中的郁闷，放射出一天当中最毒辣的光线。于永志觉得，太阳抛出的不是光线，根本就是一把钢针。一下一下地刺着他裸露在外边的皮肤。于永志抻长了脖子，眼神跃过移动晃荡的人群，及人群之上的一把把旱伞，牢牢地盯住进站口，审视着进站的每一辆车。寻找着那辆这个钟点进站的从承德开过来的长途车。

这样的寻找，于永志经历了十天。一天当中有几班从承德开往这个城市的车，每一班车几点到达，他掌握得清清楚楚。送走王小柔的第二天，他就等在车站里。王小柔一天不回来，他等她一天。王小柔半年不回来，他就等她半年。他相信，只要他付出足够的耐心和诚心，就一定会等到王小柔。

太阳好像并不满足于用尖利的光线刺于永志了。它换了一个招法。伸出巨大的舌头，一下一下地舔舐着于永志，像舔着一只冰棒。每舔舐一下，于永志就会矮下一截。很快，于永志感觉自己就要贴到地面了，马上就要消失了。也就是在这个时候，一辆晚点的从承德开过来的长途巴士，缓缓地进站了。于永志用手背揉了揉发烫的眼皮，集中了两只眼睛的视线，在下车的人里扒拉着，寻觅王小柔的踪迹。没有。最后一个下车的是一个老者，老

这扇门，

者的身后空空的，没有乘客再跟着下来。蓝色的布帘儿将肆虐的阳光挡在车窗外，也挡住了于永志的目光。就算能看清车里的状况又能怎样呢，难道王小柔还坐在车上不下来不成？

失望，让于永志转身。找个地方避一避，下一班车来还早着呢。

于永志的转身已经完成一半多了，眼看就要背对着车门了。忽然他眼角的余光一把拽住了他。王小柔拖着行李箱，出现在车门口。

天啊，他水仙样的女子这几天经历了什么，竟会如此的憔悴？她眼含着深度的悲恸，深度的孤独，深度的苍凉。

倏忽一下子，于永志在顷刻间恢复了体形。那一刻的他是伟岸的，是坚强的。他要用他的伟岸和坚强来撑起王小柔的世界。所以，他不顾一切地主动了。

王小柔！

王小柔困惑极了。她用她的表情质疑他，为什么我不认识你？

我经常在你们单位的大门口等活儿，你坐过我两次车呢。前几天出门儿，还是我把你送车站来的呢。忘了？

王小柔的质疑持续着。

哦，我是听你们同事喊你王小柔，这个名字挺好记的，我就随意记住了……真巧，我刚送一个人来车站，就看见你了。顺便吧，我顺便把你捎回去。

王小柔懒得去记忆里寻找关于眼前这个无论长相和个头都大众化的男子。反正也是要打车的。就随了于永志的脚步，上了停在站外的出租车。

真是巧，送你走的是我，接你来的也是我。一晃，你都走了好几天了吧？

嗯——很费力的一个"嗯"字。

去旅游？还是——

于永志提着丹田气问出了这句话。

我母亲去世了。

情景三：

这是一次不寻常的等待。依旧是提前半个小时，于永志将出租车和出租车里的自己泊在文化局大门的一侧，等着王小柔下午班的结束。于永志的心情看上去不是很好。距离上次把王小柔从车站接回来，整整过去一个多月的时间了。渐渐远去的盛夏，把他的希望也强行拖走了。无望和秋仿佛一对孪生姊妹，携起手来一天比一天浓郁。经历了那次的接站，王小柔大概已经认识了他，有时下班从他和他的车身边经过，目光对接在一起时，会有一个礼貌性的浅浅的微笑。仅此而已，再没了任何的实质性进展。所有的迹象表明，对王小柔而言，于永志不过是一张略微熟悉的面孔。这显然不是于永志要的结果。他如此艰辛的付出，可不是只为了远远地欣赏一幅美景。他想拥有它，让它只为他一个人美丽。

差十分钟六点，一个年轻的男子出现在文化局的大门口。他先是掏出手机打了个电话，然后站在大门口，面朝着里边，做出一个等人的姿势。一个和自己无关和王小柔无关的人而已。于永志只给了他一个漫不经心的眼神。

十分钟后，于永志再也不可能忽略这个年轻男子了。因为，他等的人居然是王小柔。这正是于永志最害怕的事情。像王小柔

这扇门

那样的水仙女子，没有各色男人簇拥在前后，是不正常的。只要她需要，随手一捞，男人就会像水草一样，极其容易地被她掐在指间。之所以她的周围一直空荡荡的，是因为一般的男人不敢走近她，怕自己的分量太轻。一旦她允许哪个男人走近，则是一件非常危险的事情。所以，于永志的一颗心嗖的一下子，就被一根无形的线提到了嗓子眼儿。

有点帅气的男子（于永志才注意到他是帅气的），和王小柔说了两句话，便朝着于永志这个方向挥了挥手，出租车！

于永志打了个激灵，迅速地启动车子，赶在其他几辆出租车之前，将车子驶到帅男子和王小柔跟前。帅男子打开车门，两个人坐到了后排座上。中间保留着一些空隙。这个空隙对于永志来说很重要。它说明了什么？说明帅男子跟王小柔还不是特别熟悉。即便特别熟悉，也非恋爱关系的。但是，现在有空隙，并不代表将来也有空隙。或许，今天空隙存在的意义，就是为了明天空隙的不存在。

去某某酒店。

于永志没有吭气。他的牙齿紧紧地叩在一起。

十几分钟的车程。帅男子欠起身子，伸长胳膊，将一些纸币扔在副驾驶座上，和王小柔下了车。车门关上之前，于永志听见王小柔说了声"谢谢"。于永志假装没有听见。他不敢看她，怕让她看到他充满杀气的眼睛。

透过某某酒店的大玻璃窗子，于永志看到帅男子带着王小柔选了一个靠窗子的位置。他大概是征求了王小柔意见的。因为于永志看见王小柔在坐到座位之前，点了一下头。

然后点菜。上菜。吃菜。

王小柔的筷子并不怎么勤快，即使去夹菜，动作也是谨慎的，和优雅的。菜夹到嘴巴里，很慢地咀嚼。相比，帅男人则是殷勤的。不断地将大盘子里的菜夹到王小柔面前的小盘子里。嘴巴一直在动，更多的时候是忙着说话。说话时，他脸上的表情很丰富。不知道他说了什么，有几次，王小柔都跟着笑了。尽管她的笑是收敛的。但她笑了呀。从她奔丧回来，于永志第一次见她这样笑。

于永志的心突突着，两只手掌心里握着满满的凉汗。

不，水仙女子是他的。是他的！

……

人和狗狗的声音，如两股缠绕在一起的绳子，朝着于永志抽打过来。情景剧在于永志的一个激灵间中断了。正在演绎情景剧的脑细胞群打着旋儿地远去了，变小了。转瞬，便小得不见了踪影。只剩下作为观众的于永志。还有他满头的汗水，满心的等待，满眼的焦躁。哦，这个观众当得太辛苦了，好累啊。

这 扇 门，

三十二

关键词：<u>王小柔</u>

标签：<u>我种菜你来偷</u>

今天不听《二泉映月》了。

还没等王小柔戴上耳麦，"丑得不得了"就抢先敲出了一行字。

王小柔敲出一个表示疑问的小图案。

咱们一起来种菜。现在正在流行的一种网络游戏。

知道，我们单位也有玩的。可是，它——好玩么？

咱们一起玩就好玩，是不是？

一行字的后边跟着一个淘气的小笑脸。

你教我，不许嫌我笨噢。不足十个汉字，如此一排列，怎么读着都是一个女孩子在撒娇了。

第一步，打开QQ空间。

王小柔听话地照着做了。一个小的停顿后，估计王小柔打开了空间，对方的指令又来了。王小柔听话地，一步一步按照指令去做。她愿意被这个指令牵着。心儿被牵得暖酥酥的。或者那根本就不是指令，而是一个又一个的转弯。每一个转弯后，都会看到一片全新的风景。这个转弯，如雪的梨花绽满枝头。那个转弯，啼血的杜鹃染红了山野。一路的转弯，一路的惊喜。

好了，我们可以种菜了。

好美的梨花，好美的杜鹃花。王小柔敲出来的话很是不搭调。

回复她的，是一个小笑脸。他没有笑她，他是懂她的。

牧草，胡萝卜，白萝卜，先从零级别的开始种。用不了多久，我们的菜园子就会开满梨花，也会开满杜鹃花。

嗯。王小柔点了点头。

我种菜，你来偷——他们同时敲出来这几个字。

呵呵。哈哈。他们又同时打出来两个小笑脸。

然后，同时在他们处女菜地上耕耘，播撒下第一批种子。

再然后，是一个时间的小空白。

小空白过后，几乎同时，电脑屏幕上出现两个字——

晚安。

很干脆。表面看上去，谁也没有留恋，谁也没有拖泥带水。该结束时就结束了。谁也没有主动去破坏他们一贯的风格。

和往常一样，王小柔没有立即起身。陷在椅子里，进入绵长的回味的程序。甜津津的味觉在舌苔上嘶嘶地游走着。那感觉是如此的熟悉。就像小时候第一次吃橘子。某一日的傍晚，母亲从大缸的粮食里扒出来一颗红皮的小东西塞给她，神秘地四下看了看，将嘴巴凑近她，拿一边吃去，别让你哑哥看见。那，哑哥有么？王小柔疑惑地看着母亲。母亲只得再一次垂下腰身，将嘴巴贴近王小柔，他的那一个早吃完了，让他看见，你就吃不着了。

王小柔认得这个红皮肤的小东西。它叫橘子。她看见过村里比她大或者比她小的小朋友们吃过。小朋友们吃橘子时，她都会躲得远远的。她不愿意看见他们那一副很享受很炫耀的模样。有一次，哑哥因为抢了小朋友的橘子，挨了母亲好一顿打。母亲一边打，一边流泪，打死你这个没志气的东西！所以，小小的王小柔从那次就记住了，不看小朋友吃橘子，要做一个有志气的人。可是，她会经常揣测起橘子的味道来。它，究竟是什么味道呢？

终于有了品尝的机会了。王小柔用两只小手紧紧地捧着红皮肤的小橘子，跑到一个没人的地方。打开小手掌，露出那一枚诱人的小橘子。因为太兴奋了，剥它的小手居然在轻轻地颤抖。哇，一盏玲珑剔透的小灯笼！小灯笼在她的小掌心燃烧着，摇曳着动人的小火苗。她的小脸被烘烤成绯红的颜色。

她不忍心去破坏它，不忍心去吃掉它。它，实在是太完美了。可是，她又太想尝一下它的滋味，太想亲自验证一下它的味道到底符合自己的哪一种猜想。于是，恋恋不舍地，用小手指小心翼翼地分离出一痕弯月般的橘子瓣。放在嘴巴里，含住。凉津津的，没有什么特别的地方。用牙齿轻轻地划破它的肌肤，马上，有液体流了出来。酸酸的，甜甜的。酸和甜很尖锐，也很霸气，一直沁入王小柔的五脏六腑，霸占了童年的记忆。她幸福得闭上了眼睛，追忆和回味着弯月般的橘子瓣独有的酸和甜。一瓣就够了。她要把剩余的给哑哥留着。从小，父亲就教导她，好吃的要让着哥哥。

怎么回事，思绪长了腿儿，一会儿工夫跑了这么远呢。就到这里，回来吧。王小柔将一口又酸又甜的口水吞咽下去。想，童年的那瓣橘子和今晚的心情有可比性么？她很久没有想起过童年的橘子了，关于橘子的记忆早就被她尘封了。没有时间，没有心情，没有机遇去唤醒它。它是珍贵的。珍贵到需要另外一份珍贵来把它从尘封中牵引出来。

他给了她另外的这份珍贵。

这份难得的珍贵多像一盏灯啊，让她看到了生活中的一丝亮色。虽然改变不了什么，但是她的心里不再是清一色的晦暗。带着一丝光亮前行，身上就会多一些力量。她太需要这种力量了。无望的生活几乎耗尽了她生存的精力和勇气。

王小柔又失眠了。这次的失眠和老男人无关，当然，也和于永志无关。

和她的菜园子有关。

半夜，王小柔起来打开电脑，进入到她的农场。哇，园子里的牧草发芽了！再转到"丑得不得了"的农场一看，他的牧草也发出了嫩嫩的芽芽！提示语说，再过一小时就会长出大叶子。咦，嫩嫩的芽周围怎么会有杂草呢？它们生长得气势汹汹，理直气壮。哼，一定要铲除坏家伙的嚣张气焰。园子的下边有一排工具栏，王小柔用鼠标点了一下除草的工具栏，鼠标的箭头就变了一瓶除草剂。除草剂对着杂草一顿猛喷，杂草无力地挣扎了几下，便呜呼哀哉，魂飞魄散了。连一星儿痕迹都没留下。

王小柔坐在电脑前，托着腮，看守着她和他的两片菜园子。唯恐杂草卷土重来。她要让他们的菜园子生长得蓬蓬勃勃，生长得五彩斑斓。辛勤地耕种，辛勤地收获，一级一级地往上升。从零级的牧草，到一级的大白菜……再到七级的玫瑰花。是啊，要不了多久，他和她的园子里就会开满红艳艳的玫瑰花。她园子的玫瑰花为他开，他园子的玫瑰花为她开。那会是怎样的情景呢？

她也会变成一枝玫瑰么？到那时，变成玫瑰的她，混迹在玫瑰园里。他来采玫瑰，将她一起采走。然后，她又混在众玫瑰中，被他插在床头的花瓶里。每晚，她都静静地看着他，不忍睡去，释放出比任何一枝玫瑰都要多的芳香，来熏染他的梦呓。直到她提前丧失了花的姣好，提前枯萎了自己的花容。某一天的清晨，他终于发现了那枝衰败的玫瑰。于是，他把她分拣出来，一抬手，扔进垃圾桶里。不带任何留恋。她伤心地哭了……

电脑已经运行成了节电模式。擦了擦眼角，竟真的有泪的痕迹。怎会做了这样一个梦呢？扯了扯嘴角，算是自嘲一下吧。玫瑰花还没种，自己倒先变成花痴了。关电脑，上床，熄灯，睡觉。凌晨一点，正是进入深度睡眠的时候。

三十三

关键词：于永志

标签：期待赫迈拉

深度睡眠却和于永志无关。王小柔让他心烦意乱。他超级灵敏的听觉，总是能及时地捕捉到对面小卧室里王小柔的动静。她坐在电脑前了。她上床睡觉了。她从床上起来了，又坐在电脑前了。

肯定不是在写材料。那天，她莫名其妙地问他阿炳为啥要在二泉边上拉二胡。莫非她是在听音乐？不，也不是的。就算原来是，起码今天不是。哪有听音乐听到后半夜的？没有道理。那么，是什么吸引了王小柔，即便不睡觉也要守在电脑旁呢？她，不会是在和谁聊天吧？根本就是网恋了，也说不定。

于永志被自己的推测骇出一额头的汗珠子。脑细胞和深度睡眠的时间做着艰苦卓绝的斗争，最终以绝对的优势获胜。智慧囊在脑细胞兴奋的状态中一个接着一个地拱出来。

这 扇 门，

博士男的电话。赫迈拉产品。小白鼠和家猫的实验。人类的脑细胞——自己的脑细胞。

如果。如果，把自己的脑细胞植入到另一个载体的大脑里，那么，另一个载体是不是就有了他的思维？虽然身子不是自己的，但是载体的智慧是自己的。也就是说他可以控制载体的行为。如此一来，他就可以看见想要看见的一切。

王小柔，你逃不过我的眼睛了！

由于激动，两大朵的红晕颤着翅膀，落在于永志的双颊上。他仿佛看见了王小柔真的在和一个网友"聊天"。"聊天"就像一把扫帚，可以驱除她心中的寂寞。是啊，她太寂寞了。对于寂寞的人而言，网络是曼妙无比的。不管你是何等身份的人，在网络面前，你都可以隐去，都可以不用顾忌。只管赤裸裸地来，赤裸裸地去。这样的"聊天"，他是不陌生的。认识王小柔之前，收了车回家，很多的时光就是靠着"聊天"打发的。

他热衷于和女网友"聊天"，懂得如何在网上钓女网友，然后津津乐道地一层一层地剥掉惺惺作态的女人们的外衣。让她们藏匿得或深或浅的欲望裸露出来。他辛勤地添柴加薪，让女人们欲望的火苗燃烧得旺一些，再旺一些。然后，在女人们热烈地舞蹈时，于永志突然撤了火。

他的快感油然而生。

一边挑逗她们，一边蔑视她们。这些禁不住诱惑的女人们，是不值得他付出感情的。天下的女人不过如此，她们和那个是他母亲的女人没有太大的区别。

母亲背叛了父亲，背叛了他，为一个男人弃他们而去。窝囊了一辈子的父亲，握了一辈子方向盘的父亲，在某一个夏日的傍晚，做出了一件惊天动地的事情。被开得飞起来的车从一对男女的身上碾过去后，撞在路边的电线杆上粉身碎骨。

母亲和她的爱情在车轮下永恒了。父亲用死亡成全了这份永恒。

那天，刚好是高考的前一天。

一切就这样结束了。一切就这样开始了。

他以为他今生不会爱上一个女人。他以为自己丧失了爱一个女人的能力。原来，爱一直在他心里沉睡着，只是他不知道罢了。王小柔唤醒了它。为了王小柔，他结束了网络上的游戏。

那么，这个他用生命爱着的女人，如果在和网友聊天，都聊些什么呢？假设也碰到像他过去一样的男人，她那么单纯，又怎么可以抵挡得住蓄意的引诱呢？

她被引诱了，是他绝对不能容忍和接受的。

此刻的于永志，对博士男的实验充满了期待。

三十四

关键词：<u>杰瑞</u>　<u>女流浪狗</u>

标签：<u>下了一场大雪</u>

　　杰瑞攀附在阳台上，看着窗外的大雪。过了这个年，他就五岁了。在他将近五年的记忆里，从来没有见过如此大的雪。凌晨两点，他从一种厚重的压抑中醒来。走出自己的小房子，在客厅里转了两个圈儿，并未发现什么异常之处。下意识的眼神扫过阳台的窗子时，杰瑞的内心发出了一声惊叹。阳台的玻璃上画满了漂亮的图案。图案没有秩序，但散乱得很美丽。最神奇的是，那些美丽的，你想让它像什么，它就随了你的想象像什么。像花朵，像小树苗，像街上年轻的女子，像天上的云儿……那么，这么奇妙的东西是谁画上去的呢，他怎么一点也不知道呢？

　　杰瑞好奇地顺着攀附物爬上阳台，想近距离地看清那些美丽。忽然，透过图案留下来的狭小的空隙，他看见了一个大雪纷飞的世界。他将眼睛努力地贴近玻璃窗子，尽量地放大眼睛里的白茫茫。雪铺天盖地，一点道理都不讲地遮盖了世界的本来面目。把多姿多彩的世界变成它想要的样子。楼顶白了，路白了，小树白了，草地白了。说不定连女流浪狗也白了呢。今年下了几场大大小小的雪，哪一次，都没有这一次的大。雪花不是一片一片地往下落，而是手挽着手，拥着，抱着，粘连着，一团一团地坠落。是不是天要坠下来了呢？怪不得自己会有被压迫着的感觉呢。

　　一只慢慢移动的物体渐渐地在杰瑞的视线里清晰起来。它挪动得好辛苦，好缓慢。这么大的雪，它不怕冷么，要到哪里去？它没有家么？就要从楼下经过了，杰瑞看清了，原来，是一辆会跑的小汽车。只是裹了一件雪的外衣而已。哈哈！这个家伙也有威风不起来的时候。杰瑞幸灾乐祸地嘲笑起小汽车来。他的嘲笑进行到高潮时，智慧的光芒在脑际上空打了个闪。老男人的小汽车也没长翅膀，飞不起来，天一亮，老男人的小汽车就会来接老男人，女流浪狗跟上比走快不了多少的小汽车，岂不是容易得很。杰瑞智慧的火花闪现了不到一秒，便黯然熄灭了。因为他意识到，他没有办法将他的想法及时传递给女流浪狗。他在三楼的后阳台发出呼唤声，相信在储藏室门前睡觉的女流浪狗是能接收到的。可是，女主人和男主人好不容易才睡沉了，他的叫声将会变成利器，割破他们的梦。再说了，他是一只有修养的蝴蝶犬，像野猫一样专门在安静的夜里发出声音，是有失高贵的身份的。更会招来人类憎恨和厌恶的目光。白天，借着周围的嘈杂偶尔地叫几声，还勉强说得过去。怎么办呢？

　　杰瑞再没有心思观窗花赏雪景了，从阳台上跳下来，在客厅里踱着孤独的步子。无可奈何中，只得寄希望于女流浪狗。希望她忽然间变得聪明了，懂得抓住突发的机遇了。但愿是这样，不，一定是这样。

雪花刚一落下，女流浪狗就知道了。尽管她的皮毛适应了艰苦的户外生活，尽管她有了温暖的家，但是，这个夜晚的冷是不同寻常的。寒气把她一重一重地围裹起来，将冰冷的刺儿刺到她的骨头缝里。植入冷刺儿的肌体木木地痛。女流浪狗只得从棉垫上爬起来，抖抖身上的落雪，围着她的小家园跑动起来。地上的雪在女流浪狗的跑动中，也在努力地增加着厚度。跑动了一会儿，女流浪狗停了下来。她想到了一个问题，总不会这样跑到天亮吧？体力在不停的跑动当中消耗掉了，再去跟踪老男人岂不是没有力气了？这几天的蹲守一点收获都没有。那天早上脸上长满疙瘩的小伙子把老男人拉走，就再也没见着老男人的影子。杰瑞传授给她的那些招法一点没派上用场。直到昨天晚上，她才看见黑车把老男人拉回来。虽然人类的行踪远非狗类所能掌控，杰瑞也表示了充分的理解，可是女流浪狗还是有些郁闷。她太想自己有所表现，有所作为，否则自己每天来来回回的忙碌是没有任何意义的。

保存一下体力吧。女流浪狗回到已经被白皑皑的雪覆盖了的家里。用嘴巴摸到棉垫的一角，一个大幅度的甩动，棉垫被抡到了半空。棉垫上的雪四散逃跑了。棉垫复位时，女流浪狗忽然灵机一动，她完全可以把她的家改造一下的。这个棉垫把她的身子包裹起来，绝对是有富余的。这么简单的问题，之前怎么就没有想到呢。女流浪狗立刻把她的想法付诸行动了。她先用嘴巴把棉垫折叠一下，然后再用嘴巴掀起棉垫的一角，让自己的身子慢慢地拱进去。她做得巧极了，妙极了。当围着棉垫转悠的寒气无可奈何，她的身子越来越感到温暖时，女流浪狗打出了骄傲的鼾声。

骄傲的鼾声持续了将近一个小时。将近一个小时的时间里，雪疯狂地实施着抛撒和覆盖的计划。女流浪狗裸露的骄傲，是它重点打击的目标。寒气在一边加油助威，既然无法进入，就彻底覆盖吧。呼吸感到困难的女流浪狗不得不停止了骄傲的鼾声，从被雪覆盖住的棉垫里艰涩地抽出身子来。然后，陷在没过腹部的雪里发了会儿愣。她满目的惊诧，才睡了一会儿，雪咋就这么厚了呢。惊诧过后，她想到了一个问题。在这样厚的雪里行走，会是一件非常艰难的事情。所以，她要早一点出发。女流浪狗感到自豪的是，她并没有因为大雪封路而动摇，而犹豫。她是坚决的。

她的坚决让她感动。

带着这份感动，女流浪狗上路了。风骇于雪汹汹的气势，忍气吞声了大半个夜晚。天将放明时，雪的气势弱了，消瘦了，风便狰狞地笑了一声，探出头来。它可以肆虐了。恶风卷起雪的肌骨，狠狠地抽打着，摧残着。女流浪狗被裹进风雪的征战中，无数次地迷失了方向，又无数次地调整好方向。前行。前行。固执地向着一个方向。

开始出现一些车在路上爬行。一些人站在敞开着的车厢里，手里拿了家什，将堆在车厢里的颗粒状的东西朝路上的雪抛撒。颗粒扑扑地钻进雪里，不见了踪迹。但是很快，融进颗粒的雪就和别处的雪不一样了。不仅颜色黯淡了，而且丧失了光滑的质地。在撒过颗粒的路面上，女流浪狗甚至都可以小跑了。噢，真是出乎意料，后来的路走得如此顺利。到了老男人的楼下，小区里的

这扇门，

人和车才刚刚热闹起来。

嗬，这大的雪！

从各个楼道里钻出来的人们发出了清一色的惊叹声。开车上班的，忙着清扫车顶上连恶风都奈何不了的积雪。骑自行车上班的，弃了自行车，缩紧了脖子，高抬腿轻落足，扑扑沓沓地奔了公交车的站牌。另有一些留守的人，早拿了铁锹在自家的储藏室门前铲起雪来。这样的雪是扫不动的，只有铲。铲雪人手里的铁锹很懂事，绝不越过界限，防止一个不小心铲了别人家门前的雪。上次拿铁圈儿套女流浪狗的两个雄性物业其中的一个，手上忙着，嘴巴上也忙着。妈的，老天爷作死了，一场接一场地下，一场比一场大。

来接老男人的黑色小轿车伴着物业的唠叨声，滑了过来。没等到停稳当，亦没等到脸上长满疙瘩的司机摁响喇叭，老男人就从楼道里冲了出来。脸几乎要拉成一根面条的老男人，没顾上痛痛快快地吐上一口隔了夜的浓痰，直接奔了车门，打开，吱溜一下子，很利索地钻了进去。车子费力地转弯。车轮和雪摩擦，发出嗞儿嗞儿的鸣唱声。见车子原地打着滑，老男人的面条脸拉得更长、更细了。给人一种拉到极限，稍不注意就会断了的感觉。疙瘩司机猛打方向盘，一通忙活，终于顺利地转过弯，让车子顺利地往前行进了。

事实证明，杰瑞的担心是多余的。女流浪狗早就意识到，她完全可以把握住这次的机遇，完全可以轻轻松松地跟上老男人。说不定，收获就在这次的机遇里呢。

车子驶出小区，在撒过颗粒的脏兮兮的雪里慢跑。不管什么牌子的车，不管什么颜色的车，今天都没了脾气。它们一致地选择了慢跑。体力已经基本恢复了的女流浪狗，跟着老男人的车慢跑，跑得游刃有余。慢跑的途中，不时碰到一大群一大群的人，他们把自己包裹得严严实实，只露出两只眼睛来，挥舞着手里的各种家什，将马路上的雪攒成大大小小的堆。于是，马路的形象更加地惨不忍睹了，这里裸露一块，那里裸露一块，像一个伤痕累累的战败者。在路上，女流浪狗看见一个肩上扛着机器的人，拿了机器对准铲雪的人群，晃过来，晃过去的，不知道是在干什么。机器晃到哪里，哪里干活儿的人就会变成特别卖力气的样子。

拉着老男人慢跑的车终于停了。老男人从车上下来，加入到一群铲雪的人当中。一个中年胖男人立刻将一把铁锹递给老男人。且慢，女流浪狗抬起更加肮脏的爪子擦了擦眼睛，没错，这个中年胖男人就是把自己打伤的那个人。一股无名怒火噌噌蹿上了女流浪狗的头顶，熊熊地燃烧起来。真想扑上去，狠狠地咬他几口。然而，她不能这样做，她必须克制住自己。

在老男人的带动下，这一群铲雪的人营造出了一片热火朝天的场面。一会儿，扛机器的人赶了过来，肩上的机器对着铲雪的人一通晃。尤其对着老男人晃得最频繁。老男人身边的一个人，见机器晃过来，有意识地躲避着。专心铲雪的老男人，不露痕迹地又靠近了那个试图躲避的人。

那个人的身影和衣着是如此的熟悉。躲在不远处的女流浪狗认真地打量几眼，打量的结果让她吃惊非小。

那个人是王小柔。虽然她只露出来两只眼睛。

三十五

关键词：<u>王小柔一家　老男人</u>

标签：<u>被丢弃的象牙手链及其他</u>

《新闻联播》的序曲已经响过了，街上没有如期传来人欢狗叫之声。这是在王小柔和杰瑞预料中的。每次遭遇恶劣的天气，幸福路遛狗队都会暂时地解散一下。这个暂时已经形成了习惯，形成了彼此间的一种默契。人们会主动地选择某一个时间，将自家的狗狗带到楼下，象征性地转悠转悠。狗狗也唯恐主人等得不耐烦了，抓紧时间解决内存问题。

从王小柔和杰瑞的举动，于永志印证了气象预报的准确性。

小柔，咱这儿的大雪上央视新闻了！

知道了。

王小柔的回答很是漫不经心。洗着碗筷的手也一致性地保持了漫不经心。她在想着街上的某一只垃圾桶，只有扒垃圾的人会关注它，那么，她丢弃在垃圾桶里的象牙手链，也只有这类人具备发现它的可能性。被扒垃圾的人捡了去，王小柔一点都不担心。只是可惜了那串漂亮的象牙手链。可惜了它偏偏是老男人送她的礼物。否则，她不会仇恨它的，不会把它当成垃圾一样丢弃到垃圾桶里的。

下午，王小柔正在听女同事A和女同事B热议报纸上一篇"医生忙偷菜，患儿命不在"的文章时，办公桌上的内线电话响了。伸手去接，老男人在电话里说，王小柔，东西写完了没有？电话里的声音很大，远离话筒的耳朵也听了个明明白白。放下电话，王小柔从机子里把老男人要的文件调了出来，打印了一份。然后绕过女同事翘起的大屁股，出了办公室。进了对面老男人的屋子，王小柔假装不经意地将门留了个缝隙。

放下吧，不急。老男人并没有去接王小柔递过来的打印稿。

原来文件只是一个障眼法。王小柔用眼的余光瞟了一眼门口。那道缝隙还在。

拉动了一下抽屉，老男人的手探进去，再出来时，手上便多了一条精致的手链。

去了一回泰国，一点小意思。昨天回来一堆人围着，今儿上午又扫了半天雪，一直没顾上给你。据说是象牙的，也不知道是真的还是假的，反正是当真的买了。配你的手腕，会很漂亮。

漂亮的象牙手链托在老男人的手掌里，等着王小柔来拿。见王小柔迟疑着，老男人睁大了眼睛，露出被遮盖住的视线，迅速地扫射了一下门口，然后示意王小柔，让她的动作快一些。王小柔只得把手伸到那只狭长的摊开的手掌里，取了象牙手链。再把

这 扇 门

它藏进牛仔裤的口袋里。

下午剩余的时间，王小柔过得很辛苦。牛仔裤口袋里的象牙手链仿佛变成了一条蛇，龇出毒辣的小尖牙一会儿咬她一口，让疼痛不间断地袭击着她。王小柔坐立不安。但是，她又不能表现出来，只能坚忍着。其间，她跑了一趟卫生间，从口袋里掏出那条象牙手链，对准卫生间里的垃圾筐，真想扔了进去。最后，她找了一个理由，说服了自己。万一被人发现了怎么办？在这个单位上班的每一颗脑袋都要比自己的脑袋复杂，每一颗脑袋都不是简单的。人们感兴趣的不是一条象牙手链，而是象牙手链背后的故事。该死的！该死的！该死的！

因为路是不好走的，和早上一样，王小柔依旧选择了坐班车回家。只是，提前一站下了车。冬天五点半下班时，天已经黑了，街道上的路灯全都亮了。王小柔咳嗽了两声，从包包里拿出面巾纸，去擦嘴巴。然后，紧走了几步，将擦过嘴巴的面巾纸扔进路边的一只垃圾桶里。她的这个动作，在晦暗光线的掩护下，任何人都不会怀疑。

被丢弃的面巾纸里浅浅地包着那串象牙手链。

如果老家伙问起，就说怕自己的男人起疑心，藏起来了。王小柔在围裙上蹭了蹭湿漉漉的两只手，做了这样的决定。

小柔，给我换一下台！

准备带杰瑞出去解决内存问题的王小柔，只得转回来。

换哪个台？

咱们市的。我想看看新闻，央视都提了呢。

王小柔拿起遥控器，开始给于永志转换频道。茶几上的这台电视，只有转换频道，王小柔才会看上几眼。什么新闻，什么电视剧，都在王小柔的生活里渐行渐远了。而那两样，都曾经是王小柔津津乐道的。渐行渐近的是网络。她习惯了在网上获取各种信息。

小柔，那个扫雪的人不是你么？杰瑞，快来看，妈妈上电视了！于永志盯着镜子里的画面喊。

不用喊，杰瑞已经在屋子里了。他不仅在电视上认出了王小柔，而且还认出了王小柔身边的老男人，以及人群背后的景物。

杰瑞是熟悉那个地方的。那里是女主人上班的地方。他曾经坐在车上，和男主人一起去接下班的女主人。他喜欢将前爪扒在车窗上，将一颗小脑袋探出车窗，让风吹起头上棕色的毛发。那种感觉怎是一个爽字了得。有很多人和女主人一起从那个大院子走出来，独独没有见过老男人。所以，杰瑞对老男人是陌生的。自己真是笨透了，就因为他的面孔是陌生的，才没有把他和女主人联系在一起？他是坐在车上从大门口出来和进去的，为什么偏偏把车这个重要的工具忘了呢？

自己绞尽脑汁，女流浪狗付出大量的艰辛，却原来是这样一个结果。

杰瑞半是惊喜，半是懊丧。

小柔，你身边那个不是你们头儿么？还是参加咱婚礼时见过一次呢，老家伙都该退了，还干这么欢实。

杰瑞，走，出去尿尿了。

王小柔没有理会于永志的话题，到厨房拿了吃的喝的，带着杰瑞下楼了。杰瑞失去了想从女流浪狗那里得到信息的急迫，懒散着脚步跟在王小柔的后边。小脑袋里想着他的下一步计划。

女流浪狗早就等在楼下了。准确地说，女流浪狗的等待从上午就开始了。她目睹了老男人和王小柔他们一起扫雪的全过程，眼睁睁地看着扫完雪的一群男女进了身后的大院子。才满载着胜利的喜悦往杰瑞家赶。家的方向，刚好是迎着风。女流浪狗瘪着小肚皮，缩紧了皮毛，在恶风的缝隙间穿行。她真想快乐地唱起歌来，可是一张嘴，恶风就会乘机灌进来，严严实实地堵住她的嘴巴。哼，妒忌我吧。女流浪狗只好悄悄地在心里快乐着。想象着此刻的杰瑞正将期盼的眼神，透过窗子铺在她归家的路上，女流浪狗真是快乐且幸福着了。

然而，让女流浪狗有些失望的是，她站在杰瑞家的楼下朝上看，并没有在那扇熟悉的窗子后面看到杰瑞期盼的目光。

等。只有等待。草地上的雪没有人打扫，除了风肆虐过的痕迹，还保持着处女般的纯洁。相比之下，女流浪狗更显得肮脏无比了。女流浪狗深陷在纯洁的雪里，为了不被吞没，一颗头高高地昂起来。那样子很独特，也很悲壮。今天的太阳格外吝啬，好不容易露出脸蛋来，却是冰冷冷的，好像在和谁怄气，一点温度都没有。饥饿也开始显现出它的威力来，女流浪狗终于坚持不住了。她只好将自己肮脏的身子从雪里拔出来，要不，回到自己的家里，暖和一下，再来？

女流浪狗果真转回到楼后的储藏室。从雪里扒出来小棉垫，像昨天晚上那样，用小棉垫把自己包裹起来。取暖。中午时，女流浪狗看见了王小柔。只露出两只眼睛的王小柔行色匆匆，一副拼命地往家里赶，然后又一副拼命地往外赶的架势。没有骑自行车。走的时候，女流浪狗发现王小柔回了一下头，朝自己的位置看了一眼。那一眼让女流浪狗的饥饿感更强烈了。那一眼也给了女流浪狗希望。王小柔一定没有忘了自己，否则她不会回头的。

下午到晚上，女流浪狗一直都处在等待的状态中。一次次地跑到楼前的草地上，等待杰瑞的现身。再一次次地跑回楼后自己的家里，一边温暖着自己，一边等待着王小柔的食物。她的等待是双重的。

当女流浪狗的双重等待一个不落地出现在她面前时，一激动，竟不知道该先进行哪一个了。先吃喝，还是先把收获的结果告诉杰瑞？

看着女流浪狗连脏毛上都颤着激动，杰瑞就知道她一定是有所收获了。于是，很努力地收了收自己身上的懒散，摇着尾巴，摆出一副急迫的欲知详情的样子。竭力地配合着女流浪狗的表情。果然，女流浪狗只把舌头伸进水碗里，潦草地舔了几口温热的水，便向杰瑞汇报起她的战果来。她用狗狗的语言告诉杰瑞，她看见老男人和王小柔一起除雪，除完雪后一起进了一个大院子。她已经记住了那个大院子，如果需要的话，她会带杰瑞去那里。

杰瑞加快了尾巴摇动的频率。以示对女流浪狗的赞许和肯定。女流浪狗不知道该以何种方式表现自己的兴奋，便得意忘形地原地转了两个圈儿。

女流浪狗的浅薄历来是杰瑞所轻视的，而这时，杰瑞却有一丝羡慕。自己要是像女流浪狗那样，很容易就获得快乐，那该多好啊。

这扇门，

三十六

关键词：<u>王小柔</u>　<u>杰瑞</u>　<u>于永志</u>等

标签：<u>割据状态</u>

打开电脑。进入到 QQ 空间的农场。站在"丑得不得了"的菜地前。一地的大白菜生长得快快乐乐，健健康康。那种快乐和健康，忽然就刺激了王小柔。

王小柔在工具栏里抱出一大堆的杂草，一棵一棵地栽到菜地里。直到杂草再也无处安插。

——你真是缺德啊，这种坏事也干得出来！一个声音出来主持正义。

那坏事就做到底喽。王小柔又点了装满害虫的工具栏。瞬时，害虫狞笑着爬满了菜叶子，挤挤挨挨，密密麻麻，以最疯狂的速度摧残着大白菜的健康。白菜终于抵不过杂草加害虫的蚕食，便只好病了。

做足了坏事，王小柔并没有获取多少发泄之后的轻松感。她还是不舒服。恶心，想呕吐。

装啥装，你早就不是清白的了！她恶狠狠地咒骂自己。

"丑得不得了"的头像在闪烁。

我的大白菜病了，哪个小坏蛋干的坏事？

你的大白菜病了，和我有什么关系？

王小柔固执了。

我在菜地上装了一个探头，你要不要看看那个放杂草和虫子的小坏蛋是谁啊？

不稀罕看！

真的么？我怎么看着有点像你啊。不会是你妹妹吧？

是你妹妹！是你妹妹！！

王小柔明显在无理取闹了。

是我妹妹。本来就是我妹妹。妹妹会做坏事了，我好高兴。

哼，高兴个叉！

打出这句话，王小柔后悔了。小脸微微地红了红。"叉"可以用很多字来替代，比如"屁"字。连在一起就是一句不入耳的脏话。她怎么可以这样呢？对方会怎么想她呢？

打出一句嘴硬的"都是你不好"，王小柔将头垂在椅子背上，两串泪水倒退着流下来。

他就像空气，她越来越需要他。在她心里占据的空间越来越大。是他，给她安抚。是他，给她寄托。是他，给她活着的意义。是他，给她女人的期盼。可是，如此重要的一个人，竟然是陌生的。他像空气那样存在着，却看不见摸不着。永远不打开这个

QQ，他就在她的世界里消失了。她对他是产生了怨恨之心的。所以，她固执了。

王小柔坐直了身子，屏幕上的一行字已经等她很久了。

如果你愿意，我会随时倾听你。

他又一次看穿了她。王小柔打出了一个小哭脸的图像。她不准备再伪装自己。

大白菜都生病了，赶紧除草捉虫吧。他在转移王小柔的情绪。

王小柔当然懂。左手拿了纸巾擦了擦泪水，右手拖着鼠标去除草捉虫。

——罪证是不能销毁的！那个正义的声音又出来了。

连改错的机会都不给人家。王小柔的手指在键盘上飞舞。

哈，承认是你做的坏事了吧！

一个小笑脸，轻轻地一点，就顽皮地眨起了眼睛。

一定又是老男人。

杰瑞将小脑袋担在小房子的"房檐"上，开始深度思考一些问题。女主人晚上严重地心不在焉，会不会和老男人同时在电视上出现有关系呢？既然女主人那么不喜欢老男人，为什么不远远地离开他呢？是啊，为什么呢？杰瑞想不明白。但是有一点杰瑞是清楚的，人类的许多事情是他，是他们狗类永远都无法理解得了的。他坚信女主人那样做是有苦衷的，当然了，这个苦衷又是他的智慧所不能破解的。

他不怕。他什么都不怕。谁伤害了他的家人，谁就是他的敌人。他可以无所顾忌地去仇视他的敌人。

该死的老男人。他要亲自替女主人报仇。一定。

可是，这个仇怎么报呢？表面上看，他的复仇计划取得了进展，实际上，真正实施起来，困难一重接着一重。除了每天早上的十分钟，他在室外的时间，只有晚上的一个小时左右。这一个小时又是无能为力和无可奈何的一个小时。不是么？现在杰瑞知道了老男人和王小柔同在一个单位，那么老男人的时间表该是和王小柔同步的。王小柔上班，老男人上班。王小柔下班，老男人下班。王小柔带他出去的一个小时的时间里，如果不出意外，老男人是窝在家里的。上次，女流浪狗带他去老男人的家里已经证明了这点。

老男人的家？猛然，杰瑞打了个激灵，他想到了一个问题。这是一个让杰瑞冒冷汗的问题。他打开嘴巴，吐出舌头，排泄着冷飕飕的汗液。

充满挫败感的杰瑞，重新把头担在"房檐"上。让一截舌头留在唇齿的外边。老男人的家幻化成一根棒子，敲在他混沌的大脑上。满脑子的混沌裂了一道缝隙，让智慧的光芒得以照射进来。借着智慧的亮光，杰瑞看清了一个事实。那就是他完全没有必要派女流浪狗费这么多天的精力，去跟踪老男人。他的复仇计划完全可以在老男人家的楼道里进行。那样，只需一个周密的计划。现在，等于又绕回了原点。

唯一的收获就是验证了女流浪狗对他的忠贞不渝。可是，对他来说，真的是一个收获么？她为他付出了太多，她的付出让他满怀了歉意，满怀了不忍，使他不得不收敛起所有的不屑。

是啊，收获了对女流浪狗深深的歉意，然后回到了原点。这个结果，真的不是他想要的。

都是你，老男人！一切都因你而发生。

杰瑞把杂乱的思绪用力往前推了推，腾出一片清净的地盘来，开始深度思考在老男人家里复仇的每一个细节。

这个计划里，还是离不开女流浪狗。不，不仅仅是女流浪狗。他们两个的力量是薄弱的，还需要其他力量的补充。需要像憨憨那样的力量补充进来。

那么，他的朋友憨憨会同意么？

这将是一场惊心动魄的狗类和人类的战争。

一个房子被割据成三方小天地。在这个寒冷至极的夜晚，王小柔、杰瑞、于永志各自盘踞在属于自己的那一片空间里，呼吸，思维。他们习惯了这样的夜晚，这样的夜晚也习惯了他们。它和他们互不干扰，独自行走在不同的轨迹上。偶尔地，对视一眼。

于永志完成了和夜的一眼对视后，又衔接上他之前的思绪。仿佛，那一眼和夜的对视，是思绪的一个停歇。

博士男已经好几天没来电话了，不知道他的实验进行得怎么样了。他希望博士男成功，期盼从来没有像现在这样热切过。如果能够实现他的那个想象，他愿意付出另一个代价。这个代价当然是忍受博士男的成功。

博士男的成功对他于永志而言，将是一把双刃剑。

他想到了变成了人类的小人鱼。小人鱼为了王子，每走一步都要付出被刀割裂般的疼痛。他和小人鱼的感受多么相似啊。和他生命里唯一的女人比较起来，在刀尖上行走又算得了什么呢。

三十七

关键词：王小柔　女同事Ａ和Ｂ

标签：借你的话题笑一笑

　　王小柔当然不知道杰瑞的那个大计划。上班的时候，悄悄潜入到菜园子里，除除草，浇浇水。摘摘自己的菜，偷偷"丑得不得了"的菜。在这几个程序进行之前，先在自己的菜地里检查一下是否留下了"丑得不得了"的脚印。这个脚印是刚刚留下的，那个脚印是早上七点留下的。哇，今天最早的那一串脚印居然是凌晨一点留下的。每一串脚印，都让王小柔浮想联翩。它们，是特意为她留下的么？看着看着，那些脚印就变成了和幸福有关的符号。它们排列组合，有节奏地撞击着王小柔那扇关闭了太久的心门——开门，开门呵！多么动听的声音，王小柔有点情不自禁了。羞红着脸儿，具象着"丑得不得了"的形象。他一定是像《几度夕阳红》里何慕天那样的男人。不，不是像，而是根本就

　　　　　　　　　　这扇门，

是。何慕天是她少女时代珍藏的一个秘密。这个由秦汉主演的男人丰盈了她少女瘦弱的梦。

晚上，哑哥总是到街坊家里看电视。他听不见声音，却爱看个热闹。每次都会看到很晚，每次都是母亲来拉哑哥回家。哑哥很倔强，非要坚持把喜欢的节目看完了。邻家人打着哈欠对母亲说，让孩子看吧，睡觉不急呢。邻家人还当着母亲的面夸哑哥说，没耳朵的孩子比有耳朵的孩子还灵，长大了肯定有大的出息呢。看着人家说话时一个接着一个的哈欠，母亲真是无地自容。因了自己孩子的不懂事，更因了家庭的拮据。终于，有一天哑哥闯了一个不大不小的祸。邻家大概是有意地要把哑哥挡在门外，于是，早早地插了门。制造了一个早睡的假象。哑哥趴在人家的窗户上，隔着窗帘子，确信邻家人并没有睡去，而是木鸭一般或排在炕沿儿上，或倚在被垛上，抻长了脖子，瞪直了眼神，在看电视。便小试身手，找了个物件，耐着心儿去拨弄人家的门插。一番拨弄后，就得意地出现在屋子一群散落的木鸭跟前了。

那次，哑哥挨了母亲好一顿的打。一整根的柳木棍子朝着哑哥的身上擅下去，折成三截。父亲用自己的身子护住哑哥。母亲就换了一根棍子连父亲一起擅，一整根的棍子又折成三截。母亲手里攥着一小段棍子根儿，大叫一声，都是你惯坏了这个不争气的东西！然后，倒地。父亲弃了哑哥，抱着母亲，又是摇又是喊。躺在父亲怀里的母亲，缓缓地睁开眼睛，把吓傻了的王小柔笼在她衰弱却也是坚定的目光中，小柔，你，一定要给妈争气！

成绩一向很好的王小柔在期末考试时辜负了母亲的期待。仅有的一次。

罪魁祸首是家里的电视机。母亲打完哑哥的第二天，就搭了村里的便车进了几十公里之外的县城。再回来时，母亲的手上便多了一台十四英寸的黑白电视机。而那时，一部叫作《几度夕阳红》的电视剧正在热播之中。少女心事初长成的王小柔一下子被剧中的男主人公何慕天吸引了。原来，这个世上还有这样的男人。他完全不同于老实窝囊的父亲，完全不同于村里那些粗鄙的男人。内涵、修养、谦和、魅力，全部在他身上集合起来。尤其是将嘴角吊起来微笑的样子，简直迷死人了。王小柔甚至想，母亲太像剧中的女主人公李梦竹了，她爱的，她生命中的男人该是何慕天这样的男子。然后，她是他们的孩子。母亲错过了，那，就让她找一个何慕天样的男人来爱吧。

王小柔不能自拔地爱上了何慕天。她的小心眼里，她的小日记本里，满满的，都是何慕天。何慕天，是她上课走神的动力。何慕天，是她蔑视所有向她示好的男生的理由。那一年的期末考试呵，王小柔往外拿成绩单的手第一次怯懦了。母亲没有打她，也没有骂她，拎着一桶猪食去喂家里的那头黑毛猪。王小柔看见母亲握住猪食勺子的那只手抖个不停，猪食一个劲地往外泼洒。后来，母亲终于捏不住那柄铁勺子了，身子靠在猪圈的矮墙上。虚弱极了，无助极了。母亲的柔软坚硬地刺疼了王小柔。当晚，王小柔悄悄地烧毁了写满何慕天的小日记本，和纯真的青春萌动洒泪话别。把小心眼儿里的何慕天拴上一块巨石，沉到心的最底层。一沉就是若干年。

如今，沉在心底的何慕天漂浮起来。没有任何力量能够阻挡。何慕天依旧是最初的何慕天，新鲜如初，魅力如初。不，他不再是大众的何慕天。他是属于王小柔的，所以他有一个只属于王小柔的名字——"丑得不得了"。

"丑得不得了"——独属于王小柔一个人的何慕天。

王小柔的小脸绯红了。

小柔也偷菜呢！一颗头伸了过来。女同事A的。

紧跟着，女同事B的头也伸了过来。

我们姗姗不是两个星期回来一趟么，一回来就粘在电脑上，鼓捣她那个菜园子。半夜还爬起来偷菜呢！一个破菜园子，也不当吃不当喝的，咋就那么大的魔力呢？这不，上个星期闹脖子疼，我领着到医院，人家大夫说是颈椎增生。我的个妈，年纪没一捏子大，愣整出个颈椎增生来。我就说，都是上网上的，偷菜偷的。我们楼上那个老奶子，上回给你按摩脖子的那个（嗯，知道。做倾听状的女同事B插话），我说让奶奶给按摩按摩吧，老奶子一摸姗姗的脖子，一惊一乍的，说瞅瞅这骨刺，一堆一堆的。说得也忒悬乎了，还一堆一堆的。按摩完了，我说给奶奶点儿钱吧，就给扔下二十块钱。楼上楼下地住着，老奶子连眼皮儿都没挑，哪怕假装地客气客气呢。（人家一客气，你要当真咋办，呵呵。女同事B插话。）那样也好，省得欠人家的人情。

女同事A的嘴巴太像一挺机关枪，扳机一搂，哒哒哒一通点射。

现在的孩子早熟，连颈椎增生都提前了。女同事B一脸回味的表情。

你们家辛甘的脖子没事吧？女同事A的话戴着一副面具，表面上是关切、关心，面具的后面呢？最好是女同事B家的辛甘也一并颈椎增生了。同是在一所高中读书，又是同级不同班的同学，两个孩子的妈妈还在一个办公室做同事。那要是一个颈椎增生，另一个颈椎完好无损，就有点透着不协调了。

我们家辛甘回来可不像你们姗姗似的，蜘蛛一样粘网上。原先我没跟你说过？就怕上网耽误了学习，家里到现在都没联网呢。我们就好踢个球，一回来，书包都没撂稳，抱着球就走了。所以呀，我们那根颈椎好着呢。

这一个回合，女同事B占了上风。

上回你说辛甘有搞对象的迹象，最近咋样了？

也未必就是搞了对象了。一有点变化，当妈的就疑神疑鬼。孩子大了，知道美了，原先是你给买啥就穿啥，现在可不行喽。小头发也梳得光溜的了，苍蝇站上去都会把腿劈了。哎哟，儿子长大喽——女同事B撸了一把脸，脸上渐显的皱纹平复了一下，很快又恢复成了原状。

你们家姗姗就没动静？

我们家姗姗忒单纯，啥都不懂，到现在都不知道生孩子是咋回事呢。有一回跟我说书上和老师都讲了，精子和卵子一结合，变成了受精卵，受精卵一点一点就变成了婴儿，问我精子咋样才能和卵子结合。你说这个傻孩子，我就告诉她，精子使劲跑，跑到了卵子的家里就结合了。她又问我咋跑的——女同事A眼里满满的骄傲，一眨眼睛，那骄傲都会溢出来。

这是哪辈子的事？

小学六年级的时候吧。

于是，两个女人哈哈地笑作一团。王小柔也跟着笑了。其实，她一点也不觉得两个女人的话题好笑。雷同的话题，每天都在进

这扇门·

行中。琐屑、妒忌、狭隘、攀比，是女人的通病。之所以叫通病，也就是说，它和所从事的职业没有多大关系。稍有不同的是表达的方式而已。或是含蓄，或是直露。这一次的笑，绝不是仅仅为了附和两个女人。而是借着两个女人的话题，表露一下内心的小幸福。天，她居然有了一份小幸福。这份小幸福犹如一株营养不良的小幼苗，努力地从一片苍凉的瓦砾堆里钻出来。它的存在，是如此的娇弱，也是如此地触动人的灵魂。

从两个女人的笑声中，王小柔还判断出来，对面屋子的老男人不在单位。

三十八

关键词：<u>杰瑞和他的狗友</u>

标签：<u>宣布一个大计划</u>

王小柔说，杰瑞，穿上坎肩再出去！

终于可以踏着《新闻联播》的序曲出去了，杰瑞兴奋不已。但是他拒绝女主人递过来的坎肩。他身上的伤已经彻底好了，所以他有了拒绝的理由。

外边好冷好冷的。王小柔抱起自己的肩膀，瑟缩着，做了一个冷的动作。

杰瑞任性了。垂着一副眉眼，一副抗拒到底的样子。

王小柔哪里知道杰瑞怀里揣着的小心思呢？

憨憨他们一定没有穿衣服。前些天，穿坎肩是因为他受了伤，有特殊的理由。现在，他再搞特殊，岂不被憨憨他们嘲笑？这个特殊绝对不能搞。他要证明他是和他们一体的，是一样的狗狗。

这样，他才不会被孤立。这样，他这个大计划才有望实现。

垂着一副眉眼的表情，让王小柔放弃了坚持。不穿就不穿吧。一个小时的时间，总是在行进和奔跑中，应该不会冷到哪里去的。他是一个被她娇惯了的孩子。顺从，是母性的特征之一。

一个小小的胜利。好兆头。杰瑞一马当先地朝楼下奔去。

这两日，女流浪狗一直原地待命。她乖乖守候在储藏室门前的"家"里。刚好和眼前的寒冷相反，等待的过程如一支火把，烧烤着女流浪狗的心。快一点熄灭吧，她甚至闻到了自己的一颗小心儿散发出的焦糊味儿。她需要马上为杰瑞做事，被杰瑞需要着，是她全部的快乐和幸福。

今晚，女流浪狗终于在"正常"的时间见到了杰瑞。"正常"意味着杰瑞会加入到狗队里，会有一大段的时间在她的视线里。说不定还意味着对她已经有了一个具体的需要方案。于是，女流浪狗以饱满的精神迎上了杰瑞。那具被周围的残雪映衬得更加肮脏的身子配合着眼神，摆出一副等你等了一万年的姿态。

在带着杰瑞加入到幸福路遛狗队之前，王小柔给女流浪狗的"家"里补充了养料。热水和食物。女流浪狗顾不上吃东西，只用舌头在碗里捞了几口水，便匆匆地尾随在了王小柔和杰瑞的后边。因为她看见杰瑞在暗示她，一会儿他会有一个大的计划要宣布。

残雪和寒冷合起力量来，共同打造了一柄利剑，幸福路遛狗队的身形应该被利剑削弱到了一年中最瘦的程度。走到大门口，王小柔才发现自己的推测不是很准确。此时的幸福路遛狗队，和其他几个季节的丰盈比较起来，自然是大大地缩水了的。但是，该在的几个还在。比如憨憨，比如球球。比如那几个想看别人热闹的。各自揣了心事的人和狗狗，在几十年才遭遇一回的寒冷面前，谁都没有退缩。

几天没见面的狗狗们，用他们的语言和方式表达着思念，传递着友好。几天没见面的人们，也用人类的语言和方式表达着思念，传递着友好。两种不同类别的生命制造出的热烈，成了这座天子脚下的城市酷寒夜晚的最生动的点缀。

憨憨妈妈穿得非常臃肿。她的声音从口罩和皮肤接触的缝隙间钻出来，洪亮度并未逊色多少。杰瑞妈，这冷的天，咋没多穿点？

够多的了，都穿圆了。王小柔回敬了一个微笑。

人家杰瑞妈身材好，多穿了也不显，天生长个大皮缸身材，就算不穿衣裳也整不出一个苗条来！

绝不会放过任何一个表现伶牙俐齿机会的球球妈妈，甩了一下头。今晚的球球妈妈好像和往日有很大的不同，这个感觉从见她第一眼开始就存在了。到底哪里发生了变化，王小柔又一时说不出来。她甩头的动作，让王小柔找准了变化的位置所在。原来，球球妈妈新换了一个发型。很时髦，很另类。头顶部的头发很短，短到不足以弯曲，只好根根站立着。头顶部以下的头发却很长，在肩头披散着。王小柔见过留这种发型的，多是不管多冷也要穿着低腰牛仔裤的孩子们。球球妈妈留了这样一个发型，怎么看都有点扎人的眼球。另外，为了不使新发型遭到破坏，球球妈妈只好裸露着一颗头，忍受着严寒的肆虐。王小柔从来不妄加评判周围的人和事物，这一回当然也不会例外。

你看人家球球妈妈，多时髦啊。憨憨妈妈顺着王小柔的目光夸赞。

这 扇 门，

王小柔赶紧把自己的目光从球球妈妈的头上挪开了。她不想让别人拿着自己做引线，点燃了，咻咻地响着，冒着火花。然后，引爆某个炸药包。

都像你似的，活一辈子不知道咋活的。再不赶紧捯饬捯饬，小心爷们儿把你当成鼻涕一样甩了。

憨憨妈妈已经不再是原来那个甘当球球妈妈手下败将的憨憨妈妈了。在很短的时间内，她迅速地成长了。她能够做到很流利地应对球球妈妈了。

快别觉得自己了不起了，我们憨憨爸爸说了，在咱们这个队伍里，说得过去的，还得数人家杰瑞妈妈——憨憨妈妈改了招数，她不再拿着球球妈妈跑了的男人做矛。那根矛太钝，奈何不了球球妈妈了。

我又没惹着你们，玩笑咋开到我的头上了？

王小柔发出了小小的抗议。她是幸福路遛狗队的一员，但却是各种矛盾的旁观者。她不会，亦不想参与进来。她是如此地珍惜这一个小时的放松。

狗儿们的心智，和人类比较起来，则简单明快了许多。所以，狗与狗之间的交流和交往，远远逊色于人类的繁杂，远远逊色于人类的机关算计，远远逊色于人类的妒忌与倾轧。他们表面上的兴奋，绝对是内心真实意思的表达。憨憨们一边欢迎着杰瑞的加入，一边审视着杰瑞。杰瑞一边进入到热烈的氛围中，也一边审视着憨憨们。憨憨们发现杰瑞今晚没穿着他的小坎肩。杰瑞发现今晚憨憨们都穿上了御寒的外套，连小丑也不例外。丑陋的小丑由于穿着一件引领潮流的新款外套，更加凸显出了他的丑陋。他的形象愈显猥琐了。小丑大概是有自知之明的，比原来还要孤立了自己。热烈的气氛和他没有关系，也没有他制造的份额。只是寂寞地守着他的恋人——球球。在球球需要时，守在球球的左右，在球球忘记他时，也守在球球的左右。杰瑞回头看了一眼小丑，用一种排斥的眼神。这样的狗狗，是不配加入他的大计划的。

我需要大家的帮助！

杰瑞单刀直入地表达了他的意思。他的目光灼灼，棕色的毛发有一些颤抖，可能是由于寒冷，也可能是由于激动。狗狗们制造的那一片热烈忽然沉寂下来。他们被杰瑞骇住了。并且那惊骇化成一片泥泞，他们突然陷在泥泞里，使得他们措手不及了。所以，那沉寂便持续了一小段的时间。

杰瑞知道，他该给他们一个原因。然而，他究竟怎样才能用最简洁的方式来表述这个有点解释不清的话题呢？最重要的，他不想给他们一个过于详尽的解释。不是不信任朋友。他家里的事情，除了他自己，不是他的狗友们关心和关注的。再者，家里的好多事情即便是他也不是全明白的。他再聪明也跨不过那道狗狗和人类之间的鸿沟。还是不做解释的吧。

去打一个坏蛋！一个人类的坏蛋！

杰瑞灼灼的目光里充满了期待。

最先从泥泞里拔出来的是球球。她比憨憨早半拍地应和着杰瑞。憨憨紧跟其后，也跟着应和。杰瑞说那个人是坏蛋就是坏蛋，杰瑞说他该打他一定该打。尽管他们不认识那个人，尽管那个人与他们无冤无仇，但是，那个人惹了杰瑞，就等于惹了他们。面

这扇门，

对着外界的力量，他们从来都是一个不可侵犯的整体。

杰瑞仰起头，情不自禁地发出一声长啸，引得主人们纷纷将头甩过来看他。尤其是王小柔，还特意跑到杰瑞的身边，查看了一下杰瑞有无被咬过的痕迹。见杰瑞完好无损，不过是一声单纯的吠叫，才稍稍放了心。又转头讨好着憨憨，温柔地叫着憨憨的名字，说憨憨乖，杰瑞是弟弟，不许打弟弟，好好和弟弟玩啊。王小柔此举动带来的效果是，杰瑞好舒服，好有被疼爱感。而，憨憨好委屈，好无辜。

见主人们的注意力又转移到了人类的琐屑和纷杂之上，杰瑞开始给参与到大计划中来的狗狗分派任务。当然，在这个计划中，女流浪狗也肯定会发挥重要的作用。所以，在这个大计划中，她占有很重要的份额。球球用目光安抚了一下他们这个圈子之外的小丑。球球这个目的很明确的安抚，对小丑来说很受用，不自觉地伸展了一下躯体，昂了昂那颗丑陋的头。之前的猥琐褪去了几分，幸福和骄傲感占据了绝对的优势。全天下的狗狗都排斥他，他也不在乎了。小丑的任何微妙的变化，都逃不过憨憨和杰瑞的眼睛。多么让狗狗厌恶的一副嘴脸啊。不是看在球球的面子上，他们会合起来撕碎了他。现在，他连厌恶都不配得到呢。他们没有时间，没有精力。厌恶也是需要耗费时间和精力的。他们要在有限的时间里，争分夺秒地设计好、温习好大计划的每一个细节。

返回。离着家，准确地说离着杰瑞家的大门口还有不算短的一段距离的某一个位置上，出现了一个幸福路遛狗队里狗类和人类都已经熟悉的人物。憨憨爸爸。他等待的位置前移了，不再是杰瑞家的大门口。其实，他是移动着的。移动着，才不至于让身

那 扇 门

169

子过于寒冷。

大冷的天，你不在家里好好待着，跑出来干啥？

憨憨妈妈不满意了。她的不满意里边，可能包含着疼爱，也可能包含着别的什么。

憨憨爸爸用微笑回应了憨憨妈妈。

王小柔的心有了一个小震颤。这不是何慕天式的微笑么？这不是"丑得不得了"的微笑么（"丑得不得了"就是何慕天，当然也会有着何慕天式的微笑)？原来只是觉得憨憨爸爸的笑好有涵养，并没有把他的笑和何慕天的笑联系在一起。因为那时，何慕天还在她的心底尘封着。转而，王小柔偷偷嘲笑自己了。不会是因为何慕天的苏醒，看哪个男人的笑容都亲切吧？哦，那个让何慕天苏醒的男人——"丑得不得了"。

　　　　　　　　　　　　　　　　这 扇 门，

三十九

关键词：团结一致的狗狗们

标签：复仇记

腊月初十晚七点十分左右的样子，幸福路遛狗队的狗狗们集体失踪了。等走在前边的女主人们反应过来，狗狗们已经遁得远远的了。唯一没有消失的，是小丑。才一眨眼呢。眨眼之前还在屁股后边的。天啊，不管名贵与否，每一只狗狗可都是主人的心肝宝贝。集体失踪，可是从来没有发生过的事情呢。怎么突然就集体失踪了呢？主人们像炸了窝的马蜂，乱了方寸，乱了阵脚，嗡嗡嘤嘤地、没有目的地飞舞着，唤着各自狗狗的名字。

憨——憨！

球——球！

……

杰——瑞！

王小柔的呼唤声最细弱，但是却在混杂的声音里顽强地钻出来。好像一株正在发芽的种子，没有可以阻挡它成长的力量。杰瑞玩失踪，当然不是头一次。但是以集体的形式失踪，还是第一次。王小柔并不知道狗狗们集体失踪意味着什么。她心里慌得要命，有一种杰瑞一去不复返的恐惧心理。

小丑，你媳妇去哪儿了？呼唤无望，球球妈妈质问小丑。

小丑拒绝和球球妈妈凌厉的眼神对视，将一根尾巴紧紧地夹在裆下。

你个死废物，不好好看着媳妇，球球要是丢了，看我不把你蛋子揪下来！

狗狗的主人们一路呼唤寻觅的同时，集中大家的智慧，试图破解狗狗们集体失踪的动机。将一些反常的细节拼凑起来，主人们一致认定，这是一个有预谋的失踪。现在人们才想起来，以往，狗狗们总是喜欢跑在队伍的前边。今天却不是，沙子一样沉在后边。且过分地安静着。原来，他们在为下一秒的失踪做着准备。

会不会是去找女流浪狗了？

王小柔想起来，刚才带着杰瑞下楼，给女流浪狗倒了水，放了食物，并未见女流浪狗来吃喝。会不会杰瑞以为女流浪狗发生了什么状况，领着狗狗们去寻她的踪迹了呢？这么长时间以来，杰瑞习惯了女流浪狗的存在。女流浪狗突然的不存在，让杰瑞担心了。

王小柔说出了她的猜测。只是猜测。

这个猜测十有八九是事实的真相。狗狗的主人们又一致认定。因为除了这个猜测，人们实在想不出能让狗狗们集体失踪的理由。

但是，为了某个发情的女狗？那也不至于连球球都去呀。这个猜测最后被扼杀在了萌芽状态。

王小柔没有看错，她和杰瑞出来时，女流浪狗的确不在楼下的"家"里。彼时，女流浪狗正蹲守在老男人家的楼下。

女流浪狗分到的任务是监督。她再一次发挥了自由身的优势，太阳刚一偏西，就来到了老男人家的小区。像往次蹲守那样，拿了停泊的车辆做掩护，以防遭遇人类的斥责和驱逐。然后，两束清亮的目光像两颗钉子一样，牢牢地钉在老男人必经的楼道口处。她太像一个狙击手，一个优秀的狙击手。为了击中目标，付出长时间的坚守。

太阳吝啬地敛走了最后一丝光辉。天暗了，黑了。小区的灯亮了。女流浪狗的心提到了嗓子眼。她不敢张开嘴巴，怕嘴巴一打开，心便会跌出来。如果，是说如果。如果老男人不回来，那么她今晚的蹲守将毫无意义，杰瑞他们的下一步计划也将全部泡汤。为了杰瑞能够实现他的复仇，女流浪狗不止一次地熬过时间，可哪一次的"熬"也比不上这一次。时间又稠又黏，一副赖皮的嘴脸，往前推着都不肯走。

熬。熬。熬。"熬"化成一个巨型的沉重，死死地压在女流浪狗的脏身子上。就在她感觉被压迫得呼吸细若蜘蛛丝时，转机出现了。她看见脸上长满疙瘩的司机驾着车子进了院子，然后在老男人家的楼道口停止了，然后车门开了。再然后，老男人躬身从车里钻了出来。再再然后，老男人迈着鸭子才走的步子往楼上走。亲眼见着老男人的两条柴火棍般的细腿儿晃进了楼道口后，女流浪狗使劲地做了一个吞咽的动作，咕咚一声，一颗心落进了胸腔里。

女流浪狗并不敢彻底松懈。杰瑞说人回来了，还会有出去的可能的。因此，她的眼睛还要继续做钉子，还不能立刻就拔出来。

直到杰瑞带着憨憨们悄无声息地潜入到老男人住的小区里。绝对是悄无声息的。为了不引起守门人的注意，他们贴着墙根的暗影，高抬腿轻落足，以防止脖子上的铃铛发生声响。

在么？杰瑞给女流浪狗递了一个疑问的眼神。

在。女流浪狗回了一个杰瑞要的肯定。

走——

一声令下，狗狗们开始行动。女流浪狗在前，径直爬上老男人家的那一个楼层。回头看杰瑞他们都在楼梯拐角处隐匿好了，便站立起来，复制了上次杰瑞他们两个拍门的动作，用自己的身子撞向老男人家的那扇门。很快，撞击有了效果。

谁呀——

老男人的声音。

老男人等了一会儿，见没有回应声，那只开门的手便没有伸出来。

女流浪狗继续撞击。

妈的，准又是上回来的野狗在捣乱！

那扇门突然地洞开了。怒骂声做先锋开道，蹿出来一个老男人和一把扫帚。女流浪狗反应迅速地朝楼下跑。她不能跑得太快，太快了就会让老男人放弃追打的信念。眼瞅着手里的扫帚就要拍到女流浪狗了，老男人趿拉着两只棉拖鞋，在女流浪狗的屁股后头追逐着。眼下方的两坨肉跟着一颤一颤的。此时不报仇，还等待何时！杰瑞见老男人离着门有了一段距离，这段距离给他们让出了一个足够的空间，便率先扑向了老男人。他的行动起到一个带动和鼓舞士气的作用，他自己清楚，他的力量是敌不住老男人手里的塑料扫把的。可是，憨憨就不同了。在这场战争中，憨憨绝对是取胜的关键。

没容老男人手里的扫把落下来，那具枯瘦的身子就变成了一根寡肉的骨头，滚落在台阶上，任一群狗狗争抢、啃噬。

救命啊——

老男人发出凄惨的求救声。

血不知道从老男人的哪一个部位或者哪些部位，很澎湃地涌了出来。热腾腾的血腥气味刺激了狗狗们，在疯狂的撕咬中，狗狗们享受着巨大的快感。

老男人家洞开的门里跌出一个年老色衰的妇人。其实，她和老男人都还不属于老得很彻底的人，她和他的老，是被王小柔的年轻衬托出来的。老妇人惊愕得几乎昏厥过去，但是她强迫自己不能昏厥过去。她用她很费力保持的清醒歇斯底里地呼救——快来人哪！出人命啦！

楼上楼下的门静悄悄的。没有人手持家什冲出来。只是"猫眼儿"上爬满了窥视和张望的眼睛。到底，有人把狗狗嘴巴里发出的呜呜声，以及老妇人嘴巴里发出的求救声捏合在一起，做出了一个准确的判断。那就是有人被狗狗咬了。人，于是更不敢出来了。那咬人的狗狗万一是疯狗咋办？别说是万一，就是千万分之一的概率都不行。一个楼里住着，见死不救也显得不地道，打个电话吧。

老妇人没时间去想楼上楼下那些安静得过分的门里的人们有

着怎样的思考，她奋不顾身地朝着狗嘴巴下那具血淋淋的躯体扑过去。她尽量地打开自己的身子，让她的身子像包装纸一样，把老男人包裹起来。老妇人大无畏的举动，起到了震慑作用。狗狗们有了一个片刻的停顿。这个停顿，让杰瑞从疯狂的漩涡中率先跳出来。

他忽然想到一个问题，他们咬伤了老男人，同时，也伤了老妇人的心。他不会忘了，自己被大黑狗咬伤了，女主人也是这般地奋不顾身。那么，老妇人也像女主人疼爱他一样来疼爱老男人的。疼爱，是啊，疼爱。这个词儿让杰瑞的内心生出无限的柔软来。用柔软的眼睛再来打量老妇人身下的那根瘦骨头，杰瑞觉出了他们的残酷——这是他们嘴下的作品么？

撤退！杰瑞发出了命令。

狗狗们便如潮水般退去。脖子上的铃铛丧失了来时的矜持，张扬的脆响拍击着小区里的每一扇窗子。正在门房里看电视的守门老人，踉跄着步子跑出来，拿了粗糙的手背使劲地揉搓着混沌的老眼，但只见一大团模糊物跳跃着渐行渐远。

这扇门，

四十

关键词：<u>王小柔　同事们</u>

标签：<u>去医院</u>

你在医院守了一夜？美国的儿子知道了么？

王小柔刚一推开办公室的门，女同事A的声音就撞进了她的耳朵。

话筒扣在她的耳朵上。正和话筒里的声音对话。

都到了，等小柔一来我们就去——说曹操曹操到，小柔来了。

打车去啊，行，那回头你得把车费报了！

见王小柔进来，女同事B急吼吼地说，快，就等你了，赶紧的，科长说了咱科室争取第一个到医院！

王小柔就站立在门口的位置，没有再往里迈步子。用一副探寻的目光对着屋子里的几个人。意思是谁怎么了，谁住院了？

两个女人的动作少有的麻利，一边迅速地让才脱下的羽绒服上了身，一边裹挟着王小柔往外走。其中一个女人做了一个努嘴的动作，把王小柔的视线引到对面那扇门上。

住院啦！

王小柔就明白了。原来是老男人住院了。

老——男——人——住——院——了。王小柔把刚刚储存进记忆模板里的这几个字重新抚摸了一遍，发现它们今天真是可爱极了。熨帖震颤着从她抚摸的指尖儿快速游走，只是一瞬间便打通了浑身上下的筋脉。舒服极了。这种感觉一直伴随她到医院。医院的门上好像安装了分离器，王小柔进了门里，舒服的感觉被拦截在了门外。

老男人不是病了。是受伤了。而且是受了很严重的伤。头上、手臂上，缠满了厚厚的绷带。绷带是那种纯净的白。白得耀人的眼睛。王小柔落在纯白之上的视线跳跃了一下。哦，不是门上安装了分离器。是这种纯净的白在发挥效力。它让人敬畏，让人肃然。和它包裹住的是哪条生命没有关系。

即使病房里没有红了眼珠儿的中庸男性副主任，王小柔依然能够很快判断出来被纯净的白包裹住的是老男人。纯净的白里露出来的眼神，是老男人独有的。

局长……

局长……

女同事A和B眼含着满满的热泪扑向病床上的老男人。要说的话语被悲伤拦截在嗓子眼儿，只发出断断续续的哽咽声。两个女人的悲痛和王小柔的冷静形成鲜明的对比。王小柔便有了一种被孤立的感觉。面对两个悲伤得非常真诚的女下属，老男人也有所动容。盖在眼珠儿上的眼皮子频率很快地抖了几个回合，少量的液体濡湿了涩巴巴的眼圈。另外一些准备跑出来的液体，被老男人很努力地憋了回去。

别哭了，局长不能激动！中庸男性副主任到底严厉了一回。

中庸男性副主任的话就像一个急刹车，两个女人戛然禁住了悲痛。好在，两个女人的驾车技术很娴熟，并没有因为急刹而出现行驶上的故障。王小柔被她们深深地折服了。她不得不仰望她们，她们的高度是她永远都达不到的。鲜花。对，鲜花。王小柔几乎忘记了自己的怀抱里还抱着一束鲜花。此刻，王小柔对它充满了感激之情，起码，它可以暂时起到一个掩饰的作用。可以暂时把王小柔从孤立中解救出来。于是，王小柔很仔细地给怀抱里的鲜花找一个安放之处。

好漂亮的花！

说话的嘴巴不能完全地打开，老男人含含糊糊地咕哝出一句赞美鲜花的话。视线却搭在王小柔的脸上。很短促。很不惹人注意。

王小柔的鲜花还没有摆放好，病房的门就开始一次一次地被打开，单位里的人咕嘟咕嘟地往门口灌。一个人就是一个气泡泡。一会儿工夫，病房里就挤满了气泡泡。由于太过拥挤，有的气泡泡只得变了形。即使变了形也无法拥有一席之地时，先到一步的气泡泡只好恋恋不舍地给后来的气泡泡腾空间。中庸男性副主任一遍一遍地对着新进来的气泡泡喊，不能让局长激动啊！

王小柔和女同事A和B自然成了第一批腾空间的气泡泡。她们往外走，单位里的人羊粪蛋儿般稀稀拉拉地，同时又是延绵不断地往里走。花篮、果篮夹杂在羊粪蛋儿的中间。倒也给狭长的走廊增添了几分色彩。她们听到散落在走廊里的其他病人以及家属在悄悄议论，他们说，准是哪个当官的病了。他们还说，咱有病花钱，当官的有病得赚钱，马屁精们可逮着机会了，那钱，得哗哗的，堵都堵不住。王小柔牵动了一下嘴角，一个不动声色的何慕天式的微笑便绽放了。

羊粪蛋儿间还夹杂着一些其他的东西。比如步履匆忙的医护人员，比如警察。是的，警察。王小柔的手突然被牵住了。她能褪出那只被牵住的手么？不能。被牵住是相当于融入，相当于不被孤独的具体体现。从去了老男人的家之后，融入感对她来说，太珍贵了。

王小柔被两个女人牵着，一路追随着警察的脚步，重又来到老男人的病房。隐在门外，透过门上的玻璃窥视着里边的动静。只能看见快要变成气泡的警察叔叔的一只后脑勺。

听见说啥了么？

听不见。

你敢把门推开一个缝儿么？

坏蛋，你咋不推呢！

一个怪异的眼神，从女同事A和B的眼里同时发射出来，然后传递给彼此。它们在路上相遇，相撞。谁也不肯给谁让路。它们还在僵持着，两个发射人却已经头对头地亲密私语起来。

A：这个案子有点意思，长这么大头一回听说一群狗狗是嫌疑犯。

B：你说咱头儿干了啥事，惹得一群狗狗上门来报仇了？

A：没准把人家狗儿子狗闺女的给煮着吃了。

Ｂ：听说警察到的时候，那群狗正津津有味吃得正香呢。

Ａ：你真恶心人。

Ｂ：你说要是没人报警，咱头儿会不会让狗狗们给嚼巴了？

Ａ：我看悬。听说夫人都吓傻了，到现在咱大科长老婆还守着她呢。

Ｂ：一到关键时刻，咱头儿就想起大科长来，这是好事，大科长扶正的日子不远了。

……

原来，老男人身上的伤是被一群狗狗咬的。两个女人真是神通广大，从单位到医院，自己一直和她们形影不离，她们是如何获取到这些信息的？为什么病房里的人没有一个人提到老男人受伤的原因？难道所有的人都知道真相，为了维护一个大局长的尊严，才故意不说的？

刚刚弱下去的孤独感又开始变得强健起来。

她的手再度被两个女人抓住，一颗泥沙般被裹挟着，迅速地离开了老男人的病房。警察叔叔在她们身后，打开那扇门走了出来。腋下夹着一个文件夹。那个文件夹或者来时就夹在腋下的吧。

警察——追查嫌疑犯——一群狗狗。一群狗狗！

王小柔被吓到了。因为她突然将一群狗狗和幸福路遛狗队的狗狗做了一下联想。昨天晚上，幸福路遛狗队的狗狗失踪了一个多小时，在这一个多小时的时间里，他们去了哪里，干了什么，谁都不知道。作案的时间是吻合的，群体性也是吻合的。王小柔下意识地从牵她的人那里抽出在瞬间变得冰凉的手，使劲按了按胸部。想减缓一下心跳的频率。同时，也在暗暗地告诫自己，一

那 扇 门

定要冷静。一定要冷静。

杰瑞他们不认得老男人，更不认得老男人的家。所以，作案的不可能是杰瑞他们。

是啊，怎么会是杰瑞他们呢？

不管是谁家狗，王小柔都不希望将老男人咬得那样惨烈。"老男人住院了"这几个字酿造出来的舒适感，已经不知去向。从病房里走出来，王小柔才发觉该蔑视的，是人的灵魂。躯体是无辜的，是被动的，是完全听从人的灵魂的。

四十一

关键词：<u>杰瑞</u>　<u>于永志</u>　<u>博士男</u>

标签：<u>成功的实验</u>

　　仇终于报了。杰瑞在期待一个复仇的结果。女主人和老男人在一起上班，老男人被他们咬伤了，不能去上班了，女主人知道了么？女主人知道后会不会高兴呢？只要女主人能高兴，他的努力和付出就是有价值的。

　　作为家里唯一一个健康的男子汉，他必须担起保护家庭成员的担子，谁伤害了他保护的对象，他绝对不会饶过这个人。当杰瑞的小脑海里一遍一遍地浮现出老女人用身子盖住老男人的影像时，他只好一遍一遍地重复着这句至理名言，和自己做着斗争。

　　这个斗争从夜晚一直延续到白天。它的身上仿佛安了两个轮子，快速地行进着，没有什么力量能让它停止下来。杰瑞被它拖着奔跑，直跑得精疲力竭。早上的例行公事，杰瑞强打起精神，才撑过了漫长的十分钟。女流浪狗倒是一副精神抖擞的胜利者的样子，杰瑞再一次地羡慕起女流浪狗来。她活得真是简单，也真是快乐。女流浪狗跑前跑后地跟着杰瑞撒尿，充分地享受着早上和杰瑞在一起的珍贵的十分钟。

回到了楼上，送走了女主人，杰瑞回到男主人的身边。两次跳跃后，才爬上男主人的床。松松垮垮地趴在男主人的身边，合上眼。等待睡眠来安抚他一颗疲累的小心儿。左等不来，右等不来。细看，却原来睡眠被绑架了。睡眠的左手被未知的期待结果绑架着，右手被老妇人的影像和至理名言的斗争绑架着。这两股力量使得睡眠无法靠近他。

杰瑞，再淘气可就没人喜欢你了，昨天晚上让妈妈多着急呀！

男主人在继续昨天晚上的批评。杰瑞没有反应。

我知道你听得见，做错事批评两句还不高兴啦？真是欠揍！

杰瑞动了一下耳朵。表示他在醒着，表示男主人的话他都听见了。

嘿，你还真是不服气，瞅我是个瘫子，打不动你，是不是！

杰瑞那副无动于衷无所谓的样子，化作一根火柴，点燃了于永志的愤怒。杰瑞和于永志都吓了一跳，怎么，于永志还会愤怒的么？或者，他早就想愤怒一回了。他最大的愤怒就是他是一个丧失了愤怒资格的人。一个丧失了愤怒资格的人，是不配有愤怒的契机的。不配。

不配啊……

杰瑞目视着一串泪水从男主人的眼睛里爬出来。那串没有腿儿的泪水爬行得很快，一眨眼便到了耳根处。流泪，是一种什么

这扇门，

样的感觉呢？人类动不动就选择哭泣，伤心时会哭，高兴时会哭，生气时会哭。哭泣一定是很美妙的东西，每次人经历了一次哭泣之后，就会神奇地安静下来。

杰瑞情不自禁地伸出舌头，舔舐着于永志流到耳际的泪水。他想品尝一下神奇的泪水究竟是什么味道。

于永志理解错了杰瑞的本意，他把杰瑞的舔舐当成了对他的安慰。此刻，一只狗狗的安慰也是动情的。于是，更多的泪水汹涌出来。

小茶几上的电话很不合时宜地响了起来。它已经沉寂很久了，终于被人想起时，便响得很夸张。

于永志并没有让杰瑞去接电话的意思，他依旧沉醉在自己的情绪里，很专注。也很投入。外界的一切干扰都奈何不了他的专注和投入。电话铃声便趁机肆虐着。杰瑞只好将两片大耳朵垂下来，把铃声挡在耳道的外边。

一通铃声结束了。屋子里便有了一个十来秒钟的静止。然后，第二通铃声响起来。

杰瑞，怎么不接电话？

男主人的话语里竟然充满了责备。唉，人类真是奇怪——杰瑞在心里嘀咕了一句，懒懒地撑起小身子，去给于永志拿话筒。这一回，杰瑞故意把话筒远离了于永志的耳朵。故意制造出的"远离"，旨在提醒男主人，他也是有情绪的噢。于永志当然明白杰瑞的这个"故意"，但是现在，他不想输给杰瑞的这个"故意"。喂喂地对着话筒喊了两声，努力地让自己的头靠近话筒。

你大点声！

是博士男的声音。天啊，真是博士男的声音。这个声音，他盼了很久。博士男的声音听上去充满了力量，那么，是不是他的实验成功了？

杰瑞，乖，刚才爸爸不该骂你，把话筒给爸爸拿过来，好不好？权衡了一下利弊，于永志向杰瑞缴械投降了。

杰瑞的小自尊心得到了满足，于永志小小的要求也就不在话下了。

听清了么，这回？

老同学，这绝对是世上最曼妙的声音，天籁一般动人。此时此刻，我寻找不到一条宣泄快乐和激动的通道，唯有让脸上流满泪水……

于永志的心一阵莫名的悸动。悸动带给他一小阵眩晕。他知道，博士男的实验成功了。成功，不是他这么多天来，心心念念的结果么？为什么成功被一把拎到眼前时，还会像长矛般尖锐地刺痛他？

泪水咋是酸的，你以为你是诗人啊？必须得说点什么了，于永志咬了咬后槽牙。

你不想知道那是什么声音么，我亲爱的？

再往外冒酸水，我就让杰瑞挂电话了。

亲爱的，一只家猫竟然会发出老鼠的叫声，你相信么？不相信吧，可是它已经真实地发生了呀。家猫不仅仅发出了老鼠的叫声，还具备了老鼠的属性。他忘记了自己曾经是一只家猫，把自己当成了一只老鼠。老鼠是怕猫的，所以，当我让另外一只家猫陪伴他时，他吓坏了，在笼子里疯狂地逃窜。天啊，多么可爱的一只有着猫外形的老鼠，多么完美的一只赫迈拉产品！多么伟大

这扇门，

的我！下一步，我会把实验的目标转向人类，然后，我会成为第一个捧回诺贝尔发明奖的中国人！亲爱的，我看见巨大的成功打开了翅膀，正准备向着我飞翔！

有哪个人会愿意冒着风险做这个实验呢？

于永志的话果然收到了降温的效果。博士男的亢奋强度弱了很多。

难道没有人愿意为科学献身么？

我看悬，你凭啥要求人家为科学献身。不是我给你泼冷水，你这个实验弄不好就半途而废了。

你一定在妒忌我的成功，嘿，是不是？

呸，狗咬吕洞宾！那你就试试吧，看看有谁会当你的牺牲品！

怎么就是牺牲品呢？

成功和不成功对人来说都是一种损伤，为了别人的成功，奉献出自己的脑细胞来，没有这么高尚的人吧？

会有的，面包会有的。

找到你的面包了，告诉我一声，跟着高兴一下。找不到你的面包，也知会一声，说不定我会帮上忙噢。

就让杰瑞挂了电话。于永志从头到尾把他和博士男的谈话内容细致地梳理了一下，他觉得属于自己的那部分话语，很是恰如其分。就像烤鸭子，火候掌握得好，鸭子想不外焦里嫩都不行。好极了。

心急是吃不了热豆腐的。他笑了一下，对着杰瑞。然后，杰瑞被笼罩在长久的注视之中。

杰瑞只好闭上眼睛。逃避着男主人很特别的目光。

那 扇 门

四十二

关键词：<u>王小柔</u>　<u>狗友</u>

标签：<u>保守秘密</u>

听见王小柔的脚步声，杰瑞顺着两只大耳朵，垂着一根毛茸茸的尾巴，守在门口。做好了被动式的撒娇的准备。同时，也做好了察言观色的准备，想从王小柔那里寻找一个他期待的结果。

王小柔打开门，在换上棉拖鞋之前，将晃着屁股的杰瑞拾起来，揽在怀抱里。两条细手臂藤条般，软软地箍住杰瑞的小身子。杰瑞有一点点轻微的窒息，但是这种感觉很享受。所以，他宁愿忍受着这小小的，和疼爱有关的窒息。于是，他发出幸福的呻吟声。

跟妈妈说，你昨晚干吗去了？

王小柔又问了这句话。杰瑞明白，女主人在问他昨天晚上失踪的事情。这个问题，昨天晚上已经问过了。问题是一样的，态度却是一个天上，一个地下。昨晚是斥责，是愤怒。今晚是怜爱，是柔软。还有，还有什么呢？小窒息提醒了杰瑞。对，还有不舍。好像杰瑞随时都会从她的怀抱里蒸发掉，所以，她的两条细手臂才比以往任何时候都更有力量。杰瑞一边撒娇，一边拿了眼的余光扫王小柔。心想，女主人是怎么了，有点不对劲，难道她知道老男人是他们咬的了？女主人的脸上没有斥责的表情，也没有不悦的表情，可是，也看不出高兴来，而是隐隐的担忧。

杰瑞避开女主人的话题，继续幸福地呻吟着。呻吟得有些夸张，以至于气管儿被来不及吞咽掉的口水呛了一下，很热烈地咳嗽起来。

王小柔慌忙将咳着的杰瑞放在地板上，轻轻拍着他的后背。没事吧，杰瑞？

杰瑞咋了？于永志也发出了声音。

没事，呛了一下。

放下杰瑞，卸下肩上的包包，王小柔换上棉拖鞋，准备洗手做饭。

小柔，你来一下。

王小柔只得先进了于永志的屋子。拿了疑问的目光俯视着床上的他，侧着身子，准备随时走掉的样子。

可能是尿了，先换了吧。于永志的话语好像被作料熏过了，王小柔闻出几分歉意、几分讨好、几分坚定的味道。眼神却没有配合着语调，而是闪烁着一种怪异的光芒。

不定又在打什么主意。王小柔避开于永志目光灼灼的注视，掀开被子，开始做那门她熟悉得不能再熟悉的功课。

于永志自己都感觉到，此刻，他注视王小柔的目光太像一条贪得无厌的蚂蟥，拼命地往王小柔的皮肉里钻。他知道，他只是太兴奋了。兴奋排满了他的每一根脑神经，挤挤挨挨，以至于他的头被饱胀感塞得满满的。他需要立刻排泄掉一部分饱胀感。他让它们坐上他目光的索道，然后传输给王小柔。

他还没有想好，以一种什么样的方式，让王小柔了解博士男伟大的实验。没有寻找到一个恰当的方式来说服王小柔，同意他参与到这个伟大的实验中来。这一切都是瞒不过她的。他需要她的支持。所以，在没有想好如何说服王小柔的理由之前，于永志只有继续保守着这个秘密，独自承受着巨大的兴奋感。

换完了尿不湿和一块干爽的棉垫，王小柔去做饭了。她以为于永志会和她说些什么。他分明是有话要说的样子。要说的话在他的眼神里憋着，可他却强忍住不说。究竟，葫芦里卖的什么药呢。在等她主动地问起么？那就憋着吧，她注定是要让他失望的了。

王小柔的晚饭做得有些拖沓，不像以往那般的迅捷、麻利。往日必须争时间，抢进度，好赶在七点的《新闻联播》序曲响起之前，给于永志喂完饭，又让自己和杰瑞吃完饭。今晚，则显得过于从容，过于不慌不忙了。

时间就在王小柔的过于从容间流逝了。直到《新闻联播》的序曲响起时，王小柔刚刚端起自己的饭碗。

太熟悉的音乐声。杰瑞嘴巴里含着饭，抬起棕色的小脑袋去捕捉女主人的表情。他在无声地向女主人要一个答案。王小柔当然明白杰瑞的意思，杰瑞乖，吃完饭妈妈再带你出去啊。

也就是说，今晚，他们不再成为幸福路遛狗队的成员。

这扇门

为什么呢？杰瑞努力地揣测着王小柔的心思。

一阵清脆的铃声在楼下徘徊了几个回合后，逐渐地遁去了。

王小柔放下手里的饭碗来到阳台上，用手掌在玻璃上抹出一小块透明来，将脸努力地贴近它，一双眼睛机警地在街上搜寻着。

没有警车，没有警察。幸福路遛狗的队伍还在。他们还在继续地远去着。

来，妈妈带你到楼下去尿尿。王小柔轻轻地舒了一口气，回头对杰瑞说。

杰瑞正懒懒地将一小片瘦肉咬在齿间。

即使在楼下转悠，王小柔也是审慎的，紧张的。她担心警察会突然出现在身边，手里拿着一个专门逮狗狗用的网罩子。只需一个海底捞月的动作，她的杰瑞便在网罩里了。还有女流浪狗，昨晚女流浪狗也和幸福路遛狗队的狗狗们一起失踪了。她也是嫌疑犯，所以她也逃不过警察的网罩子。

白天的平安无事，并没有让王小柔放松警惕。她不断用杰瑞他们没有作案的可能性来说服自己，自己和自己做着斗争。在一个人的斗争当中，那个说服自己的理由越来越疲弱，忧虑便乘机占了上风。就算不是幸福路遛狗队的狗狗们作的案子，如果受害人一口咬定就是杰瑞他们，谁又能证明不是呢。狗狗自己么？他们永远无法证明自己的清白。被炖了吃肉，被冤枉，还不是由人类掌控的么？警察很容易就会找到幸福路遛狗队的头上。幸福路遛狗队太招摇了，无论春夏秋冬，它已经成了这条路上一道不变的风景。

女流浪狗鞍前马后地围着杰瑞蹦蹦跳跳。杰瑞将他的尿水零零散散地洒在电线杆上，墙角里。王小柔忽然灵机一动，如果狗狗的主人们死死咬住一句话，那就是昨晚狗狗们并不曾失踪过。她的灵机一动的落点是"死死咬住"。也就是说，无论谁出来证明，案发当晚，亲耳聆听了幸福路遛狗队的主人们焦虑万分的呼唤声，狗队的主人们都不能承认。对，就是这样了。

这个想法一经产生，立即幻化成一个驱动器。它推动着王小柔必须行动起来，而且是马上行动起来。于是，王小柔以一秒钟也不耽误的速度，将杰瑞送上楼去，再冲下楼来，出了小区的大门。几分钟的疾行后，进了球球家的小区。哪一栋楼，哪一扇窗子是球球的家呢？这一时刻的王小柔已经不再是那个纤弱和内敛的王小柔，她在瞬间迸发的智慧的牵引下行事。她就像一个小说写手，一旦进入了写作的癫狂状态，精美的篇章泉水般汩汩而出。

球球——

球球——

王小柔开始唤着球球的名字。球球是认得她的声音的，所以，听见她的呼唤，球球一定会做出应答的。然后，她会循着球球的应答声，找到球球家。

果然，某一栋楼的某一扇窗子后边传出了球球纤细而又尖锐的应答声。虽然不能确定声音的具体位置，但是有了一个大概的方向。

王小柔刚要上楼，楼上的某一扇窗子推开了。一颗头从推开的窗子探了出来。

王小柔抬了一下头，居然是球球妈妈那颗留着怪异发型的头。

是杰瑞妈吧，有事么？

嗯，有事。

啥事？

王小柔有了一个小停顿。球球妈妈并没有邀请她上楼。可是，这件事情必须要和球球妈妈面对面地说。

小停顿过后，王小柔说，有两句要紧的话，就在楼道里和你说。

等不到球球妈妈回应，王小柔已经在往楼上走了。时间不等人啊，球球家只是第一家，后边还有憨憨家，小丑家……球球妈妈的头是在五楼的窗口里探出来的，王小柔一边往上爬，一边数着楼层。二，三，四……刚刚转过楼梯口，王小柔就看见球球妈妈穿着睡衣，瑟缩着肩膀在五楼站着。她在迎着王小柔。

穿这么少，不冷？王小柔借助着楼梯扶手攀上五楼的最后一级台阶。

咋不冷啊，快说啥事？球球妈妈用双臂环抱住肩膀，两条腿高频率地原地踏步。上身的动作是为了守住热量，下身的动作是为了产生热量。

真的出乎王小柔的意料。她以为到了家门口，球球妈妈怎么也会把她让到屋子里。看来，球球妈妈是不欢迎她的，在用形体语言下着逐客令。

王小柔便简捷地说了来意。

就这个事啊，我还以为天塌了呢。没问题，我办事你放心，保证从我这儿走不了嘴。

球球妈妈恢复了旧有的嘻嘻哈哈，一副满不在乎的样子。

球球妈妈的态度很是让王小柔不放心，可是，又有什么办法呢？王小柔只得告辞，转身往楼下走。然而，就在王小柔转身的一瞬间，她发现球球家防盗门上的猫眼儿暗了一下。暗了一下，说明什么呢？说明门里有人趴在猫眼儿上往外看，所以挡住了小孔里透出来的亮光。在门里的，除了球球，肯定还有一个非狗类的人类。那么，这个人会是谁呢？球球爸爸？从来没有听说过球球爸爸回来的消息。

爱谁谁吧。别人想怎么生活，那是别人的事情，管好自己就可以了。王小柔的脸微微红了一下。因为她发觉，自己早就丧失了说这句话的资格。她没有管好自己。

下一个，去憨憨家。憨憨爸爸？球球妈妈家里的非狗类的人类会不会是憨憨爸爸呢？这个疑问突然闪了一下，在王小柔的大脑里。

出了球球家的小区，再疾行几分钟，就是憨憨家住的小区了。

憨憨——

憨憨——

王小柔如法炮制。喊声从不同的角度，朝着不同的方向散发出去。没有憨憨的回应声。

憨憨——

王小柔的一条嗓子达到了使用的极限。声音便嘶嘶地岔开了，毛毛刺刺的。

王小柔一个转身，想换个角度。猛然，腿部被一个肉乎乎的东西绊了一下，险些栽倒了。垂下头，细看，竟然是憨憨。它摇着尾巴，在向王小柔示好，想说，我在这里了，干吗还喊那么大声！

憨憨！这么晚了，你自己在楼下？王小柔怜爱地用手撸了撸憨憨的耳朵。

194

杰瑞妈，晚上咋没出来遛杰瑞？就缺了你呢。

是憨憨妈妈的声音。王小柔的目光攀缘着声音，一路逆行，正有两条人影从暗处晃出来。一条是憨憨妈妈的。一条是憨憨爸爸的。

确实是憨憨爸爸。一个小小的歉疚球儿般在王小柔的心里滚来滚去。不该把球球妈妈家里的非狗类的人类想象成憨憨爸爸。不是就好。

儿子回来了，带着女朋友，呵呵。

憨憨爸爸主动向王小柔做了解释。他的解释恰到好处。

这要是住一个寒假不走，还不把我们两个老家伙冻坏了。要是依着我，早上楼去了，憨憨爸爸非说给人家一个啥空间。他们有空间了，老东西就活该挨冻啊……现在的闺女就是脸儿大，老早八早的就和……

你肯定有急事吧？憨憨爸爸打断了憨憨妈妈的絮叨，将主题转向王小柔。

王小柔就把和球球妈妈说的话复制了一遍。

——让狗咬的人是谁？

——我的一个同事。

——狗为啥会咬他呢？

——不知道。

——那他凭啥说是咱们的狗狗咬的呢？

——没人说是咱们的狗狗咬的。

……

我看你快成警察了。人家杰瑞妈妈的意思是说怕警察怀疑到咱们狗狗的头上，哑巴狗又不会给自己洗脱罪名。

憨憨爸爸又一次拦腰切断了憨憨妈妈的话。大概是由于在外边的时间太久了，憨憨爸爸脸上的肌肉冻得有些僵硬。他的微笑看上去欠了灵动。

放心吧，我们会照你说的去做的。这个男人垂下头及两只手和脚边的憨憨嬉戏。

王小柔便告辞了。

你回家吧，剩下的几家我和憨憨妈去通知吧，反正我们也是闲着。

男人对着王小柔的后背说。

你倒好心眼儿。憨憨妈妈小声嘀咕。

走，憨憨，和爸爸一起去。

之后再没了任何声音。

这扇门，

四十三

关键词：于永志　王小柔

标签：我来告诉你什么是赫迈拉

家里。除了电视机在孤独地响着，再没了其他的声音。

于永志没有对王小柔的外出发出质疑声。他的眼睛盯在镜子里的电视上。目光灼灼。

王小柔最后检查了一遍于永志，看他是否又拉尿了。饭前换的尿不湿还是干爽的，王小柔就努力地将这个废弃了的躯体扳动了一下。用手在躯体的后背上揉捏拍打了一小会儿。然后，再让它复位。

整个过程，于永志没有一句话。

这一回的憋功很是有点不同寻常。但是，王小柔是固执的。她成全着于永志。她要看他究竟憋到什么时候，她要等着于永志自己把葫芦剖开，里边装的是头疼药，还是脚气水，一看便知了。

关电视么？王小柔要回自己的屋子了。

等一下，小柔！

王小柔在心里冷笑了一下。这么快就亮出底牌了？

小柔，你知道赫迈拉产品么？不知道，是不是？那我今天就跟你说说。来，你坐下。这件事有点费解，可能需要些时间才能说清楚。

王小柔就坐了过来，罩在于永志的灼灼目光下。为了安放自己的眼神，她把手伸进于永志的被子里，抓住一根僵硬得像干树枝一样的腿，开始一寸一寸地按揉。

——举个例子吧，把一只老鼠的脑细胞和血液植入给一只家猫，从外形上看，家猫还是家猫，它没有变成老鼠。但是，这只是表面现象，实际上家猫的性格和思维完全是一只老鼠的性格和思维了。它不再捉老鼠，不再喵喵地叫。它把自己当成了一只老鼠，见了猫会害怕，会逃跑，然后发出老鼠那样吱吱的叫声。这只猫，就是赫迈拉产品。

——你不要以为我疯了，不要以为我在说梦话。

——这是真实发生了的。

——给我点一支烟！太激动了。

王小柔打开床头柜的抽屉，从内存已经不多的烟盒中抽出一根烟来，咬在齿间，用那只翠绿色的一次性打火机点燃。然后插进于永志两片干燥的唇间。于永志恶狠狠地吸了一口，平复了一下情绪。然后牙齿和嘴唇灵巧地配合着。配合的结果是，烟不误吸，话没误说。

——博士男，是伟大的博士男的杰作。博士男说，下一步就

这扇门，

要在人的身上做实验，用不了多久，人的赫迈拉产品就会出炉了。

一直不语的王小柔瞟了一眼于永志。于永志当然明白这个"瞟"的含意。它充满着质疑，充满着不信任。她以为他的话是天方夜谭。这仅仅是瞟的第一层意思。还有一层更苛刻的。这一层质疑，让于永志非常不舒服。王小柔不相信他于永志会因了博士男的成功而兴奋而激动。她不相信他会有如此高的境界。

的确，王小柔的另一层质疑并没有冤枉了他。如果不是另有所图，博士男的成功绝对是对他的沉重打击。

王小柔的无动于衷是在于永志的预料之中的。任何人听到这个消息，都会把它当成一个遥远的传说。当初，自己不是也不相信么？

好在，今天和王小柔谈话的目的，并不是要她一下子相信。只是提前打个预防针，给她的大脑里输入一个赫迈拉产品的概念。

小柔，把烟掐了，去睡吧，累一天了。

王小柔把一截烟蒂从于永志的唇间拔出来，将鲜活的火星儿摁死在烟灰缸子里。

于永志的异常就因为一个虚无的什么赫迈拉？真是莫名其妙。和于永志有关的事情，王小柔懒得动脑子去想。于是，站起身来，关掉小茶几上的电视。墙上控制电源的开关发出一声不大的，却也是清脆的声响后，屋子里倏然暗了下来。王小柔的小身子劈开在瞬间灌满屋子里的黑暗，游移着走了。

整整一天都没有打理菜园子了。一天，都在自己和自己战斗。一天，都在提心吊胆。晚上，又楼上楼下地一通折腾。此刻，最需要的就是一张床，来安置疲累的身和心。可是，王小柔还是忍不住打开了电脑。看一眼菜园子，看一眼她的何慕天。他会等她的，无论多晚。她相信。

小懒蛋，不管你的菜园子了？

果然，他在等她。

王小柔的眼睛被一股热辣辣的东西烫了一下。一些液体便涌出来，潮湿了眼底。

你好，何慕天！王小柔十根纤细的手指在键盘上舞蹈。

何慕天是谁？我是"丑得不得了"，不是何慕天。

我说你是谁你就是谁。王小柔固执了。屏幕上跳出来的字带着一股幽怨的情绪。

好，我投降。你说我是谁我就是谁。

光投降还不够，还要接受惩罚。

什么惩罚？

一会儿你就知道了。

王小柔潜进"丑得不得了"的菜园子，拿着杂草和虫子做武器，把菜园子蹂躏到游戏的底线。

嘿嘿。王小柔打出一个淘气的小鬼脸。

嘿嘿。屏幕上回了一个淘气的小鬼脸。

你笑什么？

如果我告诉你你刚才做了一件害己利人的事情，你就笑不出来了。

说来听听？

真说了？

当然真说。

我拔一棵你栽的杂草，加二分，我捉一条你放的虫子，也加二分。你看，刚几天的工夫，我就比你高一个级别了。这样的坏事，你要常做噢。

你好过分，不许再升级，等着我！

王小柔霸道极了，任性极了。此刻的霸道和任性更像一张包装纸，里边裹着一个小女人的娇媚。

过去有评论说秦汉的演技仅次于周润发，不过到现在也是人老色衰，成了过气的演员。

王小柔睁大眼睛，盯着屏幕上的这行字。天啊，原来他根本就知道何慕天是谁！那么，他为什么没有"装"到底，而是自己把自己暴露出来？他是故意这么做的。他在婉转地告诉她，他明白她，他懂她。

王小柔的小脸绯红一片了。她不知道该如何回复他，只好带着她的小幸福逃跑了。

躺在床上，小幸福小鹿一样撞击着王小柔。它在她的胸腔里跳跃着、奔突着，努力想扩大自己的地盘，努力想压制那些非幸福的存在体。

好了，它们已经存在很久了，已经根深蒂固了。放心，我会给你留一个位置的。

王小柔安慰她的小幸福。

得到安慰的小幸福在王小柔的体内渐渐地兴奋起来。王小柔迷离着眼神，用舌尖儿抵住牙齿，发生一声轻轻的呻吟声。

四十四

关键词：**王小柔和她的同事　于永志**

标签：**明天就是腊月二十五**

老男人在医院住到腊月二十五。在老男人住院的日子里，幸福路遛狗队一直处在安全的状态，甚至连风吹草动都没有。难道凶手已经找到了不成？王小柔借着关心，主动地询问中庸男性副主任，到底是谁家的狗狗呢？

不会是你家那个大耳朵狗狗吧？中庸男性副主任开起了王小柔的玩笑。

要咬就咬你这个坏蛋！

女同事A和B冲着中庸男性副主任又是咬牙切齿，又是挤眉弄眼。

王小柔能做的就是假装看不见。同时，她心里有一丝丝的感动。她的一丝丝感动缘于她们内心的那部分善良。和她的男人有

这扇门，

关的话题是大家所忌讳的。起码，当着她的面，大家不会提到她的瘫子男人。和杰瑞有关的记忆来自她男人健康的时候，一颗小狗头总是趴在车窗上。于是，大家记住了来接她的车、来接她的人，以及来接她的大耳朵狗狗。

明天局长就该出院了，你们这两个女人收敛一下啊。中庸男性副主任自觉说走了嘴，慌忙转移了话题。

一会儿我赶紧陪姗姗去按摩脖子，赶明儿局长一上班，就没法老请假了。女同事A说着已经在往身上套羽绒服了。

要不我陪儿子去买鞋？女同事B也做出了走的姿势。

我要是局长，先把你们两个开了。太目中无人了！

不用你开，等你当局长的时候，我们就集体辞职。

两个女人说完，却没有急着走掉。而是围着中庸男性副主任转了几个圈，大红人，不许在局长跟前打我们的小报告，听到了么！

不打小报告也可以，有啥奖励？

回头给你买好吃的！

两个女人牵着手，将头探出去，环顾一下左右。然后无踪影了。

女人真是善变。前一秒钟还在发着牢骚，说期末考试考砸了，枉费了一腔子的心血。不给小东西按摩，让她的小脖子疼着吧。不给小东西买运动鞋，不就是脚上那双快露脚指头了么，露就露呗，活该。两个孩子一致性的退步，让他们的母亲又站在了统一战线上。

两个都进步了，也还好说，好歹也会呈现出皆大欢喜的局面。如果一个是进步，另一个是退步，会是什么后果呢？王小柔把这些她永远不会感兴趣的事情，攒成一个球球，扔进大脑的垃圾箱里。打开她和他的菜园子。

他番茄地里那枝蓝色玫瑰成熟了。一朵一朵的蓝玫瑰在枝头娇媚着，是为她独放的么？

昨晚他如获至宝，说捡到了一颗蓝色玫瑰的种子。还说这是在大面积种上红玫瑰前的一个小预热。

是啊，现在他们的菜园子是六级，升到七级就能买到红玫瑰的种子了。王小柔忽然想起种菜的第一个夜晚，她做过的那个玫瑰梦。

如果我变成一枝玫瑰花插在你的床头，有一天枯萎了，你会怎么处理？

我会用我的鲜血来浇灌它。所以，它永远都不会枯萎。

王小柔的心忽悠一下，来了一个和甜蜜有关的小震颤。手却敲出来这样一行字：不公平，为什么我没有捡到蓝玫瑰的种子！

言不由衷是女人的特性。王小柔也不例外。

小震颤的余韵还在。一丝儿一丝儿地顺着王小柔的小心尖儿爬下来，朝着不同的方向游走。王小柔的整具小身子都麻酥酥的。这个小女人便红了脸色，慌忙把头低低地埋在薄薄的显示器后边。幸亏刚才中庸男性副主任也出去了，屋子里暂时地空置了。

哼，都是你惹的祸！假意恼怒的王小柔去摘蓝色的玫瑰。

忽然，准备采摘的手惊愕地悬在了半空。因为她发现，玫瑰有采摘过的痕迹。张大了两只眼睛，细细地数来，没错，的确有人采了蓝玫瑰。明明有二十六朵玫瑰开放，却只剩下了二十朵。无端端地少了六朵玫瑰。

几个人先后来过他的菜园子，摘走了玫瑰。一定是的。也就是

这扇门，

说，玫瑰根本就不是为她独放的。那，不过是她的一个想象罢了。

我种菜，你来偷——从开始就是一个谎言。

王小柔悬空的那只手垂下来，紧紧地捏住手里的鼠标。不堪重负的鼠标发生清晰的破碎声。

鼠标破碎声并不能慰藉真正恼怒了的王小柔。恼怒中掺杂着绝望。甚至还有被愚弄的感觉。它们搅拌在一起，汇成一股力量，挟持了王小柔。控制了她的手和脚，控制了她的思维。

脑子里仿佛塞进了一大块石头。石头明明是坚硬的，却随着大脑形状柔软地迂回着，连一片细微的空间都没有留下。失去了大脑控制的王小柔除了僵硬在座位上，别无选择。

小柔，材料写完了么，明天局长要看的。中庸男性副主任推门进来。

没写完！凭什么所有的材料都是我一个人的事，办公室又不是只有我一个人！

中庸男性副主任的出现为王小柔松了绑。王小柔噌地从座位上站起来，厉声对着眼前的男人。

小柔，没事吧？

你是我的上司，我在顶撞你，指责你，你快发火啊！求你了，你快发火啊……王小柔泪流满面。

中庸男性副主任长长地一声叹息，端起王小柔桌上的水杯，去给王小柔接水。接水的手有一些抖动，热水趁势淘气地伸出舌头舔舐了一下手背上的肉。这个男人噤住声音，将盛满热水的水杯放在王小柔跟前。又是一声叹息。然后，身子遁出门外。

是啊，明天就是腊月二十五了。尽管年已经像一块在嘴里嚼了很久的口香糖，无滋无味的了，但是你却不能真的把它吐出来，当垃圾一样扔掉。不管你愿不愿意，都得在嘴里含着。噼噼啪啪——鞭炮声很突兀地响起来。如老人一般缩着肩袖着手的城市被惊扰了，极不情愿地睁开了浑浊的双眼。

鞭炮，对于幼年的于永志来说，就是一个年的最诱人的味道。往往，刚一进腊月，他就开始缠着父母了。母亲终会禁不住他的死缠烂磨，早早地让父亲给他买来几挂鞭炮。一挂一挂地放，太奢侈，他舍不得。便将一整挂的鞭炮拆开来，一枚一枚地放。这样，几挂鞭炮可以燃放得很持久。那段时间，是他最快乐的日子。左手举着一支燃着的香火，右手从口袋里摸着一枚鞭炮，鞭炮的"尾巴"和香火一个暧昧的亲吻后，会幸福地燃烧自己，发生嘶嘶的畅吟声。于永志勇敢地将燃着的鞭炮捏着指间，在炸响前的一瞬间扔出去。等到鞭炮落在地上，已是纷纷的碎屑。他的得意在手臂一挥间达到高潮。

追随他放鞭炮的除了几个胡同里的小朋友，还有流着清鼻涕的博士男。博士男真是笨得可以，连鞭炮都不会放。有一次，于永志看博士男跃跃欲试，就拿了一枚鞭炮让博士男捏住，用香火点燃。不想，那笨家伙却不知道往外扔，一直死死地捏在指间。置于永志大声的吆喝"快扔啊"于不顾，直至鞭炮在他的指间开出了花朵。自然，一起开花的还有博士男的两根手指。为此，博士男的父母还牵着博士男找上于永志的父母，厉声说看看看看，这是你家孩子干的好事！平日里像一只闷葫芦似的父亲，突然咆哮起来，恶狼般扑向于永志。他要当着大家的面给于永志一点颜色看看。母亲呢，如同一只炸了毛的老母鸡，死死地护住于永志。后来，母亲和父亲两个人就扭打到了一起。再后来，博士男的母亲就牵着博士男悄悄地溜走了。

在王小柔走进他的生活之前，类似这样的往事，于永志是不愿意回忆的。他怕它们会动摇了他对母亲对女人的仇恨。毕竟，母亲也是疼爱过他的。是爱情的力量最终让母亲义无反顾。如今，他，为了他心爱的水仙女人，也走上了一条义无反顾的路。

博士男怎么还不来电话呢？这个该死的家伙。期待如同一支越燃越旺的火把，烧焦了于永志一副灼灼的目光，叫作"黯然"的家伙乘机蹿出来，耀武扬威。

或许博士男找到了适合的人体做实验？

这是于永志最害怕的。如果如此，他永远都不会原谅自己。什么心急吃不了热豆腐，统统见鬼去吧！想当婊子还要立牌坊，明明是自尊心在作怪。他，还配有自尊心么？

期待不仅烧焦了于永志那副灼灼的目光，还烧焦了他胃囊的欲望。

所以，晚饭时，只吃了很少。

你，没事吧？手里举着饭碗的王小柔，话语里夹带着明显的怨气。

她的"怨气"首先是因为自己的心情不好。然后是因为于永志的莫名其妙。

前几天还在因为什么事亢奋着，这两日亢奋弱了，躁动呈现了明显的强势。躁动的直接后果却是由王小柔来承担的。原本就是习惯性的便秘，情绪一反常，更加地严重了。开塞露，泻药，全然不能奈何于永志。昨天晚上，王小柔戴上手套去于永志已经好几天没排便的肛门里掏，直累得汗水淋漓，才艰难地掏出几小块坚硬的粪蛋儿。

小柔，我没事。就是快过年了，想起过去的一些事来，心里不好受。于永志露出一个惨淡的笑。

你，收拾收拾去遛杰瑞吧。穿暖和点，别大过年的再感冒了。这个男人的眼神凝在镜子里的电视上。

这扇门，

四十五

关键词：**老男人　王小柔**

标签：**腊月二十五的白天，老男人出院了**

　　王小柔强撑着去上班。昨夜几乎是一夜未眠。没有再吃安眠药，她就让自己那样痛着。她用疼痛来惩罚自己。

　　昨晚《新闻联播》的序曲一响起来，王小柔就带着杰瑞出去了。这个现象，对杰瑞来说是欢欣鼓舞的。意味着又可以看见憨憨他们了。从那个晚上的集体报仇之后，他还没有见过他们。每天被女主人带到楼下转转就上来，一种紧张的气氛始终坠在他的尾巴上。一走动，沉甸甸的。

　　杰瑞真是聪明，他知道这个钟点出去的含意。看着因了兴奋而摇着尾巴的杰瑞，王小柔想。

　　高兴的还有女流浪狗。她追随着杰瑞，一起加入到幸福路遛狗队。

幸福路遛狗队，该在的都在。憨憨，憨憨妈妈。球球，球球妈妈。小丑……不该在的也在。比如，憨憨爸爸。他没有像以往那样，等在幸福路遛狗队回家的路上。而是从始至终，都加入进来。或许，在自己和杰瑞退出的这段日子，他就一直在加入了。没有猜错的话，应该是从老男人住院的那天开始。理由呢？为了给儿子和儿子的女朋友腾空间吧。

杰瑞妈，今儿咋敢出来了呢，你不怕警察把杰瑞逮走啊？

球球妈妈率先开起了王小柔的玩笑。

被狗咬的同事平时肯定得罪过你，你让你家杰瑞去给你报仇。你们家杰瑞怕打不过人家，还把憨憨球球他们勾搭着一块去。这家伙，警察要是来了，一逮就是一串儿，我们都成了吃挂落的了。我得上法院揭发你们家杰瑞，他是主犯，我们家球球是从犯……哈哈……

马上就过年了，你们球球爸爸回来了么？王小柔决定刺激一下无所顾忌的球球妈妈。不快乐已经像虱子一样密密麻麻地爬满了内衣，再多一只也是无所谓的了。

过了年，我就起诉和他离婚，不要他狗日的了。球球妈妈说得很诚恳，王小柔的话并没有刺激到她。或者她认为王小柔的话并不是要存心刺激她。

我看也是，早就该和他离了，这要是黑脸的老包还活着，早就铡刀给铡了。憨憨妈妈很真诚地同情着，也是很真诚地愤怒着。

球球妈妈就抱住了憨憨妈妈的肩头，一边很亲密地往前走，一边大声地耳语着，姐，你瞅我多可怜呢，把姐夫分给我一半吧，你要是没意见，今晚我就搬过去？

又扭头冲着憨憨爸爸飞了一个媚眼。

特像说相声的冷不丁抖了一个很漂亮的包袱。顿时，队伍里嘻嘻哈哈一片。连憨憨妈妈都扑哧一声被气乐了。这个貌似憨厚的女人，已经有点愿意相信球球妈妈是属于"有口无心"的人了。时刻紧绷的警惕性也就有所松懈了。这个局面不是队伍里有些人希望看到的。没戏看的日子，多寡味啊。

不过是一个小时的时间，很快就过去了。木着一张脸给于永志换好了尿垫子，王小柔连脸都没洗，就把自己的小身子扔在床上。和欺骗有关的电脑，她甚至拒绝看上一眼。疼痛如一座飞船，载着她一会儿云里，一会儿雾里。一会儿上刀山，一会儿下火海。她不能思维，只死死地抱住飞船，唯恐一个不小心坠落下来。其实，她一点也不怕粉身碎骨。甚至深深地向往。"粉身碎骨"会是一个句号，可以结束她所有的疼痛。

自行车拐进单位的大门之前，王小柔腾出一只手使劲地按了按太阳穴。深深地吸了一口气，再重重地吐出来。

然后，人和自行车驶进大门。

大门里的情景却吓了王小柔一大跳。有两排人一直从门口站到办公楼的台阶下，细看之，都是局里各个科室的人。他们在干什么？

一下子暴露在众多目光下的王小柔，如一只受了惊吓的雀儿，慌忙中从自行车上跳下来，不知所措了。

忽然，两排人同时伸出手，哗哗地拍打出一阵响亮的掌声。

王小柔更加地不知所措了。但是，她很快发现，两排人的目光越过了她，朝着她身后集中过去。一回头，一辆黑色的轿车正缓缓地开进院子。王小柔认出来，车是他们单位的。

正在惊诧间，车停住了。先是有一扇车门打开了，吐出来一个中庸男性副主任。中庸男性副主任颠儿颠儿地绕过车屁股，打开另一扇车门。

更热烈的掌声扑过来，淹没了从车上下来的老男人。几块形状各异的疤痕补丁似的打在老男人的刀条脸上，给原本的严肃又增添了几分恐怖。但此刻老男人是微笑着的。他扬起手臂，微笑着和两排欢迎他的人打招呼。被甩在身后的人，主动地聚拢过来，簇拥在老男人身后。浩浩荡荡地隐没在办公楼里。

院子里，只剩下王小柔和她手上推着的自行车。突然的寂静平复着王小柔一颗狂跳的心脏。她搞不清自己为什么要心跳。或许是因为昨晚没睡好，或许是因为老男人脸上那几块尚在粉红色中的疤痕。她不知道。

放下电话，王小柔抱着一摞文件出了办公室。站在老男人的办公室门前，一小段时间的缓冲之后，才推开那扇千钧重的门。

放下文件，王小柔没有立即走掉。

彻底好了么？

终于从喉咙里滚出一句话。

老男人仿佛没有听见，并没有抬头。上眼皮严密地包裹住他的神情，下眼皮上的那两坨肉安静地保持着悬垂状。

王小柔只得尴尬转身。

你是不是特别恨我？

老男人突然说。

没有任何防备的王小柔小脸立即变了颜色，凭——什——么？

你不恨我，就不会派一群狗去报仇了。

我没有派狗——

不要否认。我认识你家的蝴蝶犬，他很特别，跟你一样特别。几年前我就记住了他，因为他是你的。他和你的男人来接你，那时候，我很妒忌他们。

老男人的话犹如一只有力的手掌，一下子把王小柔推到了悬崖边上。跳也得跳，不跳也得跳。没有选择，没有第二条路可走。只有粉身碎骨。既然如此，王小柔也就无所畏惧了。她的视线和话语直击老男人，你不是报警了么？你让警察把我抓起来呀！

老男人像一颗弹球般从巨大的靠背椅上弹出来。他迎住王小柔绝望的逼视，一截一截地缩短两个身体间的距离。

随着两个身体距离不断地缩短，一股悲壮感在王小柔的小身子里正变得愈来愈强大。悲壮感的味道是酸的，偏偏酸的味道是泪腺的天敌。王小柔不敢眨眼睛，她怕一眨眼睛，被酸味逼出来的眼泪就会落下来。她才不想哭呢，在这个男人面前。她想尽量地勇敢一些，坚强一些。蓄满了的泪液很快模糊了视线。

一只手搭在王小柔的肩上。

那个晚上报警的是邻居，不是我。后来警察询问我，是我告诉警察不要追究了，我不过是不小心惹到了一群不懂事的畜生。

王小柔机械地眨了一下眼睛。两大颗泪珠子扑扑地滚落下来。

好了好了，没事了，把泪擦干了，别让他们看出来。

王小柔便浑浑噩噩地捉了衣袖在脸上使劲抹了抹，然后浑浑噩噩地转身，准备出去。

晚上我等你，再给我一个弥补的机会，上次欠了你的。

便又浑浑噩噩地接了老男人递过来的一把钥匙。

在自己的座位上坐稳了，攫住王小柔的浑浑噩噩才缓慢而又艰涩地退去。存在清醒过来的王小柔头脑里最近的记忆是，内线响了，她接了，老男人说让她送文件过去。是啊，文件呢？明明在办公桌上，怎么一转眼就消失了呢？

你们谁看见刚打出来的文件了？

正在小声猜测今年春节局里都会发些什么东西的两个女人疑惑地看着王小柔，刚才，你不是抱着给局长送过去了么？

哦，是么，我忘了。

两个女人快速地交换了一下眼神。一边干着手里的活儿，一边小声继续着她们刚才的话题。两颗心却不约而同地挂在王小柔的身上。目的不仅仅出于同情，更有探寻，有张望，有好奇。如果她们知道了局长和王小柔的特殊关系，当然还会有深刻的蔑视，以及对王小柔有一个瘫子男人的幸灾乐祸。

自觉失态的王小柔惶恐着，不知道如何来给自己圆这个场。

这扇门，

四十六

关键词：<u>老男人　王小柔</u>

标签：<u>腊月二十五的晚上，较量</u>

　　晚上下班，王小柔没有改变那个一成不变的方向。那是家的方向。但是今晚，王小柔的心里不再有家的概念。于永志，杰瑞，都被她赶进记忆的阁楼里。为了防止他们溜达出来，她用绳索将他们捆绑在阁楼的柱子上，并且在门上落了一把大锁。所以，此刻，她不是走在回家的路上。只是在朝着一个习惯了的方向走。不过，在外人看来，她是在回家的。她在故意制造一个假象。

　　下班的人群都逐渐归了巢。路边一个小公园里的景观灯凄凉地守着它曾经的繁荣。就在这里转吧。于是，王小柔拿了后背对着小公园，朝着远离小公园的某一个点驶去。那个点是一扇门。门里的房间。房间里的床。她现在要去做的事情就是把自己的身体铺展在那张床上。在她到达之前，那张床空白着，等着她。

她一点都不害怕，速度很快地蹬着自行车，去赴那张床的约会。

她第一次来这里，但是她并不感觉到陌生，甚至连路都没问一下，就直接找了过来。然后，很熟练地用手里的钥匙打开了门，进了房间，径直走向房间里的床。扔掉肩上的包包，开始脱衣服。羽绒服，毛衣，内衣，胸罩……它们一个个纷纷扑倒在地上暗红色的地毯上，无声地饮泣着。

一丝不挂的王小柔仰面躺在床上。没有生育过的小腹平坦地起伏着。床上的只是一具身子。一具女人的身子。和王小柔无关。因此，王小柔感觉不到它是否是寒冷的。

很久很久之后，王小柔听到一阵窸窸窣窣的开门声，之后，一个身子闪了进来。

小柔！

老男人低促的一声惊诧，奔扑过来，将一条被子拉过来裹住床上裸露的小身子。她被包裹成一个小婴儿。然后，他俯在她的襁褓上，细致地打量着襁褓里的她。下眼睑上的两坨肉便悬荡起来，调戏着几块纠结的粉红色疤痕。

打量是充满凶险的，是某种爆发的前奏。我想好好地亲亲你——在前奏结束前，王小柔抢先一步，占据了主动。

她盯着他的眼睛，眼神里饱饱的期待。饱饱的期待背后，是若隐若现的顽皮和挑逗。老男人头皮的某个点，嗖地麻了一下。然后，清晰地感觉到，"麻"打入了他身体的内部。"麻"就像一只热力棒，将老男人体内本就澎湃的情绪，搅动得沸腾起来。不等老男人有什么动作，两片酥唇紧随在"麻"的身后，热辣辣地贴了过来。老男人受不了了，灵魂都被炙烤得发出了焦糊味道，

216

必须立即采取行动，这样才可以拯救自己。然而，老男人一动不能动，两条手臂被身下小女子的手臂牢牢地钳住。她那么弱小，此刻竟会生出如此强大的力量。她全力以赴地钳住他，用一千度的热唇灼他的魂魄。小柔，不行了，救救我……面对老男人含混不清的求助，她不理会，继续投入地钳制，继续投入地炙烤。

不行了……老男人终于自燃起来，蓝色的火苗儿在他早衰的躯体上升腾。火苗儿的跳跃并没有持续多久，闪烁了几个回合，很快萎靡了。灰烬中，是万分沮丧的老男人。

你先回家吧，我在这儿歇会儿。老男人虚弱着声音。

王小柔委委屈屈地穿好了衣服，委委屈屈地往外走。快要走到门口了，她听见床上的老男人轻声嘀咕了一句。声音虽然小，但是她绝对听清楚了。

——你不会是故意的吧？

王小柔很响地开了门，走了出去。她听见什么了么？没有。

脸上挂着胜利微笑的王小柔，走向宾馆的一个角落，去取她的自行车。

回家。

老男人将时间选在非周日，将时间选在非家里，这说明他在提防着王小柔制造紧张的气氛。也是，你说去玩牌的老婆子不回来，万一她要是回来了呢？他是个谨慎的人，选了一家小宾馆，拿着老婆子的身份证开了房。王小柔是他真心喜欢的女人，也是除了他老婆子之外唯一的一个女人。说起来有点匪夷所思。他的洁身自好和老婆无关，和声誉有关。他的父母都是普通的工人，就是把打枣的竿子接八节，打遍祖宗八代，也落不下一颗有价值的枣子。所以，他没有任何可以利用的关系。凭着自己的能力，一点一点地往前挪，挪了将近一辈子，才挪到了局长这把椅子上。他深谙一路走来的艰辛，因此，敏感性的事物，他从来不去碰触。在所有敏感性的事物中，女人为首。女人，年轻美好的女人，他也是不拒绝的，甚至是向往的。但是，为了保住他屁股下的椅子，为了保住他的成果，他咬着牙绕着女人走。他的自律，在别人看来是假正经，是不入流的。他必须咬着后槽牙挺着。别人能做的事情，他不一定就去做。别人做了没事，他做了或许就有事。晚上，抱着老婆日渐枯萎的身子，真是兴致索然。每次都是草草了事。他都趴在那里不动了，身下的老婆还在扭捏着，发出母猪一样的哼哼声。他厌恶极了。无趣极了。

眼下的社会，当官的和有钱的没有几个红颜知己好像是一种耻辱了。让老男人改变的却不完全是这个大环境。和他的年龄有关，也和王小柔有关。屁股下的这把局长椅子会让他一直坐到退休，他的年龄，让他失去了再度升迁的空间。再有几年，拍拍屁股走人了。每每想到这个，一股悲凉感就会贯穿他的肺腑。一辈子的兢兢业业，一辈子的谨言慎行，不过如此的结局吧。王小柔踏着老男人的感叹声而来。第一次看见王小柔，老男人的心就被谁狠狠地揪了一把似的，丝丝拉拉地疼了好久。为了多一些和王小柔打交道的机会，他动用职权，把她安排在办公室。以专业对口的名义，让王小柔专门给他写各种材料。久经沙场的他，是老谋深算的，他可以忍住心疼的感觉，经历着王小柔的恋爱、结婚、幸福，以及后来的不幸福。好几年的时间，他坚忍着没有动王小

这扇门，

柔。在他认为王小柔几近被不幸福的生活掏空时，他横空出现了。老男人了解这个表面柔弱，实则很有韧性的小女人，只有被掏空了，没有多少支撑的力量了，才会就范。这样做，好像有一点卑鄙。但有谁又是不卑鄙的呢？

两次，都遭遇了挫折。首先，老男人不得不承认，自己真的变成提不起来的豆腐渣了。经年累月的没有激情的生活，过早地耗损掉了他的精气。然后，是啊，然后是什么原因呢？

真的是王小柔在给他制造障碍么？这个让他动了灵魂的小女人。

这场仗居然打得如此迅捷，如此利落。真是出乎意料。只一两个回合，老男人就被她斩下马了。本来，他饶杰瑞不死，饶她王小柔不死，就算出于感激，她应该主动奉献出自己的身体。当她的手掌心里攥住那把开门的钥匙时，她也的确是这样想的。她这样想，不仅仅是要感激老男人的不杀之恩。更深一层的意义缘于她自己。爱情童话破灭了，留下一个魔咒储存在她的身体里。魔咒睡着，所以它被她暂时忽略了。而，老男人交给她的钥匙，不仅能打开房门，更是唤醒了睡在她体内的魔咒。魔咒一苏醒，便给了王小柔一个指令：快来蹂躏我的躯体吧！只有蹂躏才能报复破灭的爱情童话。只有蹂躏才能给流血的心止血止痛。

可是，从老男人把她包裹成褓褓里的婴儿的那一瞬间开始，奇怪的事情发生了……一个顽皮的、淘气的、恶作剧的王小柔一跃而起。

从宾馆的屋子里带出来的红晕挂在王小柔的脸上，在室外恶劣的天寒地冻天气的作用下，那两片红晕更像是贴了一层塑料膜。呈现了一种凝结的美丽。

　　不知何时，记忆阁楼的门开启了。是谁打开了门上的那把大锁，王小柔竟毫无察觉。反正，门已经悄然洞开了。她看见了被绑在柱子上的杰瑞和于永志。

四十七

关键词：<u>王小柔一家人</u>

标签：<u>腊月二十五的夜里</u>

先是在楼下看到女流浪狗。这条狗并没有卧在储藏室前的垫子上，而是在楼下踱着步子。踱着的步子是焦虑的。不像是一条狗，倒像是一个人。她在干什么？是什么让一条狗有了和人一样的焦虑？

看见王小柔，女流浪狗停下步子，片刻的迟疑后，摇着尾巴奔过来，用鼻子去嗅王小柔的裤脚。这是女流浪狗第一次主动式地接近她，讨好她。难道这条狗刚才的焦虑和她有关么？

放好自行车，王小柔将一只手从手套中褪出来，弯下腰，碰了碰女流浪狗的鼻子。受宠若惊的女流浪狗忽然从嘴巴里吐出长长的舌头，舔了一下王小柔的手背。然后，女流浪狗迅疾地跑到了自己的"家"里。一颗看不出颜色的肮脏的头担在两只前爪上，两颗眼珠儿骨碌骨碌转动着，审慎地看着王小柔。寻找着王小柔脸上是否因她刚才的主动式的忘形亲昵而有了愠色。

王小柔给了女流浪狗一个理解式的微笑后，看了一眼女流浪狗跟前空着的水碗，暗暗地叫了一声，杰瑞！往楼上跑。

得到王小柔理解的女流浪狗，将一根尾巴努力地摇动起来。来表达她的喜悦之情。

王小柔的两条腿注入了一股神奇的力量，一步竟然可以跃上两个台阶。没有进食的小身子轻飘飘的，长了翅膀般地朝着三楼飞。楼道里静悄悄的。电视机和人都噤了声音，沉在温暖的睡眠里。三楼，尤其是静。它的静如同一柄利剑，一下子便穿透了王小柔的心脏。让它的麻木无处逃窜。痛感汩汩地流泻出来。

门开了。王小柔摸索着开了走廊里的灯。怀抱自动也是习惯性地打开，等候被动式撒娇的杰瑞的填充。杰瑞却不动。位置没有变，依旧候在往日的等待上。他的姿态是趴伏在地上的，棕色的小身子仿佛一幅静物画。尾巴、耳朵、眼神，一致性地静默着。

杰瑞，是妈妈！

王小柔将静默的杰瑞拾起来，揽在怀抱里。他依旧静默着。没有发出往日既是委屈又是撒娇的呜咽声。

杰瑞，你病了么？

王小柔去摸杰瑞的脖颈，并拿自己的眼神捉了杰瑞的眼神，仔细地打量着。天，杰瑞的大眼睛里含着两汪泪水！原来，他在默默地哭泣。她第一次看见杰瑞哭泣。她以为狗狗是没有哭泣功能的，却原来，是没有到最伤心之时。那么，是谁伤了杰瑞的心？

是她。是她王小柔。王小柔想象着，快到下班的钟点时，杰瑞顺着一副眉眼守在门口，捕捉着她上楼的脚步声。只等着门咔嚓一响，便可以被动式地投入到王小柔的怀抱。今晚，他的等待一定是空了又空。空到绝望。空到以为王小柔抛弃了他。

两颗硕大的泪珠子从王小柔的脸上滚落，倏地躲进杰瑞棕色的毛发里。不见了踪影。

杰瑞，妈妈的好孩子，你真的带着一群狗狗去了那个人的家里么？你是怎么知道妈妈不喜欢那个人的？你又是咋找到那个人的家的？你给妈妈点个头，真的是你干的么？真的么……

杰瑞无视王小柔的轻声呢喃，继续着他的委屈。

王小柔便垂下头，将脸埋进杰瑞棕色的毛发里。毛发上沾染的淡淡的土腥气味沿着王小柔的鼻腔游走，一直沁入到五脏六腑里。足足有四五十秒。然后，抱着杰瑞，走向于永志的卧室。

灯光倏忽灌满了于永志的屋子。突来的强光，像蜜蜂尾巴上的刺儿，狠狠地蜇了一下床上于永志两只洞开的眼睛。它们不得不眯起来自卫。只是在自卫，在适应光的强度，并没有朝着门口的王小柔追逐过来。王小柔明白，床上的瘫男人和杰瑞一样，极度地委屈了。他在用忽略来抗议。

站在床边，王小柔使用了不多见的柔软语气，饿了吧，我去做饭。

对着房顶的眼珠儿无动于衷。它们没有接到任何大脑的指令，能做的就是坚守现状。尽管它们已经滞涩到了极点。

今晚的他有勇气了。勇气来自被遗忘得太久。在勇气的鼓舞下，他固执了。向王小柔要一个答案。

他就是她体内的一颗良性肿瘤。不割吧，连骨带髓地不舒服。

割了吧，术后的疼痛也是让人生畏的，况且，说不准手术做得不好，还会留下永久性的后遗症。王小柔想起母亲常说的一句话，人啊，不能和命斗。于永志就是她的命。苦命的母亲在天有灵，如果看到她这个样子，一定会伤心难过的。

想到母亲，想到命运。王小柔的泪又控制不住地落了下来。

快要过年了，单位集体会餐。吃过饭，又去歌厅唱歌了。她的语调里带着泪水的咸味。

不会打个电话？于永志的固执动摇了根基。

手机没电了。要不要检查一下？

话语里夹带着几分挑衅了。即使她说的是假话，除了自己和自己怄气，他又能怎样呢？这个不同寻常的夜晚，他做了一百种设想，一百种设想都和男人有关系。一个设想就足以令他疯狂了。一百个设想，就是一百条的毒蛇，它们缠绕着，舞动着，嘶嘶地吐着长长的信子，一口一口地噬咬着他的魂灵。很快，魂灵被咬成了一张蜘蛛网，残破地挂在他的精神世界里。他不能让王小柔看见这张网，不能让她看见那一百条设想出来的毒蛇。但是，他也不能无动于衷。那就垒一个根基并不是很深的固执吧。

弄点吃的吧。王小柔帮于永志翻动了身体，换下一块被尿水浸得沉甸甸的尿不湿，将手清洗干净，转身去了厨房。

妈的！王小柔的背影消失在门口时，于永志轻轻却也是恶毒地骂了一句。当然，他不是骂王小柔。他在骂博士男。

很快，一锅热面条就好了。热面条里埋着几枚荷包蛋。面条分成三份，于永志一份，杰瑞一份，女流浪狗一份。荷包蛋分成两份，于永志一份，杰瑞一份。于永志的荷包蛋是两只，杰瑞的是一只。分荷包蛋时，王小柔一只手的手背痒了一下。是那只被女流浪狗舔舐过的手背。眼睛盯了于永志的那份荷包蛋，有两三秒的时间，王小柔拿起筷子，将两枚荷包蛋中的一枚分出来，给女流浪狗。

喂完了于永志，王小柔端着女流浪狗的面条和荷包蛋，招呼杰瑞，杰瑞，吃饱了么？吃饱了咱就出去尿尿了。

腊月二十五夜里十一点，王小柔端着一只盛着面条和荷包蛋的瓷花碗，带着杰瑞，下楼了。

杰瑞眼瞧着女主人将碗里的面条和荷包蛋倒在女流浪狗的碗里，面条是和自己一样的，荷包蛋也是和自己一样的。情绪还没有完全复原的杰瑞，悻悻地绕过享受"美味"的女流浪狗，找了一根距离最近的电线杆儿，懒懒地抬起一条腿，撒了一泡悠长的尿水。撒着尿水，用眼的余光勾了一下女流浪狗贪婪的吃相，蔑视地哼了一声，真是没见过好吃的东西！

还有多半个小时就是腊月二十六了。看着面前的电脑，王小柔嘿嘿地笑了。老男人都成了我的手下败将，我还会怕你不成？

于是，脸上挂着无所畏惧表情的王小柔坐在了电脑前。开机，上网，登录QQ。一系列的动作完成得非常流畅，没有丝毫的阻滞。

一个丑陋的小头像在闪动。王小柔点了一下，屏幕上出现几行字。

怎么了，你？

到底怎么了，你？

急死我了，你！

王小柔看了一下时间。第一句是昨天夜里，也就是腊月二十四的夜里十一点半发的。他一定等了很长时间，然后才有了那样一句疑问。第二句是今天晚上八点半发的。他好像知道八点半之前她要去遛杰瑞，照顾于永志。不，他不知道，是他们这么多日子以来形成的时间默契。第三句是差十分钟十一点发的。距离现在有半个小时的时间。他的头像暗下来。此刻的他，说不定正在睡梦中派送他的蓝玫瑰了。

你这个假惺惺的骗子！

一阵快意随着屏幕上的字一起跳跃着。

怎么了，谁是骗子？"丑得不得了"的头像忽然亮了起来。原来，他是在的。不过是隐匿了身形。

一个小的惊愕过后，王小柔准备亲手扒掉他虚伪的皮囊，让他的真身无处逃窜。

我种菜，你来偷，这是谁说过的话？

我说过的。

针对谁说的？

你。

"你"是一个不确定的数字，可以是我，也可以是她。不论是我，还是她，对你而言都是"你"。

什么意思？

看见你的蓝玫瑰了么，你不觉得那上边有很多双"你"的小手来采摘么？

是。不光是蓝色的玫瑰，从一开始开了这片菜园子，就不止

这 扇 门，

你的一双小手来采摘。你，没发现么？

……

我的菜园子的确是为你开的。那些偷菜的"贼"大多是我的同学同事，他们是老早就存在了的，能偷到我的菜，也是借了你的光。这两天，就为这个事怄气不成？哈哈，小笨蛋，你去看看你的菜园子，也不止我一个人在偷啊。可是我相信，你园子里的那些"贼"也是借了我的光呢。

……

真的是这样么？王小柔狐疑着去查看自己的菜园子。天，果然！而且来偷她菜的人连同学同事都不是。刚结婚时，于永志经常给她灌输网聊的害处，委婉也是坚定地不同意她开QQ。虽然觉得于永志的话有点危言耸听，但还是顺了他。自从婚姻发生了裂变，尤其是于永志瘫在床上后，连偶尔给大学同学发个短信的机会都取消了。她的小身子背负不起太多同情的目光，从主动减少和同学的联系到不联系。即使后来为了玩一些小游戏消磨时光，开了QQ，她也没有给同学出现在上面的机会。只是七八个陌生的人，不知道从哪里像蘑菇一样钻出来，说一些无聊无趣的话题。那么，偷她菜的，就是这些人了。

王小柔忽然委屈极了。她的委屈远远比杰瑞和于永志来得要强烈，要深刻。

都是你不好！我差一点就……

就什么？别吓我！

差一点就不要我自己了！

说完，泪水早已肆意得一塌糊涂。

四十八

关键词：<u>于永志　博士男</u>

标签：<u>各取所需</u>

　　茶几上电话的魂魄好像一个外出云游者，经历了若干天的艰苦跋涉，在返家的途中，不幸迷了路，误入一片茫茫沙海。绝望之中的魂魄发出求生的呼救声。呼救声穿越沙海，穿越时空，在腊月二十六的上午传到于永志的耳朵里。

　　杰瑞，快接电话！快接电话！

　　趴在一边的杰瑞，迅速地脱掉瞌睡的外衣，用最短的时间将话筒放在男主人的耳朵边上。

　　——干吗呢？

　　果然是博士男的声音。妈个×的！于永志在心里恶毒地骂了一句。

　　——你说我能干吗呢？

这　扇　门，

——对不起，不是这个意思。我是说想啥呢。

——我说想你呢，你信么？

——信。而且是非常想。

——你这个家伙，啥时变成自恋狂了。

——哈哈。言归正传，准备好了么？

——准备啥？

——你和小柔商量好了么？

——你到底在说啥，我糊涂了。

——你不糊涂。你知道，我在说我的赫迈拉产品。

——那是你的赫迈拉，和我有啥关系。

——你那点心思我还不明白，等得着急了吧？

——你说得没错，我是等得着急了。但你打错了算盘，翻错了眼珠儿，不是等你那个破实验，是等着走西天大路等得着急了！要不看在老同学的分儿上，做做好事，早点送我上路？

博士男的自以为是激怒了于永志。他暂时忘了他的快要绝望的等待。他甚至要喊杰瑞挂电话了。

——别，别……开个玩笑，还真生气了？永志，其实这次打电话，是我来求你了。真的，只有你能帮我。怎么样，帮帮我？

——你那么大本事，我能帮你啥，一个没用的瘫子。

——上次你不是说要帮我的么，忘了？可不许赖账噢。

——是么，我说过么？

于永志的话锋明显缓和了许多。想吃的"鸭子"就快煮熟了，他已经闻到了鸭肉的香味。再让它飞了，一切的等待，一切的梦想，会全部让放飞的鸭子带走的。

——哥们儿这厢有——礼——了！锵锵锵……

——行了，让我耳朵清净会儿吧。算我倒霉还不行么？认识你这个大博士，光没沾上星点儿，说浅了是搭上脑细胞，说深了就是搭上性命。

——真要是把命搭上了，你家王小柔就幸福喽。当然了，这不是你希望的，更不是我希望的。妥妥的，安全着呢。

——我有一个条件……

——知道。

——知道？

——我会把你的脑细胞和血液植入给两个小动物，你留一个。

——我自己选小动物，可以么？

于永志彻底使用了绵软的语气。前一刻的强硬灰飞烟灭了。他近乎在求着博士男了。

当然，博士男没有拒绝于永志的请求。他必须答应于永志。这是他从于永志大脑里顺利取出脑细胞的先决条件。这是一次各取所需的交易。为了这场交易，他们都等待得太久了。

耳边的不是话筒，是博士男的嘴巴。直到博士男的嘴巴走了，话筒才又变回了话筒。从话筒里传出的嘟嘟声鼓槌般敲打着于永志的耳鼓。他忘了喊杰瑞放回话筒。此刻的他，如同一只老牛，把胃囊里储存的博士男的话倒出来，含在唇齿间，眯缝了双眼，细细地咀嚼着。品着。不知何时，嘴角绽开两大朵的苦笑。

因为，他的脖子到底还是钻进了博士男设下的圈套里。在为他编织圈套之前，博士男一定清清楚楚地看见了他那根伸得长长的脖子。

这扇门，

他和他都是赢家。又都是输家。赢在从对方获取的"需"上，输在这个"需"必须从对方那里才能获取到，没有选择性。

还是想想眼前的问题吧。于永志将细嚼过的草料送进胃囊里，让他那颗唯一能活动的，也是唯一有价值的头在枕头上来回滚动了几个回合。清理了一下杂乱的思维。

杰瑞，把话筒放回去吧。

杰瑞又脱掉瞌睡的外衣，去将话筒复位。习惯了人类作息的杰瑞，昨晚没有睡好觉，白天，瞌睡虫儿便排着长长的队伍找上门来了。

一个不注意，话筒从齿间脱落，摔进茶几和床的缝隙之间。咣当的声响吓走了一长队的瞌睡虫，杰瑞彻底清醒了。他先是怯着眼神看了一眼于永志，在于永志的脸上寻找着和他摔掉话筒有关的表情。他看见男主人笑了笑，并没有斥责他，便怀着满腔子的感动，跳下床，去拿被摔掉的话筒。

于永志的确是朝着杰瑞笑了。杰瑞怯着眼儿看他的样子真是可爱极了。这样的眼神是如此的熟悉，又是如此的遥远。对，是王小柔的父亲。那个老人看他时，或者在他家里时，总是使用着这样的眼神。总是一副可怜兮兮的样子。杰瑞的眼神是从姥爷那里学来的不成？杰瑞真是聪明。那么，聪明的杰瑞在植入了他的脑细胞之后，将会变成什么样子呢？

狗狗的外形，人的智慧。杰瑞将不再是杰瑞。杰瑞就是他于永志。王小柔，看你往哪里逃！

亮色调又渐渐地鲜明起来，渐渐地遮盖住了眼底的晦暗。

此时，床下的杰瑞则忙了个不亦乐乎。茶几和床之间只有一个狭小的缝隙，这个缝隙刚好能够容许一个话筒进入。杰瑞的头被挡在缝隙之外，只得侧了身子，将一只前爪努力地探进去。只差了一点点，杰瑞的前爪就可以触碰到悬吊着的话筒了。可也就是这个一点点，让杰瑞无论如何都奈何不了那只话筒。它姿态优雅地注视着杰瑞，不急也不躁。几次努力之后，杰瑞被话筒一直保持的优雅激怒了。喉管里发出呜呜的愤怒的低鸣声，白森森的利齿从唇间龇出来，前爪咔咔地抓着地板。

杰瑞，干啥呢？

于永志的关注并没有让杰瑞停下来。相反，杰瑞的情绪由愤怒转向了暴怒。汪！汪！汪！他开始对着话筒咆哮起来。

噢，是话筒气着杰瑞了吧，这个该死的话筒。不理它了，等妈妈回来给你报仇，听话，杰瑞！

杰瑞的咆哮声在于永志的安慰下逐渐地平息了。他像一个受了欺负的孩子，将头枕在两只前爪上，眼巴巴窥视着眼前将他打败了的强大的对手。

毕竟是狗狗，竟然会和一只话筒生气。于永志想笑，但是顶着一股气体的笑意冲到嗓子眼儿时，他忽然想到一个问题。如果这时的杰瑞已经是一只赫迈拉产品了，也就是说，他统领了杰瑞的灵魂。那么，他面对着缝隙之中的话筒，会怎么办呢？会轻而易举地把它拿出来么？这个问题抑制了他笑的欲望。但是，那股气儿势不可挡地就要冲出去了，于永志不由自主地张开嘴巴，咳嗽了一下，将气儿排了出去。接下来，他开始做着种种设想。设想变成杰瑞的他，如何将话筒从缝隙中解救出来。

是啊，他要演习一下。让他的精神提前钻进一个狗狗的形体里。

这扇门

四十九

关键词：<u>王小柔　老男人　心酸的故事</u>

标签：<u>开在嘴角上的微笑</u>

　　从早上起来，微笑就花朵般绽开在王小柔的嘴角了。或许她自己并不知道自己的嘴角挂着一朵微笑。从容地做早饭，从容地打理于永志，从容地带杰瑞出去尿尿。然后，从容地上班。到了单位，从容地和遇到的同事打招呼，从容地走进她的办公室，从容地开始一天的工作。甚至，不等到内线响起，为了解决某一个问题的疑问，从容地敲响了局长办公室的门，从容地站在是局长的老男人面前，从容地问了她想问的问题。得到了满意的答复后，从容地离去。那朵微笑从始至终地贯穿了每一个从容的细节。于永志，同事，老男人，他们都看到了她嘴角的那朵微笑。都看到了她的从容。在老男人面前，她的从容简直就是一面镜子。在这面镜子的照耀下，老男人作为一个局长的严肃，像一张薄薄的纸面具一样飞走了。裸露出来的，是一个衰老男人的猥琐相。所以，老男人很是恼怒。从昨晚他就开始恼怒了。王小柔的从容，把他的恼怒推向了一个高潮。在他看来，她的从容是对他的嘲笑和蔑视。她的从容是昨晚的延续，是一种故意而为之的挑衅。

当老男人行使局长的权力向王小柔发出大声的斥责时，那朵微笑依然美丽地在她的嘴角盛开着。斥责的理由当然又是稿子。也只能是稿子。在同事们的记忆里，局长已经很久没有这样严厉地斥责过一个人了。尤其是这样斥责王小柔。原来，因为稿子的原因，局长也批评过王小柔，但是，远远没有这一次厉害。这一回，局长没有打内线叫王小柔，而是主动推门进来。当时，女同事A和B正在小声说着下午把单位分的水果以何种方式运回家的事情。办公室的门就突然洞开了，老男人手里捏着几页纸走过两个表情紧张的女人，走过中庸男性副主任，在王小柔跟前止住步子。

这就是本科生的水平?!

一声怒吼，在场的人除了王小柔，都不禁打了个哆嗦。

怒吼声还在嗡嗡地回旋，撞击着人们的耳朵，一声"啪"又紧跟其后。是老男人将手里的几页纸摔在了王小柔的办公桌上。纸张做了一个无力的跳跃，不动了。

所有的目光都聚焦在王小柔的脸上。

王小柔从座位上慢慢地，也是从容地站起来，嘴角上缀着那朵微笑。用和外边天空一样干爽的目光注视着老男人。

老男人复又抓起那几张纸，十根细长的手指在纸上一阵杂乱无章的舞蹈后，纸张便被践踏得粉身碎骨了。化成一小片一小片的纸屑纷扬在观望者的震惊里。

重写，晚上下班前交给我！

老男人转身携带着他的震怒走了。

王小柔从容地坐下来，打开文档，手指在键盘上弹奏着清脆悦耳的噼噼啪啪的曲子。

两个女人互相交换了一下眼神，小声嘀咕了一句，暴风雨说来就来，吓人劲儿的。

很显然，刚才的暴风雨无法让两个女人安心手里的工作。她们太好奇了。今天的王小柔是怎么了，表现得太怪异了。王小柔的怪异就是一块吸铁石，她们的注意力被牢牢地吸引了过去。这很是让她们坐卧不安。于是，她们冒着局长再次推门而入的风险，将身子快速地移到王小柔跟前，关切地问，小柔，头儿批评你，你咋还笑呢，你这不是顶着风扛柴火么？

我没笑。王小柔的眼睛盯在屏幕上。

还说没笑，我们都看见了。

我真的没笑。

王小柔认真地说。她一说话，嘴角那朵微笑就跟着颤动。

王小柔自行车后架上驮着一箱单位发的橙子，橙子上边摞着一箱带鱼。这两样东西已经达到了自行车运载的极限。王小柔不敢骑上去，车子晃得厉害。她轻飘飘的小身子不足以平衡自行车的摇晃。她只能推着，缓缓地前行。干冷干冷的风像一只老妪的手掌，裹挟了粗糙和坚硬拍打着王小柔的小脸。一下紧跟着一下的抽打，却奈何不了王小柔嘴角上的那朵微笑。它迷人地绽放着。是多么的令人妒忌，多么的不合时宜。气恼了的风儿，披散了一头丧失了全部光泽的头发，更加凶猛地摧残着它眼里的美好。

一个趔趄后，王小柔没有把持住摇晃的自行车。自行车倒在马路边上，身子被自行车带着，也倒了下去。自行车后架上的两个箱子也借机纷纷滚落了。王小柔有条不紊地从地上爬起来，有条不紊地拍去身上的尘土，有条不紊地去扶地上的自行车。再有条不紊地想让两个箱子恢复原来的位置。两个箱子却顽皮了，它们联合起来，蓄意打破王小柔的有条不紊。几十斤重的橙子放上去，手刚一离开，便和失去重心的自行车一起，再次跌倒在地。重新扶起自行车，先将分量轻的带鱼箱子放上去，勉强维持平衡后，再搬起橙子往带鱼箱子上摞。一只手扶住车把，一只手扶着后边的箱子，还没迈出去两步远，两个箱子便手牵着手坠落了。颜色鲜艳的橙子冲出了束缚，跳出来抗议了。失去了搬运气力的王小柔，弃了联合作战的家伙们，坐在一边吁吁地喘着气。嘴角的那朵微笑也在跟着一收一放，一放一收，很立体地动了起来。

咋的了，这么热闹？

说话的人已经蹲下身子在捡拾地上的橙子了。

王小柔没有发出任何声音。默默地看着那人将所有不听话的橙子都收集进箱子里，再将两个箱子码放在自行车的后架上。两个箱子顺从极了。它们再没有跌落下来。连跌落的意向都没有。

走吧。那人推着王小柔的自行车，对王小柔说。

王小柔也像听话的箱子一样，顺从地从地上站起来，顺从地跟着那个人。往家的方向走。前边的人放慢了脚步，等王小柔跟上来，走成并列的队形。一张庸常女人的面孔忽然出现在王小柔的面前，她下意识地和推车的男人拉开了一段距离，使他们的距离保持在相声里说的"远谈生"的状态。并且说，我来推吧，能行的。

推车的男人没有理会王小柔，依旧推着车往前走。王小柔只得在那个"远谈生"的位置上跟着。

原来，箱子也欺负弱小。推车的男人主动地打破了两个人之间的静默。他说，过去生产队分家时，我们家分了一头骡子，那个骡子就特别会欺负人，每次母亲牵它时，它都吓唬母亲。母亲胆小，不敢去牵它。于是啊，父亲就骂母亲，骂得很难听。村里的爷们儿看不下去了，就替母亲牵骡子。也真是气人，那骡子牵在爷们儿的手里，就乖乖的。这样，骡子拉着耙子，父亲在后边扶着耙子，就可以犁地了。有一年秋天，家家都忙着自己地里的活儿，父亲和母亲在刚刚收完玉米的地里犁地，准备种冬小麦。骡子又不听话了，说啥也不往前走。父亲就让母亲扶耙子，他去牵骡子。扶耙子是力气活儿，也是技术活儿，更不是女人家干得了的。父亲就暴跳如雷了，把母亲的八辈子祖宗都翻出来骂了。母亲一边哭，一边去牵那头势利眼的骡子。骡子见母亲来牵它，突然抬起蹄子，踢了母亲一脚。就这一脚啊，踢到了母亲碍事的地方。

男人嘶嘶地吸了一口冷气。继续说，那一年，我十五岁，等我从学校里赶回来时，母亲已经咽了气。骡子的命运和母亲一样悲惨，它被父亲活活地打死了。从那以后，父亲就改了脾气，再没见过他发脾气。脾气不发了，话也很少了。慢慢地，整个人就变呆了，好好的一个庄稼把式，连庄稼都种不好了。我是长子，没有办法，高二那年，我退了学，接过了那架父亲扶了半辈子的秕子，开始了脸朝黄土背朝天的庄稼日子。那种日子是压抑的，无望的。到了该娶媳妇的年龄了，竟然没有谁家的闺女愿意嫁到我们家里来。日子穷不说，还有一个傻公公。当时万念俱灰的我，也抱定了打光棍的信念，这就是命啊，认了。

呵呵，你知道，我没有打光棍。推车的男人笑了笑，天上掉下个林妹妹。当然了，此林妹妹非彼林妹妹。但是啊，当时人家啥都不图，就图你这个人。家里也确实需要一个人来照顾，啥爱情不爱情的。爱情对我而言，已经是美丽的传说了。我的林妹妹和家里断绝了关系，嫁给了我。婚后不久，一个偶然的机会，我的命运改写了。在一个高中同学父亲的帮忙下，我有了一个出海的机会。女人说，你走吧，家交给我了，家里的大大小小交给我了。女人是那样说的，也是那样做的。孩子出生时，我在海上。父亲去世时，我在海上。听说，父亲走得很安详，靠在女人的怀里，就像睡着了。

推车的男人又嘶嘶地吸了一口冷气。

不知何时，王小柔嘴角的那朵微笑被风摘走了。她沉在男人的讲述里。

男人却不说了。

再有两百米的样子，就到他和她住的那条幸福路了。他们在一起走了四十分钟。

你自己推着，问题应该不大。男人将自行车把交给了王小柔。

王小柔便推着自行车，摇晃着朝前走。好在就是两百米，就像男人说的，顺利推到楼下，问题不大。

她没有回头。知道男人站在原地看着她。他怕她再摔倒了，

这扇门，

所以才用目光跟踪的么？

　　宁可用目光跟踪，也不直接把她送到楼下，大概是怕遇到熟人，给她也给自己添麻烦吧。毕竟，她是一个很特别的人。一个特别到让男人不敢轻易走近的女人。可是球球妈妈也是一个很特别的女人，为什么他就不避讳球球妈妈呢？

　　奇怪的水果箱子。奇怪的相遇。奇怪的骡子。

　　奇怪的憨憨爸爸——讲了一个心酸而又动人的故事。

五十

关键词：<u>王小柔　于永志</u>

标签：<u>给父亲的电话</u>

　　饭比往日迟了。当《新闻联播》的序曲响起来时，王小柔还没有喂完饭。也就是说，今晚幸福路遛狗队又少了王小柔和杰瑞。于永志今晚的饭也吃得非常的心不在焉，注意力总是在饭碗之外。喂完一口饭，王小柔就将视线转向茶几上的电视屏幕。画面上是几段即将到来的春晚的花絮。看来，真的又要过年了。一年，也真的匆匆地过去了。也不知道父亲和哑哥这个年会咋过。该早几天把钱给他们寄过去的，或者，给他们打一个电话，叫过来一起过这个年。哑哥是愿意在这里过年的，看得出来，他很高兴来这里。父亲也愿意来这里过年么？也许为了哑哥，他愿意忍受那种拘束和不自在带来的煎熬。父亲所表现出来的拘束和不自在，尤其他的谦卑的眼神，像一把钝刀子，把王小柔和父亲的关系肢解得七零八落。每次

这 扇 门，

看着父亲，王小柔都更加刻骨铭心地怀念着母亲。母亲走了，走的时候带走了王小柔在这个世上所有的亲情，所有的温暖。父爱也是伟大的，但是父亲将伟大的父爱几乎都给了哑哥。爱美是女孩子的专利，王小柔的这个专利从小就被哑哥剥夺了。哑哥长得的确漂亮，他也知道自己是长得漂亮的，所以特别关注自己的漂亮。哑哥经常捏着父亲给的纸币，跑到镇上的照相馆去照相。家里的镜框里满满的都是哑哥的照片。照片上的哑哥很灿烂地笑着，一点也不拘谨，有着几分明星才有的范儿。王小柔上学，经过镇上的照相馆，看见哑哥的照片被放大了，贴在照相馆的玻璃上。她就从自行车上跳下来，一脸羡慕也是一脸骄傲地看着哑哥的照片。同行的女同学就羞她。她幸福地告诉女同学，不知道吧，他是我哥！

父亲对哑哥的宠爱，哑哥的霸道，哑哥的漂亮，哑哥的游手好闲，王小柔哪一样都不妒忌。因为她有的，也是哑哥永远都无法拥有的。那就是希望。她是母亲的希望，是一家人的希望。

其实，哑哥是可怜的。

噢，哑哥。可怜的哑哥！

王小柔将右手的饭勺子倒到左手上，空出来的右手去抓小茶几上和电视放在一起的座机。

给谁打电话？

打了你不就知道了么？

王小柔的手指开始拨号了。

小柔——我有一件事和你说，很重要。

王小柔的手指停在一个数字上。

前些天我跟你说过的赫迈拉产品，还记得不？

于永志炯炯放光的眼里充满着深深的期待。但是，他又等不到王小柔来点头确认。他需要一个迫切的、绸缎一样顺滑的诉说——

　　我是个废人，唯一有利用价值的就是我的大脑。我想参与博士男的实验，把这个唯一有价值的东西充分利用起来。你知道，我和博士男是多么好的哥们儿，我不帮他，谁帮他呢？当然了，这个理由不够充足，纯粹地为了友谊，纯粹地为了献身科学，我还没有这么高的风格。别说你听着恶心，我自己都想啐我两口。主要的理由是为了你。把我的脑细胞植入到杰瑞的大脑里，如果实验成功了，杰瑞就会变成我了。到时候，你就不会孤单了……

　　为了我？王小柔的疑问像一把剪刀，剪断了于永志顺滑的诉说。

　　请举起你的右手，替我发誓，我的话是真诚的。

　　我咋没看出来你有多真诚。王小柔当然不会按照于永志的指令去做。博士男和于永志都是在痴人说梦，什么赫迈拉产品，那不过是他们一个可笑的想象而已。一个科学神话。

　　于是，她继续用空下来的右手拨打一串数字。

　　喂——响过几个嘟声后，免提话筒里传出一个苍老的声音。

　　爸，是我，小柔，和哑哥到这儿过年来吧？

　　噢——你哑哥今年好像心思不忒大，不行，就过过再说。

　　哑哥，没事吧？

　　噢，没事……没事。

　　也行，啥时哑哥想过来，你们再过来。明儿一早我就把钱打过去。

　　话筒里传来三两声咳嗽——噢……钱哪，噢……好……

父亲的话语含糊不清，好像口中含着未及吐掉的痰。然后，电话就断了。

王小柔的心里泛出一小阵的恶心来。小时候，她经常发现父亲咳几声后，将一口痰含在口中。一开始以为那痰是不存在的，是不在口中的。过了一小会儿，才见父亲一张嘴，扑地将一大口的黄颜色的痰吐出去。以后，再见父亲咳嗽，王小柔便条件反射般地先恶心起来。仿佛那口痰是含在她的嘴巴里，而不是在父亲的嘴巴里。

但是，和担心比较起来，恶心实在算不了什么。王小柔隐隐感到，有些话父亲并没有说出来。什么叫"你哑哥今年好像心思不忒大"？哑哥，又怎么了呢？

嗝——

于永志忽然打了一个长长的嗝儿。

吃多了。于永志自嘲。

他和王小柔都清楚，这个晚饭，他只吃了往常的一半。他和王小柔也都知道，他食欲的微恙和为哑哥的担忧无关。

王小柔怎么就对他的话无动于衷呢。他要让她知道，他不是在讲火星上的传说。

放曲子吧。王小柔戴上了耳麦。

十秒钟后，《二泉映月》凄凄婉婉地从江苏的二泉边流淌过来。又下雪了。比席片还要大的雪花落进流淌的曲子里，漂浮着。一片连着一片，手挽着手，肩并着肩。雪片上坐着拉二胡的人。

又下雪了。

嗯。

我看见阿炳了。他坐在河里的雪片上。

嗯。

他冷么？我想抱抱他。

嗯。

你不妒忌么？

妒忌。

我就让你妒忌。

你是个坏小孩。不过，你坏起来的样子真可爱。

咱们这是在调情么？

曲子忽然终止了。流淌的小河不见了。雪片不见了。雪片上的人亦不见了。

一切都会过去的。乖，去看看菜园子吧，再不摘菜都被偷没了。

他是那么理解她，他是那么懂她。他不该那么理解她，他不该那么懂她。

是红玫瑰开了么？

是。

那我去你的园子里偷。

不用偷，都是你的……它们是不是红得特别鲜艳？

是哦，红得都快滴血了。

真聪明，一眼就看出来是用我的鲜血染红的。

在冷风中枯萎的那朵微笑复活了，重又浮现在王小柔的嘴角。这一次，王小柔感觉到了它的存在。

有女人为你疯掉么？她问。

没有。因为我长得太丑。他答。

　　　　　　　　　　　　这 扇 门，

五十一

关键词：邮局的路上　博士男

标签：博士男来了

明天就要放假了。王小柔抽空去了一趟邮局。她只对中庸男性副主任说出去一会儿，就走了。

在去邮局的路上了，王小柔才发现对自己的那份责备，像瘤体似的突然间就长大了。怎么会拖到现在呢？不由自主地，王小柔腿上就加了力量。好像早一分钟赶到邮局，她的自责就会减少一分。手机短信的提示音就在这个时候响了。王小柔使劲捏住了车闸，在惯性的作用下，身子幅度很大地前倾了一下。快速地调整好了重心，打开肩上的包包，取出手机。真是麻烦，谁这么不长眼睛，偏偏这个时候发短信？只好让一只手从手套里褪出来，灵巧地翻动手机的操作键。

去邮局汇钱吧？钱不够，说话。

是老男人发来的短信。

他昨天不是发怒了么？王小柔又核对了一下手机号码，没错，是老男人发来的。他怎么知道她要去邮局汇款的呢？

王小柔惶恐着环顾了一下四周。连身上的毛发都紧张地站直了身子。

没有。没有发现老男人的影子。

王小柔蹬上自行车，继续朝着邮局赶。风力没有变，路况没有变，自行车没有变，骑车的人没有变。但王小柔却明显感到行驶的速度慢了下来，速度的减慢来源于她自身的负重。许多只眼睛落在她的后背上，每一只眼睛都重于磐石。那些眼睛一模一样，全都是老男人眼睛的复制品。它们太重了，王小柔快要背不动它们了，快要没有力气蹬车了。

王小柔有些看不起自己了。前天的你，昨天的你，不是很牛气么？你的牛气是装出来的么，一个短信就把你打回了原形？

于是，王小柔挺了挺脊背。眼睛们便集体从王小柔那面并不宽阔的背上坠落了。剩下一两只赖着不走的，它们的存在已经不足以威胁王小柔的去向了。

今天的王小柔不再是过去的那个王小柔了。王小柔想。一个冬天还没有过完，自己便历经了脱胎换骨般的再生。第一次，假如自己也是无所畏惧的，就不会走进老男人的家，就不会让老男人那根搅屎棍子一样的舌头玷污自己，就不会脱光了衣服……可是，这个世上没有假如。

那么，此刻的自己真的是无所畏惧了么？真的不在乎丢了工作，真的不在乎依赖她生存的那一个小团体了么？

这扇门，

她肯定是在乎那一个小团体的。她是他们生存的氧气。为了他们的生存，她宁愿每天吞噬着大量的二氧化碳。

她的无所畏惧却也是真实存在的。它从老男人的弱点上滋生出来。

老男人的弱点就是对她王小柔的那一份在乎。虽然这份在乎对王小柔来说是厌恶的。这份在乎唯一存在的价值就是，她不妨利用它一下，为她的"无所畏惧"开拓出一片成长的空间。

当然了，这份无所畏惧也和爱情的力量有关。她确认她在"恋爱"了。起码，恋爱的心境是真实的。爱情是个加油站，给了她需要的能量。

就在王小柔的脑子忽略了街上往来的车辆，专心遐想时，包包里的手机响了。在第一时间，王小柔做出一个决定：不接听电话。她认定电话是老男人打来的。不接听电话的理由很简单，街上多嘈杂啊，手机放在包包里没听见啊。短信的铃声如何就听得见呢？短信不是刚好响在相对僻静的那条街上么？

打手机的人却分外的固执。人一固执，手机便被动地遭了殃，只好一遍一遍地呼叫主人接听。伴随着手机的铃声，王小柔汇完了款。伴随着手机的铃声，王小柔回转单位。也不错，有《梁祝》的小提琴曲子相随，也是蛮浪漫的一趟邮局之旅。

快到单位门口时，王小柔让车子和自己停下来。因为她发觉自己好像犯了一个愚昧的错误。不断响起的手机未必就是老男人拨打的。他的理性决定了他不会有如此疯狂之举。

打开包包，拿出手机。来电显示果然不是老男人的号码。

接听。竟然是博士男。

当王小柔匆匆赶回家时，博士男正焦急地守在她的家门口。门里的杰瑞也正在发出警惕的汪汪声。

我的上帝，你总算是来了！博士男用手托了一下架在鼻子上的眼镜。

眼前的，就是博士男了。白色质地的肤色被一层暗黄色晕染着，让人很容易想起经历了年月的白衬衣。可能是脑细胞消耗过度的原因，头部中央的头发不堪重负，提前离职了。弥补这个空缺的是周遭的几缕头发。这几缕头发被特意地留长，再被打上定型的某种液体，然后覆盖在头顶空白处。这个发型不知是哪个理发师首创，或者是哪个秃顶人首创也说不定，反正一经推出，从中央到地方，再到普通黎民百姓，成了秃顶人的首选发型。但是，这种发型是不宜暴露在恶风中的。即使用了再多的定型液体，也按捺不住那几缕长发飞起来的欲望。除非用铁丝固定住。每每，王小柔见到秃顶男人的长发在风中舞动，都忍不住替男人心酸。而此刻，她面前的这个博士男，地方保护中央的长发不知何故从"中央"散落下来，也许和风有关。也许和风无关。几年前她和于永志结婚时，博士男来参加婚礼，王小柔记得他头顶部的头发还没有走得如此决绝的。于是，博士男滑落到耳际的几缕长发，又让王小柔浅浅地心酸了一下。只一下。

真是稀客！王小柔忙着开门。

和博士男一起进来的，还有一只箱子。

杰瑞今天不打算和王小柔例行进门的小亲热。他全部的注意力都在博士男身上。他不喜欢这个陌生男人的闯入。他用他的方式表达着他的不喜欢，甚至他的敌意。这个男人在门外时，已经发出了对他的警告。没想到，他居然无视警告，居然还跟着女主人一起进了屋子。杰瑞只好对他不客气了。他要吓吓这个他不喜欢的男人。

汪！汪！首先，杰瑞将叫声调到狂吠的级别。然后，一边狂吠，一边追逐着男人的脚。制造了一个伺机而动的紧张局面。

杰瑞的这一招，果真吓到了博士男。他骇得直往王小柔的身后躲，嘴上还不忘说着套近乎的话，你就是杰瑞吧，你忘了，每次我打电话，都是你拿话筒啊，咱们也算早就认识了，对不对？你好伟大，好棒，好了不起，长得好帅！

杰瑞却不吃博士男这一套。王小柔只好呵斥杰瑞，杰瑞，不许对客人不礼貌！

于永志也及时地发出了对杰瑞的呵斥声，杰瑞，短打了吧！

杰瑞只得让发出的狂吠之声弱下来。弱得很是不情愿，很是不甘心。声音弱下去了，却保留了敌意的眼神，时刻盯着博士男。

我去买菜吧，中午就在家里吃。王小柔看了一眼墙壁上的挂钟。这块造型精美的挂钟还是博士男送的结婚礼品呢。想当初，于永志为了挂钟，表现出了老大的不满意。他说，人家结婚，哪有送钟之理，送钟等于"送终"。不吉利。

你先别忙着买菜，我先给你看一样东西。博士男用话拦住了王小柔。

他说给"你"，而不是给"你们"。王小柔注意到了这个细节。今天，博士男的匆忙之旅，该不会特意冲着她来的吧。

箱子打开，露出一只小花猫来。

猫和狗狗是天敌。杰瑞一见，小身子一拧，嗖地蹿了过来。

那猫儿见状，早吓得没了魂魄，寻了一个缝隙，从箱子里逃脱，发出吱吱的叫声钻到了椅子底下。

王小柔瞪大了双眼。嘴巴不自觉地张成表示吃惊的O形。

这只猫是一只赫迈拉产品。它有着猫的躯壳，精神却是老鼠的。

别说了，我知道你来的目的了！王小柔一下子就愤怒了。

天方夜谭式的赫迈拉产品从传说变成了活生生的现实，王小柔不得不相信了。

杰瑞！快来。到妈妈这里来！

正在椅子底下追逐吱吱叫的家猫的杰瑞，从来没有听到过女主人发出过如此歇斯底里的声音，等不到接到大脑的命令，四条小腿来了个急刹。

王小柔将杰瑞抱起来，牢牢地搂在怀抱里。杰瑞感到了比上一次更明显的窒息。聪明的杰瑞马上反应过来，女主人的紧张一定和陌生的闯入者有关。他的到来，一定是对他们这个家庭造成了某种威胁。于是，杰瑞一边窒息着，一边想从女主人的怀抱里挣脱出来。它用形体语言提醒王小柔，放下我，让我去对付那个讨厌的家伙！

王小柔愈加搂紧了杰瑞，将一腔子的不满和怨怒对着博士男，你的实验我无权干涉，我也希望你的实验早一天成功，但是，前提是，你的实验和我没有任何关系！又对着于永志，用了更深一个层次的不满和怨怒，你想做这个实验，我不反对，那是你的自由，休想打杰瑞的主意！休想！

由于过度激动，一些红晕快速地攀援上王小柔的双颊、眼底。

此刻的她，太像一只耷起羽毛的母鸡。为了保护她身下的小鸡仔，随时会奋不顾身。

　　这个曾经让他生出无限怅惘的小女人，身体里居然会有如此大的爆发力。看来，实验的进度又要受到影响了。博士男用手捋了一把头发。这一捋，他才发现自己原来是"蓬头垢面"的。

五十二

关键词：王小柔

标签：哦，杰瑞！

　　王小柔的惊恐并没有随着博士男的离去而消失，相反，紧张的氛围像一颗炸开的烟幕弹，已经弥散在王小柔生活里的每一个空间里了。她觉得博士男并没有真的离去，没有真的回到北京，而是隐在她生活某一个阴暗的角落里，窥视着杰瑞的一举一动。他随时会将杰瑞捉了去，然后和于永志联合起来，完成他们那个狼狈为奸的狗屁实验。

　　杰瑞，几乎让她倾注了全部母性的情感，他的一个眼神，一个动作，都会牵动着她的神经。在"何慕天"出现之前，杰瑞是她无味生活中唯一的调料。

　　王小柔不会忘记，杰瑞出现在她面前时，只有两个月大小。那时，她和于永志刚刚新婚不久。那天晚上，于永志收车回来，掌心里托着一只灰乎乎的小东西。

王小柔贴近于永志的手掌，仔细地打量着掌心里的小东西。天，居然是一只可爱的狗狗。他小得那么可爱，小得那么精致。王小柔一下子就爱上了他。和他四目相对时，他的眼神是紧张的，是充满着敌意的，也是充满着不信任的。

来——王小柔摊开她的小手掌。当小东西在她的掌心里时，居然固执地梗起了脖子，拿了一对漂亮的眼睛勇敢地盯着王小柔。很是有一股"让暴风雨来得更猛烈些吧"的英雄气概。王小柔差一点就掉了眼泪，乖，我保证会好好疼你的，也保证你会喜欢我的。

他叫什么？

听说叫小黑。

不好，这个名字不好。再说了，身上的毛毛也不是黑颜色的。叫——杰瑞吧，好不好？

接下来，王小柔发现，这个刚刚取名为杰瑞的小狗狗的固执是非同一般的。他的固执表现在拒绝上。拒绝融入王小柔和于永志的家，拒绝王小柔递过来的食物，拒绝王小柔的呼唤。他用拒绝来怀念过去。尽管他过去的日子还不长，尽管他过去的环境未必就优越。可是，他骨子里流淌的是忠实和钟情的血液。他愈是如此，王小柔愈加地怜爱他。她相信她的真情会瓦解掉他旧有的固执，然后构筑起新的固执。

洗个澡吧，脏死了。杰瑞的确是脏死了。洗完了，杰瑞才露出本来的面目。原来，他身上的毛发既不是灰色的，也不是黑色的，而是棕色的。原来杰瑞住在哪儿？王小柔心疼地问于永志。

那 扇 门

那家人院子里有一个草棚子，好像就住在草棚里吧，和母狗一块儿。

怪不得杰瑞的毛发里会有几片草屑呢。王小柔用吹风机将杰瑞的毛发吹干，然后将小鼠大小的杰瑞放进一只毛线帽子里，只露出一颗小小的头在帽子外边。王小柔用手指点了一下杰瑞黑黑的小鼻子，咱以后再也不住草棚子了，给杰瑞买一个漂亮的小房子。杰瑞一点也不领情，皱起小鼻子，龇出一口稀疏的正在成长中的小白牙。意思是，收起你的手指，否则我会不客气的。王小柔就笑了，带着毛线帽子里的小东西去了超市，选了一座外观精美的小房子。不大的小房子因了杰瑞的衬托变得无比空旷。杰瑞在里边可以自由地跑动，可以随心所欲地做运动。晚上睡觉，王小柔怕杰瑞冷，特意在他身上盖了一块小毯子。终于，凭着毅力一天未进食的小家伙，再也无法抵挡困倦，睡着了。刚开始，还偶尔睁开眼警觉地看一眼蹲在小房子前的王小柔。渐渐地，便睡沉了。王小柔也困了，打着哈欠站起身来，准备轻着手脚离去。忽然，小房子里传出来"嗯嗯"之声。循了声音细看，发出声音的小杰瑞两只前爪踢踏着，眼睛翻动着，小嘴巴做着吸吮的动作。原来，小东西是在做梦呢。他一定是梦见了他的狗妈妈，而且在美美地咂着狗妈妈的奶水。说不准，梦里还会有他的草棚子。可怜的杰瑞！王小柔用手轻轻地拍打着杰瑞，口中呢喃着，杰瑞做梦梦了，杰瑞乖，乖乖地睡觉觉……在王小柔拍下第一掌时，杰瑞惊恐着从睡梦中醒来。满眼都是一个年轻女人的温柔，满眼都是一个年轻女人的怜爱。虽然他的眼神还是漠然的，还是抗拒的，但是，他的小身子并没有动，任由王小柔的手掌轻轻地拍打。几

这扇门

秒钟后，他复又合上眼睛，睡去了。

他让我拍着睡觉了！王小柔及时捕捉到了杰瑞的变化，赶忙给杰瑞的小盘子里换上了新鲜的牛奶，再将小盘子端到小房子前。大概凌晨两三点的样子，王小柔被一种声音惊醒。是一种呷呷舔舐的声音。她将头悄悄地抬起来，借着窗子外边透过来的灯光，隐隐约约地看见一只毛茸茸的小东西，正将小脑袋扎进牛奶盘子里，一拱一拱地喝着牛奶。

杰瑞，你好伟大！

王小柔情不自禁地说出了口。她以为她的情不自禁会惊扰了杰瑞，没想到杰瑞无视了王小柔，小身子继续一拱一拱地喝牛奶。

从深度睡眠中醒来的于永志，弄清了眼前的所发生后，忍不住扭开了床头的灯。杰瑞的神态便完整地暴露了出来。他回了一下头，朝着床上的人丢了一个眼神，一个无畏的眼神。像极了一个倔强的小孩子。然后，又将头扎进牛奶盘子里，一鼓作气将盘子里的牛奶喝了个一干二净。喝完了，伸出舌头舔了舔嘴角毛发上沾染的牛奶汁儿。摇摇摆摆地进了他的小房子。

无疑，杰瑞的这一改变对王小柔来说是一个巨大的惊喜。他接受了她的拍打，接受了她的食物，证明他开始了对她的信任。

另一个惊喜紧跟着就来了。冬天的清晨是一天中最寒冷的时刻，而每天的这个时候，也是暖气一天中温度最低之时。蒙眬中的王小柔不觉地将身子偎进于永志的怀里，以获取更多的暖意。就是在这种状态下，王小柔的耳朵捕捉到了一阵奇异的动静。

倏然睁开眼睛，却什么都没有。扭开灯，四下寻找，竟是杰瑞抬起两只前爪，在努力地扒着床沿。棕色的小身子一耸一耸的，想爬上床来，却又一副力不从心的样子。嘴巴里发出焦急的呜咽声。

来，妈妈抱！眼里含着激动泪花的王小柔拎起杰瑞，将小小的他安放在她和于永志之间。

从这个夜晚开始，杰瑞真正地变成了这个家庭的一员。

杰瑞第一次依靠自己的力量从一楼爬到三楼，杰瑞第一次从地板上利索地跳到床上，杰瑞第一次将蹲式尿尿改为抬起一条后腿来尿尿……所有的第一次，王小柔都记得清清楚楚。她为杰瑞的第一次加油，鼓劲，激动。为他的从每一个第一次开始的成长而幸福。在她的心里，杰瑞已经远远超越了一只狗狗存在的意义。事实证明，杰瑞也的确超越了一只狗狗存在的意义。他拥有一只狗狗对主人忠诚和依恋的优良品质，但这仅仅属于狗狗特性的范畴。他的超越具体体现在这一次的复仇上。杰瑞一定经历了一个漫长的筹划过程，而这个过程，她竟是毫不知情的。杰瑞的智慧和担当，让王小柔不得不重新审视他在这个家里的地位和所扮演的角色。

这样的一个杰瑞，博士男和于永志居然联合起来要拿他做实验。既然是实验，就有失败的风险。哪怕这个失败的概率是百分之零点几，都是王小柔所不能接受的。即便是百分之百地成功，她也不能容忍把杰瑞打造成一个他们想要的怪物。

所以，一个下午，王小柔在单位都是心神不宁的。

好像有一根细绳索将她的心吊了起来。和杰瑞有关的任何一种假想都像一阵狂风吹来，她那颗被悬吊的心便不停地风中舞蹈。

博士男真的回北京了么？一扇门可以挡住他么？王小柔一遍

一遍地诘问自己。她给自己十个答案，十个答案中的每一个都足以让她毛骨悚然。博士男随时会出现在她家门前，而那扇看似坚固的门，实际上是不堪一击的。一个锁匠，一把小小的钥匙，就会轻而易举地破坏掉它的坚固。

天啊，把杰瑞放在家里是一件多么危险的事情！

她甚至看见，博士男已经打开了那扇门，然后朝着无辜的杰瑞扑了过去……杰瑞绝望的呻吟。两个男人胜利的淫笑。它们在一起纠结，拧成另一条绳索，捆绑住王小柔的呼吸。

我要回家！她大声说。

五十三

关键词：杰瑞　王小柔

标签：紧张的气氛

　　杰瑞当然捕捉到了家里的紧张气氛。他不喜欢的那个陌生人虽然走了，但是他却留下了一种可怕的东西。就是这种可怕的东西让女主人不顾一切地紧张起来。他不知道那种可怕的东西是什么，不知道女主人紧张的具体原因，但是，他清楚地意识到，其中的原因一定是和他有关系的。

　　而且，这个关系还是相当紧密的。上午，女主人的那个让他窒息的怀抱已经明白无误地把结果告诉了他。

　　坏蛋。这个陌生人肯定比老男人还要坏。真该狠狠地咬他两口！

　　下午，杰瑞独自在小房子里想心事。他没有如往常一样趴在于永志的身边。因为杰瑞忽然发现男主人看他的目光和陌生男人有几分相似。男主人怎么会这样呢，他怎么使用和别人一样的眼神来看他呢？那样的眼神让杰瑞很是不舒服。它很尖锐，一个劲地往他的皮肉里钻。他努力地在记忆的仓库里翻找，寻找着任何一条对他思考的问题有帮助的线索。

男主人—电话—陌生男人。很快，杰瑞把这三个事物联系到了一起。那次，男主人是在通完电话后，看他的眼神才发生了变化的。经常给男主人打电话的人很可能就是来家里的陌生男人。尽管声音听上去有所不同。好像人的声音被装进电话里，就是有所不同的吧。听女主人给姥爷打电话时，电话里姥爷的声音也是和面对面说话不太一样的。还有一点可以证明陌生男人就是打电话的人。并且，杰瑞还知道陌生男人的名字应该叫博士男。博士男是出现在男主人嘴巴里频率最高的一个名字。过去，包括男主人没有瘫在床上时，男主人打完电话，会对女主人说"博士男"打来的。今天上午，陌生男人抱着箱子离去后，女主人在和男主人激烈的争吵中，好几次提到"博士男"这个名字。

陌生男人—打电话的人—博士男。就是这样了。

博士男究竟想要做什么呢？男主人究竟想要做什么呢？他不相信男主人会伤害他。可是，男主人为什么要使用和博士男一样的眼神来看他呢？

杰瑞想不明白了。无论如何也想不明白了。当自己的智慧受到挑战时，他就哀伤了。为自己无法拥有人类的聪慧而哀伤。

这期间，电话响过一次。肯定是博士男打来的，因为除了博士男，没人会让茶几上的电话响起来。他不打算去帮男主人接电话。所以，他假装听不见。

杰瑞——

那扇门

杰瑞——

男主人一声比一声高地唤着他。杰瑞再不能假装听不见了。男主人没有瘫在床上时，对他的疼爱未必就比女主人少。曾经的疼爱支撑了杰瑞对男主人的信任。就是这份信任，让杰瑞没有办法再把他的假装坚持下去。

从"假装"到爬出小房子的过程可能过于缓慢了，铃声在这个过程中失去了耐心。以沉寂的方式提出了抗议。杰瑞站在于永志的门口，踟蹰着，脸上呈现出"我不是故意"的歉意。

于永志脸上的怒意是明显的，他刚要张嘴斥责，传来了门锁转动的声音。然后，就见王小柔扑了进来。扑进门的王小柔，未及换鞋子，直奔了顺着两只耳朵垂着尾巴一副委屈相的杰瑞。

将杰瑞牢牢地搂在怀里，王小柔怒目对着于永志。

哼，他还委屈了。都让你惯坏了，一点也不听话了，电话响了半天，我嗓子都喊破了，他就是不过来！

好人谁给你打电话？不接就对了。从下个月开始，电话费不交了，省得你生闲事！

在紧张气氛的笼罩下，家里好多习惯都偏离了原有的运行轨迹。杰瑞、王小柔，包括于永志在内，都坐上了这趟不知何时会到终点的列车。杰瑞的紧张是没有目的性的，是盲从的。于永志的紧张是因为他一时想不出好的办法来说服王小柔，担心王小柔会有什么非常举动。这个外表柔弱的他用生命来爱的女人，内在的韧性和倔强不是他所能掌控的。

首先是王小柔做饭，杰瑞必须也待在厨房里，在她的视线之

260

内。杰瑞很是听话地配合着王小柔。王小柔表现出来的过度紧张，让杰瑞莫名地惊恐着。但是，他又不愿意有失男子汉的风度，只好尽量压抑和克制着，不让惊恐的情绪外泄，保持着神态自若。

　　然后是王小柔取消了没有特殊情况雷打不动的一个小时的"幸福"之旅。甚至连像老男人被咬伤住院的那些时日，悄悄地将杰瑞带到楼下，纯粹只是拉尿的行为都省略了。连家里都有危险，何况出去呢。说不定博士男就守在楼下，将两只窥视的眼睛隐在黑暗中，只等着王小柔将杰瑞带下去。但是，杰瑞拉尿的问题如何解决呢？就在这里。王小柔指了指用一只鞋盒子改造成的"便盆儿"。怕杰瑞不懂，她还特意模仿了一下杰瑞便便时的动作。杰瑞早明白了盒子的用途，女主人往盒子上套塑料袋儿时就明白了。在屋子里拉尿的历史真是太过久远了。想想，还是在成为这个家庭成员之初的那段岁月里呢。那时候，女主人开始不厌其烦地教育他不要在屋子里随地大小便。随地大小便的结果是，女主人会高高地扬起手臂，而杰瑞则会在女主人的手臂落在身上之前钻到椅子底下。那时，杰瑞还过于娇小，还不能够从一个台阶爬上相邻的另一个台阶。每一次出去，都是借助女主人的力量完成的。身体没有发育成熟的杰瑞，尿水总是等不到下一次的出去，而女主人高高扬起的手臂，让杰瑞不得不逐渐地收敛起随地小便的习惯。他想出了一个好办法。这个办法既解决了自己的燃眉之急，又能够蒙混过关。客厅的中央铺着一块地毯，杰瑞发现将尿水尿在地毯上，不细看，根本就发现不了其中的端倪。这个巨大发现可把杰瑞乐坏了。只可怜那块无辜的地毯，默默地承载了杰瑞无数泡的尿水。直到有一天，女主人抽着鼻子，一路追寻着屋子里越发浓重的尿臊味，才破解了地毯里的秘密。杰瑞以为这回女主人的手臂怎么着也得落在自己的身上一两下了，然而，出乎意料的是，女主人摸着地毯上那一撮新被濡湿的毯毛，笑了。因为笑得太投入，以至于身体失去了平衡，倒在了地毯上。倒在地毯上的女主人依旧在笑着，不时地抬起手臂抹着笑出来的泪水。从那次起，小杰瑞暗下决心，一定要憋住腹中的尿水。一转眼，已是几年没有在屋子里撒尿了。面对眼前这只经过改装的尿盆，杰瑞不知道自己是否还能够撒得出尿水来。

再有就是杰瑞的小房子从客厅里移到了王小柔的小卧室。这次小房子的搬迁属于第二次。第一次搬迁是三年前。第一次搬迁之前，小房子几乎就是一个摆设。它像聋子耳朵似的摆在于永志现在躺着的卧室里，每晚，杰瑞睡在床上，睡在宠爱他的男主人和女主人的床头中间的位置。左边是男主人的头，右边是女主人的头。睡着了，打着和男主人一样的鼾声。当大床上只剩下男主人一个人时，杰瑞睡在床上的历史结束了。两张床上的主人都期盼杰瑞睡在自己的身边，杰瑞没法选择，不能选择，只好在夜晚将自己填充进空着的小房子里。使小房子发挥了该有的作用。并且连推带拉地将小房子移到了客厅里。一住，便是三年。三年里，他多么希望男主人和女主人再睡到一张床上，多么希望再躺到他们两颗头中间的那个位置。那样的夜晚好幸福，好温馨。第二次搬家虽然是被动式的，是女主人强迫了他的，但是杰瑞并没怎么反对。或许，他现在的安全感真的只有女主人才能给予他吧。走进女主人的小卧室时，杰瑞不好意思朝男主人的屋子里看，不管怎么说，他依旧不愿意放弃对男主人最后一丝的信任。它像一根

这 扇 门，

稻草般被杰瑞紧紧地抓住，成为杰瑞对男主人充满歉意的理由。所以，他决定，不回头。

杰瑞趴在他的小房子里，让目光对着坐在电脑前的女主人。有时，女主人的手指在那个黑色的布满小方块的东西上吱吱地叫着；有时，女主人盯着屏幕，两条手臂环绕着抱住自己的肩膀。

她冷么？

那是一个让杰瑞很难过的动作。

五十四

关键词：<u>王小柔　憨憨爸爸和妈妈</u>

标签：<u>去憨憨家</u>

幸亏第二天就放年假了。

站在阳台上，王小柔看见街上的人像蚂蚁一样来来去去地忙碌着。便道上行走的人，手里都拎着大包小包刚刚采购来的年货，突然就有鞭炮声从哪个角落里噼噼啪啪地炸响。行人手里的负重物和鞭炮声提醒王小柔，家里连一样带年味的东西都没有呢。再怎么着，年总是要过的。起码，也应该买副对子福字什么的。家家都在做的事情，只有你不做，就显出了你的特别。群众的目光是雪亮的，也是毒辣的。它会把特别的你像拔一根扎在肉里的刺儿一般拔出来，然后丢弃在一个大众的视野里。让你无处逃窜。

她家的瘫子男人死了，忌讳喜气儿？

没听见哭声啊，您住得近，听见了么？

这 扇 门，

窥视并没有随着城市的文明而进化掉。想想，一股冰凉就顺着王小柔的脊梁骨乱窜。她没有勇气把自己变成一块人们嘴巴里的口香糖。

那么，杰瑞怎么办呢？

街上的你，你们，谁能告诉我怎么办？

忽然，王小柔的视线生出了触角，伸向便道上行走的两个人。儒雅的中年男人和非儒雅的中年女人，手里边也不甘示弱地拎着大大小小的各种质地的袋子。几乎是毫不犹豫地，王小柔推开窗子，随手从阳台上抓起一个"不明物体"就朝着中年男女抛了过去。

"不明物体"不偏不倚，正砸在中年男女前边一个人的后脑壳上。被砸中的人异常麻利地转动脖子，王小柔便看到了一张年轻的脸，和一对愤怒的眼睛。

后边的中年男女也不由自主地将视线投了过来。尤其是中年女人，已经张开嘴，一句恶毒的咒骂马上就要脱口而出了。但是她看见的是王小柔一个焦急的停止动作，示意她不要发出任何声音。然后，又做出一个让他们等的手势。意思是，她马上就下楼。

王小柔迅速地也是悄悄地行动起来。在阳台上一通翻找，终于从旧物中找出一只帆布大书包。

来，杰瑞，乖。就一小会儿，一小会儿。

边说边把杰瑞装进了帆布书包。若在平时，杰瑞肯定是抗议的，是拒绝的。可是现在，他乖极了。如果女主人都不值得信任了，将会是多么恐怖的事情。他相信，女主人这样做，一定有她的道理。于是，他忍着帆布书包里一股陈旧刺鼻的气味儿，任凭女主人将他背在肩上，踢踢踏踏地下楼，走上寒冷却也是热闹的大街。走过储藏室门口时，杰瑞闻到了女流浪狗的味道。

走近中年男女，王小柔发现她砸中的年轻人也在。便做了一个抱拳的动作，以示歉意。又用眼神示意中年男女往前走，远离现在的这个位置。

我能去你们家里么？有紧要的事和你们商量。能么？估计于永志灵敏的听觉够不到时，王小柔才开了口。说话时尽量放松，制造出一种从远距离看，她不过是在正常聊天的假象。

必须的。憨憨爸爸模仿了电视剧里刘大脑袋的口气。

一行人往憨憨家的小区里走。王小柔才注意到被她砸中的年轻人是和憨憨的爸爸妈妈一体的，认真地盯了一眼，发现年轻人的眉眼看上去既有憨憨妈妈的痕迹，又有憨憨爸爸的风采。好像是把憨憨爸爸和憨憨妈妈打碎了，糅在一起，重新塑造的一个新人。你中有我，我中有你。他是——

嗯，儿子。憨憨爸爸及时地释义了王小柔的疑问。

女朋友走了？

嗯，昨个儿刚走。往楼上走了，憨憨妈妈呼出粗重的气息。

年轻人回头剜了一眼憨憨妈妈。表达了对憨憨妈妈使用"刚"字的不满。

开门……几个身子进门……零乱的换鞋声……憨憨和每个进来的人撒娇。王小柔站在门口的脚毯上，来不及换鞋，就惶急地打开了肩上的帆布书包。她要立即把包里的杰瑞解放出来。对，立即。那里的环境是窒息的。杰瑞处在那样一个环境，就等于是她王小柔处在那样一个环境。

杰瑞的横空出现，着实让憨憨一家人深感意外。最先从意外

这扇门，

里走出来的是憨憨，他兴奋地更是快乐地迎了上去。杰瑞贴在王小柔的脚边，审慎地打量着他所处的陌生的新环境。他很快地做出了判断：女主人把他带到了憨憨的家里。女主人为什么要把他带到憨憨的家里呢？被这个崭新的疑问困扰的杰瑞，虽然面对憨憨的友好，也很绅士地回应了友好，但他的友好太过程式化了。欠缺了憨憨那样的热情。

王小柔看了一眼和憨憨玩在一起的杰瑞，暗自舒了一口气。屁股浅浅地坐在客厅里宽大的沙发上，两只手拘谨地放在膝盖上。坐在对面的憨憨爸爸憨憨妈妈在安静地等待着她的诉说。尤其是憨憨爸爸，眼睛里的真诚和期待，从坐下那一刻起，从面对面那一刻起，就笼罩着王小柔。它们对王小柔来说，是安慰，是鼓励。还是支撑。

杰瑞有危险了。

有人要拿杰瑞做实验了。

我怕有人把杰瑞偷走，想把他放在这里。买完东西就把他接走，最迟下午。可以么？

王小柔没有提赫迈拉产品，没有提博士男，没有提于永志。说了，他们会相信么？当初，自己不也是把赫迈拉当成了一个传说么。这个"传说"里的纠结，更是无法说清楚的，也是王小柔不想说清楚的。

做啥实验？谁要拿杰瑞做实验？那个王八羔子在哪儿……

憨憨妈妈一连串正义凛然的质问劈头盖脸地朝着王小柔拍打过来，王小柔一时有点招架不住，小脸蛋儿便窘迫地绯红了。

杰瑞，来——微笑，又荡漾在憨憨爸爸的眼角和眉梢。他朝着杰瑞打开两只手掌，做着欢迎状，这下憨憨有伴儿玩了，想住多久就住多久。有憨憨保护着，谁也别想欺负咱们杰瑞。

王小柔忽然感觉自己的心变成了一块海绵，被一只无形的手攥住，狠狠地拧了一把。带着感动成分的液体滴滴答答地落下来。

一个多么善解人意的男人。他，怎么那么像她的何慕天？他和他的区别在于，一个是现实版的，一个是梦幻版的。

那天，王小柔之所以趁着杰瑞和憨憨玩耍之际，偷偷地溜出憨憨家，实在是怕让杰瑞知道了她要将他留下的动机，反而留不下杰瑞了。王小柔了解杰瑞的固执，除了她和于永志，除了他们的家，杰瑞不会轻易接受别的人，别的环境。有些道理无法和杰瑞讲清楚，她没有办法让杰瑞弄懂必须留下来的重要性，所以，杰瑞不会动摇他的固执。如果她想到杰瑞竟会误读了她，哪怕变成真正的口香糖任人咀嚼，也不会把杰瑞放在憨憨家里的。

王小柔背上那只已经瘪了的帆布书包，从憨憨家里出来，直接奔了市场。她要尽快把该买的东西买齐了，然后尽快把杰瑞接回来。

王小柔边往市场赶，边掏出手机给父亲拨了一个电话。没有人接听。

父亲去赶集了，也说不定。

王小柔想。

五十五

关键词：杰瑞　王小柔　憨憨父母

标签：杰瑞跑了

听见门响，杰瑞带着一种不祥的预感，嗖地从一个房间里蹿了出来。果然，沙发上女主人的那个位置空了。女主人不见了，杰瑞的第一个反应就是，他被遗弃了。抱着最后一线希望，杰瑞逐个地在大大小小的房间里搜寻着女主人的身影。

没有。没有。没有。

最后的希望像一只只美丽的肥皂泡，扑扑地破灭了。不甘心的杰瑞将小身子扑在门上，倾尽了全力撞击着。口中同时发出呜呜的哀号声。

杰瑞——

憨憨爸爸张开安慰的怀抱。杰瑞一回头，两排尖利的牙齿从嘴巴里龇出来，向憨憨爸爸发出警告。请你远离我，否则，不要怪我不客气！

小东西，脾气还挺大。憨憨爸爸缩回了安慰的手臂。

杰瑞不相信刚刚离去的女主人会听不到门的撞击声，会听不到他的哀号声。他，不相信。继续撞击——

王八蛋，门撞坏了！憨憨妈妈骂了一句。

憨憨过来，以老大哥的身份劝说杰瑞。杰瑞理所当然地无视了憨憨。如果不是憨憨，女主人也不会悄悄地走掉。都是憨憨干的好事。在客厅里，这个家里的男主人向他表示友好时，憨憨纯粹是出于妒忌的心理，用高大的身体拦住杰瑞。这还不算，还打着友情的旗号，强行让杰瑞随他去了另外的房间玩耍。这才给了女主人走掉的机会。

女主人终于没有因为他的撞击而返回来。

忽然，杰瑞停止了撞击。他想到了一个问题。那就是，女主人抛弃了他，丝毫没有征兆地抛弃了他。既然是抛弃，又怎么可能心疼他的撞击和哀号呢。可是，他不明白，女主人为什么要抛弃他。和博士男有关系么？和男主人有关系么？和家里紧张的气氛有关系么？抛弃是为了拯救么？

他是家里的成员啊，他是家里唯一健康的男子汉啊。他应该知道那个"危险"的具体内容，他应该和她一起承担，一起面对。所有的应该都是由于他是一只狗狗，是非人类，而变成了不应该。

和憨憨一块儿玩吧。憨憨爸爸和蔼着表情对平静下来的杰瑞说。他不会想到，大概也不会去想，杰瑞的平静意味着什么。

憨憨在一边窥视着主人对杰瑞的态度。杰瑞刚进门时的欣喜和快乐一扫而光。那一刻的欣喜和快乐是有背景的。他以为杰瑞

这扇门

是和女主人到他家里来串门儿的，没有想到他的男主人会主动对杰瑞示好，会用那样慈爱的眼神来看杰瑞。这是憨憨所不能接受的。妒忌让憨憨丧失了老大哥的风度。妒忌让憨憨再也潇洒不起来了。曾经"患难与共"的兄弟之情，在涉及自己切身利益的关键时刻，变得无比淡薄了。

憨憨的那点小心思，杰瑞看得明明白白。他认为憨憨的做法是非常可笑的。属于憨憨的那份爱，他不会和憨憨分享，更不会和憨憨争夺。哪怕现在遭遇到了女主人的抛弃，他也不会改变。

绝望和孤独迅速地结成联盟，形成了强大的攻势，向杰瑞开火。杰瑞根本就丧失了抵御能力。他也不想抵御，不想反抗。轻而易举地成了绝望和孤独的俘虏。除了他自己，没有谁知道他的绝望有多深，他的孤独有多深。它们像两眼深不见底的枯井。

杰瑞安静地卧在靠近门口的位置。眼睛像动漫狗狗，间隔了很久才眨动一次。

杰瑞，地上凉，起来吧。

一个小狗子还怕凉？憨憨妈妈对憨憨爸爸表示了不满。

妈，您心眼子没放在正地方，您咋不让憨憨趴在凉地上呢？

儿子说得很对。憨憨爸爸很是得意家里有人站在他的立场上说话。

哼，你们爷儿俩穿一条裤子都不嫌肥，中午自己做饭吃，我不管了。两条白眼狼！

别，千万别，老妈，我想吃您熬的黄花鱼了。儿子暂时离开了电脑，走到憨憨妈妈跟前，惺惺作态地摇着憨憨妈妈的肩膀。

我上辈子欠你们的！憨憨妈妈嘟囔着走向门口。换鞋，准备出去买儿子爱吃的黄花鱼。

门开了——

一团棕色的烟雾在憨憨妈妈的身子跨出门口之前，先飘了出去。

杰瑞跑了！女人的大嗓门震得防盗门嘎嘎直响。

快追啊——憨憨爸爸趿拉着棉拖鞋，扁着身子从憨憨妈妈和门的缝隙中挤过去，追赶那团朝楼下飘去的棕色烟雾。

王小柔匆匆地挑选了两副春联（楼上的防盗门一副，楼下储藏室的门一副），和一些福字窗花之类的东西，拐进了一家肉店，准备买几斤带皮肉留着大年三十儿中午炖了。年三十儿煮一锅香喷喷的肉，让肉香顺着窗户的缝隙和门的缝隙飘洒出去，和街上从别家飘出来的肉香混在一起，把年烘托得腻腻的、稠稠的。每年的三十儿，王小柔都会炖上一锅这样的肉。这个习惯是她从母亲那里继承来的，也是从滋养她的小村继承来的。不管日子如何艰涩，母亲都会在年三十儿用柴木火煮一锅连骨头带皮的肉。那一天中午，村里所有的人家都在用柴木火煮肉。午饭后，街坊四邻的见了面，打招呼的话都是：

炖着？

炖着。也炖着？

嗯，也炖着。

肉要等到煮烂了才撒上盐，烂乎乎的肉被盐一钻，香味扑的一下子就喷发出来了。而这个时候，哑哥和她早就候在灶台边上的白碗，会被母亲添进一两块肉骨头。哑哥在一番选择和比较之后，端上他认为肉多的那一只碗，用牙齿开始肆虐碗里的骨头。

王小柔从来没有看见母亲，也从来没有看见父亲吃过一块肉骨头。肉骨头不好吃么？他们为什么不吃肉骨头？长大了才知道，是肉骨头太少了，他们不舍得吃。有一次王小柔撒娇地对母亲说，等她挣钱了，天天给母亲煮肉骨头吃。母亲就笑了，说，我等着这一天，天天吃我闺女煮的肉骨头。

妈，后天就是大年三十儿了，我给您煮肉骨头吃啊。

您要多少？说着一口蹩脚普通话的卖肉的南方妇人，手里举着一把锋利的砍刀，刀刃对着案板上的半扇猪肉，眼睛却瞄着王小柔。

王小柔就是这个时候接到憨憨妈妈的电话的。

杰瑞跑了！

谁跑了？

杰瑞跑了，杰瑞！

憨憨妈妈在电话里还在叽里咕噜地说着什么。大概是想解释杰瑞的逃跑完全是一个意外，并不是他们主动放走杰瑞的。总之，她在推脱责任。其实，她究竟说些什么，王小柔一句也没听见。忘了关掉的手机，被她掐在手里，回应憨憨妈妈的，是街上一片嘈杂声。

如一头行动迅捷的狼一样的王小柔，从肉店里出来，灵巧地在人的缝隙里穿行，朝着家的方向狂奔。

如果不出意外，杰瑞一定是回家了。杰瑞对这一带是熟悉的。那么，如果出了意外了呢？王小柔不敢去想。"如果"已经不是一个简单的词汇，而是一颗炸弹。它随时都会引爆，随时都会把王小柔炸得粉身碎骨。

没有杰瑞。三楼的门口没有杰瑞。他没有回家，没有守在门口等她。王小柔迅疾地下楼，沿着去憨憨家的路线追踪，寻觅。没有杰瑞的踪影。两三百米的范围内，连一根棕色的毛发都没发现。

迎面碰上憨憨爸爸和憨憨妈妈，他们正沿着与王小柔相向的方向，一路寻觅着杰瑞。不用问，他们已经从对方的眼神中知道了寻找的结果。

哎呀，我想出去给儿子买黄花鱼，刚一开门杰瑞就……

憨憨妈妈又开始向王小柔陈述杰瑞的出逃经过，来证明她是无辜的，她家里的每个人都是无辜的。他们不是容不下杰瑞，也不是没有尽到看护的责任。此次意外的发生，实在是太突然太突然了。你瞅瞅，杰瑞一跑，我们憨憨爸爸连鞋都没来得及换就跑出来了。

这个小东西，连个影儿都没有，别再是真让人给抱走去做啥实验了吧？看上去憨憨的憨憨妈妈忽视了王小柔眼睛里越聚越多的绝望。

憨憨爸爸在一个劲地用眼睛制止憨憨妈妈。憨憨妈妈假装看不见，一鼓作气把她想说的话都说完了。

花池的干草丛，刮到墙根儿的塑料袋子，王小柔都要用手去翻一翻，用脚去踢一踢。万一，是杰瑞淘气地藏在了下边呢？至于憨憨妈妈究竟都说了什么，王小柔一个字都没有听进去。她没有多余的精力去接收和消化憨憨妈妈话语要表达的含意。

你去买鱼吧。憨憨爸爸终于小声命令憨憨妈妈。

你呢？

我帮着找找。

憨憨爸爸的注意力在寻找杰瑞上。憨憨妈妈挺着有些发福的肚子，袖着两只手，看着自己的男人也在学着杰瑞妈妈的样子，这里踢踢，那里摸摸，一句一句地唤着杰瑞的名字。

她大概觉得该那样做的，是自己才对，而不是自己的男人。毕竟她和杰瑞妈妈做了很长时间的狗友，毕竟杰瑞是从她家里跑的。

于是，憨憨妈妈没有去菜市场上买鱼。而是加入到了寻找杰瑞的队伍中。

地毯式的搜索，无果。这个时候，杰瑞已经失踪半个小时了。

王小柔猛然想起了什么。她停止了搜索，打开一直捉在手里的手机，拨通了博士男的电话。

——你在哪儿？

——在吃午饭。

——我问你在哪儿！

——家里啊。

——在北京的家里？

——当然啊。

——你家里有座机么？

——有啊。怎么了？

——告诉我你家里的座机号码，我给你打过去。

博士男大概嘟囔了一句什么话，王小柔没有听清。即便听清了，即便说她神经病，这一刻，她也可以不去计较，不去理会。只要让她达到目的。

——手里有笔么？

——说吧，我记得住。

博士男就报了一串数字。

王小柔挂了博士男的手机。在手机的键盘上按下博士男报出的那串数字。

通了。拿起话筒接听的果然是博士男。

幸亏是博士男。

这个可以确定博士男在北京的电话，对王小柔的作用，相当于一个心脏病发作的人，吃了一颗救心丸。

王小柔清楚，从北京到她居住的这个城市，无论如何，半个小时的时间是不够用的。也就是说，杰瑞排除了被博士男偷走的可能性。

王小柔挂了电话。将一个巨大的问号留给了博士男。

这 扇 门，

五十六

关键词：<u>王小柔</u>

标签：<u>杰瑞，你在哪里</u>

杰瑞没有被博士男偷走，也没有回家。那么，他到底去了哪里呢？

刚刚吃下的救心丸，很快便失去了药效。时间就是一座泥沼。泥沼没过王小柔的脚踝，没过王小柔的小腿。然后是大腿，腹部，胸部。到天黑时，泥沼漫到了王小柔的脖颈，几乎快要遏制了王小柔的呼吸。王小柔伸手去抓，去拨，可什么都抓不到，什么都拨不到。而那泥沼明明就是存在的。

绝对不是淘气，没有这个可能性。几年来，杰瑞从来没有如此长时间地在外边逗留过。他一定是受到了外界的阻力。这个阻力让他有家不能回。

这个不能回家的"阻力"是什么？

博士男基本上是不在这个阻力之列的。仅仅一个电话当然不能让王小柔放心，这一刻在北京，说不定下一刻博士男就不在北京了。他有随时出现在这座城市的可能性。她找不到的杰瑞，也许轻而易举地就被博士男找到了。所以，王小柔在找杰瑞的同时，每隔一段时间，就会给博士男拨一个电话。

还有一个可以想得到的不能回家的"阻力"是车祸。这个可能性也基本上可以排除掉。这一带的居民，及至几个小区后边菜市场上的商贩，都知道幸福路遛狗队，都知道狗队里有一只著名的蝴蝶犬叫杰瑞。杰瑞以他的漂亮和聪明而著名。每逢周六周日，王小柔上街，一准带着杰瑞。杰瑞不是牢牢地跟在王小柔的脚边，就是被王小柔抱在怀里。特别的王小柔，特别的杰瑞，很容易就吸引了众多的眼球。众多的眼球因为想了解更多的信息，便实行"人肉搜索"的办法，探听到她和他更多的生活背景，更多的生活细节。特殊的生活背景，如同一只无形的巨手，把她和他推到更醒目的一个舞台。舞台上的她和他，聚集了一大批意味深长的目光。那些目光是沉默的。就像王小柔单位里同事的目光一样。只把含意泪珠儿般噙在眼里，千方百计地不让它掉下来。菜市场上那些朴素的人们，会通过对杰瑞的关注和喜爱，来婉转地表达他们对王小柔的关切。很多和杰瑞有关的段子在这个纷纷攘攘的菜市场，被人们口口相传。杰瑞的名气一升再升。比如有这样一个段子：一个在菜市场卖羊杂的、面皮黝黑的汉子，看见杰瑞像一只会移动的小板凳一样跟在主人的身后，便伸手抓起一把羊杂放在地上，招呼杰瑞过来吃。黝黑的汉子占据菜市场的某一个位置有一段时间了，已经不是第一次看见杰瑞和他的主人，并且已经听说了杰瑞的聪明。他大概早就想亲

这扇门，

自验证一下杰瑞的智慧了。傲慢的杰瑞仿佛没有看见地上的羊杂，颠着小碎步追随着主人的脚步走过。倒是王小柔不忍了，她停下来，看了看已经走过的羊杂，对杰瑞说，你不是最爱吃羊杂么？去吃吧。杰瑞才奔了羊杂大快朵颐。这个段子自然为杰瑞提升了人气。如此一只拥有众多粉丝的狗狗，假设真的在附近出了车祸，消息会很快从这个菜市场传播开来。问及的每一个商贩，都摇头，说没有看到杰瑞，没有杰瑞的任何信息。他们都说，杰瑞那么聪明，肯定不会出事的，说不定一会儿就回家了。

是啊，说不定一会儿就回家了。抱着这个信念，王小柔找一会儿杰瑞，便赶回家看看。或许真像人们说的自己想的那样，一回家，杰瑞乖乖地守在门口等着她。等着她来给他开门。玩的时间太久了，所以，杰瑞看上去特别疲惫。眼神里又是满满的哀怜相。他知道他犯错了，他知道他让主人着急了，只好使用了一贯的弥补招法。他不知道，这一回，王小柔不会批评他。只要他能出现在王小柔的视野里，王小柔就感激上苍了。

一次次的假想带来的是更深重的失望。她不敢往楼上爬了。她怕三楼门口的那个位置依旧是空空如也。空空如也对她来说，会具象成一根压垮她的杠子。一条孤独的忘记了饥饿的小身子，在楼下晃荡着。就连冷风都生出了同情心，小心翼翼地绕过纸片似的小身子，唯恐一个不小心，将她吹起来。王小柔也觉得自己快要变成纸片随风飘走了，她不能飘走，她要留下来找杰瑞。便让小身子倚在储藏室的门上。慢慢地蹲下来。眼睛茫然地掠过无精打采的路灯，掠过每一扇有亮光的窗口，掠过远处幽蓝色的天空……储藏室的铁门将冰冷透过一层层保暖的衣物，一丝一丝地传递到王小柔的骨头缝儿里。身后靠着的是一个温暖的怀抱该有多好。何慕天，"丑得不得了"，他多像眼前的这片天空。遥远，虚幻。

王小柔从口袋里摸出手机，随意地拨出一组数字。

——"丑得不得了"，我家杰瑞丢了。杰瑞，你知道么？噢，不知道，我没跟你说过么？

——你过来，马上，和我一起找杰瑞，好不好？

——好不好？我求你了，求你了……

手机里，一个纯正的女声反复说着一句话——您拨打的号码是空号。您拨打的号码是空号……她不厌其烦地说着。

王小柔嘿嘿地笑了两声，将头埋进两腿间，蹭了蹭脸上的泪水。然后，抬起头来，左手弯曲成枪的形状，对着远处天空的幽蓝色：

你，该死，判你死刑，立即执行！

又嘿嘿地笑了两声。那是胜利的微笑。她看见遥远的那一抹幽蓝色不见了，它被她击中了。在她的眼睛里，倒下去的不是一抹幽蓝色，而是"丑得不得了"。何慕天。

站起来吧。至于站起来之后干什么，她不知道。

两餐没有进食，精力和体力被透支了的身体，站立的过程是艰难的。在这个艰难站立的过程即将完成一半时，王小柔的视线忽然定在一只白碗上。那只女流浪狗喝水的白碗。

碗是在的，这个没有问题。有问题的是女流浪狗。王小柔才发觉，女流浪狗不在储藏室门前的棉垫上已经很久了。女流浪狗不在，意味着什么呢？

她会不会是和杰瑞在一起呢？

五十七

关键词：于永志

标签：那个幸福的分水岭

　　床上的于永志已经推测出是杰瑞出了事情。从傍近中午一直到晚上，呼唤杰瑞的声音一直断断续续的，几乎没有停止过。最多超不过一个小时，楼道里便会响起王小柔的脚步。一次比一次沉重的脚步声，由远及近，再由近及远。有两次，她还把门打开，到几个屋子转了一圈儿才走。于永志没有吭声。他知道，杰瑞找不到，王小柔急眼了，这个时候他的任何话语说不定都会成为引爆弹药库的导火索。他只有默默地担心，默默地承受。

　　他不知道杰瑞怎么就丢了，怎么就找不到了。昨天，王小柔还神经兮兮地不让杰瑞出门，连正常的拉尿都不出去了，今天咋就又带杰瑞出去了呢？上午第一次门响，王小柔肯定是把杰瑞带出去了。带出去时间不是太长，杰瑞就丢了。然后，就开始了不顾一切的寻找。

是的，不顾一切。王小柔只顾了找杰瑞，她不光自己忘了吃饭，喝水，更是将他于永志的吃喝拉撒抛到了九霄云外。给他喂饭，给他喂水，给他翻身，给他换弄脏的垫子，这些事情都变得微不足道了。微不足道到了可以忽略不计的地步。饥肠辘辘的于永志哀戚地意识到，在王小柔的心里，他的地位是低于杰瑞的。他也是爱杰瑞的，但是他不会把对杰瑞的爱凌驾在王小柔之上。王小柔的地位在他的心里永远不会动摇，她永远是他最爱的水仙女人。他的生命为她而存在。他是为了她，才配合博士男做实验的。

杰瑞再怎么聪明，也不过是一只狗狗。王小柔用行动明确地告诉他，他根本就不如一条狗狗了。

这个水仙女人，竟是这般地韧性和固执。他说那是一个善意的伤害，那是一个善意的欺骗。伤害也罢，欺骗也罢，都不是目的。爱才是目的。善意的伤害和欺骗全是为了更深刻的爱，更长久的相守。不这样做，他怕今生与她擦肩而过。来生的事情，谁也说不好。

假如不是那个该死的农民工背信弃义，王小柔就没有机会知道事情的真相。

那天，他刚拉了早上的第一个活儿，手机就响了。

俺家孩子生病了，病得挺重的。一口浓重的河南话。

你谁呀，你家孩子生病了和我有啥关系呀？

这快就忘了俺是谁啦？

于永志的心忽悠一下子。一辆桑塔纳超车时，险些剐到他的车。司机回头，砸给他一个卫生眼。于永志朝着桑塔纳的车屁股骂，开那么快，赶着去火葬场啊。

就算我借你的，要不俺家孩子真得进火葬场了。大兄弟，中不中？俺是真没办法了。

手机里传出了一个大男人的啜泣声。

上回咱不是两清了么？你这明摆着是敲诈勒索，谁知道你孩子是真病了还是假病了。要钱没有，我还不知道管谁要去呢！

于永志就挂了电话，和副驾驶座上的乘客发牢骚，谁说农民工憨厚谁是傻×，你可怜他，他不可怜你，揪着人家的小辫子敲竹杠这招儿，用得顺溜着呢。您说，这是啥社会？

手机铃声截住了于永志的牢骚。扫了一眼屏幕，居然还是刚才的号码，于永志便按了拒绝接听键。大概经过两三秒的思索后，又关掉了手机。

于永志做梦也不会想到，这个河南的农民工竟然会给王小柔打电话，向王小柔揭了他的老底儿。

于是，那天的晚上成了于永志幸福的分水岭。

他像犯罪嫌疑人一样接受了王小柔的盘问。编织一段谎言对他来说应该不成问题，可是，面对着王小柔那双凌厉到让人胆寒的眼睛，他的谎言不是缺了经线，就是少了纬线。即使勉强地编织成功了，王小柔只需一个眼神，谎言便会被攻破了。与其说是眼神，不如说是一把锥子更恰当。它是尖锐的，是锋利的，可以戳破任何华美的谎言。那样的眼神，让于永志战栗。

除了实话实说，他无别选择。

从每天跟踪王小柔，到发现王小柔和别的男人交往，再到"英雄救美"的出台、实施，于永志——道来。最后，于永志争取到了一个陈述的机会。在陈述中，于永志掏心掏肺，也是声泪俱下地说了如下一段话：

还记得那个雨天么？你手里举着一把小花伞来打我的车？从那个时候开始，我就告诉自己，这个水仙样的女子，今生我要定了。在认识你之前，我从来没有爱过任何一个女人。但是，我知道我配不上你，因此，我每天跟踪着你，掌握了你生活的每一个细节。然后，设计了很多个和你不经意的相遇，为的就是让你记住我，熟悉我。后来，我发现，我所有的努力，也不过是做到了让你记住我，熟悉我。往深处发展，几乎没有这个可能性。更可怕的是，秋天时，你开始正式和一个男人交往了。

我想吸口烟，可以么？

小柔，我不能没有你。只有你，才能给我的生活带来希望，只有你，才能把我从潮湿阴暗的环境里引领出来。所以，我才铤而走险，想出了这个"英雄救美"的损招。我花了五千块钱买通了河南农民工，让他在你回家的路上打劫你，然后正好经过的我挺身而出。怕你起疑心，我当然要报警，在农民工的哭诉下，你心软了，劝我不要报警。现在你知道了，这个环节是我们提前设计好的。小柔，你不知道，这个"英雄救美"的计策，其实冒了很大的风险。首先是，如果当时那段路上突然有别人出现，报了警，事情的结果就是另外一个样子了。再一个风险就是，我的"英雄救美"计划成功了，你未必就如我所愿，对我产生好感，爱上我，嫁给我。如果那样，我也只好来个"革命尚未成功，同志仍须努力"。总之，我不会放弃你。一切的一切，都是因为我爱你。

你的烟还没点呢？王小柔说。她的语气结了冰霜，冷飕飕的。

这扇门，

很显然，书写这段"记忆光盘"，离不开一个重要人物。那个河南农民工。他才是一个了不起的人物。尽管于永志更换了手机号码，尽管于永志没有透露王小柔的任何信息。看来，这个世上有心人蛮多的。你算计别人的同时，说不定也正在被别人算计着。

狗日的够狠，一个电话就把他打入了十八层地狱。跑遍了这座城市大大小小的医院，于永志也没有找到把他打进地狱的河南农民工。

于永志想象着，他的手能动了，河南农民工此时就跪在他的面前向他请罪了。他不能饶过他。不能。于是，他举起拳头朝着河南农民工的肚子捣过去。扑哧一声，河南农民工的肚子破了一个大洞。肚子里的大肠顺着洞孔滑滑地往外流淌……

哈哈……于永志笑出了声音。

杰瑞丢了，你很开心，是不是?！杰瑞要是真的丢了，我就活活地饿死你！

王小柔突然出现在门口。虚弱到极致、憔悴到极致的王小柔靠在门框上，朝于永志喷射着愤怒的火焰。一大朵一大朵的火焰在于永志的床上和覆盖着他躯体的被子上疯狂地舞蹈着。

不是。真的不是。于永志沮丧极了。

那你告诉我，博士男会不会把杰瑞偷走?

于永志怀疑自己的听力出了问题，王小柔对他用了几乎是哀怜的口气。

不会的，博士男不会偷走杰瑞的，杰瑞对他来说只是个附属品，我对他才是最重要的。

于永志只能这样诚惶诚恐地安慰王小柔。他知道，他没有说出全部的实情。杰瑞之于博士男，虽然是个不起眼的附属品，但是，博士男非常清楚，没有杰瑞这个附属品，他于永志就不会配合他做那个伟大的实验。

他相信，不择手段永远是人类品质中潜藏的一部分。你不知道它什么时候就会像狼一样蹿出来。

王小柔是固执的，却也是单纯的。她还不太了解人性的阴暗。他也是不择手段的，不同的是，他的不择手段是为了爱。

这 扇 门，

五十八

关键词：<u>幸福路遛狗队的人们</u>

标签：<u>大年三十儿</u>

　　这个城市原来并不冷漠，依旧保持着对新闻事件寻根问底的热情。

　　杰瑞的丢失，很快成了幸福路上一条不大不小的新闻。人们对这起新闻的关注程度并不比即将开始的春晚逊色。杰瑞的丢失只是新闻的表象，新闻表象所掩盖的是什么？人们婉转地打听到对此事件有发言权的核心人物，是在街上帮着贴"寻狗启事"的憨憨爸爸和憨憨妈妈。看上去憨憨的憨憨妈妈最初还很诚恳地回答人们提出的问题。比如，有人问她，听说这个叫杰瑞的狗狗的心脏被一个富翁看中了，富翁的老爹心脏不行了，狗狗的女主人要拿着狗狗换来的钱给自己的瘫子男人治病，不想人的意思被狗狗弄懂了，那狗狗就跑了。有这事？憨憨妈妈就和人解释，好像不是这样吧，听说要做一个啥实验。听的人就哧哧地笑。也在贴"寻狗启事"的球球妈妈不管这一套，她尖厉着一条嗓子骂，都他妈×的从哪儿冒来的，狗的心脏人能用么？×他个妈妈了！后来，再有人问同样的不同版本的问题，憨憨妈妈拿眼瞄了瞄憨憨爸爸阴沉的脸色就保持沉默了。最具发言权的人物一旦保持了沉默，就给人们留下了更广阔的想象的空间。

人们在流传的各种版本中分辨着、组合着，按照自己的意愿排列和加工后，再传播出去，成为下一秒最流行的版本。当然，所有的版本都是紧密地围绕着一个主题，那就是，杰瑞丢失的原因。因了杰瑞事件的添加，寡淡的年忽然多了几分蹿味儿。如同一锅引不起多大食欲的汤，放了一些胡椒粉之后，就不一样了。

对幸福路遛狗队的成员来说，有一件事比杰瑞的丢失更让他们感兴趣。那就是球球妈妈和憨憨爸爸情感的走向问题，情感的进展问题。亲历身边的情感故事，有一种参与感和现场感，是电视剧所无法比拟的。所以，一旦球球妈妈提议，要大伙拿出一点时间，帮着找找杰瑞，队伍里少有人反对，大多积极响应。人们不太愿意相信球球妈妈提前关了服装店，错过生意最火爆的时期，只是纯粹想帮着王小柔找杰瑞。听说球球妈妈第一个找到的就是憨憨爸爸，贴"寻狗启事"的主意还是憨憨爸爸想出来的呢。毫无疑问，这个女人想打着找杰瑞的大旗，排遣自己的寂寞。当然，幸福路遛狗队的人们也是希望通过他们的努力，真的把杰瑞找到的。王小柔是一个可怜的女人，人们还是愿意付出一部分爱心的。

憨憨爸爸为了杰瑞从自己家里走失正闷闷不乐之时，球球妈妈找上门来，说从店里回家的路上听说杰瑞丢了，说杰瑞妈妈举

这 扇 门，

目无亲的，说咱们不帮帮她谁还能帮她呢？憨憨爸爸连声说是。接下来，憨憨爸爸都没和憨憨妈妈商量一下，就自作主张把事情定了下来。然后和球球妈妈两个人坐在一张沙发上，研究具体寻找杰瑞的计划。憨憨妈妈对球球妈妈一度放松的神经又紧绷起来。或许前一个阶段的放松，只是一种假象。她只不过是暂时被这个假象蒙蔽了。真实的情况是，她对球球妈妈的警惕性时刻都没有松懈过。她对球球妈妈那个"有口无心"的评价，不过是给自己打的一剂麻醉针。必须要从麻痹的状态中走出来，让自己保持一颗清醒的头脑。

警惕性提高，以及大脑清醒，对憨憨妈妈来说，都是痛苦的。她眼睛里的球球妈妈俨然就是一只狐狸精。只有狐狸精才留着那样的发型，只有狐狸精才在大冬天的把脖子伸得那么长，只有狐狸精笑起来脸上才有酒窝。头发，脖子，酒窝，不过是狐狸精勾引人的道具。她就是狐狸精，憨憨爸爸肯定被她放出来的骚气迷惑了，要不，他咋就乖乖地听她的摆布呢。放着年不过，跑到大街上发疯。还有狗队里的这些人，这些女人们，她们也任由球球妈妈的摆布，心里不定在打着啥鬼算盘呢。

再度警醒的憨憨妈妈，忽然间变得智慧起来。她的一双慧眼，透过人身上厚厚的冬衣，看到了她们怀里揣着的那个鬼胎。

她亦步亦趋地跟着憨憨爸爸，和憨憨爸爸保持着密不透风的距离。不给球球妈妈留出往里钻的缝隙。不给怀里揣着鬼胎的人们留着往里钻的缝隙。前者钻进来是想占了她的位置，后者钻进来是想看热闹。

憨憨妈妈自己不知道，想看热闹的人们已经在津津有味地品咂着"热闹"的滋味了。她影子一样粘在憨憨爸爸的脚后跟上，就是最好看的一个热闹了。

球球妈妈向来是不怕热闹的。每一次她总是赶在憨憨妈妈之前，将"寻狗启事"递到憨憨爸爸的手里。憨憨爸爸非常利索的一个动作，就将启事贴在了广告牌子上。接着，憨憨爸爸一左一右地被两个女人簇拥着，寻找这座城市的下一块广告牌子。

球球妈妈，到我这边来，咱姐儿俩说点悄悄话，不让臭男人听着。憨憨妈妈动用她觉醒的智慧，决定改变让她不舒服的行走结构。

我姐夫臭？我咋没闻出来呢，我闻闻——球球妈妈的鼻子真的凑向了憨憨爸爸。是挺臭的，这么臭的男人还要他干啥。我不嫌臭，今儿晚上就把这个臭男人领我家去吧。

你这个死女人，够不要脸的！憨憨妈妈终于愤怒了。她停下来，将手上没贴完的"寻狗启事"使劲地搋在地上。两只手做出一个准备厮杀的动作，眼睛里喷射着母狼才有的恶狠狠的光芒。

球球妈妈看着憨憨妈妈的架势，哈哈地笑了，腮上的酒窝波光潋滟。姐夫，你女人不是要抽鸡爪儿风吧？

两句玩笑，你至于的么！憨憨爸爸的一只手用力地按着胸口，瞪视着自己的女人。看得出来，他在极力压制着内心的怒火。

有她那样开玩笑的么？男人的斥责使憨憨妈妈蒙受了巨大的委屈。巨大的委屈摧毁了愤怒的长城。两泡泪水由浅而深，一阵风，也收到了波光潋滟的效果。

你们贴吧。憨憨爸爸一甩袖子，离开了两个女人，离开了散落的几个看热闹的幸福路遛狗队的成员。

这扇门，

憨憨妈妈眼睛里兜着那两泡泪水，紧紧地尾随在憨憨爸爸的身后，也离去了。

球球妈妈朝着几个观望的人喊，没看过两口子打架呀？赶紧回家炖肉去，找你们家里的爷们儿把你们开了呢！

到了大年三十儿的中午，距离杰瑞失踪已经整整两天了。这个中午，王小柔的家里没有像往年那样飘出炖肉的香味。年就像一个集贸市场，三百多天才开一次市。开市的日子里，家家户户都来赶集，都来凑热闹。虽然这个大集市，这个大市场越来越让人感到乏味，然而凑热闹已经成了惯性，成了习惯。凑热闹才是正常的，不凑热闹就需要有一个不但让大家都能接受，还要让自己能接受的理由。否则如此重要的一个大热闹，多了谁是不显眼的，但是少了谁却一定是引人注目的。王小柔怎么也不会想到，最初就是怕引人注目，就是想让自己的日子在别人眼里正常起来，才想起把杰瑞放在憨憨家里的。最终，转了一圈儿，圆没有画好，杰瑞给弄丢了。街上流传的和她有关和杰瑞有关的各种版本的传说，具体内容没有人告诉她，但是王小柔已经感觉到了它们的存在。

存在就存在吧。王小柔没有能力不让它们存在，也没有精力看一眼它们的真实容颜。像一片枯叶般质地异常脆弱的她，瑟缩在自己小屋的椅子上。椅子周围的空气有了片刻的小骚动。它们以椅子为中心点，尽量朝后退去。怕一不小心挤压到了椅子里的女人，碰碎了她。

她还是能够思想的。她在想一个问题，究竟是母亲对她重要，还是杰瑞对她重要。尽管大脑非常滞涩，几乎陷入了停滞的状态，像雨天父亲赶着的双轮车，车轱辘被泥泞阻滞着。父亲用鞭子使劲地吆喝着牲口，车轱辘开始了迟缓地转动，颇具动漫效果。现在，她觉得她的大脑就是那只转动迟滞的车轱辘。她便努力地往前拉着它，让它工作起来，帮她梳理凌乱的思绪，给她的问题整理出一个明晰的结果。

母亲和杰瑞都重要。可是杰瑞的丢失为什么比母亲的去世，对她的打击更彻底呢？是她不爱母亲么，不想母亲么？

她爱母亲。母亲是这个世上最爱她的人，她承载了母亲全部的希望。母亲为了供她读大学，为了让她像灿烂的朝阳那样冉冉地升起，一次一次地背着她去卖血。过早被生活掏空了的母亲，所以才那么早离开人世。她拼命地摇着母亲，小柔马上就让你过上天天吃炖大肉的生活了，不许走啊！母亲看着她，将人世间最后的那口气费力地含住了，说，小柔啊，只要你过上天天吃大肉的日子，妈就高兴了……还有啊，别忘了替妈照顾好爸爸和哑哥……他们是你最亲的人……

她知道，母亲一直藏在某个隐秘的地方看着她，所以，她不敢懈怠，不敢颓废。尽管她是悲痛欲绝的，可还是打起精神来，努力地朝着母亲希望的那个方向走，朝着"天天吃大肉"的日子迈进。她明白，母亲说的那个"天天吃大肉"的日子，真正的含意是幸福。然而，事实证明，她让母亲失望了。母亲的希望，被她扼杀了。小肩膀上的负重，让她不得不把负了母亲的那份绝望封堵起来，不叫它溢出来。杰瑞的丢失，触碰到了封堵着的绝望。它如同决了堤坝的大河，肆无忌惮地波涛汹涌了。

思想的轮子咚的一声，掉进了一个深泥潭里。不转了。

这 扇 门，

好累啊。头好疼啊。

王小柔将一颗快要爆开的头安置在椅子的靠背上。凝滞的眼神对着面前的电脑屏幕。

它也有两天没有亮起来了。

王小柔欺骗自己，没有多余的精力使它亮起来。因为杰瑞丢了。其实不是的。她怕自己向那个虚幻讨要一个真实。储藏室铁门传递给她的透骨的凉还没有退去。透骨的凉给了她讨要真实的勇气。可是，她怕那个真实并不存在，并不存在的真实将会变成压垮她的最后一棵稻草。在这个时候。

园子里的玫瑰花一定开得很灿烂。它们不该开在一片虚拟的空间里。

短信的提示音乐。王小柔纤瘦的十根手指静止着，它们还没有接到大脑的命令。原地待命了几分钟，依旧没有等到下达的命令，手指便擅自行动了。它们捉了近在咫尺的手机，按下某个键，让一条短信息呈现在王小柔的眼前。

上街，看见广告牌上贴着一条"寻狗启事"。像是你家的狗狗。不要着急，慢慢找，需要我做什么尽管说话。

嘿嘿。一个无声的冷笑，像手指一样，等不及接到大脑的指示，便按捺不住地现身了。

是对老男人的一个嘲讽。什么意思？短信息背后的真实意图是什么？大概是想洗脱自己，证明杰瑞的丢失和他无关吧？

老男人不会动杰瑞。上次没有动，这一回更没有动的必要。

叮咚……叮咚……又有门铃的声音响起来。

那一定是别人家的门铃声。没有人会来敲响他们的门。王小柔丝毫没有起身的意思。

叮咚……叮咚……

小柔，门铃响呢，有人来了，没准儿是有杰瑞的消息了！于永志亢奋地吆喝。

于永志亢奋的吆喝像一只弹性良好的弹簧，很容易就将王小柔轻飘飘的小身子弹了起来。一直弹到门口。

开门。门口站着的却是球球妈妈。时髦而又性感的女人手里端着一只大号花瓷碗，大号花瓷碗里是满满的炖大肉。

是你们去街上贴的"寻狗启事"么？王小柔说。

这扇门,

五十九

关键词：杰瑞　女流浪狗

标签：互相取暖

　　街上飘着的炖大肉的香味幻化成无数把小钩子，它们伸进杰瑞的肠胃里，一通搅动。杰瑞的一副肠胃便翻天覆地了。那情景多像女主人用筷子搅动碗里的鸡蛋啊。鸡蛋被筷子搅动时很难过么，它为什么从来没有吭过声？

　　扑扑沓沓地，女流浪狗跑了过来。她真是能干，嘴巴里又叼着一块骨头。跑到杰瑞跟前，把嘴里的骨头吐出来，看着杰瑞。趴在地上的杰瑞把视线从骨头上移开，尽管他又冷又饿。看得出来，女流浪狗也饿坏了。干瘪的肠子举着示威的牌子，又在为维护它的权益抗议了。女流浪狗的喉管蠕动着，将示威声拦截住，不要它泄露出来。防止被杰瑞收听到。

　　杰瑞没有想到，女流浪狗会成为他在这个世上最后的，也是最安全的依靠。

两天前的那个上午，他从憨憨家跑出来，开始了一次长时间的狂奔。他不能停下来，只有狂奔才能消耗掉他体内的委屈、愤怒，以及被抛弃的绝望。他把自己的身体跑成一团棕色的烟雾。跑过行走着的人，跑过骑自行车的人，跑过开电动三轮车的人。他两耳生风地跑过一辆三轮车时，听到开三轮车的人发出的一声惊叹，这是啥东西，跑这么快？他知道那句话和他有关系，和他的奔跑有关系。他不知道跑了多久，不知道跑到了哪里。直到完全被疲惫主宰，杰瑞才将奔跑终止在这座城市的一个陌生角落。占据了一小片土地，将自己棕色的小身子瘫软上去，再将一条红舌头长长地吐在唇外，排泄奔跑中积蓄的汗液。忽然，杰瑞的耳朵捕捉到了一阵和他非常相似的喘息之声，而且，声音的发源地就在他不远处。

一个转头，竟是女流浪狗。她的四肢尽量地伸展开去，尽量使肚皮更充分地贴在被寒冷浸透了的土地上。这个降温的动作是属于夏天的。

女流浪狗拿了坚定的眼神迎着杰瑞。她在明确地告诉杰瑞，无论发生了什么，她都会追随着他，她都会给他力量。

杰瑞不能不感动了，不能不动容了。在他最脆弱、最无助的时候，女流浪狗的坚定无异于一根拐杖般，起到了支撑的作用。及时地顶住了他摇摇欲坠的精神屋顶。虽然这份支撑的力量不够强大，远远不能修复他破损的精神家园，但起码托了他一下。

绝境中的支撑，绝境中的不离不弃，是多么的珍贵啊。

在那一瞬间，杰瑞决定，以后，一定要对女流浪狗好。

对她好是责任。

对流浪生活有着丰富经验的女流浪狗更像杰瑞的母亲。杰瑞像无知的孩子一样被她照顾，被她呵护。杰瑞只是一条被人类豢养和宠爱的狗狗，离开了豢养他的环境，生存对他而言是一个不小的挑战。流浪生活不过是一个抽象的概念，他从来没有想过女流浪狗以前流浪日子的细枝末节。所以，他对流浪的日子是一无所知的，是无所适从的。幸好，有女流浪狗在。此时的杰瑞不仅仅是她爱恋的对象，同时还是需要她照顾的孩童。她愿意扮演好妻性和母性这两个角色。

母性的爱是有爆发力的，它可以让平庸变得智慧，可以让平凡闪耀出炫目的光彩。此刻的女流浪狗在母性之爱的驱动下，就事无巨细地智慧着。她想，首先要解决的是夜晚的寒冷。杰瑞身上的皮毛让温暖宠坏了，早已经丧失了抗寒的性能。今年的寒冷又是异常的残暴，幸亏杰瑞帮忙，有了储藏室门前的"家"，否则，每一个夜晚都将成为一个严峻的考验。在夜晚来临之前，一定要做好保暖的工作。于是，女流浪狗开始到处寻寻觅觅。

杰瑞眼看着女流浪狗把从角角落落或者垃圾桶里捡拾来的破破烂烂的东西聚集在一起，他不知道她在干什么。她蚂蚁似的忙碌着，一趟又一趟，每一趟转回来时，嘴巴里都会衔了一些或轻或重的物体。细小的炮仗皮子，零碎的干草屑。它们渐渐地成长，渐渐地由微薄走向丰厚。有一次女流浪狗转回来，嘴巴里居然是一件哪户人家舍弃掉的旧衣物。女流浪狗把它当成了一个巨大的收获，所以，她掩饰不住兴奋的表情，老远，就朝杰瑞得意地摆起了那根激动的尾巴。渐渐地，杰瑞弄懂了女流浪狗忙碌的含意。

那些东西是肮脏的，杰瑞拒绝沾染它们。杰瑞拒绝的还有女流浪狗从垃圾里挑拣出来的数量微小的食物。一两块干涩坚硬的馒头，上边沾染着各种冻僵了的污物。

女流浪狗只好无奈地看着肚皮瘪瘪的杰瑞倚着一段背风的墙体，将瑟缩的身子蜷成一个球球。天黑了，城市渐渐地安静下来。夜晚睡眠的大幕缓缓地拉开了，窗子后边亮着的灯开始一盏接着一盏地谢幕。原本就稀疏的迎接年的鞭炮声，上一声与下一声的间隔更加大了。夜失去了倾听的耐性，恹恹地由浅睡进入了深度睡眠。

习惯了人类作息时间的杰瑞却无法和夜相契合，一起进入到享受的深度睡眠。睡眠总是浅浅的，刚要往深度迈进时，哪怕脚步再轻，也会被寒冷发现。寒冷狰狞着面目，一把将杰瑞捉住，拎出睡眠的门口。

清醒的滋味简直是痛苦极了。透骨的冷，饥饿，被抛弃的绝望……排着队伍来到杰瑞的面前。它们角色是不同的，但是无一例外地都张着一张血盆大口，血盆大口里是尖刺刺的牙齿。那些牙齿轻而易举地就可以把杰瑞磨成齑粉。

呜呜——杰瑞的灵魂退缩着，发出惊恐的呜呜声。

不要怕，乖孩子，妈妈在你的身边——冥冥之中，杰瑞听到了母亲的呼唤。他的狗妈妈从他生命最初两个月的记忆里走出来，将他拥在怀里。用她的怀抱温暖着他，安抚着他。有妈妈在，那些准备吞噬他的血盆大口们灰溜溜地暂时退去了。杰瑞，追随着夜的节奏，进入到了安详的睡眠中。

嘭——一支淘气的烟花陨落在天际。受到惊扰的杰瑞，迅速地脱离睡眠状态，一边张开两只大眼睛寻觅着烟花的踪影，一边本能地往母亲的怀抱里靠拢。他没有忘记，他是在母亲的怀抱里的。任何的风吹草动，母亲的怀抱都是逃避的港湾。忽然间，他发现不对了。

拥住他的，不是母亲，而是女流浪狗。肮脏得看不出毛发颜色的女流浪狗。而且，他的身上覆盖着厚厚的女流浪狗捡拾回来的各种物件。女流浪狗和各种覆盖物散发出一种综合在一起的难闻的气味。

噌的一下子，杰瑞跳了起来。逃离了女流浪狗的怀抱，逃离了各种的覆盖物。和她，和它们保持了一定距离的杰瑞，回味并审视着眼前的所发生。

女流浪狗没有动，依旧保持着一个拥抱的动作。眼睛里却溢着无奈的哀伤。

杰瑞忽然意识到，他的举动伤害了女流浪狗。

他不再是从前的杰瑞，现在的他，不过是一只和女流浪狗一样的流浪狗。他没有资格嫌弃她的怀抱。他不能违背对她好的誓言。

于是，杰瑞走向女流浪狗，把自己的身子填进她打开的怀抱里。

两条身子互相温暖着，共同抵御外界肆虐的寒冷。

六十

关键词：<u>杰瑞　女流浪狗</u>

标签：<u>杰瑞病了</u>

到了年三十儿中午，杰瑞整整两天没有进食了。

他确信自己是一条流浪狗了。身上散发着和女流浪狗一样的味道，白天尽量隐没在人类的视线以外，以免招来人们憎恶的目光，和顽皮孩童的追打。承认了自己流浪狗的身份，却还是不能做到像女流浪狗那样香甜地吃下从垃圾里扒出来的食物。他打算和垃圾食物抗衡，到他失去最后一丝力气，被它打败和征服。只要他还有气力挺住，他就拒绝吃下它。一两块干涩坚硬的馒头不见了，进了女流浪狗的肚子。它们在女流浪狗的肠胃里消化掉，用它们的生命换回些许的能量。些许的能量支撑着女流浪狗开始新一轮的寻找。她要找到杰瑞爱吃的东西。她要让杰瑞活下去。

杰瑞阻止不了女流浪狗源源不断的母性。她已经彻底把他当

这 扇 门，

成了她的孩子，为了照顾好自己的孩子，她愿意赴汤蹈火。很快，自己就会像女流浪狗一样，从容地在一只又一只的垃圾桶挑拣着果腹的食物。很快，自己就会变成一只彻头彻尾的流浪狗。

比他变成一只彻头彻尾的流浪狗还要郁闷的是，杰瑞发现自己满胸的怨愤正逐渐地被压缩，一种撕扯他心肺的思念填补了压缩出来的空间。

最初，怨愤受到思念的挤压时，杰瑞假装忽视它的存在。他怎么可能会思念呢？想想无情的抛弃吧。然而，随着时间一寸一寸地移动，思念的空间也在一寸一寸地增长。它以增长的方式做矛，来戳破杰瑞那面假装的盾。盾破了，杰瑞的心痛了。

且疼痛愈来愈烈。胜过了饥饿的煎熬。

当女流浪狗惊喜着神情，在大年三十儿的中午，把那块宝贵的骨头抛掷在他嘴边时，杰瑞内心的怨愤在和思念之战中，彻底溃败了。他知道今天是人类一个特别的日子，在往年今天的中午，女主人都会炖上一锅带骨头的肉。带骨头的肉肉真是香啊，他流着口水在厨房里有目的地转悠，来引起女主人的注意。早就看穿了他真实意图的女主人，拿了软软的目光轻抚着他，乖，再等一会儿，就一小会儿，肉肉马上就好了。一小会儿的时间好漫长噢，他无法在这个"漫长"里静下来，即刻就吃到口的欲望搅得他片刻不得安宁。女主人嘲笑他，张开嘴巴让妈妈看看，看看我家杰瑞的牙齿是不是馋掉了！说着，却将筷子伸进肉骨头锅里，一番挑拣，筷子再出来时，上边就拈了一小块肉骨头。天，幸福的时刻终于来了。杰瑞掉头跑向自己的食碟，只等着女主人将筷子上的肉骨头丢进食碟里。这时的女主人却不急着让他吃到肉骨头，而是先把它放进一只碗里，再用牙齿配合了，将骨头上的肉和骨头剥离开来。将肉放进杰瑞的食碟里，骨头置于杰瑞无法企及的高处。看着他狼吞虎咽的吃相，女主人软着声音责备，杰瑞，慢点吃，没人跟你抢！

等到一锅肉完全地止了火，杰瑞已经吃得八九分饱了。八九分饱怎么能成呢？如此美味的肉肉不知胜过平常日子里的肉肉多少倍呢。向来不贪食的杰瑞无法抵御美味的诱惑，一直将八九成饱提升到十成饱，十一成饱。杰瑞，别吃多了，妈妈给留着，下顿再吃好不好？这句话女主人已经说了几次了，但架不住他哀求的目光，又开始给他往食碟里剥骨头上的肉肉。

纵容的结果是，他跑肚拉稀了。女主人抱着他去宠物医院打针，刚向女主人发出要便便的信号，不等女主人把他放在地上，一泡清汤寡水的便便就喷到了女主人的身上。女主人不但不生气，还心疼得泪汪汪的，杰瑞，是不是肚肚疼啊，看你下回还吃不吃瞎食了。

记忆的手掌将杰瑞的肚子揉得丝丝地疼了起来。并且很快，丝丝的疼痛就变成了尖锐的疼痛。疼吧，使劲地疼吧。疼到让抛弃他的女主人心疼，然后抱着他去医院。

疼吧。疼吧。

女流浪狗把好不容易寻来的骨头往杰瑞的嘴边推了推。杰瑞索性闭上了眼睛。气息微弱的意念命令他，眼前的这块骨头不是他杰瑞吃的。那是没人要的流浪狗才吃的东西。他要吃的，是从肉骨头上剥离下来的肉肉。这个意念犹如铠甲一般，穿在他的身上，让垃圾食物无可奈何。在和杰瑞的战争中，垃圾食物明明是

这 扇 门

胜券在握了，忽然，没有招架之功的杰瑞，仿佛一瞬间有了神功护体。胜利的曙光黯然着，点亮的希望遥遥无期了。

女流浪狗多么盼望杰瑞赶快把骨头吃下去，只有吃下骨头，才有活下去的可能性。杰瑞曾经的骄傲让女流浪狗迷恋，让女流浪狗望尘莫及。现在的杰瑞依旧保持着他的骄傲，他拒绝垃圾食物，就是拒绝变成真正的流浪狗。这种拿着生命开玩笑的骄傲，着实地令女流浪狗心碎。她不知道杰瑞在想些什么。寒冷的夜晚，杰瑞接受了她的怀抱，接受了她的覆盖，她为这个接受欢欣鼓舞，为这个接受幸福得要死。她想象着杰瑞以流浪狗的身份和她出双入对，和她生儿育女，那样的日子，将是激动人心的。然而，女流浪狗很快发觉，这样的日子有可能是她一厢情愿的。杰瑞拒绝她捡拾来的垃圾食物，他不愿意为了她吃下它们。也许，在他的心里，她没有他的尊严分量重。

他的身子在颤抖。不是风制造出来的效果。今天很难得是一个无风的天气。杰瑞为什么颤抖呢，他冷么？女流浪狗钻进覆盖物中，打开怀抱紧紧地拥了杰瑞，用她的体温暖着杰瑞。用这个方式，他们已经成功地度过了两个夜晚，不是么？当女流浪狗的身子贴紧杰瑞的身子时，女流浪狗被杰瑞滚烫的身体狠狠地灼了一下。她吓了一跳，这是不正常的，怪不得他连骨头都不吃呢。

无助，像一只怪兽的巨大手掌。毫无心理准备的女流浪狗，突然就被它牢牢地攥在手掌里。她的信心，她对明天的希望，在瞬间被怪兽的手指捏得粉碎。在她的流浪生涯里，她亲眼见到前一天还好好的狗狗，转天就陈尸街头了。流浪的狗狗，是一个自生自灭的群体，没有人会关心这个群体的生老病死。他们生病了，只有一个选择，那就是等待死亡的光临。杰瑞也一定是生病了。她可以帮杰瑞解决寒冷的问题，可以帮杰瑞解决食物的问题，可是，她没有能力不让杰瑞生病。生病的杰瑞会死么？

会的，一定会的。他会像那些没人管的流浪狗一样死掉。女流浪狗伤心欲绝地抱紧了杰瑞。紧紧地抱着。她感到杰瑞生命的迹象正在她的怀里一点一点地微弱下去。

忽然，一个模糊的人影慢慢地走进女流浪狗的悲伤里。女流浪狗仔细地辨别着那人的具体容颜，有几分似曾相识的感觉。随着距离的拉近，女流浪狗看清了，在她悲伤里行走的人是杰瑞的女主人。她微笑着安慰女流浪狗不要难过，她来救杰瑞了。

是啊，怎么就忘了杰瑞的女主人了呢。女流浪狗停止了悲伤，放开怀抱里的杰瑞，从地上爬起来。她准备去找王小柔，因为只有王小柔才可以挽救杰瑞的生命。

站在这个城市最偏僻的一个角落里，女流浪狗用眼睛确定着王小柔居住的方向。环视了一下四周，没有发现对杰瑞不利的异常因素后，嗅着两天前来时遗留下的身体气味，一路逆行，朝着有王小柔的方向进军。

六十一

关键词：王小柔　女流浪狗

标签：带你去找杰瑞

天黑了，鞭炮声忽然间密集了。那是家家煮饺子时燃放的鞭炮。小时候的年三十儿，母亲将灶上的一锅水煮沸了，就端来齐整地码放在高粱秆盖帘上的饺子，担在锅沿上，一只手稳住盖帘，一只手做好推饺子下水的准备。母亲的头歪着，看着院子里忙着点鞭炮的父子两个；耳朵张开着，只等鞭炮在自家的院子里炸响。伴随着噼里啪啦的鞭炮声，盖帘上造型精致的饺子纷纷跳进翻滚的开水里。为啥年三十儿煮饺子要放炮呢？母亲却答不上来。后来，王小柔才知道，那是和一个传说有关系。吃了饺子，一家人就围坐在炕上，津津有味地看十四英寸黑白电视机里播放的春节联欢晚会。有电视和没电视就是不一样。村里没有电视的时候，年三十儿的街上灌满了大大小小的孩伢子。打灯笼，放鞭炮，集体欢笑，是整个晚上的主题。集体的欢乐就如同一整板儿的未被切割的豆腐。自从有了电视，整板儿的欢乐就被分割成了条条块块，被带进每一家每一户了。

乡村的年三十儿越来越像城市的年三十儿了。

父亲和哑哥包饺子了么，煮饺子放鞭炮了么？吃过饺子的他们，是不是正坐在电视机前，等着晚会的开始呢？

是啊，快到晚会的时间了。不用看表，听听街上鞭炮的疏密程度就知道了。

刚才还有些密度的鞭炮声像掉了齿儿的梳子一样了，稀稀落落的。这代表着越来越多的人家煮了饺子，吃了饺子，守候在电视机前，等着春晚的开始。人们为春晚备好了足够多的挑剔的目光和口水，岂能错过呢。

一切都与王小柔家无关。三十儿晚上的饺子，三十儿晚上的鞭炮，三十儿晚上的春晚。更别说挑剔的目光和口水。

晚饭是简洁而又简单的。一点白米饭，菜是球球妈妈送来的炖肉放在锅里又热了热。于永志吃得很少。吃饭是需要情绪的，对杰瑞的担心，对王小柔的担心，让他的胃口对吃饭失去了兴致。他说不吃了，王小柔质地脆弱的小身子就飘走了。她没有因为他吃下的食物过少而表现出一丝一毫的同情。唯有这样才是正常的，王小柔的行为是和情绪相辅相成的。她认定了杰瑞因他而丢失，他是罪不可恕的。他不敢对此时的王小柔抱有任何的幻想，比如一个相对软和的眼神，比如给他打开电视，等等。身边的那面镜子倒伏着，本该发挥重要作用的夜晚，难得地赋闲起来。于永志希望王小柔在肯喂他饭的基础上，再做一件好事，替他打开电视

这 扇 门，

机。和吃饭一样，看电视也是需要情绪的。他只是想听到屋里有
声音，有响动。声音可以弱化掉他内心的恐惧。是的，他太恐惧
了。而且，随着时间的推移，他越来越恐惧。他不知道下一刻将
会有什么事情发生。可是，王小柔端着他吃剩下的饭飘走了。她
没有为他打开电视机的意思。

　　他不敢向王小柔提出打开电视的要求。他的任何要求都有可
能成为导火索，引爆暂时的平静。只好被惊恐掐着脖子，一步一
步地挪动着。

　　王小柔在杰瑞的食碟前蹲下来。用牙齿慢慢地撕扯着一块骨
头上的肉。这块肉骨头是她特意挑选出来的，它上边的肉最多、
最丰厚。王小柔并没有把从骨头上分离下来的肉直接放进面前的
食碟，而是再细细地用牙齿碎一遍，然后掺进少量的米饭，搅拌
均匀。这种吃法，既可以保证杰瑞吃到一顿美餐，又不至于吃多
了拉肚子。经历了那个"拉稀"的春节后，王小柔逐渐地摸索出
了对杰瑞健康有益的喂养方式。

　　王小柔认真细致地搅拌着，让每一粒米饭和肉末充分融合。
嘿嘿……王小柔轻轻地笑出了声。这是胜利的笑声。

　　一碗被充分融合了的米饭拌肉，谅杰瑞再"狡诈"，也无法将
它们彻底泾渭分明地分清楚了。刚开始，他总是无视了王小柔的
劳动成果，无视了王小柔的良苦用心，用他那张刁蛮的小嘴在米
饭拌肉里挑来拣去。最后，只剩下了清一色的米饭粒儿，饭里的
肉肉全落了他的小肚皮。吃完了，还不忘用胜利者的眼光回报王
小柔。王小柔岂肯服输，一次一次地改进方案。终于发现杰瑞取
胜的症结，原来，是肉肉的块头有点大了。王小柔立刻修改方案，

将块状的肉肉碎成末儿状的肉肉。这一回，轮到王小柔享受胜利者的喜悦了。

一脉红晕游丝般缓缓爬上王小柔的面颊。使得沉浸在幸福回忆中的女人看上去有了潮润的气色，质地不那么脆弱了。

吃饭了，杰瑞！王小柔将搅拌好的米饭和肉倒进杰瑞的食碟里。

吃饭了，杰瑞……王小柔呢喃着。两条酥酥的腿无力负荷身体的重量，王小柔便顺着柔软的方向滑落在冰凉的地上。

把自己坐成一座雕塑，一动不动。时间擦着她的衣服和皮肤流淌，发出细微的簌簌之声。

窗外的热闹好像是从天而降，焰火、鞭炮是热闹的主角，处在极度亢奋状态中的它们，欢呼雀跃着，迎接马上就要敲响的新年的钟声。焰火的光芒一浪跟着一浪扑打在王小柔家的窗子上。热烈而又执着。

这时，王小柔的耳朵捕获到了另外一种声音。有别于窗外热烈气氛的一种声音。所以，尽管这个声音是微弱的，但还是以它的特别被王小柔在第一时间分辨出来。

王小柔如一朵浪花，一瞬间被恶风席卷到门口。打开门，垂下头，寻了声音的来源。天，居然是女流浪狗！

女流浪狗一副深度疲惫的模样，看上去刚刚经历了异常艰苦的远行和跋涉。她看着王小柔，用哀求的眼神。

这么晚，她从哪里来，为什么她的眼睛里全是无助和哀求？杰瑞！对，是杰瑞。她一定知道杰瑞在哪里，而且，杰瑞一定出事了。

女流浪狗的出现无疑给王小柔注入了一剂兴奋剂。她迅疾地

这扇门，

套上羽绒服，换上鞋子。和女流浪狗一起下了楼。此刻，新年的钟声敲响了。街上的焰火绚烂到了高潮。

王小柔骑着自行车，跟在女流浪狗的后边。一直朝着城市的南边挺进。

街上鲜有几个人的影子。高潮逐渐回落的焰火，偶尔会在远处某个居民区的楼顶上空完成一次美丽的盛开。转过一条街，马路便道上一个年轻的三轮车师傅缩着颈子，坐在座位上，仰头将视线投向浓黑的夜幕。两只手揣在三轮车车把上的两只油乎乎的棉套袖里。听见人行的动静，三轮师傅把目光从夜幕中捎回来，转头望着王小柔。他的眼睛仿若装在了一只滑轮上，灵动地跟着王小柔转动。他在疑惑，这么晚了，一个年轻的女子跟在一只狗后边去干什么？那只狗，看上去一点也不像这女子家里的。若是平常，半夜里被一双眼睛这样盯着看，王小柔恐怕早就胆战心惊了。而此刻的王小柔是无所畏惧的，是所向披靡的。一双眼睛的窥视实在算不了什么。

王小柔很快就把年轻的三轮师傅疑惑的目光甩在身后了。

三轮车——

三轮师傅操着一口非本地的口音，朝着王小柔的背影唱出一句慵懒的吆喝。

女流浪狗奔跑的步伐越来越和王小柔焦躁急切的心情不合拍了。踉跄，缓慢。王小柔不忍再催促她，她已经尽了全力了。忽然，王小柔灵机一动，从自行车上跳下来，喝住女流浪狗，将她放进自行车的车筐里。再继续前进。王小柔相信，女流浪狗也和杰瑞一样，是有灵性的。如果行走的路径是错误的，女流浪狗一定会用她的方式来提醒。

过了十二点，就是大年初一了。大年初一凌晨一点左右，经过一个小时的行进，王小柔和女流浪狗即将到达目的地了。女流浪狗大概已经嗅到了空气中弥散的杰瑞的气味，她用前爪扒住车筐站立的身子由于激动，突突地高频率地抖擞着。两只眼睛的眼白通红通红，喉管里发出一种尖细的吟鸣，脖颈伸得长长的，像是被一只无形的手捏了，引向一个方向。王小柔从女流浪狗的反应判断，杰瑞肯定就在附近了。于是，她停下来，从车筐里拎出女流浪狗，放在地上。女流浪狗的脚刚一着地，就发疯般朝着一片旧模旧样的宿舍区的尽头跑去。几个小迂回过后，在一处背风的墙体下，戛然止住步子。

没有杰瑞的影子。除了地上散落的一些鞭炮的碎屑，除了一堆集中在一起的破破烂烂的杂物。会不会根本就是一个玩笑？一条流浪狗和她开的一个玩笑？这个突然闪现出来的念头，很快就充当了灭火器的作用，将喷射的目标对准了王小柔心中跳跃的希望之火。

汪，汪，汪……

站在那堆集中在一起的杂物跟前的女流浪狗，见王小柔无动于衷，开始焦躁地狂吠。她的狂吠看上去是倾尽了生命的全部力量的。

王小柔的心一动，将自行车靠在墙上，弯腰从地上捡起一段干树枝，用干树枝去拨那团杂物。只拨了几下，两只洞开的眼睛便从杂物中裸露出来。

这扇门

杰瑞的眼睛！

衰弱到极致。哀怨到极致。无助到极致。期盼到极致……所有的极致集合在一起，形成一股强大的冲击波。扑通——王小柔的双膝跪地，喉间滚动着对杰瑞的呼唤，两手毫不犹豫地探进杂物堆，把杰瑞拎了出来。

杰瑞两只漂亮的大眼睛依旧如初地洞开着。没有其他表情的介入。

杰瑞！你还活着么？

他的身上是滚烫的。体温还在，呼吸还在，生命还在。颤抖也在。

杰瑞，你是不是冷啊？

王小柔迅速地拉开羽绒服的拉链，将杰瑞放进她的怀里。用一颗母性的心暖着杰瑞。

杰瑞慢慢地垂下眼皮，盖上眼睛。包裹住停泊在眼底的所有极致的表情。任它们浪潮般隐退而去。他困了，需要马上睡一觉。

又可以拥有一个无比香甜的睡眠了。

六十二

关键词：王小柔一家

标签：大年初一的下午

大年初一的下午，杰瑞的烧就差不多退尽了。退了烧的杰瑞依旧无精打采的，恹恹地喝水，恹恹地吃食碟里的米饭拌肉肉。从王小柔找到他的那一刻起，他还没有正式看过一眼王小柔。王小柔知道，杰瑞的"恹恹"是夸张了的，是故意做给她看的。他在用"恹恹"向王小柔发出抗议。哼，事情不算完呢，我心里的气还没消呢。

越发地像极了一个使性子的小孩子。王小柔偷窥着杰瑞的小伎俩，一颗负了太多生活沉重的心儿忽然被一把无形的钻子，钻了几个洞孔。只是这一次，从洞孔汩汩而出的，是和幸福有关联的一些感觉。王小柔搓了搓潮湿的眼睛，谢谢你，杰瑞！

《梁祝》小提琴协奏曲……手机的铃声响起来。

一个陌生的号码。

这扇门，

——您家是丢了一条叫杰瑞的狗么？我在街上看见一条和您家杰瑞很相像的狗，您要不要过来看看？是在某某街。对了，提供线索真的给奖励么？

对不起，让您失望了，我家杰瑞找到了。

一定是街上的那些"寻狗启事"惹来的。怎么就忘了呢，该给贴"寻狗启事"的人打一个电话的。

手里只有憨憨家的号码。电话通了，响了很久，不见有人来接。噢，今天是大年初一，拜年的日子，说不定家里没人吧。刚要准备挂了电话，那头却有了动静。憨憨妈妈的声音。憨憨妈妈的声音听上去也是恹恹的，和杰瑞有着几分相似。没有过年该有的喜庆，或者祥和。等不到憨憨妈妈问她因何事打电话，王小柔便主动表达了真诚的谢意，让她及憨憨爸爸放心，杰瑞已经寻找到了。憨憨妈妈噢噢地应答着，字数最多的一句话是，找到了就好。依然使用了恹恹的语气，并不见有半点的喜气掺杂进去。王小柔的内心不免生出几多的扫兴来。看来，人家未必就想听这个消息的。便准备结束这通索然无味的电话了。结束之前，王小柔问憨憨妈妈是否知道球球妈妈的电话。

岂料，这句话如同一根竿子，一根专门捅马蜂窝的竿子。憨憨妈妈突然就跳出了恹恹的状态，愤怒地吼，我哪知道那个狐狸精的电话！然后，电话就断了。

一竿子捅了马蜂窝。飞出来的马蜂狠狠地蜇了王小柔一口。王小柔并不觉得被蜇过的伤口有多痛，反倒认为那只蜇人的蜂子更痛苦些。

憨憨妈妈干吗对球球妈妈那么大火气呢？

不去管她吧，那是别人的事情。要不要去跟球球妈妈说一声呢？算了，杰瑞找到的消息迟早会传到她那里的。王小柔想起了在球球家门前，被球球妈妈拒之门外的情景。

大年初一的下午，还发生了两件事情。它们都和电话有关。它们几乎是同时发生在王小柔和憨憨妈妈通电话之后的。一通电话。一个短信息。

电话是博士男打来的。

打到了王小柔的手机上。先是拜年的套话，说得热情洋溢，置王小柔的冷淡于不顾。

别想打杰瑞的主意，你们！王小柔说"你们"的同时，拿了警惕防备的眼神扫了一下于永志。于永志用五官堆出一个胆怯的表情。意思是，他不敢。

纯粹的拜年，纯粹的。博士男说，放心吧，你家的于永志，你家的杰瑞，没人会动的，我已经找到做实验的对象了。

提前祝贺你实验成功。王小柔压抑着内心的喜悦。

谢谢，实验成功了，我请你们喝酒。

还和于永志说话么？

不了，替我转达对你们一家人的祝福就可以了。

收了电话，王小柔在她的小卧室里寻了正在自己的小房子里假寐的杰瑞，有些粗鲁地把杰瑞从小房子里拎出来，举到四目近距离相对，杰瑞，知道么，你的危险解除了。

不就是那个坏蛋的电话么？以为我不知道啊，我的耳朵灵着呢。尽管杰瑞尽量做出一副无所谓的样子，但是小脑袋在认真地琢磨着，博士男究竟说了些什么，才让女主人如此高兴。

王小柔举着杰瑞，将杰瑞放到于永志的床上。

你都听见了？

听见了，正合你心意，不是么？

开心么？

开心。

于永志咬着后槽牙说。他在他深爱的水仙女人眼里看到了幸灾乐祸。该死！该死的幸灾乐祸。

于永志慌忙把视线移开，逃脱了和王小柔对视的状态。他敢肯定，他的眼里流露出了恨意。他怕被她捕捉到。

现在说短信息。短信息是憨憨爸爸发来的。

杰瑞找到了，真好。别和憨憨妈妈一般计较，替她向你表示歉意——憨憨爸爸。

憨憨爸爸。是啊，不说憨憨爸爸又能说什么呢？除了憨憨爸爸、憨憨妈妈、球球妈妈、杰瑞妈妈等等这些称谓，谁也不知道狗狗爸爸和狗狗妈妈们真实的姓名。

片刻的犹豫，王小柔在手机屏幕上拼出两个字：谢谢。

就要发送了，王小柔的手指却停了下来。为什么要回复？

于是，便取消了发送。

业务还挺繁忙。于永志的眼珠子粘在屋顶上。

忙着总比闲着好吧。王小柔最见不得于永志这副阴阳怪气的模样。你不是想知道么，偏不告诉你！

手指索性继续在小手机上操作着。将短信息的号码提出来，存入。在姓名的那一栏里，写上：憨憨爸爸。

六十三

关键词：杰瑞　憨憨　小丑

标签：别动我的"女人"

　　日子也和人一样，经过一番折腾，累了，倦了。想休息了。王小柔、于永志、杰瑞一家子被日子裹挟着，进入了一段平静期。于永志在平静期里昏天黑地地看电视。不管什么样的节目，不仅看得津津有味，而且也很乖，没有像往常那样，牢骚不断，谩骂不断，批判不断。他在用很乖很投入来消磨他心中的郁结。和杰瑞合二为一的希望的破灭，博士男有可能实验成功给予他的打击。它们化成坚硬而又饱满的郁结，堵在他呼和吸的通道里。所以，他必须消磨掉它，让它在消磨中变小，变得柔软。王小柔在平静期里开始大量地阅读。大学的时候，一本《百年孤独》读得似懂非懂。隔了一些个年头再读，终于领略到了书中的精妙之处。除了睡觉，除了照顾于永志和杰瑞，几乎所有的时间都沉醉在阅读

这扇门，

里。沉醉使她忘了（？）"丑得不得了"，那个唤醒睡在她少女时代的偶像的虚幻人。杰瑞在平静期里逐渐地寻找着做两天流浪狗之前的感觉。在努力地减小流浪生涯产生的副作用，在努力地平衡自己。

又在楼下储藏室门前安家的女流浪狗在杰瑞一家暂时或者表面平静的生活中搅了一下。于是，暂时平静或是表面平静的生活里又漾起微澜。只是微澜，不足以让河边的人湿了鞋子湿了衣衫。

起因也是女流浪狗难以控制的，不是主观的因素可以决定的。大抵从大年初五开始，女流浪狗进入了发情期。一般而言，猫狗类的发情期多是在一年阴历的二月和八月。这两个季节温度适宜，猫狗体内某些被封存的情愫最容易活跃起来。很显然，女流浪狗没有遵循大众的规律，让自己的情之花绽放在一片肃杀里。

肃杀氛围里的绽放，因其独特和稀有，故而收到了意外的观赏效果。初五的早上，当杰瑞随着王小柔下楼时，憨憨已经在楼下了。情之花的芬芳是一场劫难，闻到它的憨憨们，心甘情愿地为之迷醉，心甘情愿地被它掠劫。而，女流浪狗情之花的掠劫对象显然是有选择性的。憨憨不在掠劫的范围之内。所以，杰瑞看到的情景是，急不可待的憨憨倚仗了身高马大，强迫女流浪狗让他享受一次掠劫的盛宴。女流浪狗也倚仗了身体轻灵的优势，一次一次地从憨憨抓扑的动作中逃脱。

杰瑞想起在憨憨家里时憨憨狭隘的表现，一股怒火闪耀着蓝莹莹的光芒从心里蹿升出来。明知道女流浪狗是他杰瑞的"人"，还做出如此无耻之举。他必须以牙还牙，让憨憨这个家伙知道他的东西不是轻易就能动得了的。杰瑞一身棕色的毛发像刺猬刺儿一样，根根竖立起来，小鼻子皱皱着，牙齿龇出唇外，身子拱成最具爆发力的姿态。

眼看一场战争发生在即，王小柔一声惊呼，杰瑞！同时，弯下身子准备揽起杰瑞。但是，她的怀抱遭到了杰瑞严厉的抗拒。他朝着王小柔目露凶光，晃了晃龇出来的锐利无比的牙齿，意思是，不想做第一个被攻击的目标，就不要阻止我！此刻的憨憨，也弃了女流浪狗，一步一步地逼近杰瑞。一场两个男狗之间的战争一触即发。然而，任谁都可以看得出来，这也将是一场毫无悬念的战争。

啊——随着一声撕破喉咙的尖叫，王小柔奋不顾身地用身体挡在憨憨和杰瑞之间。一个人和两只狗对峙着。

千钧一发之际，憨憨爸爸手里拎着一条铁链子一路小跑，不等憨憨有所反应，一个干净漂亮的动作，将链子套在憨憨的脖子上。牵住链子的手上加了力量，死死地勒住憨憨。被制住的憨憨抬起前爪，咔咔地抓挠着尚在冰封的大地。杰瑞岂肯放过绝好的进攻机会，嗖的一个飞跃，直攻憨憨的下三路。孰料，憨憨的头一低，待到再抬起时，杰瑞已经在他的齿间了。

杰瑞——

王小柔欲扑上去解救杰瑞，被憨憨爸爸喝住。只见憨憨爸爸迅速地击出一掌，憨憨的脑门因吃了这猝不及防的一掌，身子往后一个趔趄，不自主地松了嘴巴。杰瑞从阔大的嘴里跌落下来。

看看受伤了么？憨憨爸爸对弯腰去抱杰瑞的王小柔说。

细细地检查了一遍，杰瑞竟是毫发无损的。不过是刚才被叼住的皮毛处被憨憨的唾液润湿了而已。

没事，幸亏您来得及时。

这扇门，

我就知道憨憨今天不对劲。天还没亮就开始拍门，想出来，他倒是好鼻子。没事，这几天我锁上他，省得劳神。

憨憨爸爸牵着憨憨走了。临走，他回头看了一眼王小柔怀里的杰瑞。

脸上挂着何慕天式的微笑。

短信收到了。谢谢！

王小柔有些懊丧。为她说出这句毫无准备的话而懊丧。

憨憨走了，晚上，小丑们又闻着情之花的味道来了。小丑并不具备憨憨的体魄和力量，用他惯常的猥琐试探性地接近女流浪狗。用丑陋的鼻子嗅情之花的香味，用形体动作示好，以获得女流浪狗的好感。来达到他的目的。无奈，女流浪狗并不领情，她警惕性十足地守候着自己，防止情之花被不喜欢的小丑们摘了去。玷污了它。

杰瑞真是替球球叫屈了。如果球球不是一心一意地钟情这个讨厌的家伙，喜欢球球的他说不定是有机会的。这个可恶的一无是处的家伙，看起来并没有珍惜球球对他的钟情，又来这里寻欢作乐了。哼，他也不想想，女流浪狗是跟着谁的！杰瑞越想越气恼，他努力地挣脱王小柔的怀抱，冲上去，打算好好教训一下小丑。小丑见杰瑞冲杀过来，慌忙择路遁去。却也不是遁得无踪影，远距离地往这边观望着。和杰瑞耗着时间，给自己争取接近女流浪狗的机会。

你不是看么，就让你看个够。馋死你！在小丑的遥望下，杰瑞一个漂亮的动作，进入到情之花花丛中。

那扇门

杰瑞！王小柔缓过神儿来，忙着用脚去分离。为时已晚。

杰瑞和女流浪狗的身体已经紧紧地连接在一起。刚才，王小柔只是觉得狗狗之间的争风很有趣。倒是和人有着几分的相似。包括上午杰瑞和憨憨的对决，都是非常有意思的，也是值得思考的。杰瑞大概认定了女流浪狗是他的"女人"。自己的"女人"，一旦有"人"来招惹，侵犯的就不单单是"女人"自己了，而是"男人"的尊严。所以，"男人"要为了尊严而战。原来，人和狗狗在某些方面是有些相通的共性的。不想，一疏忽间，杰瑞就做出了这种让她尴尬万分的事情。

王小柔又是急，又是气，脸儿羞红了想去抱杰瑞，但是她又知道这个时候的杰瑞一旦被强行分离了，会有生命的危险。可是不去抱杰瑞，她实在不知道自己该干什么。袖着手干巴巴地等着杰瑞和脏兮兮的女流浪狗分开？站在两只身体连在一起的狗狗跟前，实在是不舒服。王小柔的身体燥热，额头上甚至沁出了汗水。她太紧张了，太怕有人从她和他们的身边经过。经过的人偏偏又认识她，和她打招呼，问她站在楼下干什么。她将如何回答？

王小柔一边偷窥着身边的动静，一边暗中祈祷，杰瑞，好杰瑞，快点吧！

时间怎么就像凝固了一样，稠糊糊、腻腻歪歪地赖在原地。王小柔恨不得踢它一脚，让它球一般滚动起来。

路灯下，几条鬼魅的人影朝着王小柔飘移过来。王小柔急中生出智慧，迅捷地逃进楼道里。在楼道暗影中等了又等，并不见几条人影过来。轻了脚步出来一看，人影早隐去了。或者进了旁边的楼道吧。

这 扇 门,

储藏室门前，那两条身子似乎还没有分离的迹象。

储藏室？对，储藏室。储藏室的铁门和王小柔的眼睛碰撞在一起，淬出一抹光亮。王小柔掏出钥匙，打开铁门，然后走近两条连在一起的身子。小心翼翼地将它们捧起来，移到储藏室里。再将门虚掩上。

一颗紧张的心终于像失去韧性的皮筋一样松弛了下来。一松懈，几分埋怨或者不甘心悠悠地从心底生出来。王小柔到底在生杰瑞的气了。他先是求了她，给女流浪狗安了一个家。她不但照着做了，而且还供应着每日的餐食。虽然女流浪狗在杰瑞离家的两天，立下了汗马功劳，但毕竟是一只流浪狗。女流浪狗做杰瑞的朋友，是她接受的底线。做"夫妻"，他们是不对等的。是不和谐的。

咻——王小柔被自己的和谐论逗笑了。因为她很快意识到，不和谐的岂止是杰瑞和女流浪狗。球球和小丑和谐么？憨憨爸爸和憨憨妈妈和谐么？她和于永志和谐么？

怎么这么多的不和谐？不和谐存在的意义又是什么？

身后虚掩的门拱了一下，杰瑞和女流浪狗从里边走出来。

抱着路灯杆子，杰瑞撒了泡尿水，跟着王小柔上楼。王小柔注意到，杰瑞没有回头看一眼目送他的女流浪狗。

女流浪狗是他的"女人"，却不是他爱的"女人"。

王小柔忽然想起了憨憨爸爸给她讲的那个故事。憨憨妈妈是憨憨爸爸的女人。仅此。

也和爱情无关。是这样的么？

六十四

关键词：<u>王小柔　老男人　何慕天</u>

标签：<u>上班前一天晚上</u>

　　明天就要上班了。中庸男性副主任、女同事Ａ和Ｂ、老男人，排着队伍走进王小柔这几日经营的一池宁静。平静立即被打破了。漾开来的一圈又一圈的涟漪，坚硬地撞击着王小柔。

　　这些人，这些面孔，都是她不愿意面对且又必须面对的。尤其是老男人。他就是套在她灵魂上的一道紧箍咒。她不知道何时才能摆脱掉它。他是威严的、衰老的、淫邪的，也是讨好的。前两次，她都成功地逃脱了，可是，如果再有第三次，她还会如此幸运么？老男人对她的迁就，使得她体内滋生了一股无所畏惧的勇气。她也几乎认为自己是无所畏惧的了。她倚仗着它无视老男人，冷淡老男人。认真地想一想，自己真是可笑。老男人不过是暂时念动咒语，暂时让套住她灵魂的紧箍咒松动了一下，虚晃一

这扇门,

招，给她制造了一个错觉。多像一个人在舞台上表演啊，她的所有演技一定被台下的老男人看得清清楚楚。他却故意不戳破她表演的小伎俩。因为，一切都在他的掌控之下。

就是这样的。就是这样的。经过一番理性的分析，王小柔得出了认为最接近事实本真的结论。

她预感到，老男人不会轻易放过她。具体怎么个不放过法儿，是她的推测和想象力所不能完成的。透过一片朦胧，她看到老男人的两片干嘴唇念念有词。他在念咒语，想缩紧她灵魂上的紧箍咒了。

疼啊——

王小柔双手环绕，抱紧了自己的灵魂。深深地缩进棉被里。她多么希望，这样疼痛就会减轻一点点。

手机铃声突然响起来。电视屏幕的右上角刚好显出时间的标志，于永志看了看，八点整。今晚的铃声响得有些特别。带着明显的焦躁。

小柔，接电话！他朝着王小柔的小卧室喊。

正在小房子里浅睡的杰瑞也爬出来，站在被棉被包裹着的王小柔跟前，汪汪地叫了两声。提醒王小柔赶快接电话。

王小柔从被子里颤颤地探出一只手，摸索到手机。来电显示是老家的区号，却不是家里的号码。会是谁呢？

——小柔！

是父亲的声音。它是无助的、哀戚的。

爸，到底咋了？王小柔迅速地让自己的身子保持了坐姿。

——你哑哥……粉碎性骨折……五万块钱的手术费……

自己摔的？她脑子里掠过哑哥骑电动车的身影。

——不知道被谁打的……小柔，救救哑哥吧……

爸，您别着急，我明天过去，带着钱！

……

手机依旧在耳朵上贴着。她说明天过去，还带着钱，去哪儿？

王小柔糊涂了。刚才谁打来的电话，她为什么要那样说？她可以离开家过去么？她有五万块钱可以带么？

于是，王小柔下了床，去了于永志的屋子，问于永志刚才是谁打来的电话。

不是爸爸打来的么？好像是哑哥出事了。小柔，你没事吧？

噢，是爸爸打来的，爸爸让我带着五万块钱去医院。王小柔恍然醒悟的样子。

小柔，求求你，不要吓我，相信我，一切都会好起来的。

于永志的眼眶里溢满了泪水。

是啊，我相信你，一切都会好起来的。王小柔叨念着于永志的话，往外走。

小柔，你干啥去，这么晚了？

我去拿五万块钱。一会儿就回来。

哪儿有五万块钱等着让你拿？天啊，杀了我吧，我活着一点用都没有……

于永志的号哭声将王小柔送出门外。

八点一刻，老男人接到了王小柔的短信：

郊外某某地见。立刻。

324

坐在一张沙发上看电视的老妻将一根脖子伸长了探过来，老男人收了手机，扔下一句，大领导找我有事，出去一趟。然后抓起外套就走了。

哎——老妻想说让司机来接吧，一看，人已经踪影全无了，便将"哎"下边的话赶着热气儿又吞进了肚子。女人知道，自己男人说的大领导是主管文教卫的副市长。喊，大领导算哪泡狗屎啊，放假也不让人消停。

老男人在街上打了车，马不停蹄地赶到王小柔指定的郊外某地。在一家制作空心砖的砖厂门口，老男人下了车。一盏破旧的不知挂了多少年头的红灯笼，挑在一根竹竿上，从院子里探出头来，越发给死气沉沉的砖厂添了几分孤独和悲凉。沿着砖厂往西二百米。二百米已经进入黑暗的深处。黑暗的脚下是一片旷野。

老男人走向一抹比黑暗更浓的影子。它一定是王小柔的。

为什么会来？

王小柔的影子将一团热气喷在老男人的脸上。

我必须来。你肯定遇到了难处。

我需要五万块钱。你可以说没有。

有。啥时要？

最迟明天早上。

好，明天一早我就把钱打到你的账户上。

谢谢——我会还你的。

回家吧。这里冷，别再感冒了。

王小柔的影子没有动。依旧保持了挺拔和僵硬的姿态。

你看我像不像一棵从土地里长出来的庄稼？

那扇门

像。

你知道你像啥？

你说像啥就像啥。

我说你像一把镰刀。一把收割庄稼的镰刀。

好，那我就做一次镰刀，来收割心爱的庄稼。

……

就在这里停吧。王小柔虚弱着对出租车司机说。

她不想立刻回家，她想用两只脚走完剩余的路。

她摇晃着小身子从便道上的这棵白蜡树，艰难地移向那棵白蜡树。它们的存在，是停顿，更是支撑。没有这些几乎是等距离栽种的白蜡树，她没有完成剩余行走的信心。

这条街如此的熟悉。是她每天上下班经过的街。是憨憨爸爸给她推着水果曾经走过的街。

行走越来越艰难。仿佛体内被充斥了重物，而且重物在不断地膨胀。当膨胀达到极限时，就要寻求一条出路。一个排泄的出口。然后释放。王小柔感觉到自己的灵魂已经随着膨胀弯曲成了球体，球体的表面是光滑的、完好的，没有一个可以供释放的出口。她已经失去了拥有排泄出口的资格。一个痛快淋漓的释放，她不配。

不配。

既然不配，就甘心做一只球体吧，一点一点地向前滚动吧。

费力地滚到下一棵白蜡树下，王小柔终于失去了最后一丝再朝前滚动的气力。她倚在白蜡树的树干上。静止着。

这 扇 门，

你，没事吧？

她没有动。那个声音一定和她没有关系。

没事吧，你？

两束关切的目光，近距离地抵住王小柔。

你是何慕天？

是。

你看得见我么？

嗯，看得见。

你看见的是我的灵魂，我的躯体变成了庄稼，被人收割走了……抱抱我的灵魂好么……好累啊……灵魂是干净的……它不会弄脏了你……

一个怀抱打开了。它将王小柔的灵魂紧紧地拥住。

你哭了么？

王小柔抬起脸。伸出冰凉的小手去擦何慕天脸上的泪水。为什么要哭呢？我还是喜欢你的笑，你不知道，你的笑好有魅力。

好，我笑，只要你喜欢。

他真的开始微笑了。何慕天式的微笑。还是有泪水涌出来，从微笑着的眼睛里涌出来。几点泪珠儿滴落在王小柔仰起的脸上。

不，是滴落在她的灵魂上。

几点泪珠儿忽然化成了锐器，它们将球体状的灵魂钻开了一个洞孔。里边液体样的重物便汩汩地顺着洞孔流淌出来……

六十五

关键词：王小柔　婆娘　父亲

标签：哑哥做手术了

正月初八。将近中午时，杰瑞听见楼道里响起了女主人的脚步声。仔细辨认，女主人的脚步声里还夹杂着另外一个人的脚步声。两个人的脚步声搅拌在一起。像是女主人的脚步在迁就另外那个人的脚步。另外那个人的脚步则是迟缓的，欠缺了轻灵。该不是女主人要把这个人带到家里来吧。今天的杰瑞不打算献上他的小亲昵。亲昵和撒娇是需要气氛的。一种紧张和惊恐的情绪，从昨天晚上开始又牢牢地攫住了他。家里又出事了。男主人无助的号哭声，像一只巨大的鼓槌，一声声全敲打在他的小心儿上。心都被敲碎了，却无能为力。这两天，女流浪狗被女主人锁在储藏室里，所以，让女流浪狗跟踪的可能性是零。

惊恐和紧张怎么总是喜欢来他家串门呢？它们不管受不受欢

这扇门，

迎，隔三差五就要来一次。他真想用尖牙把它们撕碎了。可是，他看不见它们的真实面孔。除了兀自躲在自己的小房子等待事情的进展和结局，他一点办法都没有。他怕男主人喊他过去，怕见到男主人眼睛里的绝望。因此，他尽量地团紧自己的身子，尽量地往小房子的深处缩。

两个人的脚步声，在门前停住了。马上，家里就会有一个陌生人的闯入。

这个人，会和他们这个家发生什么关系么？杰瑞的头从小房子里探出来。

他观望着。

随着王小柔进来的是一个婆娘。看不出来她的具体年龄，五十岁，或者六十岁？额头和眼角的皱纹生长得很茂盛，一副眼神让人想起几个词汇：沧桑，诚恳，干练。头上罩着的蓝色方头巾，把婆娘推向很遥远的时代。

站在门口，女人不动了。她看了看低头换拖鞋的王小柔，又看了看自己脚上的鞋子。

没事，进来吧。我把事情跟您交代完，急着走呢。

婆娘站着不动，两只粗糙的手在裤子上来回地摩挲。

王小柔只得到阳台上的杂物里翻找出于永志几年前穿过的一双棉拖鞋，让婆娘换了。换上拖鞋的女人这才心安理得地跟着王小柔，朝着于永志的卧室走。

突然，婆娘发现了横在她面前的杰瑞，正用审视和敌意的目光炯炯地盯着她。呀——一声尖叫，婆娘迅速地闪到王小柔的身后。

杰瑞，他就是杰瑞。王小柔向女人介绍。又对着杰瑞，杰瑞，不许没礼貌。

继续引着婆娘朝里走。

就是这个？哦——

婆娘指着床上的于永志，嘴巴圈成O形状。

看着眼前这个粗鄙的乡下婆子，于永志忽然顿悟了，小柔，你要走么？

对，他就是我要您照顾的人。现在我来教您怎样换尿垫子，怎样用尿不湿，怎样按摩。王小柔边说边做起了示范。

别动我！于永志大吼。

冇事的，甭害臊，我家里的娃儿比你小不了多少。婆娘安慰于永志。

于永志萎缩的身体裸露在婆娘的面前时，婆娘哀哀地叫了一声，我可怜的娃儿。

我求求您，现在，立刻，一秒钟也不要耽误，带上您的同情心赶快从我的视线里消失掉！

婆娘又局促起来，去看王小柔的脸色。王小柔用眼神暗示婆娘，不要理睬他。婆娘果然又专心地看起王小柔的动作来。

还有——王小柔站起来，领着婆娘去了厨房、卫生间。

还有——王小柔原地转了一个圈，寻找还需要交代的细节。

我在路上跟您说的杰瑞的饮食习惯、出去尿尿的次数和时间，您都记住了么？

记住了。

还有——还有什么呢？

哦，对了，还有女流浪狗。忘了跟您说了，楼下储藏室里还有一条狗，她是杰瑞的朋友。她的吃喝也得您负责。

记得了，记得了。婆娘的头点得像老母鸡啄碎米。

最后，王小柔手里拖着远行的行李箱，对屋子里的人和狗说，我走了。

除了婆娘，她没有收到于永志和杰瑞的应答。

他和他一致性地噤住声音。一致性地拿了沉默做武器。

手术室门外。天蓝色的塑料材质的椅子上，守着一老一少。

老的嘴唇翕动了几次。又合上几次。往复，循环。他想要说什么。可是又寻找不到一个话语的突破口。只好一口一口地吞咽着口水。尖锐的喉结在衰老的皮肤层下做危险的滑行。

咕咚——老的吞咽下一大口口水后，终于下定决心要说些什么了。

年前，张老六家的大丫头离婚住到娘家来了，三四岁的一个大小子判给男的那头了。大丫头想孩子想得闹心，偏就遇上不讲人情的一家人。放出话来，说想死了也别想见着孩子的影儿。大冷的天，大丫头天天一个人坐在村头的老磨盘上偷着抹眼泪。你哑哥啊，从小就喜欢大丫头。大丫头出嫁的时候，你正在上大学。那天啊，你哑哥追着娶亲的车跑了好几里地。大丫头嗓子都哭哑了，她埋怨你哑哥，今生不该托生个不会说话的人。

咕咚——又一大口口水吞咽下去。这个动作，像一个标点符号，使得叙述有了一个停顿感。

你也知道，你哑哥一向爱美，爱赶时髦。从小到大，也是让我给惯坏了。他磨着我要电动车，没办法，就给你打了电话。电动车买了，我才知道，这一回不是为了赶时髦。你哑哥是为了大丫头买的。他用电动车驮着大丫头，去大丫头的婆家看孩子。人家不让看，他们就在村里守着。小孩子在屋子里憋不住，总会有出来的时候吧。

不是我胆小，寻思着这样下去早晚得出事。拦又拦不住。他们前脚走，我后脚就赶到村头，盼着你哑哥全须全尾儿地回来。他要是出了点啥事，我对不起你死去的妈。想当年，我要人头没人头，要本事没本事，你妈带着一个哑巴孩子肯嫁给我，就图了一样，我能对孩子好。到底，我还是负了她，没有看好她的孩子。我，我对不起你妈——

一把老泪恣意地纵横。驼着的背部几乎弯曲成了一只老虾子。

少的动了一下嘴角，爸的故事编得不错。

爸，您是不是认为自己很伟大？是不是认为自己的事迹可以上央视新闻了？

老的听出了话语里的讥讽。极力地止住悲戚，惶恐地等待着下文。

其实，您很自私，为了成全自己的私心，不惜牺牲掉别人！

小柔，我知道我这辈子对不起你，欠了你的。你要是恨就尽管恨吧，我不怪你。

王小柔一声狞笑，从齿缝中碾出来几个字：

恨，有用么？

哑哥的手术做得很成功。

这扇门，

手术的第二天，大丫头来看哑哥。

脸上残存着几分秀色的大丫头，摸着哑哥吊起来的那条腿，眼泪一颗一颗地摔下来。边往下摔眼泪，边对哑哥说，你放心，往后你要是站不起来了，我就伺候你一辈子。

哑哥听懂了大丫头的话。含着泪花点了点头。然后又摇了摇头。

在眼前上演的人间真情感动了病房里其他的病人和家属。眼窝儿浅的女人们都跟着垂了几滴泪水。

独有王小柔是无动于衷的。在大家的眼里，她太像一个突然不小心坠落人间的仙子。人间的喜怒哀乐，对她是陌生的。

在病房的几天时间里，不食人间情绪的王小柔拒绝和人交流。水乳交融的病房气氛，奈何不了她，进入不了她，感染不了她。除了照顾病床上的哑哥，除了和医生有一些简洁的沟通，除了补交各种新增加的费用，会偶尔地踱到病房外，给家里打个电话。每一通电话，收到的都是一个效果。陕西汉中的婆娘都会操着一口土话告诉她，家里很好，于永志很好，杰瑞很好。

王小柔捏了捏身上粉色毛衫的口袋，手指触到一枚质感坚硬的物体。那是汉中婆娘的身份证。

汉中婆娘是王小柔在路边"捡"来的。那天，王小柔跑了大半个上午的家政公司，也没有寻到一个合适的，尽管她近乎是求了人家，说钱的问题好商量。一家小公司的老女经理，大概是正在饱受更年期的折磨，一张嘴就喷出一股躁气，时间太短，活儿又脏，谁愿意做？你说钱不是问题，能给个万八儿的也行。

万八儿的我绝对付得起，不过，我有点怀疑了，收费这么高，你们开的究竟是服务公司，还是卖屁股公司？

王小柔将这句恶毒的话朝着女经理掷过去，头也不回地走掉了。往外走的时候，她很奇怪，奇怪那女人为什么没有追上来挠她，或者呸呸地啐她两口。难道刚才自己并没有把那句恶毒的话说出口？如果那样，真是便宜了这个女人。她真想转回去大声地把那句恶毒的话骂出来，可是时间不允许。就在她匆忙地奔赴下一个家政公司，转过一个路口时，马路边上蹲着的一排人引起了她的注意。

她停住，仔细地去看。那些人的脚前都摆着一个小牌子，小牌子上边写着"油漆""木工""搬家"等字样。

你是油漆工？王小柔指着写有"油漆"的牌子，问牌子后边对应的那个人。

是。那人答，并且充满希望地站了起来。

噢，王小柔明白他们是干什么的了。一个牌子一个牌子地走过。最终在一块写有"保姆"的牌子前停住。牌子后边是一个戴着蓝色方头巾的看不出具体年龄的婆娘。

瘫在床上的人可以么？

可以的，可以的。婆娘拼命地点头。

婆娘浓重的口音让王小柔略略迟疑了一下。

额是从陕西汉中来的，喏，这是额的身份证。你要是不放心，就把它放在你那里好了。婆娘真的将身份证掏出来递给了王小柔。

就是她了。

王小柔把手伸进口袋，用手指捏出那张身份证。细细地看了，婆娘居然有一个雅致的名字——张彦彤。并非花儿朵儿之类的俗名字。谁给她取了这个名字？她有着怎样的家庭背景，为什么刚刚过完年就背井离乡去给人家做保姆？

六十六

关键词： **博士男　王小柔一家　汉中婆娘**

标签：<u>回家</u>

十天后，王小柔坐上了返家的长途车。

途中，王小柔意外地接到一个博士男打来的电话。

你知道，本来我已经放弃了你们家于永志。真的，请你相信我。

你到底想说什么？王小柔警觉起来。

是他求着我，我发誓，绝对是他求着我，你要是实在不相信，有他给你的录音为证。我心一软，就……不过，你放心，没事的，他那样只是暂时的。暂时的。

电话猝然挂断了。不等王小柔有所回应。

事实上，王小柔已经丧失了回应的力量了。博士男的电话就像突然从天上掉下来的一块铁饼子，嗵地砸在车顶上，车顶不堪重负，铁饼子便破车顶而入。偏偏王小柔的座位正对着铁饼子破车顶而入的地方。于是，铁饼子不客气地击中了她的头部。她毫无选择地晕了。

嗡嗡的旋转声。由远及近，从弱变强。随着嗡嗡声，她的身体在慢慢地打开。两只手臂在渐渐地羽化。它们马上就要变成两片翅膀。不要，不要飞走。她用头狠狠地抵住前边椅子的靠背。两只臂膀死死地环抱住自己的身子，她坚信，只要让臂膀合拢，自己就不会变成一只鸟儿飞走。尽管她很想飞走。

嗡嗡声终于远去了。王小柔获得了胜利。

王小柔从乱糟糟的思绪中拽出一根线头。她决定沿着这根线头捋下去。

拨通了家里的电话。

嘟——嘟——

电话通了。接电话的却不是汉中婆娘。

呜呜——

是杰瑞的声音。

杰瑞，是你么？

呜呜——杰瑞回应着王小柔。

杰瑞，把话筒放到爸爸那里。

呜呜——

王小柔听不懂杰瑞要表达的话语含意。呵斥杰瑞，把话筒给爸爸！

话筒里传来了很短促的嘟嘟声。杰瑞挂了电话。

看起来，家里真的出事了。博士男所言非虚。

这扇门，

王小柔拉开羽绒服的拉链，从里边毛衫的口袋里掏出汉中婆娘的身份证。

如果是真的，那么，身份证上的这个人一定充当了帮凶。只有在婆娘的帮助下，于永志才可能向博士男成功传递她不在家里的信息。然后，博士男赶过来运走了于永志去北京做手术。为了打消她的疑虑，婆娘留守在家里，接听她的电话，用一个平安的谎言稳住她。上车时，打电话告诉婆娘她要回家，婆娘肯定把这个消息及时通知了博士男，才有了博士男打给自己的电话。他们要在她回到家里之前，给她打上一剂预防针，让她心理有所准备。完成了所有任务的婆娘呢？很显然，怕王小柔问罪于她，提前溜掉了。

蓝色的方头巾。历经岁月的容颜。厚道的笑意。

婆娘一定是出去买菜了。自己的想象力过于发达了。于永志也不过是睡着了。至于博士男的电话，纯粹是出于报复的动机在恶搞。肯定是他的实验失败了，心情不好。

王小柔开始频繁地看手机屏幕上的时间。

她看见婆娘在菜摊上挑白菜。趁着菜贩子不注意，婆娘心细地掰掉了白菜外层的老帮子，这样就可以少算一些分量，减少一些不必要的金钱上的损失。哪怕这个损失是微量的，婆娘也要认真地计较着。她的小狡黠、小可爱，都在计较中显露出来。这就对了。无论婆娘的小狡黠，还是小可爱，都透露着一种久违的亲近感。

婆娘买来白菜是如何一个吃法呢？王小柔充满了期待。

婆娘往回走了。上楼。开门。

开门的动作还是有点笨拙。毕竟才十天。在婆娘看来，城里的防盗门一定很复杂、很麻烦。

进了门，婆娘将白菜放在厨房。好了，婆娘的手空出来了，可以接听王小柔的电话了。

嘟——嘟——

呜呜——接听电话的依旧是杰瑞。不是婆娘。

如豆的一星火苗，甚至都没来得及挣扎一下，就灭了。残酷的现实使王小柔不得不收回对婆娘善意的猜度，不得不接受被一个来自汉中的乡下婆娘玩弄于股掌之上的现实。婆娘多么像她的乡亲们，尽管他们有着这样或那样的性格上的缺陷，比如他们的小狡黠、小狭隘、小自私。但他们并不缺乏纯朴和善良。王小柔相信像她乡亲一样的婆娘，也是具备着部分美好品质的。可是，是什么让婆娘丧失了该具有的诚实呢？

是利益，还是于永志给她编造了一个让她动容的故事呢？

松开沁了凉汗的手掌，身份证上婆娘照片的头像模糊了。一张貌似王小柔乡亲的面庞随着潮气的退去，渐渐清晰起来。

杰瑞！拖着行李箱的王小柔站在门口招呼杰瑞。她不会忘了于永志做实验的最终目的，不会忘了他的那个和杰瑞合二为一的设想。如果杰瑞真的成了一个所谓的赫迈拉产品，那么，杰瑞就不再是从前的杰瑞了。不再是从前的杰瑞一定是有所变化的。

一袭棕色的外表尚在，漂亮的五官没变。但是很快，王小柔就觉出了变化。离家十天，依了杰瑞的性格，他该是委屈万分的。千辛万苦地把她盼回来，心里再怎么激动，表面上也要装装矜持的。而眼前的杰瑞分明不是，他的表情是惊喜的。而且，他惊喜

这扇门

的神态不是杰瑞惯常使用的。这样的神态那么像一个人——于永志。王小柔暗自打了一个冷战。

见王小柔没有什么表示，杰瑞掀了掀眉毛，抬起两条前腿儿，做了一个入怀的动作。王小柔弃了手里的行李箱，将杰瑞揽在怀里。在王小柔怀里的杰瑞，也摈弃了过去常用的亲昵方式，他近距离地端详着王小柔。王小柔迎着杰瑞的目光，审视和品评着他的端详。又是于永志式的。

杰瑞，还是你么？

杰瑞突然张开两只前爪，环住王小柔的脖子，将他的唇贴在王小柔两片干燥的唇上。一个标准的人类使用的吻。一小股腥膻的气味直扑王小柔的鼻腔。

杰瑞，干什么？王小柔一松手。嗷——杰瑞摔在质地坚硬的地板上。

于永志，你干的好事！一咬牙，王小柔跨过一副哀怜相的杰瑞，奔了于永志的卧室。她打算好好和于永志算一笔账。当然，还有博士男、汉中婆娘，他们一个都跑不掉。

床上的于永志居然在微笑。他无视了王小柔的狂怒，独自陶醉在胜利的喜悦中。你这个坏蛋！王小柔揪住被子的一角，一个潇洒的挥手，被子便飞走了。裸露出一具苍白萎缩的躯体。

为什么？今天你必须给我一个交代，否则我就活活冻死你！

王小柔的五官在脸上跳跃着。禁不住怒火的烧烤，想要集体逃跑的样子。

哇——于永志显然受了惊吓。发出婴儿才有的哭泣声。

你在要猴儿，是不是？是不是！我让你要，我让你要……王小柔抠住于永志的两扇肩膀，拼命地摇晃。于永志的一颗头跟着摇晃的节奏，滚动，摇摆。直到婴儿的啼哭声止了，王小柔才喘吁吁地停住了摇晃。

说吧，给我一个交代——她继续讨要一个答案。

一颗头在枕头上静止了的于永志，正慢慢地弯下两只嘴角。现出清晰的婴儿式的委屈和恐惧。两朵泪花在眼睛里打着苞，不敢怒放。

近乎原生态的清纯。看不出假装和戏耍的痕迹。

王小柔想起博士男打给她的那个电话。电话里，博士男分明是暗示了什么。难道，眼前婴儿般的于永志就是他要暗示的内容么？

于永志，你看看我是谁？

他一定是认不出她了，也一定是听不懂她的问话。面对陌生的侵入者和无端的伤害，委屈和恐惧是婴儿仅有的防卫武器。

狗日的博士男，我要杀了你！

王小柔咆哮着。

床上躺着的不再是成年的于永志，是小婴儿时代的于永志。小婴儿是无辜的。王小柔将被子盖在小婴儿的身上，转身，她想去厨房，想去抄起切菜的菜刀，然后一刀砍了博士男。也就是在转身的一个瞬间，她发现了床头小茶几上的那盒带子。它压在一张写有字迹的纸上。

小柔，对不起，实验欠缺了完美。或许随着时间的推移，永志会慢慢恢复起来。但愿是，否则我的良心会不安的。幸好，你家的杰瑞手术很成功。现在的杰瑞，已经不是纯粹意义上的杰瑞了，他是狗狗和人的结合体，是一只真正的赫迈拉产品。其实，我完全可以不把杰瑞送回来，因为他是我最伟大的杰作。但是，我没有那样做。我不能为了个人的荣辱背弃和朋友的约定。带子上是永志做实验前给你留下的一段话，希望你能认真听听。他为你所做的，不是每个男人都能做得到……

最后的落款是博士男。

原来，所有的人都在付出。于永志为了爱情付出，博士男为了友情付出。纸片上没有提到的汉中婆娘，也一定是为了某个理由而付出的。让婆娘付出的理由也一定是和博士男他们一样的无上荣光。在付出的行动中，他们没有丝毫的私心。专门利人，毫不利己。她和他们的付出好让人感动。

哈哈——深受感动的王小柔，一时间寻找不到表达感激之情的最佳方式，仰面大笑起来。身体跟着笑声荡漾着。手里那张留有崇高品格之人字迹的纸，从王小柔的手里挣脱出来，驾着笑的波浪飘走了。

耗尽了最后一丝底气，王小柔的笑才停下来。

扭头，杰瑞站在卧室的门口，正静观着自己的举动。

杰瑞，你现在是不是特别想让我听听带子上都说了什么呀？

他点了点头。

带子上一定有一段感人肺腑的话语，对不对？可是你看，现在我已经没有力量承受那么大的感动了。等我变得坚强一些了再听好不好？现在，咱们先把它藏起来。王小柔边说边动作，将磁带放进小茶几的抽屉里，并且落了锁。

杰瑞，万一我禁不住诱惑了怎么办？有办法了，让我找不到钥匙，就不会发生这样的事情了。

窗子推开了。王小柔的手腕一抖，一痕银色的弧线完美地呈现了。

杰瑞沉默了一副表情。眼神阴郁地看着王小柔的所作所为。

床上的于永志睡着了。睡眠是婴儿式的安恬。眼角，印着未干的泪渍。

这 扇 门,

六十七

关键词：<u>王小柔一家</u>

标签：<u>错位</u>

体验一下好心的人们给她安排的天方夜谭般的生活也是不错的。先且慢仇恨制造了神话的好心人。

这个想法倒让王小柔气定神闲起来。

杰瑞，中午还没吃饭吧，妈妈给你做饭啊。王小柔真的去了厨房。淘米，切一棵厨房里仅有的白菜（白菜，而且还是一棵。就是这么巧）。演奏着一曲动听的厨房交响曲。

该吃饭了，杰瑞。王小柔将小半碗搅拌均匀的菜和饭倒进杰瑞的食碟里。杰瑞卧在客厅的椅子上，却没有吃饭的任何意思。

没有肉，不吃就饿着吧。

王小柔端着另外一碗米饭和菜进了于永志的屋子。此时的于永志刚从睡眠状态中走出来，眉眼间聚集的睡意还没来得及退去。

吃饭了。王小柔坐到了于永志的床头，做好了喂饭的准备。

见了王小柔，于永志的表情又迅速地呈现出了惊恐，两只嘴角也开始下弯。

这是一个多么无助、多么不幸的婴儿。他需要关爱，需要安全。需要信任眼前的世界。对一个不谙世事的婴儿来说，没有什么比信任更重要的了。信任，才会消除恐惧。信任，才会健康成长。而她王小柔是唯一一个能够给他搭建信任平台的人。

于是，王小柔的两只嘴角做着和于永志的两只嘴角方向相反的动作。向上弯曲。

微笑，是一部婴儿不用学习就能读懂的书。他一定读懂了。只是，他在质疑着。这微笑会不会在瞬间消失了？这微笑是不是属于他的？他需要一个确认和确定的过程。在这个确认和确定的过程中，王小柔要付出的是耐心。彻底颠覆一个婴儿最初的印象，是一个缓慢的工程。

吃饭吧，来。王小柔保持了两只嘴角向上弯曲。将一勺子混搭的饭和菜递到于永志的唇边。

小婴儿在犹疑。他饿了，太想吃下嘴边的东西。拿了婴儿特有的不含任何杂质的澄澈的眼睛看着王小柔，评估一下她的真诚度。

另一张嘴巴伸了过来。他也饿了。

杰瑞，你的饭不是放在食碟里了么？王小柔批评杰瑞，你知道床上躺着的人是谁么？他是你的婴儿时代。往后，你不但不能跟他抢东西吃，还要照顾好他。

杰瑞用不服气的眼神盯了盯王小柔。意思是，食碟里的食物是他吃的么？那是狗狗的食物。

这扇门，

小婴儿也发现了杰瑞。他一定认为杰瑞的长相有趣极了，暂时忘记了他正在进行的"工作"，嘴巴里发出咿咿呀呀的声音，和杰瑞对话。杰瑞伸出毛茸茸的爪子，拍了拍小婴儿的面颊。小婴儿就开心地咯咯笑起来。

竟然意外地制造了一个戏剧性的喜剧效果。王小柔唏嘘不已，发生在她家里的事情，除了她自己，还会有人相信么？他呢，她的现实版的何慕天呢？告诉他，他会相信？十来天了，他为什么不给她发一个短信呢，他就一点也不牵挂她么。难道他后悔了？难道他嫌弃她了？是啊，自己已经作为一棵庄稼，被人收割了，还有什么资格对生活有所期待呢？

啊——

小婴儿意识到了杰瑞对他食物的威胁，聪明地将注意力转向那一勺食物。然而，食物离他嘴巴的距离，刚好让他吃不到。小婴儿便急了，大大地洞开了一张嘴巴，同时，发出啊啊的渴求声。啊啊的渴求声宛若一只手，将泡在沉思中的王小柔拉了上来。

一勺子紧跟着一勺子的饭菜填进了洞开的嘴巴里。很快，碗就亮了底儿。哪有这么大饭量的婴儿。王小柔将最后一勺饭送进嘴巴里，用空了的勺子磕了磕嘴巴里的牙齿。

呜呜——旁边的杰瑞一边哼吟着，一边吞咽着口水。

你很饿是不是？

杰瑞点了点头。

食碟里的饭菜不吃，难不成还想像人那样坐在桌子边吃饭？

杰瑞点了点头。很认真地点了点头。

跟我来吧。

杰瑞果然跳下床，随着王小柔进了客厅。

你的高度是够不到桌子的，怎么办呢？王小柔在客厅里转了一圈后，视线落定在玻璃茶几上。就是它了。

很快，一碗白米饭和一盘菜端了上来。附着一双筷子。

王小柔坐在椅子上，手里掂着她的小手机。小手机是带了摄影功能的。现在，王小柔准备将杰瑞的精彩表现收进镜头里。她确定了即将上演的是精彩的，是世间难得一见的。

该有一只小板凳，或是一只小椅子的。杰瑞只好直立起两条后腿，将一颗头和两只前爪浮出玻璃茶几的水平面。这样的吃法有点辛苦。去抓搁浅在盘里的筷子时，杰瑞遇到了麻烦。他的爪儿，并不能顺利地把一副人类使用的筷子拿起来。一次抓不住，两次抓不住。再三再四地失败后，杰瑞只得向王小柔求助。

无能为力了吧？这可有难度了，既得保证你做人的尊严，又得保证你不饿肚子，让我好好想想啊。王小柔做思索状。

有了。王小柔放下手机，起身寻来一小段细绳索，三绕两绕，将一副筷子绑在杰瑞的右爪上。可以了，吃饭吧。

往嘴巴里扒拉一口菜，再往嘴巴里扒拉一口饭。一餐饭吃得尽管辛苦，但杰瑞毕竟做到了像人类那样用餐。哦，不，他就是人类，一个外形特别的人类。使用餐具用餐是证明他非狗类的一个环节。

使用餐具用餐的同时，不忘了偶尔地抬一下头，冲手机上的镜头抛一个得意的眼神。

如果再有一把小椅子就更像模像样了。对，还缺一条围嘴儿，你看你撒了一胸脯子饭粒，黏糊糊的，看我不把毛给你拔光了。

　　　　　　　　　　　这 扇 门，

王小柔同杰瑞开起了玩笑，杰瑞，你说把你的照片传到网上，你会不会成了明星呀？那时说不定你的身价会赶上成龙呢，那样的话，我就把你卖了。

杰瑞挥了挥左爪，向王小柔抗议。配以一个龇牙的动作。意思是，小心我会咬你噢。

我好怕怕！那咱匿名好不好，不说那狗就是杰瑞。

杰瑞又挥舞了一下左爪。一个小胜利后的得意。

饱了么？

用餐用到两腿发颤的杰瑞点了点头。

吃得这么少，还是一只狗狗的饭量。吃饱了，是不是该用点茶水了？

正有此意的杰瑞，忙着点头。

少顷，一只盛了温白开水的纸杯子递了过来。杰瑞用两只爪子捧了，伸头看了看杯子里的水。非茶水么，王小柔骗他。投以不满的眼神。

你就当它是茶水喽。你不是不知道，咱家从来都没有过茶叶。

杰瑞喝水。王小柔又拿了小手机给杰瑞拍照片。

杰瑞，你说咱是不是该给博士男打一个电话呀，感谢一下他？

一口水没喝利索，呛到了杰瑞，几声剧烈的咳嗽。王小柔伸出手掌去拍打他抽动的后背，咳咳了，这么激动。

另一只手便去拨博士男的号码。杰瑞嘴里咳嗽着，手里捧着水杯子，只好用眼神去制止王小柔。

咱是感谢人家，你怕个啥？

电话却打不通。里边人说关机或不在服务区。

哈，博士男和你一样胆小，他也怕我骂他。

哈哈……王小柔投入地笑着。顾不上咳嗽的杰瑞，又使用了阴郁的具有穿透力的眼神看着王小柔。

在想，他的水仙女人不会是真的受刺激了吧。

这 扇 门，

六十八

关键词：<u>王小柔一家人</u>

标签：<u>生活很童话</u>

　　傍晚，王小柔带着杰瑞去了一趟楼下。明天就要上班了，她想到菜市场上采购一些蔬菜备着。

　　下楼时，王小柔特意给女流浪狗带了剩米饭和水。上午回家的脚步虽匆忙，储藏室门前的那只碗，还是以其醒目的空引起了王小柔的注意。

　　女流浪狗的情之花大抵过了盛花期，而且呈现了枯萎的态势，不再有清香散发出来。因此，闻着花香而来的狗儿们也如花朵般凋零了。女流浪狗的身边重又恢复了无狗问津的寂静。这条狗又可以不被打搅地守着她的期待了。见了杰瑞，女流浪狗表现出了异常的兴奋。王小柔从女流浪狗的表情推断，女流浪狗应该是有段时间没见着杰瑞了。她离家的日子，刚好是杰瑞和于永志被迁移到北京接受实验的日子。面对着女流浪狗的热情，杰瑞则表现出了极度的冷漠和厌恶。

女流浪狗一时不能确定杰瑞的冷漠与厌恶是针对了她的。数天前，他和她还温存在一起，难道一切都是虚幻的不成？她不相信。

真是一个自不量力的家伙。真是一个厚颜无耻的家伙。面对女流浪狗锲而不舍的跟踪，杰瑞不得不龇出尖利的牙齿，向女流浪狗发出狰狞的恐吓。俨然一副你再跟着我，我就碎了你的架势。

女流浪狗果然被吓住了。身体茫然地钉在某一个点上。一动不动。仿佛身体占住的这个点周围都是深渊。

回家吧。王小柔看不过去了，安慰女流浪狗。

她不动。怕一动掉进深渊里。

王小柔又发现一个细节。杰瑞冷落的不光是女流浪狗，还有曾经洒过他无数泡尿水的电线杆们。他甚至都没有看上它们一眼，好像它们是不存在的，或者它们的存在对他来说是没有任何意义的。

抱着电线杆撒尿，是狗狗做的事情。拥有一颗人类灵魂的杰瑞，是不屑于像狗那样的。王小柔暗自发笑。她决定逗逗杰瑞。

杰瑞，咋不尿尿呢？想尿床啊？

杰瑞挑起视线来，像拽沙包一样，将一个极不满意的眼神拽在王小柔的脸上。严重抗议王小柔的言语有辱他的尊严。然后，仰起一颗高傲的头颅，四条腿迈着小碎步，颠儿颠儿地走到了王小柔的前边。

正是买菜和卖菜的高峰。人就像一颗又一颗的羊粪蛋蛋，塞满了羊肠子般的菜市场。杰瑞和王小柔在羊粪蛋蛋中滚动，穿行。偶有小摊贩从忙碌中腾出一条嗓子，对着杰瑞和王小柔来一句，

这 扇 门，

杰瑞找到了？

找到了。王小柔一一回应着。佐以礼貌的微笑。

杰瑞则警惕起来。审慎地打量着那些小商小贩，努力地寻找他们背后的真实动机。杰瑞不过是他们的一个借口、一个引线、一个由头，他们全是冲着王小柔来的。看哪，王小柔还居然对着他们笑。而且笑得那么迷人。

——杰瑞！

面皮黝黑的卖羊杂的汉子。他在叫着杰瑞的名字。

——来，吃羊杂！

说罢，汉子一弯腰身，一定数量的羊杂已经撒落在地上。

嘿，这是个什么货色，凭啥那么大方？明摆着醉翁之意不在酒。你看他，不好意思用正眼看，眼的余光全都跑到王小柔身上去了。假装正经的黑鬼！愤怒的杰瑞昂首从地上的羊杂踏过去。那可不是简单的羊杂。被他踏在脚下的，是黑汉子的尊严。

真是不好意思，杰瑞的嘴巴越来越刁了，羊杂吃腻了。王小柔歉意地向黑汉子解释。

别逼我出招啊。杰瑞恶毒地龇了龇牙，以示警示。

杰瑞站在卫生间的门前，一边用两只前爪拍打关闭的门，嘴巴里一边配以呜呜呜叫声，召唤着王小柔。王小柔就明白了，怪不得不在街上撒尿，原来是想进卫生间呢。一只狗狗，如何在卫生间里撒尿呢，这倒是一个看点。王小柔便开了卫生间的门。杰瑞一个伶俐的跳跃，小身子就在马桶之上了。坐是不行的，没有那么大的屁股。王小柔正诧异间，杰瑞已经叉开了小腿，垂下撒尿的物件，将一泡热热的尿撒得痛快淋漓。那小腿还在随着尿水的节奏一颤儿一颤儿的，连小脸上的毛发都流泻着舒服享受的表情。一泡长长的尿水撒干净了，看了看墙上挂的表，又走进于永志的卧室，跳上于永志的床，伸出爪子打开床头茶几上的电视。这时候，《新闻联播》的序曲刚好响起来。

听见音乐的声响，于永志立刻做出了反应，凝神用耳朵去听，用眼睛去捕捉。王小柔过来重新将镜子摆好，努力地将于永志的视线引过来。果然，镜子里出现的图像让于永志眉飞色舞起来，嘴巴里还哦哦啊啊地用他的语言和图像交流着。倒是杰瑞，趴在于永志身边，仰着一颗棕色的小头颅，煞有介事地看着电视。

到这一刻为止，在王小柔看来，杰瑞的表现还停留在有趣和新鲜的阶段。她还是愿意把杰瑞看成一只纯粹的狗狗。只不过，现在的杰瑞被动地植入了人类的脑细胞，变得童话起来。她是爱他的。她的爱是一种对过去的延续。她坚信，杰瑞的灵魂没有消失。不过是暂时被弱化了，被人类的智慧藏匿了。

小婴儿的耐心和注意力是有限的。很快，于永志便对镜子电视里花花绿绿的画面失去了兴趣。他困了，要睡了。长长地打了一个哈欠。

在于永志进入睡眠之前，王小柔给他更换了尿不湿、小棉垫。揉了后背，捏了腿。做完这一切，退出来，一个人站在客厅里的阳台上。将目光撒向窗子外的街道。

追寻着幸福路遛狗队的踪迹。

它有多久没来过了？它还会来么？

憨憨球球小丑们，他们会彼此思念么？他们会埋怨阻隔他们思念的人类么？

一个狗队的突然解散，人们会怎么评价呢？

因为狗队里的主人们发生了人们期待已久的绯闻纠纷？

绯闻的主角当然是憨憨爸爸和球球妈妈。纠纷则是发生在憨憨妈妈和球球妈妈两个女人之间。因为，憨憨妈妈实在看不过去了，所以，那个纠纷便在劫难逃了。两个女人之间的纠纷直接导致了一个狗队的解散。尽管她并没有亲自见证使两个女人关系彻底决裂的那场纠纷。

王小柔暗暗为球球妈妈叫了一声屈。为她顶了一个莫须有的罪名。

没有办法。谁会去替球球妈妈澄清呢？她么？

嘿。她给了自己一个鄙视的笑。

在这个世界上，有谁没有做过卑鄙的事情，有谁没有过卑鄙的想法呢。只不过是拥有卑鄙的份额不同罢了。

狗队散了。见到现实版的何慕天的机会就少了。他么——王小柔在心里暗暗一个叫板，打开兰花指。他是一个好神秘的人——哪！一个长长的甩腔。

神秘的微笑。神秘的行踪。让人摸不透。你需要时，他就出现了。仿佛你的行踪在他监控之内的。

想。王小柔想他了。她未被收割的灵魂想他了。这种想念是真实的，是具体的。直到现在王小柔才明白，网络上那个虚拟的何慕天，起到了一个呼唤和引导的作用。他唤醒了沉睡在她体内的某种渴望，然后再施与她绝望式的引导，让她慢慢走近生活中的真实。

想。用纯净的灵魂想他。她需要做一件事情，一件和他有关的事情。她想证明一下他依旧是在乎她的，依旧是在他的监控之中。

便捉了手机在手。翻动为杰瑞拍下的吃饭照片，选了几张，用彩信的功能发了出去。

但愿他的手机可以接收彩信。王小柔的两条手臂交叉环绕着，又做了一个抱肩的动作。这一次是在祈祷。

短信提示铃声缄默着。不语。

时间长了脚，在王小柔的心脏上迈着太空步。缓慢的频率，换来疼痛的踩踏。

让它疼吧。她并不去安抚它，依然保持了抱肩的动作。

嘿，是自作自受呢。她又给了自己一个鄙视的笑。

睡吧。睡觉吧。王小柔铺床，摊开被子。脱衣服。她的手躲避着心脏，躲避着那个疼痛的行走。嘀——嘀——

故意让疼痛来嘲笑和惩罚自己。

自己的存在就是一个笑话。是的，一个笑话。父亲，于永志，老男人……还有她自己。他们联手造就了这个笑话。

他怎么会给一个笑话回复短信呢?

睡吧。睡吧。一个笑话是不应该拥有什么想法的。

噌——一个棕色的小身子落在床上。

杰瑞，去自己的小房子里睡。王小柔猛然想起杰瑞给她的那个不愉快的吻。

杰瑞不动。他打算用坚持来为自己争取一席之地。

去小房子，没有商量! 王小柔和他的坚持对峙着。

杰瑞准备使用他的以柔克刚的法宝了。他把眼神柔成两块德芙巧克力，只要王小柔一含住，保证立即融化掉她的坚硬。然后，水仙女人的左侧或者右侧就是他永远的位置了。

关键时刻，小手机的短信提示铃声响起来。王小柔弃了巧克力的诱惑，慌急地去翻看短信。

歉。信回迟了。一直在牵挂中。

憨憨爸爸的短信。

缓慢的踩踏停止了。疼痛也跟着消失了。

他收到杰瑞的照片了，可是他却没有提照片的事情。一定是他对她的牵挂远远大过了几张照片的有趣性。或者，他看到了有趣照片背后她要说的话。他是那么聪明。可是，为什么才回短信呢？她确信他并非故意而为之。是许多的理由牵绊住了他，这许多理由其中的一个就包括了憨憨妈妈。这样的牵挂，是忌讳让身边的女人知道的。或许，他并不爱身边的那个她，但是却在乎她。

王小柔理解。

睡吧，杰瑞。伸手去关床头灯。

沉醉在一条短信里的王小柔，竟然忘了刚才和杰瑞的对峙。不战自退了。杰瑞的软刀子还未出鞘，还没发挥效力，就白白地捡了一个胜利。杰瑞却没有胜利的喜悦。

他的心思在那条短信的内容以及发短信的人上。本来，他兴致勃勃地想方设法要战胜王小柔，是有目的的。王小柔是他的。他要行使一个男人的权利，不但要上王小柔的床，还要和王小柔共枕。突然而至的短信息，让他体内"共枕"的欲望受到了重创，蔫蔫的，再也坚挺不起来。迅速蓬勃生长的是妒忌和探求。

兴奋终于累了，王小柔浅浅地睡去。大概凌晨三点多时，便又被身体某处的不适感唤醒。每月的例行公事已经持续了七八天，还不见收尾。想是最近过于劳累了，惹恼了这个老朋友，迟迟地腻着不肯离去。只得在夜晚提防了它，免得乘睡眠时兴风作浪。王小柔伸手开了床头灯，准备去卫生间。

灯亮了。暖暖的光倾泻在杰瑞身上。王小柔清清楚楚地看见，杰瑞的两只爪子正在她的小手机键盘上操作着。

这 扇 门，

六十九

关键词：<u>女同事Ａ和Ｂ收获的镰刀</u>

标签：<u>改变的格局</u>

在走廊里穿行，终点是自己的办公室。它的表象是幽静的。非幽静像鬼魅一样，被关在每一扇门的后边。因为是鬼魅，不适宜在比较公众的场合出现。它们在门后跳着鬼魅舞。想念几年前第一次穿行时的感觉。陌生而又纯净。门非门，而是神秘的面纱。它的后边是神圣的吸引。马上就要撕开这神秘的面纱，融入到神圣里，王小柔的一颗小心儿激动了又激动。

那种处子般的陌生真是纯净。纯净得不染纤尘，纯净得让人感动，让人牵念。原本，这份陌生的纯净就是自己想象出来的，是自己的意念强加上去的。一切的根源皆是几年前自己有着一颗纯净的心，和一双纯净的眼睛。如今，心非当初的心，眼睛也非当初的眼睛了。

此刻，每一扇门后正在舞蹈的鬼魅，有多少是因她而舞动的因素呢。

王小柔不得不越来越佩服自己了。佩服自己穿行在这条走廊上的勇气。她应该是带着羞耻心的，她应该是做好被唾弃的心理准备的。可是，她发觉，这两样她都不具备。居然脸不红、心不跳地推开了自己办公室的门。

中庸男性副主任缺席。女同事A和B都在。

——小柔，上班了！

——小柔，上班了！

她们超乎热情地打着招呼。却没有谁问这么长时间她为什么没有上班。王小柔的手已经去口袋里掏答案了，既然无人提及，只好又抽出了手臂。

局长知道你上班了么？女同事A问。

还不知道。

问你几次了，有个材料等着你写呢。还是女同事A。

小柔，你还不知道吧，这是咱们的新主任。

女同事B指着女同事A向王小柔介绍。

话语里一股阴阳怪气的味道。

真酸。女同事A逆着酸味儿而上，讨好地在女同事B的脸上掐了一把。

主任就许掐人啊！假借着玩笑，去还击。王小柔清楚地看见，女同事B的手离开女同事A的脸时，一个明显的皮肉被拉抻的印迹生成了。

两个女人只顾着跳鬼魅舞，没有工夫告诉王小柔原有的中庸男性副主任的去向。

内线响。王小柔的眼睛和手都在电脑上，没有接听的意思。

小柔，接电话！女同事A一边跳着鬼魅舞，一边吩咐王小柔。

找你的，你接吧。王小柔手和眼依旧没有离开电脑。

女同事A只好亲自接了，嗯嗯了两声后挂了电话，调整了一下自己，迈着主任的步子出去了。

女同事B迅速地抓住有利的时机，抢占王小柔这块山头。

小柔，我都替你冤，论文凭，论能力，怎么都该是你。

不急，我还年轻。王小柔的手指在键盘上跳跃着。一行字，出现在屏幕上的文档里——

这是一个猪猡泛滥的世界。

然后，按住清除键，将字删了。屏幕上又现出了纯粹的空白。如果人的记忆像可以删除的文档，多好。

小柔，局长叫你过去一趟！女同事A回了办公室。

王小柔的身子弃了座位，经过两个女人。一股袅袅的刺鼻的硝烟气味，正从两个女人张开的毛孔里往外发散着。一瞬间，王小柔有些恍惚，面前的是两个女人，还是两只烟囱？

蜷起手指，用指关节敲了敲门。

宽阔的靠背椅上搁浅着一把镰刀。又老又钝的一把镰刀。但只要是镰刀，就具备了收割的特质的。它们为收割而存在。

为什么不是我？王小柔先发制人，她质问那把镰刀？

我是在保护你。镰刀说。

撒谎。你是在保护你自己。

我可以从其他方面补偿你。那个位子，不适合你。

坐惯了，就适合了。你认为你屁股下的这把椅子适合你么？

小柔，这不是你的性格。

我应该是什么性格？

你不要以为这样就会气到我。我知道，你是装出来的，心里有太多的委屈，没处去倾诉。要是你愿意，我会当你的垃圾桶，不管是啥东西，好的坏的、馊的臭的，尽管往里边倒。发短信，或者打电话。OK？

那我要是想骂你呢？

可以。我知道你一直在心里骂我。不要憋着，想骂就骂，骂的内容、骂的范围都不设限制。OK？

你真不要脸。王小柔扑哧一声笑了。

镰刀在椅子上也笑了。

临走，镰刀递给王小柔一份文件，拿着，这是护身符。

这 扇 门，

七十

关键词：<u>王小柔</u>　<u>医院</u>

标签：<u>那碗救命的水</u>

我出去一下。王小柔换鞋子，将包包挎上肩。

杰瑞无视了王小柔的吩咐，倚在防盗门前，只等着洞开的一刹那。用身体语言向王小柔抗议，今天是星期六，休想甩掉我。

我去的地方不能带狗狗。不要忘了，你是一只狗狗。王小柔生气了。

杰瑞依旧没有动的倾向。他用他的坚持来交换一个满意的答案。

我身体不舒服，去医院，好了吧？你看你看——王小柔打开包包的拉链，裸露出女人的卫生用品。十多天了，你知道十多天是个什么概念么？我告诉你，会死人的。

王小柔闭了眼睛，止了呼吸。摆出一副死亡相。

屋子里的于永志发出嘤嘤哦哦的婴儿语。他实在是寂寞，用婴儿的智慧想出一个好方法，自己和自己对话。

去和于永志玩吧。

杰瑞只得讪讪地挪动了身子。把门彻底让出来。当然，他的暂时让步，并不代表他就信任了王小柔。恰恰相反。他坚信他的水仙女人，和外边的男人有了某种亲密的联系。仅仅凭借着一条短信，好像并不能证明太多的东西。不急。慢慢来，破绽总会有露出来那一天的。等着瞧，谁动了我的水仙女人，谁会死得非常难看。一种恶狠狠的光芒漫上杰瑞的眼底。跳上于永志的床，攀在窗台上，目不转睛地盯牢了小区的大门口。一会儿，果然见了王小柔的踪影。像一块口香糖，扑的一声，被洞开的大嘴巴吐了出来。朝着东边的方向，一个人行走。杰瑞知道，东边的方向的确是医院的方向，在离家五百米的地方，有一家三甲医院。医院，不过是那个方向的一部分。并不能确定什么。这个方向，还是过去王小柔每天遛狗的方向。

王小柔就要经过这扇窗子了。她身后的是什么东西？那个东西虽然离着王小柔有一大段的距离，但是，可以看出来，是将前边走的王小柔做了尾随的目标的。噢，原来是只狗。曾经热情地把他当成同类朋友的那只脏兮兮的狗。看样子，以前的杰瑞和这条脏狗一定有着渊源的。真的是好朋友，也说不定。

好朋友？纯粹是于永志智慧和思维的杰瑞，突然受到了某种启发。脏狗并不知道现在的杰瑞已非过去的杰瑞，也就是说，脏狗完全有可能帮上他的忙。

嗷——杰瑞对着脏狗发出了呼唤。

这一声呼唤对女流浪狗来说，意义是非凡的。她激动得简直要昏死过去。前一秒钟还处在绝望之中，忽而就变得和眼前的天气一样，灿烂无限了。

女流浪狗很快领会了杰瑞的意图。这样的事情，对女流浪狗而言，实在是太不陌生了。简直是信手拈来。

前边走的王小柔发现了女流浪狗。她没有理会她。跟就跟着吧，一条寂寞的狗，一条被遗弃的狗，一条感情上遭受重创的狗。一条，需要抚慰的狗。如果她的背影能够给女流浪狗带来些许的抚慰，她倒是愿意成全的。杰瑞从楼上窗子后边发出的呼叫声，王小柔也听到了。抬了一下头，看见一张毛茸茸的小脸贴在玻璃上。

王小柔绝对不会想到，杰瑞和她身后保持了一定距离的女流浪狗达成了某种默契。女流浪狗跟踪的性质发生了彻底的改变。

好像几个世纪没有在温暖的阳光中行走了。阳光总是慷慨和无私的。它把它的温暖洒在马路上。洒在两边的建筑物上。洒在各色的交通工具上。洒在女流浪狗身上。洒在步行着的王小柔的脸上。看来，春天真的是快到了。

大自然的春天，是任何的力量都阻挡不了的，该来时便来了。冬，即使再强悍，也终于敌不过春的柔软。连吉利的日子都顾不上选，就落荒而逃了。自己呢？自己人生的春天还会再来么？

王小柔的小脸竟挂了微醺的红晕。她觉出了自己想法的奢侈和狭隘。什么才是人生的那个春天呢，它的内涵是什么呢。爱情么？像哑哥那样，只把爱情当成人生的春天，是多么单纯啊。起码，这一个阶段是这样的。

昨晚，父亲在电话里说，哑哥的心情很是不错呢。乖乖地躺在家里养着腿伤。隔三差五，大丫头就会过来，亲自给哑哥做些好吃的。大丫头就是哑哥的春天。哑哥的人生也随了大自然季节转换的节奏，离着春天，越来越近了。

真的如此，那就祝福哑哥吧。哑哥的幸福是天上母亲的幸福，是父亲一生追求的幸福。也是她这个妹妹的幸福。

你就等在这里吧。

五百米的行走结束了。王小柔回头吩咐女流浪狗。

女流浪狗听话地止了步子。她没有不听话的理由，没有不听话的资格。蹲在马路边的一丛常绿植物下，看着王小柔左顾右盼地穿过了马路，看着王小柔进了医院的大门。看着王小柔模糊在她的视线里。

内膜有点增生，得清一下宫。

医生扫了一眼王小柔的B超单子。

看着这张不断地喝水经历了一个漫长的憋尿过程险些尿了裤子才换来的B超单子，连医生的一个正眼都没得到，王小柔有些不服气。您确定要清宫么？

你可以不清，但是后果自负，和医生没有关系。

王小柔被医生硬邦邦地堵了回来。王小柔不知道，这对医生来说不过是小儿科。他们早已经百炼钢化成绕指柔了。什么样的病人没见过，对付起王小柔来简直是庖丁解牛般游刃有余。

那，疼么？

有无痛的，得多花钱。

王小柔以为交了钱，就可以做那个无痛的手术了。事实上不是。楼上楼下地跑，又被抽去了两管子血。没有人告诉她抽去的血用来做什么。坐在等候区的蓝色塑料椅子上候着化验结果时，还倒霉地碰上了女同事Ａ。女同事Ａ好像也在等候一个化验结果，具体是谁的，她或者说过，但是王小柔记不大清楚了。女同事Ａ很关切地询问了王小柔的一些具体事宜，表现出了一个领导、一个老大姐的风范与慈爱。叮嘱王小柔千万要多疼爱自己，一定要让她放心。王小柔就觉得好笑，凭什么要让你放心呢，难道你有过不放心么？幸亏这时，护士在喊王小柔的名字了。

单子上一长串的化验结果，大多是一些很专业的字符。王小柔自然看不明白，但是有一项她看明白了。艾滋病毒的一栏里，盖着一个鲜红的小印章，写着"阴性"两个字。看着看着，那两个字便模糊了。一把锋利的小刀子从模糊中清晰起来，它的特质是专门割患者的钱袋子。而且，割钱袋子的功夫早就出神入化，兵不血刃。

按照医生的吩咐，王小柔攥着一大把的单据寻到了妇科手术室。

您结婚了么？

结了。

孩子几岁了？

没有。

刮过宫么？

没有。

……

这些问题又被重新温习了一遍。签字吧，让你的家人签字吧。王小柔垂着表情说，没有家人，我自己签吧。等不到人表态，便捉了笔，签下了自己的名字。然后，换鞋子，进手术室。

手术室很宽阔，可以容下两排手术床。多数的手术床上都占据着一具女人的肉体。或是丰满或是纤瘦的肉体，保持了同一个动作。仰躺着，两条腿叉开来架在床两边的支架上。把一只只面积不等的屁股推到最显著的位置。仪器嘶嘶地叫着，把快意探进女人们的身体里，换取一声紧似一声的呻吟。

王小柔惊骇地用手抓住门框，十颗脚指头死死地抠住拖鞋。仿佛如此，她的脚指头就会长出根须，她就会在脚下这方楼板上扎下根。任谁都无法撼动她。

你上那张床。

一个面目清秀的男医生吩咐她。

她不动。脚掌下麻酥酥的，一定是根须生长出来了。

别怕，坚强点，一咬牙就过去了。

忽然，是的，忽然。王小柔就泪流满面了。在男医生的注视下，无论如何都控制不住恣意的泪水。王小柔好恨这个面目清秀的男医生，他不该做一名妇科的医生，他不该使用那样鼓励性的语言和她说话。更不该的是，他亲自给她做手术。

王小柔躺在手术室门外的椅子上。把自己躺成一具毫无生气的尸体。巨大的疼痛像一只魔手，掏空了她的五脏六腑，掏空了她最后一丝精气神儿。使她丧失了离开身下这张椅子的能力。她不能总占着手术床。是男医生把她挪到了这里。手指艰难地摸向下身，衣服不知何时穿好了。疼痛探进她深层的意识里，打散了它，所以，她竟然记不得是谁帮她穿上了衣服。是男医生么？

这扇门，

你的家人呢？

男医生把她挪到外边的椅子上时，她的意识可能是慢慢地聚拢了。清晰地听到了这句话。

一会儿就接我来。她艰涩地说。

好累，好乏。她想睡一会儿了。就一会儿。

睡意牵着她的手，引着她，来到一片沙漠里。走到沙漠中间时，牵引着她的那只手，忽然变成一只翅膀，一振一振地飞走了。她说，带上我啊。翅膀已经飞远了，听不见了。她只得继续往前走。越走越艰难，每走一步，都几乎耗尽了她一生积攒的力量。太阳，放射出来的不是光芒。是千万条小蚂蟥。它们趴在她的身上，贪婪地吸尽最后一滴血和汗。水——她需要一碗救命的水。

她缓慢地睁开眼睛。环顾四周，空空的，静静的。没有一个人影。

水——那碗救命的水。

救我。求你来救我。

七十一

关键词：**球球妈妈**

标签：**飞翔的姿势**

王小柔躺在医院椅子上的这个中午，球球妈妈出事了。

一个出租车司机作为目击证人，向警方描述了他看到的可怖的一幕：当时他拉着一个乘客跑在幸福路上，就要经过出事的这栋楼时，一个人很突然就从一扇窗子后边飞了出来。他当时以为自己的眼睛花了，出现了幻觉。一下子来了个急刹车，揉了揉眼睛，没错，随着一声重物坠地的声响，飞出来的那人就落在了他车子一米远的地方。他吓傻了。呆愣愣地看着面朝下趴在地上的人。是个女人。留着时髦的发型，身上只穿了一件睡衣。依旧像鸟儿一样，保持了飞翔的姿势。

后来，大家慢慢还原当时的场景。

球球妈妈那天中午没有在店里打理生意，而是在家里和一个男人幽会。万万没有想到，一直处在"失踪"状态的男人回来了。为了将这两个男人区分开，还是把和球球妈妈有婚姻关系的男人称为时下流行的"老公"。老公到底因为什么回家，是回心转意了，还是被外边的女人甩了，是谁也无法说清楚的了。只能凭了大伙去猜测。进家门的老公没来得及让球球妈妈知道回来的原委，便发现球球妈妈给他预备了一顶好大的绿帽子。在第一时间，老公怒不可遏了。更让老公怒不可遏的是，球球妈妈冲上来抱住老公，给野男人创造了逃跑的机会。男人从来都是"只许州官放火不许百姓点灯"的动物，他和非老婆私奔可以，老婆和非丈夫通奸却不可以。老公体内的"怒不可遏"突然变成了一只魔兽，张开巨大的嘴巴，吞噬掉了最后一丝理性。一把拎起球球妈妈，推开窗子：飞吧，亲爱的！

据说，老公扒住窗子，朝下看了看。看见球球妈妈安详地趴在地上，嘿嘿地笑了笑，说，这回看你还浪不浪。然后，悠然地掏出手机拨打110。

110的报警系统这样记录了球球妈妈老公的话：110么？过来几个人吧，我把老婆扔楼下去了……

和球球妈妈偷情的男人到底是谁？大家很快就把目光集中到了一个焦点上。这个点是混沌的，是虚幻的。或者说是暂时被包装了的。眼睛们要集中集体的力量去剥开真相的外包装，看清楚里边的那个人。无奈，真相就像马三立说的那个相声一样，要想知道止痒痒的秘方，还真是一件非容易的事情。外包装套着里包装，里包装套着小包装，小包装套着小小包装。一层一层地剥下去，无穷无尽。眼睛们从互相交流中得到同一个失望的答案，该清晰的却依旧是混沌的。那个男人，那个谜一样的男人。于是，人们将期待的目光投向球球妈妈一幢楼的人，一个楼道的人，楼上楼下的人。他们最有发言权。一个大男人衣冠不整地从球球妈妈家里跑出来，难道就没有一双眼睛看到？之前呢？出事的中午之前呢？也没有留下男人的蛛丝马迹？期待怎么能够轻易就倒在失望的泥沼中呢。

憨憨爸爸。像一滴油那样浮出水面了。

谁是憨憨爸爸？噢，就是那个男人，看见过。听说是个海员呢。

原先一到晚上，一群遛狗的就凑在一起，怪不得现在散了呢。敢情是遛出事来了。

出来了，出来了，就是这个女人的男人！

果然是憨憨妈妈出来了。憨憨妈妈的出来，明显是有目的的出来，有准备的出来。不是为了遛憨憨，不是为了买菜，不是为了去商店超市。她的目的全是在这些以外的。当然，她是要假借着遛狗和买菜的。

小区里，菜市上，哪里人多去哪里。先抛出一个引线，线头上挂一串饵料。饵料是这两日人们最感兴趣的，最喜欢食用的。

可惜了的，好好的一个球球妈妈，说跳楼就跳楼了。球球妈妈跳楼的时候，我和憨憨爸爸正睡晌午觉呢。

傻子都可以听出来憨憨妈妈的弦外之音。她在强调睡午觉。男人和她在一起睡午觉，自然是无法分身，去到球球妈妈家里偷情的。也许，那天中午她是真的和自己的男人在睡午觉。可是，由于她的过分强调，反倒让人们怀疑睡觉的真实性了。她是什么意思？明摆着的此地无银三百两么。

好在，没有一个目击证人，大家只是停留在瞎猜的层面上。是憨憨爸爸也好，不是憨憨爸爸也好，谁也拿不出有力的证据来。

王小柔知道球球妈妈坠楼的消息，则有点晚了。等到终于有了一丝从医院的椅子上坐起来的力量时，已经是午后，眼看医生们就要上下午班了。必须要赶在医生们上班之前走得干干净净，不要再让她碰到做手术的妇科男医生。她不害怕冷漠，害怕关心和同情。这个时候，她太脆弱了。陌生的他投来的关切的目光，会让她在顷刻间碎成齑粉。走吧，赶紧走吧。

走出医院的门口，王小柔还是忍不住环顾了一下左右。没有。没有她想见到的那个人——那碗救命的水。

女流浪狗却从一丛常绿植物下探出肮脏的身子来。

回家，一定给她洗个澡，让她恢复本来的面目。王小柔想。

然后，苍白着一副脸色，打了一辆出租车。回家。迎面，一辆救护车叫嚣着拼命往医院的方向跑。

往自己住的小区里拐时，王小柔大概是看见了前方马路散落的一些人。她没有太在意。发生或大或小的交通事故，在一条热闹的马路上，是隔三差五就有的事情。她不知道，那辆救护车会和球球妈妈有关，依依不舍的围观人会和球球妈妈有关。

天快黑尽时，王小柔才接到了憨憨妈妈的电话。其时，王小柔正挣扎着准备起来，给家里的几张嘴巴弄一些吃的。于永志已经哇哇地哭过几通了。刚开始，在王小柔的吩咐下，杰瑞还跳上床，伸出爪子去拍打于永志，哄着他玩玩。后来，于永志和杰瑞就都失去了耐心。于永志用婴儿独有的方式扯开嗓子大声抗议。

他的抗议是无拘无束的，没有任何顾虑，没有任何遮拦。真是吵死人了。杰瑞也知道于永志饿了，可是，饿了有什么办法，王小柔一副病恹恹的样子。他想帮忙，帮王小柔倒一杯热水，帮王小柔烧一顿可口的饭菜，哪怕说两句暖心窝子的话，可是又无能为力。他开始仇恨自己身上的这副非人类皮囊，一股躁气无处释放，便可怜了毫无抵抗力的于永志。杰瑞在爪子上加了力量，一下一下地拍向于永志。同时，一张漂亮的毛茸茸的小脸做出一副狰狞相。于永志暂时被恐吓住了，悲悲戚戚地止了哭声。努力进入到婴儿的睡眠当中，饿醒了，再接着哭。再一次接受杰瑞的拍打和恐吓。

杰瑞玩的鬼把戏，王小柔心知肚明。只是，她没有心情和精力去揭露他。

天渐渐地黑了下来。无论怎样，都要弄一些吃的了。

《梁祝》小提琴协奏曲凄婉地响起来。

是憨憨家的号码。肯定是憨憨妈妈打来的，这个时间。他，不会用家里的座机和她联系。况且，他们一直很少联系，甚至连短信都很少。

在接听电话之前，王小柔大脑的细胞迅速地行动起来。把回家的方法和过程检阅了一遍。她确实想给他打电话了，叫他来接她。最终，她拼命忍住了，一个人打车回的家。是的，是一个人打车回的家。那么，还有什么把柄会被憨憨妈妈攥住么？哦，对，那个晚上。回老家之前的那个晚上。难道是谁发现了什么，然后告诉了憨憨妈妈？或者，憨女人发现了她发给他的杰瑞的照片，从上边嗅到了某种气味？

接吧。还有什么是她王小柔不能承受的呢？

王小柔深深地吸了一口气。做好了接受质疑，接受辱骂，以及反戈一击的准备。

杰瑞妈妈，你知道了吧？果然是憨憨妈妈。但是，她的语气一点也不像要质疑或是辱骂她的样子。

知道什么？

球球妈妈的事啊，她死了，你不知道啊？

谁死了？

球球妈妈，晌午头儿上跳楼死了，听说是偷人，亲爷们儿回来正好给堵住了。

……

让爷们儿给扔楼下去了，那时候，我们两口子正睡晌午觉呢……

憨憨妈妈的声音突然就消失了。好像谁夺了她手里的话筒，强硬地挂断了。

王小柔依旧保持着接听的姿势，手机紧紧地扣在耳朵上。谁跳楼了？憨憨妈妈在说谁跳楼了？

球球妈妈？

呼啸着的救护车。散落的围观人群。年三十儿的炖肉。搅拌在一起，在王小柔的大脑里疯狂地舞蹈。旋转。王小柔的大脑变成了一架绞肉机，由几种不相干的事物混合在一起的肉末状物体，从绞肉机里流泻出来。掺杂着一些鲜红的血渍。

血是球球妈妈的。球球妈妈的头上破了一个大洞，血正是从那个大洞里争先恐后地奔涌出来。

王小柔猛然抽了一口气。气息是有形状的，尖刺刺地滑过王小柔的气管，把她的肺叶碎成颗粒。那些颗粒在腹内跳跃，撞击。

直到两串泪水被疼痛逼出体外，王小柔才感觉疼痛不那么浓稠了。

球球妈妈——这是一个什么样的女人呵。一个遭遇了生活挫折的女人，一个积极乐观的女人，一个敢爱敢恨的女人，一个不甘寂寞的女人……

原来，一个人的消失是如此的容易。只需要一个飞翔的动作。然后，便无声无息了。

她死得其所，死得理所当然。因为她是一个偷了男人的女人。有谁会同情一个偷了男人的女人么？男人偷女人是正常的，女人偷男人是该死的。

憨憨妈妈。为什么从她的语气中听不出半点的悲伤、半点的难过、半点的惋惜？她打电话的目的是什么？是在传达球球妈妈因偷了男人而死的事实么？好像不是。最起码，不完全是。她在努力强调另一个事实。

那就是球球妈妈偷的不是她家的男人。她家的男人在和她一起午睡。

多么可恶的一个女人。一副憨直的皮囊，包裹着一颗没有温度的心。

王小柔恶狠狠地诅咒憨憨妈妈，最好让这个女人的男人被人偷了去！

谁最有把握偷憨憨妈妈的男人？

当然是她王小柔。这个可恶又愚蠢的女人，如果让她知道自

这扇门，

己男人的心已经在别的女人身上了，会做何感想呢？

假如在这个电话之前，王小柔还因为和憨憨爸爸的精神之恋，而对憨憨妈妈有一丝丝歉意的话，那么，从这个电话之后，一丝丝的歉意没有了。相反，有了为球球妈妈而复仇的快感。

七十二

关键词：**球球**

标签：**给球球开个专栏**

半夜，球球凄厉的叫声令人毛骨悚然。她在绝望地呼唤着。

那样的呼唤声从带有新鲜的死亡气息的房子里传出来，而且还是半夜，它所营造的恐怖气氛绝对是最高级别的。无数个家庭被罩在恐怖的气氛中，无数个家庭度过了一个不眠之夜。认识和见过球球妈妈的人更是不敢合眼，怕眼睛一闭上，灵魂就被球球妈妈给勾了去。已经变成鬼的球球妈妈听见了球球的呼唤声，一定迟迟不肯下地狱，想要带上球球走。带球球走，说不准还要光顾一下她的旧相识们，旧邻居们。进入到他们的梦里，把他们的灵魂穿成一串儿，到阎王爷那里去行贿，以免被打进十八层地狱。

该死的狗叫声。

终于有人拨打了报警电话。

这扇门，

警察通知了房子男女主人的直系亲属。无奈，双方的亲属们正在全身心地投入到一场战争中。战争已经进入到了白热化。你们家的儿子害死了我们家的女儿，要赔偿，赔偿少了还不算完。你们家的女儿不守妇道，死了也是白死，一毛钱也别想拿走。妈的，是你们家的龟儿子有错在先，居然还反咬一口。你妈的，我们家儿子要是判了死刑，谁也别想过消停了。狗日的，不拿钱，就用房子抵押。你狗日的，房子是我们家买的，动一动打折你的狗腿子。日你八辈子祖宗，不满足我们的条件，就把骨灰放在房子里。日你八辈子祖宗，真把骨灰放在房子里，我们就敢把骨灰扬了……这个时候，谁敢走进这个房子，说不定暗中就会飞来一根棍子。往大了说小命不保，往小了说小腿儿不保。再者，球球不过是一条狗。这条狗不在双方争夺的范围之内。

　　于是，球球凄厉的叫声继续。恐怖的气氛就像一套正在分娩的母性枷锁，生出无数个枷锁的幼仔来。每一只脖子都套上一枚小枷锁。一片越来越艰难的呼和吸声。

　　再报警。同一个内容的电话几乎打爆了那条匪警专线。

　　警察叔叔们只得为了一条狗，特意出了一趟警。

　　门刚一打开，恰似一团米黄色球体的球球便奔突出来，滚下了楼梯。一路滚动，一路用小鼻子追寻着女主人的气味。最终，滚到女主人坠落的地方，戛然不前了。

　　球球的小鼻子几乎贴到了马路上。嗅啊，不停地嗅啊。在一个人体的范围之内。一边嗅，口中一边发出一种呜呜咽咽的声音。

　　任谁都可以听得出来。那是一只狗悲鸣的声音。

　　后来，球球在留有女主人最后气味的圈子里卧下来。女主人在哪儿，她的家园就在哪儿。所以，她不是卧在马路的便道上，而是卧在她和女主人的家园里。此刻，她的任务是守住她们的家园，不让任何人来侵入。面对那些侵入的脚步，她会不客气地让自己身上米黄色的毛发一根一根竖立起来，变成一支支锋利的匕首，投向入侵者。入侵者再不停下入侵的脚步，她就要动用"核武器"了，一口尖牙保管让你魂飞魄散。

果然发生了效果。没有谁敢轻易入侵球球的家园。人的脚步和各种车辆的轮子们都谨慎地绕着走。之所以没有入侵者，并不全是畏惧了球球的攻击，相当一部分原因来自一种对球球的敬畏之情。

没错，是敬畏。人们不禁对一只狗狗的忠诚由衷地发出赞叹。

她得到了人类最大程度的尊重和敬仰。这座城市的许多人，特意绕到幸福路，专程来一睹球球的风采。很久没有拥堵过的幸福路，因为球球造成了交通上的封堵。来的人，不仅仅带着一颗崇敬的心，还给球球准备了小礼物。一小袋狗粮，或者几块肉骨头。他们要给他们心目中的狗英雄及时补充给养，让她获取支撑下去的力量。

球球显然不买人类的那本账。景仰于她无可奈何，美食于她无可奈何。

守着她的家园。仿佛希望会从她倾心的守候中升起来。有时候，她的目光会穿透围观的人类的身体、围观的美食，尽力地向着远方延展。眼睛累得酸涩了，便缓缓地将空空的目光收回来。歇息一会儿，再放出去。

这样会死掉的。人说。狗也说。

这扇门，

说这话的人里有王小柔，有憨憨妈妈。说这话的狗里有憨憨，有小丑，有已经怀孕了的女流浪狗。还有人和狗合一的杰瑞。

他们和他们求着球球，吃一点吧，喝一点吧。

球球当然看不透那些求她吃东西喝水的人类的用心。他们一边求着她，一边又不希望真的看到她吃了喝了。不想让她死去是真的，想让她死去也是真的。在他们同情和敬仰的表象下，潜伏着另一个愿望。把这个愿望公示出来，就是：如果球球为了忠心，为了忠诚而死，他们会更加崇敬她，在心里会给她一个更高的位置。因为，他们需要亲自验证一下这个世上还有如此让人感动的事发生。

和矛盾的人类比较起来，狗类的动机要单纯得多。他们一致希望球球能够坚强地活下去。主人没有了，友情还在，爱情还在。

憨憨执意地不肯跟着主人回家，用友情的力量支撑球球。一向畏畏缩缩的偶有不忠贞行为的小丑也表现出了他很"男人"的一面，守着他的"女人"，寸步不离。

在情绪复杂的人类的关注下，在同类友情和爱情的守候下，球球的生命和她的希望一起，慢慢地枯竭了。

她望了一眼小丑。那是她留在人世间的最后一望。

她想向小丑传达一些什么？比如，她为什么会对小丑情有独钟。比如，她为什么会舍弃她的情有独钟，顽固地陷入对女主人的守候里。比如……

小丑永远都不会懂她。所以，还是把所有的比如带走吧。

七十三

关键词：杰瑞　王小柔

标签：对决

球球妈妈和球球的死亡给王小柔的生活抹上了一道浓重的阴影。阴影是活动的，无论是上班，还是在家里，她都觉得无法逃出它的追踪。

心情阴郁得不行。

在这期间，憨憨爸爸给她发来过一条短信。那个时候，她正懒懒地躺在床上，电脑的音箱里正放着阿炳的《二泉映月》。再次感谢"丑得不得了"，他曾经存在的作用不仅仅是激活了沉睡在心底的那份情感，把憨憨爸爸一步一步地引向她。他留下的还有这支二胡曲子。因为他，她才喜欢上了它。

此刻，这首曲子配合着她的心情，再合适不过了，再美妙不过了。

于永志和杰瑞呢？一个看了会子镜子里的花花图像睡去了，一个津津有味地看着电视。看着看着，杰瑞忽然惊愕地瞪圆了眼睛，张大了嘴巴。博士男众星捧月般出现在电视画面上，他怀里抱着一只可爱的小鹿狗。只一眼，杰瑞就认出来，博士男怀里的小鹿狗是另外一个自己。也就是说，和杰瑞一样，皮囊是狗狗，精髓却是于永志。他不会认岔了。隔着屏幕，也能感觉到自己和小鹿狗的那种合二为一的亲近感。小鹿狗真的就像自己遗失的一条影子一样。这个结局验证了自己之前的猜测。博士男这个狗日的，果然是谎称找到了合适的实验体。怪不得他对汉中婆娘出手那么大方呢。床上的自己之所以智力退缩到婴儿时代，唯一的解释就是，脑细胞违反了实验的原则，被过度地提取。

　　狗日的博士男！他多么风光啊，研制成了第一例赫迈拉产品。有刨根问底的记者向博士男发问，是谁提供的实验体。博士男的回答还算信守承诺，他说提供实验体的是他的一个朋友，他的朋友不愿意让外人知道曾经参与了这个实验，以防给自己的生活带来不必要的麻烦。所以，他要尊重朋友的意愿。接着，博士男让怀抱里的小鹿狗表演了几个节目，以证明小鹿狗拥有人类的高智商。最吸引人眼球的当数上网聊天，那可曾经是于永志最拿手的。不同的是，过去用手操作鼠标，敲击键盘，现在使用爪子。尽管慢了许多，笨拙了许多，却收到了让人目瞪口呆的效果。人类止不住地唏嘘，科技竟可以发展到如此。

　　狗日的博士男。杰瑞又骂了一句。他居然成了最大的赢家了。

　　因为杰瑞皮囊里的于永志发现，做了杰瑞，他并没有快乐起来。相反，就像他原来无比期望的那样，有了获知王小柔秘密的机会，可是，知道了又如何，一方面徒增烦恼，一方面还要参与到这个秘密中来。穷尽智慧，撕碎它。这个过程，对他来说，是万分痛苦的。他的女人，没有谁可以动一根手指头。

看着电视骂着博士男的同时，他的另外一只耳朵一直朝着王小柔的方向张开着。

所以，当王小柔手机短信的提示音响起时，杰瑞嗖地跳下床，奔了王小柔的小卧室。

王小柔当然知道杰瑞的来意。杰瑞，看看是谁发来的短信？她慵懒的语气中充满着挑衅。

杰瑞倒也不客气，用爪子笨拙地操作着手机的键盘。

没事吧，你？

憨憨爸爸的短信。简短的几个字蕴含了丰富的内涵。

王小柔下意识地环顾了一下四周。目光撞在雪白的墙壁上，弹了回来。哧的一声，笑了一下。怎么可能呢，憨憨爸爸怎么可能出现在她的屋子里呢，他又不是孙悟空，可以随便变个小虫儿从门缝儿里飞进来。可是，她却明显感到有一双眼睛在注视着她。这双眼睛隐在一个她看不见的角落里，时时刻刻记录着她的喜怒哀乐，时时刻刻记录着她身上每一个细微的变化。因为那个清宫手术，因为球球妈妈和球球，她的气色一定差极了。那双眼睛及时地捕捉到了她差极了的气色。王小柔又做出了一个下意识的动作：捋了一把散乱的头发。她不想让关切的眼睛看到她一副凌乱的样子。

上班，或者下班，被他"无意识"地看到自己的憔悴了吧。她这样想。

杰瑞将王小柔情绪的变化丝毫不落地收在眼底。他恨不得抽她两个嘴巴。这个让他爱到骨子里的女人，如今，对她的恨也正渐渐深入到他的骨髓里。正所谓，爱有多深，恨有多深。不急。一定要稳住阵脚。仅仅凭借着一两条短信，证据太过单薄了。王小柔，你不要践踏我的尊严，不要把我不放在你的眼睛里，早晚有一天，我会让你付出代价的。

挑衅？嘁，挑衅对我来说就是兴奋剂。

王小柔的确没有把杰瑞的能力放在眼里。就算他的内心再强大，又能怎样呢。狗狗的外形限制了他，拘束了他。难道就因为一条短信还咬她两口不成？所以，王小柔的心思并没有过多地放在杰瑞的身上。

她的心思当然在发短信的人身上。也就是一刹那间，一个决定拱破了王小柔的大脑皮层，茁壮地成长起来。她伸手摸了摸自己，皮囊还在，它并没有真正被老男人的那把镰收割走。被收割的只是一种想象。她还可以利用它，还可以使用它，来惩罚一个愚蠢冷漠的女人——憨憨妈妈。她保证，她会用她纯洁的不染纤尘的灵魂，更深刻地去爱她爱着的男人。今生今世都不会改变。来弥补他被她拿来当作为球球妈妈复仇工具的亏欠。

一个又一个的方案立起来。又一个接着一个地被王小柔推倒。在方案的出台和推倒的工程中，王小柔毫无知觉地进入了睡眠。睡眠承接了这项艰巨的工程，隆重推出的，皆是奇思妙想，皆是清醒时人的想象能力所不及的。王小柔的嘴角露出来满意的微笑。

她爱的男人浑然不觉就在她的计划里了，并且按照计划在具体操作了。他在吻她的身子了。他醇厚的嘴唇像一条蛇，滑滑地在她的身上逶迤而行。所过之处，痒痒的。这种痒，穿透她的肌肤，直入骨髓和灵魂。痒啊。痒啊。她的躯体扭动起来，灵魂扭动起来。它们在舞蹈，在呼唤。多么幸福的舞蹈，多么幸福的呼唤。啊——

猛然，她睁开了眼睛。醇厚的唇依旧在身上逶迤而行，酥酥的，辣辣的。在梦里还是在梦外？而且，明显感觉得到怀里有东西在蠕动。伸手去摸，摸到了一团毛。

竟然是杰瑞！

王小柔又是愤怒，又是耻辱。掀开被子，一个利索的脚蹬，力量弱小的杰瑞便摔到了床下。

扭开床头灯。视线有了片刻的适应后，王小柔的目光和杰瑞的目光对接在一起。它们的力量是均等的。谁也不肯后退一步，都想征服对方，把对方打败。

此时的王小柔，才真真切切意识到，和她对决的是杰瑞身体里的于永志。一个纯纯粹粹的于永志。她从他眼睛里看到的是一个男人的强悍，一个男人征服一个女人的欲望。它们在向她挑战，在向她发起猛烈的进攻。

王小柔光着脚跳下床，一手拎起杰瑞的小房子，一手猝不及防地抓住杰瑞背部的皮毛，将它和他掷在于永志的卧室里。然后，迅疾地逃离进自己的小卧室里，死死地关上门。

这一回的对决，从表面看，王小柔赢。

七十四

关键词：<u>王小柔女同事 A 和 B</u>

标签：<u>是谁在造谣</u>

有点像戏剧了。王小柔有一种预感，她再次成了单位人关注的焦点，再次成了戏剧舞台上的主角。或许，她一直是戏剧舞台上的主角，人们一直坐在台下默默地观看她的演出。只是，三年来，她一直持了一副面孔、一副腔调，坐在台下的人看腻了，看厌烦了。他们静静地期待着，希望她舞出新的动作，甩出新的唱腔。这一天，终于扭扭捏捏地来了。

从他们的目光中，王小柔确定了这一点。生出黏性的目光，像一贴一贴的不干胶，层层叠叠地粘在她的后背上。佐之和目光相协调的言辞，也是在她的背后进行的。

和收割她的那把镰刀有关么？和她的何慕天有关系么？他们的鼻子那么灵敏，不该这么久了才嗅出气味来。如果和他们无关，又和什么有关呢?

听到什么了么? 王小柔把握住一次近距离接触老男人的机会。

听到什么? 已经被王小柔定型为镰刀的老男人丰厚的下眼睑跳了一下。

他们在议论我。

议论什么?

不知道,或许和你有关吧。

不会吧,我没有听到什么。

老男人的眼神盯在手里的一沓子文件上。他对王小柔生出一种畏惧的感觉。这种畏惧感让他没有勇气去碰触王小柔的眼神。这个外表年龄比实际年龄要衰老的老男人承认,他依旧是在乎王小柔的,依旧是珍惜王小柔的。但是,他发觉王小柔已经懂得如何利用他对她的在乎,随心所欲地"摧残"他。让他难过的是,假如王小柔真的听到了和他们有关的议论,在她的话语里应该听到类似惶恐、不安、哀怨,以及羞怯等等的情绪表露。可是没有。老男人怀疑王小柔所说的议论根本就是子虚乌有的,是王小柔杜撰出来的。是故意"摧残"他的。

在他看来,王小柔变得越来越像一块诱人食欲的制作精美的豆腐。保持着烫人的温度。不吃会饿,吃了会烫嘴烫心。

老男人对着王小柔的背影发出一声长叹,女人哪——

王小柔到底确定了人们背后议论的具体内容。她去卫生间,结果经过一间科室的门口时,里边的对话吸引了她。一个声音说,快干点正事,拎着个尾巴就跑,你哪只眼珠子看见了? 一个声音

　　　　　　　　　　　这 扇 门.

说，是某某（女同事A）亲眼看见的她去医院做人流的。先前的声音说，就许你做人流，就不许人家做人流，好像被你承包了似的。后来的声音说，你还真别说，我做人流是正常的，她做人流就是不正常的，憋了几年，还是憋不住了，也干起偷偷摸摸的事来了。会不会是偷了咱单位的谁啊？科长，不会是偷了你吧？

笑声。很淫邪的笑声。

我巴不得她偷了我呢，被那样的女人偷，心甘情愿。是已经被扶正了的中庸男性副主任在说话。

又是淫邪的笑声。

王小柔抬起脚，对准传出淫邪笑声的那扇门，狠狠地踹过去。在脚和门还有大约一厘米距离的时候，她戛然而止了。收回腿，转身，顺着原路回了办公室。

砰，一掌推开办公室的门，人和一股身体带动起来的风同时扑进门来。在女同事A和B惊异的注视下，撕开自己的包包，从里边翻找出一些单据，然后走到代主任女同事A的办公桌前，将手里的单据高起高落，摔在桌子上。

怎么啦，小柔？

看看上边写的什么，然后告诉我。

王小柔的语气平静极了。平静里含着一痕杀气。

女同事A的手指不得不打开面前的单据。尽量让自己的动作放松，尽量让自己若无其事。

这不是医院里的单子么，怎么啦？

王小柔将一张B超的报告单从一堆单据中分离出来，尖尖的手指滑向检验结果那一栏，止住。

那 扇 门

主任大人，您念念上边写的是什么。

考虑子宫内膜增生，有啥不对么？心里已经明白王小柔此举用意的女人，努力镇静着自己。一脸的茫然与无辜。

写的不是怀孕吧？

不是。

那你凭啥到处散播我怀孕刮宫的新闻呢？

怎么可能呢，小柔，饭可以乱吃，话可不许乱说啊。

我没有别的要求，你挨个到各个科室去声明一下，把事实的真相做一个澄清。要不，没完。

你有啥证据说是我说的，咋跟小狗子似的乱咬人！女同事Ａ的脸色立刻变了。声音同时提高了八度。一副被人泼了脏水亟待洗刷的泼皮样子。

不要逼我拿出证据来，那个时候，就不是去各个科室这么简单了。法院那个地方不常去吧？

有啥证据，你拿出来！女同事Ａ继续要泼皮，但是声调明显降了下来。

王小柔将自己的小手机高高地擎起来。

录音的效果还是不错的，想听么？

女同事Ａ硬不起来了。她很想硬，很想气壮山河地说出"想听"两个字。可是，她的气力不够了，不能把那两个字漂漂亮亮地从嗓子眼里顶出来。

王小柔心里更加有底了。擎着那只并没有任何录音证据的小手机，气势凌人地俯瞰着女同事Ａ。

屋子里的空气就僵成了块状。

388

这时候该一个人出场了。一直沉默着的静观眼前事态发展的女同事B，适时地出来打圆场了。

这个一直在一边看热闹的女人，心里舒服极了，解恨极了。她恨不得王小柔能抽女同事A几个大嘴巴子。她甚至做好了去拉架的准备，自然，她的拉架只是装装样子。没想到，王小柔拿出了手机，说里边有什么录音。女同事B犯嘀咕了。她不能确定手机里的录音里是不是有她。是不是女同事A告诉她在医院看见王小柔去医院做手术的那一段，是不是她和其他科室的人转述女同事A的话时被录下来的那一段。无法确定。所以，她紧张了。她发现，过去，她们太不了解不善言语的王小柔了，这个小女人的身体里竟然有一种让人敬畏的力量。真的闹到法院，说不定自己也会跟着吃挂落的。

好了，好了，都别闹了，这是一个误会，肯定是一个误会，说开了就好了。女同事B打起了圆场。并且忙碌着让两个人复位，坐到了各自办公桌前的椅子上。

王小柔沉默着，她在等待女同事A的一个明确态度。录音没有放，但是对方帮她澄清事实的权利她没有放弃。实际上，王小柔明白，如此一闹，用不了多长时间，单位的人就会知道所有的谣言都是女同事A造出来的。女同事B一定会抓住这个好机会，快捷地把今天吵架的场景有声有色地复述再复述。所以，女同事A完全可以不必亲自到每个科室去澄清。如果她的态度好，王小柔愿意卖给她一个面子。毕竟，以后还要在一起混事。

沉默。由于紧张拥抱在一起的空气分子，开始有了距离。办公室的气氛随之舒缓了一些。

沉默了大约有二十多分钟。在这二十多分钟里，屋子里的三个人心不在焉地忙着手里的事情。这中间，王小柔去了一趟卫生间。二十多分钟后，就是下班的时间了。以往这个时候，女同事B准会第一个站起来收拾东西。今天，她却一点也不急。专心地校对着一份文件，很难得忘记了下班的时间。王小柔站起来，到办公室角落里的衣架上去取自己的外套。

小柔，把我的外套也拿过来。女同事A对王小柔说。

王小柔就顺便取了女同事A的外套。

女同事A伸过手来，却没有去接外套，而是在接外套之前，用手掌在王小柔的后背上轻轻地拍了拍。同时，眼里含了两朵开放得不是很灿烂的泪花儿。

这就是领导的艺术。人家没有直接给你道歉，但是这个含蓄的动作比任何道歉的言语都更具有震撼力。

王小柔避开眼前有些炫目的两朵泪花儿，嘴角被脸上的肌肉努力地牵动了一下。一个胜利的微笑，也可以理解成一个轻蔑或者宽容的微笑，如昙花般在嘴角绽放了一下。

这扇门，

七十五

关键词：**女流浪狗**

标签：**有点幸福**

　　女流浪狗的确有了和幸福有关的感觉。虽然，这个幸福和爱情，和杰瑞的关系不是很大。是一种即将为人母的幸福感。于是，对杰瑞的期待就不再是孤独的了。是她和他们的孩子一起。是啊，孩子是她和他的。早晚有一天，他会彻底回心转意的。腹内的小婴孩给了她无比坚定的信心和决心。况且，现在的她，已然是今非昔比了，不再是那个看不出颜色的脏兮兮的流浪狗。某个午后，王小柔招呼她，让她跟着往楼上走。看王小柔的意思，是要她跟着去楼上的家。她不太确信这件事情的真实性。尽管她在楼下的储藏室前安了家，过着每天有吃有喝的非流浪生活。可毕竟还是和被主人们豢养的狗狗有很大区别的。首先，她是肮脏的。然后就是，在作为主人的人类心里，她还没有达到能够和人类相濡以沫的一个高度。所以，她从来不敢奢望有朝一日，会进入到杰瑞生存的环境。尽管脑子有点笨，但是这个问题女流浪狗还是想得很清楚很明白的。

然而，女流浪狗发现，王小柔的态度非常诚恳，看不出任何玩笑的意思。于是，她便迟迟疑疑地跟着往上走。一边往上走，小心儿一边咚咚地跳个不停。就要在杰瑞的家里见到杰瑞了，她当然是兴奋的。从上次杰瑞吩咐她跟踪王小柔，杰瑞一直没有下来。她不敢独自上楼去找杰瑞，她没有这个勇气。唯一的一次，是为了救杰瑞，她才跑上楼去拍打杰瑞家的那扇门。每天早上，见不到王小柔带着杰瑞出来尿尿，杰瑞留在那些电线杆儿上的尿渍，早就干成了白碱。有时，王小柔出去买菜，也只是一个人下来，身后身前都没有了杰瑞的环绕。这些变化和杰瑞对自己突然的冷漠几乎是同时发生的。一定是哪里出了问题。到底是哪里出了问题，女流浪狗就是想破了脑袋也想不明白的。唯一见到杰瑞的时候，就是她绕过小区的大门，站在楼前正在发芽的草坪里仰望着杰瑞家的窗子。望着望着，杰瑞的一张小脸就会真的出现在窗子后边，朝窗子外边的世界张望。他的眼神那么深，望着外边的世界，在想些什么呢？她多么期待她是他张望的一部分，多么期待能吩咐她为他做一些事情，让她感觉到她在他眼里和心里的真实存在。哈，想想吧，马上就要近距离地接触到杰瑞了，女流浪狗有什么理由不激动呢。

你就等在这里吧。王小柔打开门，让女流浪狗站在门口。

女流浪狗只好揣着一颗怦怦跳动的小心儿，候在门口。里边太干净了，干净到没有她落脚的地方。

这扇门，

她看到杰瑞从一个屋子里走出来，迈着慵懒的步子。看到她，仿佛皱了一下眉头。然后，两条后腿用力朝后蹬，长长地伸了一个懒腰。再然后，冷眼静观着眼前事态的发生。

很快，王小柔从卫生间里拖出一只大盆子。杰瑞的洗澡盆。她慢慢地向着门口的方向拖，大概唯恐拖的动作急了，盆里的水就会互相撞击溢出来。

一大盆水终于费力地被拖到门口。弃了水盆，又取了一瓶洗澡的液体，王小柔示意女流浪狗迈到盆子里来。女流浪狗却不动。她从来没有用过这种方式洗澡，天上下雨了，才会有冲冲身子的机会。因而，她弄不懂王小柔向她示意的具体含意。王小柔只好用手拎了女流浪狗的毛发，将一团肮脏掷在盆子里。一股复合的令人作呕的气味，从温热的水中发散出来。戴了一副皮手套，在一团肮脏上揉搓的王小柔，一张嘴，做了一个干呕的动作。很快，一盆清水便更换了容颜，变成了一盆黑泥汤子。

女流浪狗才知道，泡在水里被一双小手揉搓的感觉真是曼妙极了。眼神在巨大的享受中开始迷离了，涣散了，抓不住任何具象的东西了。连杰瑞都变得虚化了，不真实了。呜——她的喉间发出一声低低的快乐嘶鸣。

站这儿别动——迷离间，她被王小柔从盆里拎出来，水汪汪地站在门口的脚毯上。

凉意渐渐地袭上来。湿答答的毛发轻轻地颤抖着，一颗一颗的水珠子沿着发尖儿往下淌。濡湿了脚下的毯毛。冷，把女流浪狗从迷离状态中拯救出来。

不知所措地哆嗦。越哆嗦越不知所措。杰瑞耷拉着眼皮，在看着她。难堪死了。

这时，又一盆蒸腾着袅娜热气的水被王小柔拖了过来。女流浪狗又一次被温热拥在了怀抱里。

如此反复几次。最后一次出水，王小柔没有把她放在门口的脚毯上，而是把她拎到了一个屋子里。当一只黑洞洞的会往外喷热气的家伙对着她时，女流浪狗吓坏了。它要咬她么？她想逃跑，逃离它的威胁。

一只柔软的手按住她的脖颈，示意她不要动。怯着眼神去看王小柔，女人一脸专注和安详的表情，小巧的鼻子尖儿上密布着细细的汗珠儿。一点也没有要用手里的黑家伙伤害她的意思。索性，闭了眼睛，任凭热热的风恣意地撩拨着自己的毛发。

呼呼的风声停了。身上湿答答的感觉换成了舒爽。

看看自己，漂不漂亮！

天啊，墙壁上怎么会有一只狗狗？那狗狗雪白雪白的，好漂亮好漂亮。这只狗狗居然在杰瑞的家里，噢，女流浪狗明白了，怪不得杰瑞冷落了她了。也难怪，这样漂亮的狗狗谁见了不喜欢呢。看着看着，她发觉哪里不对劲。墙壁上不光有一只漂亮的狗狗，还有一个王小柔。而且，那狗狗是在王小柔的怀里的。她的身子扭了扭，有一种被束缚感，一回头，原来，自己也是在王小柔怀里的。

女流浪狗很是困惑。难道，墙壁上的狗狗是她么？

晃了晃脑袋，把刚才的所发生想了一遍。最后，她得出一个结论，墙壁上的那只漂亮的狗狗就是她自己。

哈哈，女流浪狗太激动了。杰瑞，看见了么，这个才是真实的我呀！

　　杰瑞当然看见了。不错，的确是一条漂亮的狗狗。而且，杰瑞也看出来，这条狗已经有了身孕。王小柔究竟是什么意思，想把这条狗弄进屋子里来么？这是绝对不行的，这条好像和过去的杰瑞非常有渊源的狗，说不定真的会帮上他的大忙呢。王小柔连门都不让他出了，流浪狗或者能做他的外线。已经有了一次成功的跟踪，不是么？

　　想到这儿，杰瑞便给了女流浪狗一个欣赏的眼神。心里却暗暗琢磨着，假如王小柔真的将女流浪狗留下来，他会如何出招。

　　女流浪狗当然不会知道杰瑞的所思所想。一个欣赏的眼神就是好的征兆。不急，慢慢来，她和腹内的孩子一起等他。

　　事实证明，杰瑞的担心是多余的。女流浪狗洗完澡时间不长，就被王小柔送到楼下了。他猜不透王小柔的心思，因为她完全可以把这么干净漂亮温顺的一条狗留在身边陪着她。

　　王小柔也发觉自己很喜欢女流浪狗。但是，没有任何一条狗能取代曾经的杰瑞在她心里的位置。杰瑞是她的唯一，她也是杰瑞的唯一。她接纳别的狗狗，杰瑞会伤心，会妒忌。所以，她不会那样做。尽管，曾经的杰瑞不存在了，但是她愿意以这种方式来怀念他。心里的那个位置，永远给杰瑞空着。任何的东西都无法填补这个位置。

　　女流浪狗是杰瑞的"女人"，王小柔爱屋及乌地喜欢了她几分。这条可怜的狗并不知道现在的杰瑞已经是赫迈拉产品了，不再是她的"男人"了，因而，王小柔又对她有了几分的怜悯。几分的喜爱加上几分的怜悯，让王小柔默许了女流浪狗对她的跟踪。

女流浪狗跟着王小柔买菜，跟着王小柔上街。力所能及地跟着，摇晃着越来越鼓胀的肚子。她的跟踪，有对王小柔的依赖，更多的原因却是因了杰瑞。

今天晚上，女流浪狗见王小柔一个人出了门，又悄悄地尾随过去。

这扇门，

七十六

关键词：王小柔　女流浪狗

标签：你在老地方等我么

王小柔出门之前给于永志更换了小棉垫、尿不湿。这些天以来，婴儿于永志已经接受并开始依恋王小柔了。每次王小柔给他喂饭，给他做身体的按摩，是他一天中最快乐的时候。他的两只眼睛紧紧地盯着王小柔脸上的表情，满含着浓郁的期待。有时，王小柔实在不忍让于永志的期待落空，眉毛眼睛互相合作，制造出几个逗小婴儿的动作。于永志便会发出一个真正的婴儿才有的纯净到不含任何杂质的笑声。楼上或者楼下的人见了王小柔，渐渐多了几分狐疑的目光。那狐疑的目光就像夏天的苍蝇一样落在王小柔的肌肤上蚕食，很恶心人，很让人不舒服。却又无可奈何，不能一掌拍落它。有办法！王小柔迎着狐疑的目光，致以十二分诚挚的歉意，真是不好意思，我们家于永志最近小脑萎缩得特厉害，前些天去了一趟北京也没见起色，哭和笑都像几个月大的小婴儿，一定吵到您了吧？对方眼里的狐疑马上就换成了深深的同情。王小柔裸露在外边的肌肤被苍蝇蚕食的感觉就消失了。

乖乖地睡吧，我出去转转。这句话表面上是说给于永志，实则是说给杰瑞听的。

正在看电视的杰瑞嗖地跳下了床，做好了陪着王小柔一起出去的准备。他是有理由的，白天你买菜上街不让我跟着，晚上一个女人出去是不安全的，我保护你总可以吧。

王小柔换好了鞋子，穿好了外套。你在家里吧，我转转就回来。

她拒绝了他。

杰瑞又使用了阴郁的眼神看着王小柔。王小柔懂他的意思。

你猜得很对，我就是出去和别人约会的，你跟着会妨碍我们的。

杰瑞愤怒了。龇出了一嘴尖利的牙齿。

你敢咬我？看我不敲掉你的牙齿！

王小柔不光说，真的去了阳台，几个回合的翻找后，一把过去于永志用的小锤子就掂在了手里。她举着锤子，辅以一副恶毒凶狠的表情。

杰瑞只好败下阵来。哼，王小柔，先放你一马，走着瞧！

风起了。吹在脸上干燥中夹杂着一股暖融融。真的是春天了。

女流浪狗跟在后边。和王小柔一后一前地走。

王小柔行走的方向偏离了幸福路。跨过它，顺着丁字路口往南，就是那条熟悉得不能再熟悉的路了。它是她每天骑自行车上

这扇门

下班抄的一条近路。再往深处的某一棵白蜡树下，有着他的气息。她以为他是不抽烟的，可是他嘴巴里明显有一股烟草的味道。好闻极了。对，何慕天也是抽烟的，唇齿间经常咬着一根烟斗。他呢，在家里沉思的时候，想起她的时候，也是咬着一根烟斗的么？

王小柔的身影并不显得孤独。身后的狗是她最好的陪衬，看上去，她就是一个闲来无事遛狗的人。缺少了水分的风将她垂在肩头的发丝一根一根地扬起来，像一帘水花飞溅的瀑布。给周围的干燥制造出一种湿润的效果。

好爽的风。吹吧。吹吧。白天所发生的，谣言包裹的一张张嘴脸，一颗颗险恶的心，都随风散去了。

那些险恶的心，得到了她的谅解。因为，她也正在变成一个用心险恶的人。

一定是的。自己一定是一个用心险恶的人了。

呸！她朝地上吐了一口唾沫，权作是对自己的险恶的唾弃。

然后，从外套里掏出她的那枚小手机。

手指一阵拨弄后，如下的一行字就出现在屏幕上了：

你的气息在老地方。想念你的身影。

没有犹豫。不给自己犹豫的机会。手指轻轻地按下发送键。

仰望着上帝家园的方向，双手合十，上帝，请你相信，我是爱这个男人的。用我最最纯净的灵魂爱着他。可是，我向球球妈妈许了一个诺言，要惩罚我所爱的这个男人的婆娘。向逝者许下的诺言一定要实现的，就像当初母亲去世时，许下的要照顾哑哥和父亲的诺言一样。所以，请允许我卑鄙，也请谅解我的卑鄙。你是宽厚和仁慈的，因为，你包容了人世间那么多的卑鄙。

往街道的深处走，往留有男人气息的白蜡树走。越是接近那棵树，王小柔的心越是跳得厉害。好安静的一条街啊，除了风的脚步声，就是她一颗心怦然跃动之声。

手机短信息的铃声一直没有响起，大概怕破坏了眼前的安静，矜持着不出声。也许，他是故意不给她回信息，提前去了"老地方"，故意给她一个惊喜。

很奇怪，这样一想，一颗慌乱的心反而稳住了神儿。原来的慌乱转化成了一种临战前的平静。

平静地接近那棵白蜡树。在平静接近的过程中，她甚至完成了许多构想。见了面，第一句要说什么，第一个动作是怎样的。干脆，什么都不说，默默地被他牵着，去一个只有他们两个人的地方。在这座她永远都熟悉不起来的城市里，一定有这样一个地方，专属于他们两个人。而这个地方，他是知道和熟悉的。他老早就在开始寻找这个地方了，老早就在为今天做准备了。到了那里，他会先做什么？吻她？吻，是彼此交融前的一段序曲……在那样激动人心的一刻，她的有别于憨憨妈妈的女人的气息，像水一样，融进了他的身体里，融进了他的骨髓里。再也无法剔除。

王小柔的小脸在美好的想象中放射着红润润的光泽。天上的一颗不知名的星儿，羞涩地将身子隐在一小块云的后边，偷偷地窥视着一个人间女子的小幸福。

就是它了。王小柔的感觉告诉她。然而，树下，却没有人影儿。在的，是他的气息。

为什么——

会是这个结果？

这 扇 门，

王小柔有一点微微的恼怒。他是"不方便"，还是有意在回避她？或者她的直白的表露和诱惑吓到了他？在他的眼里，她该是矜持的、古典的。是么？

嘿嘿……王小柔冷笑了。无论什么样的理由，你都不可以冷落我。不可以。你以为你的冷落，就会让我退缩了么？

告诉你，不会！现在的王小柔是一个用心险恶的王小柔，是一个有仇必报的王小柔。

王小柔狠狠地甩了一下头。一串泪水散成碎玉状，飞落尘世。

接下来的几天，为了证明自己是一个能够将险恶用心进行到底的人，也为了证明自己是一个有仇必报的人，王小柔每晚都要来"老地方"散步。身后跟着女流浪狗。

每晚，都要从她的手机上发出去一条内容相同的短信息：

你的气息在老地方。想念你的身影。

七十七

关键词：杰瑞　憨憨爸爸　王小柔

标签：带回家的烟草味道

　　杰瑞站在窗台上，一张小脸紧紧地贴在窗玻璃上。直到两条小腿儿站得发麻、发木。实在无法支撑住身体时，便坐在窗台上。脸依旧在玻璃上，贴成一剪窗花。视线望向模糊了王小柔身影的那个点。期盼着那个让他爱让他恨的身影从那个点重新清晰起来。

　　可恶，真是可恶。除了思想，其他的一切功能都是狗狗的。他的视线所及只是五六十米的距离。偏偏，王小柔要往东沿着幸福路走将近七十米的样子，丁字路口才会出现，才会跨过幸福路往南走。所以，杰瑞不知道王小柔是继续沿着幸福路往东走，还是跨过幸福路往南走。尽管那条女流浪狗跟在王小柔的后边，他可以从她那里获取王小柔的一些简单信息，但是，亲自看着这个女人从自己的视线里消失掉，再亲自看着这个女人魔法一般出现在他的视线里，有一大段时间的行踪是他无法捕捉到的，也是令他万分懊恼的。那一大段的时间里，她去了哪里，见了什么人，做了什么事，他一无所知。

嗅觉也是狗狗的，异常的灵敏。杰瑞充分发挥这个优势，从王小柔脱下的鞋子、外套上寻找"不寻常"的气味。干燥的尘土味儿，城市街道上特有的浑浊味儿，试图混进他们这个"家"的气味里，很容易就被杰瑞的鼻子"揪"出来。它们不在他努力寻找的"不寻常"气味之列。努力寻找的结果，是不希望找到。"失望"会让他绷得快要断裂的神经稍稍地松弛一下。

这说明什么？说明王小柔只是一个人在街上遛弯儿。即使她的身边有其他的男人，也是保持了一个较远的距离的。

这样的因"失望"带来的小愉悦维持到第四天晚上。第四天晚上，王小柔回家的时间明显晚了很多，而且一进来，杰瑞灵敏的狗鼻子就闻到了一股烟草的味道。吸进杰瑞肺腑的每一个粒子，仿佛在瞬间产生了化学效应，脱离了烟草的本质，变成了一颗又一颗的炸弹。颗颗都在杰瑞的心脏中心炸响。杰瑞的一颗心碎裂了一千次、一万次。

那个将身上的烟草味道传染给王小柔的人，一定是和王小柔有了某种亲密的接触。

他不能让他的心白白地碎裂。是该干点什么的时候了。

杰瑞的嗅觉是准确的。王小柔的确将男人的烟草味道带回了家。而且，带回来的烟草味道就是来自她夜夜期待的那个男人。

今晚，她依旧跨过了幸福路，依旧去"老地方"的那条街上

"遛狗"。

怀揣着依然的"险恶用心"和"有仇必报"。它们像两把烧得红红的熨斗，毒辣地烫着她的五脏六腑。她紧紧地闭住了嘴巴，否则，一张嘴，就会有一股焦糊的味道溢出来。

她走路的姿势是勾着头的。没有勇气把视线投向愈来愈近的"老地方"。每一个晚上的蓦然抬眼，"老地方"站着的都是一个相同的失望。但她还是孜孜不倦地追求那个蓦然抬眼的效果。万一这一次"老地方"站的就不是失望了呢？

突然，一条体形有些偏大的花斑狗冲了过来。因视线是垂着的，所以发现时，那狗已经冲到她的脚前了。呀——很本能的一声惊叫。那狗并没有针对王小柔的意思，跑过王小柔，奔了身后不远的女流浪狗。那厮跑到女流浪狗跟前，止了步子，摇着尾巴将一只鼻子伸到女流浪狗的羞部，闻了又闻。

这狗怎的如此眼熟呢？是啊，怎么能不眼熟呢？他是憨憨啊。他真的是憨憨啊。

对不起——

王小柔的头刚刚转过来，一个磁性的声音就逆着风扑了她满耳。

是他。是他！

一点防备都没有，眼里便又蓄了两汪泪水。她真是恨透了自己，竟是这般地不争气。她不敢深呼吸，尖尖的指甲死死地掐在掌心里，身体的每一个部位都在用力，想努力地把两汪泪水憋回去。

对不起，是我不好，手机没电了……憨憨的姥姥病危了，你知道，这么大的事，我必须得在场。闹了几天险儿，把人都折腾去了，又没事了。我不放心，就提前回来了。

　　　　　　　　　　　　　　　　这 扇 门，

他说话的语速很快，想要急着澄清误会的样子。

他说"不放心"，不放心什么？不放心谁？

不放心你家憨憨么？

憨憨寄托在一家狗店里，没有啥不放心的。

他们家的儿子早就回学校了，应该不在他不放心的范围之列。那么，他的那个不放心，是她么？王小柔决定逼出他的这句话。

那你有什么不放心的呢？

他开始微笑了。微笑里竟然漾着几许大男孩才有的羞怯。

我不放心一个人。

谁？

王小柔步步紧逼。

嗯——我想想啊，这个人是谁呢？

他一边做思索状，一边从裤子口袋里摸出几张纸巾。别动，小脸儿这个脏啊。

王小柔果然一动不动，任凭他动作轻柔地擦去她脸上的泪痕。原来，两汪泪水不知何时偷偷地跑了出来。他离她那样近，呼出的夹带着好闻烟草味道的气息无遮无拦地喷在她的脸上。这才是一个真正的男人的气息。它那么生动，那么鲜活。此刻的享受对她来说，是多么奢侈的一件事情。就凭了这一点，王小柔有一千个委屈、一万个委屈。

听话，别哭了，再哭，我就得回家拿盆子接着啦。

在他的打趣中，王小柔扑哧一声，破涕为笑了。

从"老地方"往回走。他们的身体分开一定的距离，开始在栽着等距离白蜡树的便道上散步。身后跟着憨憨和女流浪狗。两个身体之间的距离，刚好是处在陌生和亲近之间的那种。很像两个熟悉的人，遛着各自的狗，遛着遛着就碰到了一起。于是，便临时结了伴儿，在一起遛狗。

憨憨是你的道具。

什么？他仿佛没有听清王小柔的话，却不自主地回了一下头，瞄了一眼身后的两只狗。杰瑞呢？这条狗是新抱来的？你们家杰瑞真能干，吃饭的样子像个小孩子。憨憨就不行，傻狗一个……

你听——王小柔打断了他。远处有二胡的声音，听见了么？

他做出努力倾听的样子——没有，没有听到。

你当然听不到，二胡的声音是从二泉边上传来的。

你是说阿炳？嗯，我喜欢听他拉的《二泉映月》，很凄美。

你也喜欢《二泉映月》？

嗯。老早就喜欢。

忽然，王小柔做了一个联想。她把他和网络上虚拟的"丑得不得了"联系在了一起。会么？有可能么？这么巧？这个联想让她激动不已。

你在网上聊天么？

不聊。那是你们年轻人热衷的。

噢——王小柔把"噢"拉得长长的。它带出来的，是一些激动的残骸。

咱们之间是有代沟的，年龄上的代沟，不承认不行啊。

……

沉默地行走。

马上就要到丁字路口了，马上就该跨过幸福路了。王小柔站住，不往前走了。

如果遇到一个非常爱的女人，你会放弃现在的女人么？她的目光楔子一般，将他的视线固定住。

想听真话？

当然。

虽然她不是我最爱的女人，不是我理想中的女人，但是她却是在我一无所有时，一心一意跟定我的女人。所以，我不会抛弃她。

你是个好男人。王小柔松了目光。好男人，明天见！

说罢，便独自跨过了幸福路。向西，向着家的方向，快步走。

上楼，进了家门，换了鞋子。王小柔绕开眼神阴郁的杰瑞，给自己倒了一杯水，踱到阳台去喝。

她看见了没有跨过幸福路的他。他沿着幸福路左侧的便道，步子迟缓地走着。就要经过她面前的这扇窗子了。他的头好像朝着窗子的方向转了一下，又好像没有转。

指间的愤怒传递给杯子。杯里的水开始颤抖。

愤怒一：为什么一生享用这个男人的不是自己，不是其他的女人，而是貌似憨厚的憨憨妈妈！这是多么不公平的事情！

愤怒二：为什么自己没有按照预先设定的计划走，事情的发展简直和最初的想象南辕北辙！

明天见。是啊，明天见。

明天将是你最后的一次机会。牙齿深深地嵌进下唇。她给自己下了通牒。

七十八

关键词：<u>杰瑞　女流浪狗等</u>

标签：<u>最后的"晚餐"</u>

　　当跟在王小柔身后的女流浪狗经过窗下时，杰瑞发出一声尖厉的呼叫。女流浪狗便止了跟踪的脚步，停下来。她以为杰瑞要她"汇报"跟踪王小柔的一些具体事宜。那么，她要传递给杰瑞的，就是平安的信息。这些日子以来，她挺着越来越臃肿的身子，通过对王小柔持续的跟踪，并没有发现有谁试图对王小柔不利。她也曾经想着，或许会再有一个"老男人"出现吧。然后，杰瑞再带着一群狗狗去给王小柔报仇。一直没有这样的一个坏人出现。从始至终，女流浪狗都深信不疑，杰瑞让她跟踪王小柔的目的是出于保护王小柔的人身安全。

　　很快，女流浪狗发觉，杰瑞并不打算要专心听她的"汇报"成果。他在费力地在窗子后边鼓捣着什么。过了一会儿，窗子被杰瑞推开了。然后，杰瑞的小身子就站在了临街的窗台上。天，杰瑞要干什么，他要跳下来不成？！

女流浪狗想要寻求王小柔的帮助，可是王小柔的身影已经模糊在她的视线里了。

他的两条小腿儿开始弯曲了，做出了一个跳跃前的准备动作。

不要啊，不要……

她想要发出一声悲鸣。可是，还没等到悲鸣声冲出喉咙，杰瑞的身子已经像一只小鸟俯冲下来。不，他不是一只小鸟，没有翅膀的他会摔死的！

让我做你的翅膀吧……女流浪狗奋不顾身地朝着杰瑞落下的那个点冲了过去……整个世界在杰瑞的眼前消失了，只有一团白色在朝着他坠落的方向奔跑。奔跑。

……

杰瑞最先清醒过来。自己死了么？他动了一下腿儿，酸涩的痛感很快侵袭了他。又抽动了一下鼻子，一股淡淡的新出土的青草气息就灌了进来。哦，还能感觉到酸痛，还能闻到春天的气息，说明自己还没有死。动了一下身子，发觉身下有一个绵软的东西。一个骨碌，杰瑞的身子滚到草地上，身子下的绵软便完整地呈现在他的视线里。

那一团绵软是女流浪狗。

一身洁白的她，安静地趴伏在草地上，像是睡着了。

猛然，杰瑞想起自己冒着生命危险从楼上坠下的目的。不能睡，醒醒，起来给我带路！他用爪子去拍打沉睡的女流浪狗。

醒醒，醒醒啊……

沉睡，是一条路。没有尽头。女流浪狗被一股巨大的力量吸引着，昏昏沉沉地走向路的深处。她没有转身的力量，只有不停地往里走。忽然，她听到一阵紧似一阵的呼唤声。努力地集中起全部的力气，倾听——是杰瑞的声音。他在呼唤她，在喊她回去。于是，她开始和牵引她走向睡眠之路深处的那股引力做斗争。斗争是艰苦卓绝的。最终的结果是，女流浪狗取得了胜利，她一步一步地从原路退了回来。最后，终于站到了睡眠的门口。

她费力地睁开了眼睛。

啊……从未体验过的气势磅礴的疼痛，从肚腹内发射出来。她想逃跑，再逃回到睡眠中躲起来。

起来，给我带路！看见女流浪狗又要合上眼睛，杰瑞更加有力地拍打她。

哦，不能睡着，不能逃跑，要给杰瑞带路……

几次努力之后，女流浪狗站了起来。身子摇晃得很厉害，看上去随时都有倒下去的可能。向前。向前。她要在身子倒下去之前，给杰瑞指明一个方向。

一米，两米，三米……十米，二十米，三十米……六十米，七十米……

跨过幸福路。杰瑞顺着两旁栽满白蜡树的马路飞奔。往南的方向，往王小柔和憨憨爸爸的"老地方"的那个方向。很快，十字路口以及倒在十字路口上的女流浪狗就被甩在了身后。

今晚，憨憨爸爸果然又如约而来。男人的屁股后头跟着作为道具的憨憨。

再过些日子，就该上船了。这是男人的第一句话。散发着淡淡的伤感的气味。

你说，今晚我要住到你家里，憨憨会不会咬我啊？呵呵。

口吻是半认真半开玩笑。说的同时，王小柔密切注视着男人脸上的表情。

憨憨要是咬你，我就拿把锤子，把他的牙一颗一颗都给敲掉了。放心吧，有我在，他不敢咬你。

没有丝毫的波澜，或者其他。他回复给她的亦是半认真半玩笑。

今天我想试试，看看我占了他女主人的位置，咬不咬我。

……

又是沉默的行走。大约两分钟的样子，男人止住步子，面对着王小柔。两分钟的时间，他的脸上凝了两大坨的庄重。

听着，从去年冬天见到你的第一个晚上开始，我就为你心动了。所以，我才每天晚上出来跟着遛狗，就为了能看到你。幸好，那个时候有球球妈妈做掩护，否则，我真怕管不住自己的眼睛露了破绽。还有，只有我们两个人的相遇，根本不是什么巧合。都是我苦苦等待和寻觅的结果。更多的时候，我只是远远地望着你，不被你发现……

那个晚上，就是你出现在"老地方"的那个晚上，你跟踪了我，你根本就是什么都知道的，对么？王小柔目眦尽裂地打断了男人的话。

是，我什么都知道。可是，除了为你心痛，我什么都改变不了，什么都为你做不了。

那 扇 门

现在，你告诉我这些，什么意思？你在暗示我，我王小柔没有资格上你家的那张床，对不对？

不对。在我的心里，你从来都是纯洁的，是这个世界太肮脏了。我不能给你一个完整的幸福，怕的是，再一次伤害了你。我这么说，你能明白么？

我不明白！原来，我一直以为于永志是最自私的，老男人是最卑鄙的，现在我终于见识到了比于永志还自私，比老男人还无耻的男人！你为了明哲保身，可以做到看着自己心爱的女人被别的男人蹂躏！

眼前这张曾经充满了男性魅力和男性诱惑的脸，忽然被施了魔法般，变得狰狞而又丑陋。不，一定是搞错了。这个男人不是她从少女时代就爱上的何慕天。何慕天不会这样对她的。

她想抽这个假冒的何慕天一个嘴巴子，她想让他尽快消失在她的眼前。可是，她没有气力去做什么。

王小柔身子软下去，男人慌忙过来扶她。就在这个时候，杰瑞旋风似的冲杀过来。做了一个大幅度的跳跃，一口咬在弯下腰身的男人的鼻子上。

男人一声惨叫，伸手去打杰瑞。杰瑞忍受着男人的击打，咬定了青山不放松。

弄明白突发状况的憨憨不干了。自从上次在杰瑞家楼下，因为女流浪狗而和杰瑞引发了那一场战争，他已经把杰瑞剔除出了朋友的行列。眼下，不是朋友的杰瑞威胁到了主人的安全，他理所当然地挺身而出了。

七十九

关键词：杰瑞　王小柔　女流浪狗

标签：跳舞的链条

今天，是杰瑞昏迷的第三天。此刻的杰瑞，就像一根燃着的香烟。存活的希望随着时间的推移，正一点一点地缩短，变得渺茫。最后只剩下一截烟蒂，被无情地吐掉。

窗帘一直没有合上。所以，第一缕阳光来了，会没有任何阻障地将仲春的温暖洒向床上的杰瑞。一动不动的棕色小身子不再是漂亮的，一块又一块的毛发被剪掉，缠了纱布。两片合拢的眼皮，其中左边的一片，盖住的只是一个空洞。眼珠儿被憨憨的利齿挖了出来。

三天前的那个晚上，王小柔手里攥着杰瑞的一只眼珠儿，怀里抱着杰瑞面目全非的身子，以狂奔的速度跑完了到幸福路医院的几百米路程。撞开急诊室的门。

大夫，求您了，快救救他！

正在一名急诊病人的肚皮上敲敲打打的医生，朝着王小柔和她怀里的东西瞟去一个眼神。然后，很明确地告诉王小柔，你走错门了，这儿是给人看病的医院。

大夫，我没走错门，他就是人！

医生便不再浪费眼神和口水。在他眼里，王小柔不过是一个把宠物宠爱到极点的人。什么狗爸爸、狗妈妈，这样的人，当医生的见得多了。

你狗日的还有没有人性啦？！王小柔不但吼出了这句粗话，还伸出脚去踢医生的屁股。

后来医院的保安就过来了。他们"客气"地将王小柔推出了急诊室。

在医院的门口，打了一辆电动三轮车。一家一家地去敲宠物医院的大门。然而，每一扇大门都漠然着，无动于衷。三轮师傅说，明天再来吧，早都下班了。

三轮师傅又说，我把你送回家去吧。

……

三轮师傅最后说，你不走，我得走了，太晚了家里就不放心了。看你挺可怜的，不跟你要钱了。

就把王小柔丢在宠物医院的门口，调转车头。走了。

杰瑞死了，医院的大夫是罪魁祸首！

不。不仅仅是医院的大夫。憨憨，憨憨爸爸，她自己，于永志，博士男，汉中婆娘，父亲，哑哥……都是罪魁祸首。是他们，组成了一个杀害杰瑞的链条。

414

组成链条的每一个分子，手拉着手，在床上跳起舞来。他们的身子像火苗一样绵软，像火苗一样随心所欲。跳着跳着，链条打开了一个缺口，网络中的"丑得不得了"、少女时代的偶像何慕天，他们也加入进来。"丑得不得了"由于不是具象的，就幻化成一个虚无，占据了链条的一个位置。

链条的缺口被完美修复了。这一回，他们的舞蹈更加热烈，更加奔放。一张床的舞台太小，于是，他们从床上跳到地板上，又从地板上向着门口的方向跳去。一眨眼，便从门的缝隙间遁了出去。

不要走！王小柔又寻来于永志用过的那把锤子，开了门，举着冲下楼去。

她不能这么轻易地放过他们，她要找他们算账，找他们报仇！

她亲眼看着链条舞蹈着，跳下楼梯，又从小区的院子里一路跳跃着出了大门，到了马路上。

休要逃跑！王小柔疾步向前，狠狠地落下手里的锤子……

一声机动车的急刹，尖刻地刺痛了楼前草地上的女流浪狗的耳膜。她停止衰弱的呼唤，朝着声响的来源看了一眼。正不断地有人朝着她看的那个位置奔跑，她不知道发生了什么。即使发生了什么，也和她没有关系，那是人类的事情。她没有多余的精力和体力去关注和她不相干的事情。

收回目光，又开始她衰弱的呼唤。她在草地上趴了三天，这样衰弱的呼唤持续了三天。她不再是一只毛发洁白的狗，身上沾满了凝结的血污。三天前的那个晚上，忍着肚腹的绞痛将杰瑞带到丁字路口上，身下一热，她就倒下了。热热的东西不断从体内奔涌出来，欢畅地沿着马路上的纹路四散而去。猛然，两个块垒样的东西随着热热的液体砰然冲出了她的身体。她的身体一下子就变轻了，几乎轻到一阵风刮来就会飘走的程度。女流浪狗大概意识到了什么，几番努力，终于将轻飘飘的身子挪动了一个位置。然后，看清了块垒状的东西。它们是两个已经成形了的狗宝宝。

女流浪狗简直是万箭穿心，她伸出爪子摸摸这个宝宝，又摸摸那个宝宝。多么希望在她的抚摸中，狗宝宝会动起来啊。

就在这时，王小柔狂奔着经过她的身边。怀抱里是受了重伤的杰瑞。

孩子们，咱们一起回家，一起去等爸爸回来。女流浪狗使用着狗类的语言，和她的两个宝宝交流。

于是，女流浪狗轮流叼着两只狗宝宝爬过丁字路口。沿着幸福路，向西。爬行。

她和孩子们的身后，留下一条鲜红的血带子。朝着家的方向，逶迤而又坚强地延伸。

八十

关键词：杰瑞　于永志

标签：一窗子阳光

上午的阳光渐渐地盈满了整面的窗子。

是谁在呼唤杰瑞的名字？

是谁？为什么声音那么遥远，遥远得若有若无？

此刻的自己又在哪里呢？好冷啊……

杰瑞慢慢地睁开眼睛，打量着周围的环境。白茫茫的一片，没有一个人，没有一片反映四季的风景。一块一块的怪石林立着。怪石上密布了一只又一只的小眼睛，有白色的烟雾从小眼睛里喷出来。喷在身上，寒冷几乎可以刺穿骨头。

孤独。恐惧。寒冷。

女主人呢，女主人去了哪里，怎么把他丢在这个可怕的地方？

不。他要离开这里。马上。一秒钟都不能再停留下去，否则，他会死掉的。

可是，往哪里走呢？这个可怖的地方，没有方向，不知道回家的路在哪里。

远处，那个呼唤杰瑞的声音又断断续续地传了过来。杰瑞想，一定是他的家人找不到他了，所以才焦急地呼唤他。那么，呼唤他的方向，就一定是家的方向。朝着这个方向跑吧。

快要被寒冷僵硬住的身子，稍一活动，就咔嚓咔嚓地响起来。是冰碴子碎裂的声音。跑啊，跑啊……家的方向是有太阳的方向。他感觉到了太阳的抚摸。太阳的手掌充满了魔力，充满暖意的抚摸，很快融化掉了他体内冰冻的寒意。于是，他奔跑的频率更快了，更轻松了。离着呼唤声越来越近了，离着家越来越近了。

又看见了野花铺成的小径。女主人坐在小径上，抱着他，灿烂地笑着。男主人手里拿着一个长着一只眼睛的家伙，那只眼睛一对准他们，便眨个不停。

又看见了憨憨、球球、小丑……憨憨真是不够意思，他不准备再和憨憨做朋友。不光动他的"女人"，还差点把他咬伤了。小丑也不好，人家球球对他那么好，居然背着球球去找别的"女人"。要把这件事告诉球球，让球球好好修理小丑，看他以后老实不。

咦，男主人、女主人、憨憨、球球、小丑，怎么不见了呢？阳光的温暖还在，奔跑还在，呼唤声还在……

噢，明白了，他们都在家里等着他了。

快跑啊……

女流浪狗将最后一声呼唤送出体内，怀抱里抱着两个快要被

418

风干的狗宝宝，脸朝着楼上的那面窗子。躺在柔软的小草上。

忽然，她看见一张毛茸茸的小脸出现在窗子后边。它紧紧地贴在玻璃上，急切地朝下张望着。朝着她和孩子们张望着。

他看见了她们，他也认出了她们。她们是他的"女人"和孩子啊。

看哪，他在微笑。

孩子们，看哪，你们的爸爸在朝着你们微笑……

而此刻，于永志也醒了，一双澄澈的眼睛好奇地捕捉着洒在脸上的阳光。

哦，哦……于永志的嘴嘟成一个O形，用小婴儿独有的语言和阳光交流着。

穿越春天的陌生电话（后记）

　　十多年前春天的那个早晨，我蹬着单车匆匆赶往上班的地方。匆匆的状态，让我忽略掉早春翠绿的颜色，忽略掉枝头鸟儿喜悦的啾唧。我不能早出来一会儿，让自己慢下来么？我好像连这样思考的时间都没有，匆匆是一种潮流，每个人都被它挟持了。匆匆，让每一个早晨惊人的相似，丧失了个性化。然而，十多年前的那个早晨，因为一通陌生的电话，而变得与众不同了。

　　手机在包里突然响起来，铃声坚定而又持久。我不得不暂时停止匆匆的前行，接听这通固执的电话。是个座机的号码，来自北京，很陌生。和号码同样陌生的，是打电话的人。他说他是个书商，前些日子跟天津的朋友打听，天津文学圈子里谁的小说写得还不错。一个朋友对他说：我给你介绍一个人，我看过她的小说，但是没有她的联系方式。陌生人提的这个朋友我知道，曾与我有过一两面之缘，只是平日并无往来。陌生人大概觉出了我对他的提防，便又提了一个我熟悉的文学前辈的名字，说我的电话号码就是从这个文学前辈那里讨来的。

这 扇 门，

陌生人说，他给我打电话的目的，是希望我写长篇小说，然后交给他，由他运作出版。眼看上班快迟到了，我不得不一只手举着手机，一只手扶着车把，以稍显危险的方式赶路。他的话很绵密，我几乎插不进话。等终于有了一丝空隙，我赶忙拒绝，说自己没有写长篇的经验，而且近期也不打算写。接下来发生了什么呢？他开始劝说我，开始海阔天空地聊文学，整整持续了一个小时的时间。一个小时，我转了几次场，从街上到单位院子里，再从院子到办公室。手机渐渐地热起来，灼烫我的耳朵。为防止"泄露"文学的声音，我只得将手机紧紧地扣在耳朵上。真是不可思议，一个陌生的电话，居然持续了这么久。只因为他聊了文学，还聊得那么好，那么吸引我。

第二天，第三天，陌生人的电话接连打来。一上来就聊以西方作品为主的文学，用文学的魅力俘获我。其间，我悄悄地搜了他的名字，惊讶地发现署有他名字的长篇小说至少有七八部。果然如他所说，他是个带领作者写长篇的书商。我到底被他说服，暂停中短篇小说的创作，战战兢兢地踏上书写长篇的征途。真的是战战兢兢，其中一个原因是不自信。另外一个原因，还是因为不自信。长篇是需要敬畏的、有相当难度的创作，我能行么？

上班的日子，每天晚上一千字。赶上周六日，每天三千字。我不敢偷懒，先生监督的电话三天两头便会打来。他早已经不再是陌生人，是可以在创作上督促和引导我的先生。每一通的谈话顺序大致相同，先说他自己今天写满了多少字，然后聊他读过的书，聊他的文学观点。我惊讶于先生的阅读量，很多国外作家的书，别说阅读，连名字我都根本没听说过。

有时候，先生连续几天不给我打电话，我便会心生不安，因为我已经了解到先生是个病人。在床上写作，在床上给朋友们打电话，是他生活的全部。我主动把电话打过去，得知先生无大碍，才放下心来。由于长期卧在床上创作，先生说他的腿早已严重变形。写长篇的那几年，我的肌腺症渐渐加重，被疼痛折磨得苦不堪言。但是，我没有以疼痛为借口停下来。除了有先生的督促，更重要的是被先生的精神感染。我想尽量写好，尽量写快些，让先生挣到我的钱，以此作为回报。

一共见过三次先生。第一次是在先生北京的家里，被先生约去和一家出版社的负责人见面，谈小说出版事宜。说实话，初见先生的面，我吓了一跳。他极度的瘦弱，也就是七八十斤的样子。一头花白的头发，毫无规则地蓬乱着。我是有社交恐惧症的人，最终，先生从床上爬下来，蹒跚着到客厅替我说了话。第二次应该是先生生了病，我去探望。说一个长期有病的人生病，情况一定很糟糕。第三次则是永诀。先生住在天津一家医院，一进病房我就看见一本翻开的书，扣在病床一侧的床头柜上。书脊上放着的一副老花镜，随时等待着阅读人将它架在鼻梁上。见到我，先生流下了泪水，他说：以后就靠你了。这是先生留给我的最后一句话。

还未等到挣我的钱，先生就去世了。先生出现在我生命的某一阶段，打着"挣钱"的幌子，其实就是来引领我更深地走进文学这座殿堂，看看里边的装潢，看看都是些什么人在这里当工匠，工匠们的手艺又如何。

《这扇门，那扇门》是在先生督导下写的最后一部长篇，之前的都已经有了各自的归宿。感谢作家出版社的恩师，给我这部小说画上一个圆满的句号。以后的路，感恩的心依旧伴我而行，努力走好每一步，才不负承载的所有希冀，所有的好。

2020年6月4日

图书在版编目（CIP）数据

这扇门，那扇门 / 霍君著 . -- 北京：作家出版社，
2020. 9

ISBN 978-7-5212-1007-1

Ⅰ . ①这⋯ Ⅱ . ①霍⋯ Ⅲ . ①长篇小说 – 中国 –
当代 Ⅳ . ①I247.5

中国版本图书馆CIP数据核字（2020）第101652号

这扇门，那扇门

作　　者：霍　君
责任编辑：杨新月
装帧设计：孙惟静
出版发行：作家出版社有限公司
社　　址：北京农展馆南里10号　　　邮　　编：100125
电话传真：86-10-65067186（发行中心及邮购部）
　　　　　86-10-65004079（总编室）
E-mail:zuojia@zuojia.net.cn
http://www.ZUOJIACHUBANSHE.COM
印　　刷：中煤（北京）印务有限公司
成品尺寸：142×210
字　　数：296千
印　　张：13.375
版　　次：2020年9月第1版
印　　次：2020年9月第1次印刷
ISBN　978-7-5212-1007-1
定　　价：52.00元